A un milímetro de mí

Eduardo Castro

Eduardo Castro, es un escritor costarricense de romance, y drama. En 2014 lanza su primera novela *"Al final del camino"*, en 2024 lanza su segunda novela *"El viaje de mi vida"* y en 2025 *"A un milímetro de mí"*.

Para más información, visita la página del autor: *https://www.oraculi-editorial.com/eduardocastro*

Instagram: @eduardo.castrocr

ISBN: 9798316218547

A un milímetro de mí
Eduardo Castro
Narrativa adulta romántica y contemporánea

Primera edición: **Oraculi Editorial**
oraculieditorial@gmail.com
San José, Costa Rica
Mayo, 2025

Impreso en USA

A un milímetro de mí

Eduardo Castro

Para el niño que un día fuí y que aún vive en mí, gracias por nunca dejar de admirar las estrellas, por ser ese soñador que siempre miró al cielo y supo que ningún sueño era imposible. Porque cada vez que vio una estrella brillar, entendió que esas luces estaban destinadas a convertirse en realidad.

"There's a hope that's waiting for you in the dark
You should know you're beautiful just the way you are
And you don't have to change a thing, the world could change its heart
No scars to your beautiful, we're stars and we're beautiful
Oh, oh
And you don't have to change a thing, the world could change its heart
No scars to your beautiful, we're stars and we're beautiful."

Scars to your beautiful
Alessia Cara

PRÓLOGO

La dependencia no llega de golpe. No es un lazo que alguien te amarra al cuello de la noche a la mañana. Es un hilo fino, invisible, que poco a poco se enreda alrededor de ti, hasta que un día te das cuenta de que ya no puedes moverte sin sentirlo.

Al principio, Noah era solo una presencia en mi vida. Algo nuevo, algo que me llenaba de emoción y hacía que los días se sintieran distintos. Sus mensajes de madrugada, la forma en que me hacía reír cuando todo parecía gris, el calor de su cuerpo cuando nos quedábamos dormidos en el sofá... Todo eso me hizo creer que estar con él era necesario.

Pero con el tiempo, la ecuación cambió. Ya no era solo compartir momentos bonitos, sino adaptarme a sus tiempos, a sus ausencias, a su indiferencia. Empecé a medir mis días en función de cuánto me prestaba atención: si me escribía, si me buscaba, si me sonreía con ese gesto casual que me había enamorado. Cuando Noah no estaba, sentía un vacío en el pecho, un hueco que dolía, que hacía que el aire pesara en mis pulmones. Y cuando volvía, incluso si era solo para arrojarme un comentario cortante o para dejarse caer en mi cama sin siquiera preguntarme cómo había estado mi día, yo respiraba de nuevo.

Cada día giraba en torno a él.

Si estaba de buen humor, me permitía sentirme feliz. Si estaba frío, mi pecho se apretaba y mi mente se llenaba de preguntas: ¿Hice algo mal? ¿Debería haberlo llamado antes? ¿No le estoy dando lo suficiente? Y cuando me ignoraba completamente, cuando me dejaba en visto o se iba sin decirme a dónde, la ansiedad me devoraba. Mi estómago se encogía, mi mente no paraba de imaginar escenarios en los que simplemente desaparecía y yo quedaba ahí, vacío.

Pero incluso en los días en que todo era terrible, cuando su indiferencia me hacía llorar en silencio, cuando su presencia en mi vida se sentía más como un castigo que como un regalo, no podía alejarme. No podía dejarlo. Porque, si lo hacía, ¿quién sería yo? Noah había tomado tanto de mí, había ocupado tanto espacio en mi mundo, que la idea de no tenerlo me asustaba más que el dolor que me causaba. Si él se iba, si me soltaba... me rompería. Y yo no sabía si era lo suficientemente fuerte como para recoger los pedazos.

La dependencia no solo te ata: te ciega.

La primera vez que descubrí que Noah me había sido infiel, algo dentro de mí se rompió de una forma que nunca creí posible. Fue un golpe seco en el pecho, un vacío que se expandió en mi interior como un veneno lento. No lo supe por él. Noah nunca iba a confesarlo. Lo supe porque las piezas empezaron a encajar demasiado tarde: los mensajes a los que no respondía, las noches en las que decía estar con amigos y volvía oliendo a un perfume que no era el suyo, las miradas esquivas cuando le preguntaba dónde había estado. Y luego, la prueba irrefutable en una foto en el teléfono de un amigo en común: Noah, con otra persona.

La sonrisa que había dejado de darme a mí, ahora se la regalaba a alguien más. La misma sonrisa que me hacía sentir especial, ahora pertenecía a otro.

El aire se me fue de los pulmones. Me quedé paralizado, incapaz de procesarlo.

No podía ser cierto.

No podía perderlo.

Cuando lo enfrenté, al principio lo negó. Pero al ver que yo ya sabía demasiado, simplemente se encogió de hombros. Como si fuera insignificante. Como si lo que habíamos construido no valiera lo suficiente como para siquiera inventar una mentira elaborada.

Y entonces pasó lo peor.

No me fui. No grité. No le pedí explicaciones. Le pedí perdón. Le supliqué que no me dejara. Le dije que lo sentía, que seguramente había sido culpa mía, que tal vez lo había descuidado sin darme cuenta. Que iba a ser mejor, que haría lo que él necesitara, pero que no me dejara.

Noah me miró con una mezcla de indiferencia y satisfacción. Sabía que me tenía. Y cuando me acarició la mejilla, como quien consuela a un niño, y dijo:

—No pasa nada, solo no seas tan intenso.

Sentí que mi dignidad se hacía polvo en mis manos. Aun así, me quedé.

No todos estaban ciegos como yo. Liza y Eli lo vieron

mucho antes de que yo pudiera aceptarlo. Sus miradas preocupadas cada vez que hablaba de Noah, la forma en que se intercambiaban silencios incómodos cuando yo trataba de justificarlo, los suspiros de frustración cuando evitaba cualquier conversación sobre lo infeliz que me veía. Hasta que un día dejaron de callarse. Me pidieron que lo dejara. Que abriera los ojos. Me dijeron que no era el mismo, que ya no tenía la misma energía, que mi piel lucía apagada y que hasta había subido de peso, como si mi cuerpo también reflejara el peso emocional que Noah había puesto sobre mí.

Me señalaron que había dejado de escribir, que había abandonado mi sueño para dedicar todo mi tiempo y esfuerzo a un hombre que no me amaba, que no me cuidaba, que me consumía poco a poco.

—Noah te está destruyendo, Bastián —me dijeron.

Pero yo no los escuché. No podía escucharlos.

Porque admitir que tenían razón significaba aceptar que había desperdiciado años de mi vida en alguien que nunca me quiso.

Y esa verdad... era más aterradora que seguir engañándome.

Noah no me amaba. Nunca lo hizo.

Lo entendía en las noches en las que dormía solo mientras él salía sin decirme a dónde. Lo entendía cada vez que me miraba al espejo y no reconocía mi reflejo: los ojos apagados, el cuerpo pesado, la piel sin brillo.

Lo entendía en cada historia que dejé sin escribir, en cada sueño que abandoné por priorizar a alguien que jamás me priorizó a mí.

Lo entendía, pero no podía hacer nada al respecto. Porque estaba agotado, vacío, drenado hasta los huesos. Pero más que eso, estaba aterrorizado. No sabía cómo ser yo sin él. No recordaba quién era antes de Noah. No sabía si era lo suficientemente fuerte para empezar de cero, para reconstruirme, para descubrir quién era cuando no estaba girando en torno a alguien más.

Así que me quedé.

Porque, aunque todo en mí gritaba que debía irme, la soledad seguía pareciendo una amenaza más grande que el dolor.

Parte 1

El miedo de perderme

Corvus

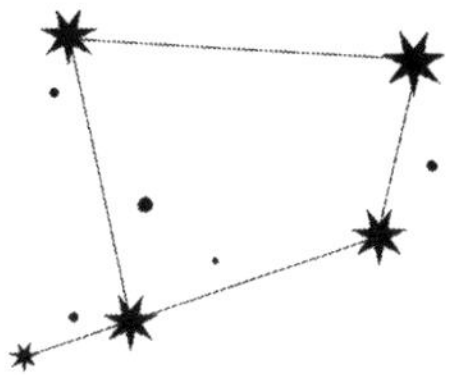

SOMOS ESTRELLAS FUGACES

Me encuentro sentado en el auto. A mi lado, Noah. Nos rodea un silencio extraño. Un escalofrío me recorre la espalda mientras intento no mirarlo directamente. Su expresión es sombría, su mandíbula tensa, sus manos apretadas contra el volante. Algo en su mirada me pone en alerta, como si cualquier movimiento en falso pudiera desatar una tormenta.

Intento encender la radio, buscando alguna distracción, pero en cuanto mi mano se acerca al botón, Noah la aparta bruscamente. El contacto es frío, seco. Un recordatorio de que este no es el momento para jugar con su paciencia.

El aire en el auto se siente denso, atrapado en una burbuja de tensión que amenaza con estallar en cualquier momento. Puedo escuchar el sonido de las manecillas del reloj avanzando; cada segundo se me hace eterno. Un mal presentimiento empieza a instalarse en mi pecho, como un nudo que se aprieta lentamente.

¿Había hecho algo malo?

¿Había dicho algo qué lo molestara?

Mi mente recorre cada detalle de la noche, buscando un error, una razón para el cambio repentino en su actitud.

Acabábamos de salir de una cena romántica que él había organizado con esmero para celebrar nuestro cuarto aniversario. Velas iluminaban la mesa con una luz cálida, el aroma de las flores frescas impregnaba el ambiente, y la música suave creaba un refugio perfecto para nosotros. Cada plato había sido elegido cuidadosamente, y sus ojos brillaban con emoción mientras brindábamos por nuestro futuro. Todo parecía ideal, como si estuviéramos viviendo en una burbuja perfecta.

Por eso, el contraste en su actitud al salir me dejó desconcertado y asustado. El cambio fue abrupto, como si la calidez de la cena se hubiera evaporado en el aire frío de la noche.

No era la primera vez que pasaba algo así entre nosotros; siempre eran los celos los culpables de nuestros disgustos y peleas. Pero esta vez, la tensión en su rostro era diferente. Más oscura. Más amenazante.

Y yo, como siempre, estaba paralizado por el miedo.

El silencio nos acompañó durante media hora, hasta que llegamos a nuestro apartamento. Detuve el auto, esperando que pudiéramos hablar de lo sucedido—que ni siquiera sabía qué era—, pero nada. No dijo una sola palabra y se bajó sin despedirse.

Esperé hasta verlo entrar en el edificio antes de marcharme. Lo vi caminar hacia la entrada principal, con esa indiferencia tan suya.

Encendí el auto y emprendí el camino hacia mi trabajo. Esa noche me tocaba el turno nocturno. Había intentado convencer a mi compañera Eli de que me cubriera, pero no lo logré; su mamá no podía cuidar a sus hijos.

Rumbo a la cafetería, encendí la radio. Al instante, las notas de una melodía familiar llenaron el espacio. Una de mis canciones favoritas, esa que siempre parecía hablar directamente a mi alma. Cada palabra resonaba con un significado especial, como un recordatorio de que no estaba solo, de que aún había esperanza en medio del caos. La música logró dibujar una sonrisa en mi rostro y, por un momento, me sentí más ligero, más libre.

El celular sonó. Tomé la llamada después de varios timbrazos.

Era Noah.

—Necesito que regreses al apartamento.

Mi cuerpo se tensó al escucharlo. Sabía lo que significaba. Una gran pelea me esperaba.

Dando la vuelta en la esquina, me devolví lo más rápido que pude. El miedo se instaló en mi pecho. Noah estaba enojado. Lo sentía en el aire, lo veía en cada uno de sus silencios.

Intenté llamarlo dos veces, pero el teléfono iba directo

a buzón. ¿Lo había apagado? ¿Se había descargado? Mi pecho se apretó con una incomodidad difícil de describir. Cuando finalmente llegué a la entrada del edificio, él ya estaba ahí. Esperándome. No me había equivocado. Noah estaba enojado. No había emoción en su rostro. Solo la misma expresión de amargura que me había acompañado durante todo el camino.

Lo que venía ahora era otra pelea. Otra discusión sin sentido. Otra más para la libreta imaginaria de peleas absurdas en eventos importantes. (No es que existiera alguna. Pero, si la hubiera, estaría llena).

Noah me vio acercarme y, sin decir palabra, se subió al auto. Otra vez el silencio, aplastándome con su peso, recordándome que la noche no había terminado. No todavía.

—¿Vamos a estar así toda la noche? Necesito ir a trabajar —pregunté, rompiendo el incómodo silencio.

Pero él seguía sin decir nada, con el ceño fruncido, y la mandíbula tensa. La ausencia de palabras se volvía insoportable.

—¿Recuerdas la promesa que me hiciste el día que te graduaste de la universidad? —dijo de repente, con un tono cortante.

Sentí un nudo en el estómago.

—Claro que la recuerdo, y es una promesa que no voy a romper.

Noah soltó un resoplido.

—Estoy cansado, Bastián. De todas las promesas que hiciste ese día, solo has cumplido la de estar juntos. Me prometiste una vida diferente, llena de aventuras y logros. Dijiste que tus libros serían un éxito, que te harías famoso y recorreríamos el mundo juntos... pero aquí estamos, atrapados en una monotonía que nunca imaginé. —Su voz estaba cargada de frustración—. No se trata solo de los libros, se trata de todas esas expectativas que me hiciste tener, de soñar con algo que ahora parece tan lejano.

No podía creer lo que estaba escuchando.

—Estoy cansado de estar encerrado en un apartamento todo el día mientras tú escribes y, en la noche, sales a trabajar. De que no puedas quedarte una maldita noche a mi lado en nuestro aniversario.

Era cierto. Los últimos años me había esforzado hasta el agotamiento para construir una vida juntos. Noah ni siquiera trabajaba; llevaba más de un año dependiendo completamente de mí.

—Lo estoy intentando —respondí, tratando de contener la desesperación—. Trabajo día y noche para que no nos falte nada, para que podamos estar bien. Te amo, y si es necesario, puedo reducir mi tiempo de escritura para que pasemos más tiempo juntos. Algo se me va a ocurrir.

Pero Noah solo me miró con desprecio.

—Mírate —su voz goteaba veneno—. Eres un fracasado, Bastián. No eres nadie, y nunca lo serás.

Sentí el golpe antes de que terminara de hablar, aunque su voz era lo único que me tocaba.

—Sigues aferrándote a un sueño estúpido que nunca va a suceder. Nunca serás un gran escritor. Nunca serás importante.

Mis manos temblaban, pero me quedé en silencio. Lo conocía demasiado bien. Si respondía, solo le daría más razones para seguir destruyéndome.

Noah sonrió, cruel. Disfrutaba verme encogerme bajo el peso de sus palabras.

—¿Sabes qué es lo peor? Que ni siquiera eres bueno en lo que haces. He leído tus cosas, Bastián. Son mediocres. Nadie se va a acordar de ti. Nadie se va a emocionar con una historia tuya.

Las lágrimas me quemaban los ojos, pero me negué a parpadear. No iba a llorar. No frente a él.

—Pero bueno, alguien tenía que decírtelo.

Y lo dijo con tanta naturalidad, con tanta certeza, como si realmente estuviera haciéndome un favor. Como si destruirme fuera su acto de compasión.

—A veces me pregunto qué hago aún contigo —susurró, mirándome con lástima—. Tal vez me acostumbré a verte arrastrarte, como un fracasado.

Ahí fue cuando sentí que algo dentro de mí se rompía en pedazos.

"Fracasado."

La palabra atravesó todas mis defensas, alcanzando el centro mismo de quien era.

¿Y si tenía razón? ¿Y si realmente estaba persiguiendo un sueño inútil?

Un nudo caliente se formó en mi garganta, pero me forcé

a contener las lágrimas. No quería que él viera cuánto daño me había hecho. No quería darle ese poder sobre mí. Sin embargo, el eco de su voz seguía resonando en mis oídos, debilitando mis intentos de aferrarme a una esperanza cada vez más difusa.

Noah se fue sin siquiera despedirse.

Tomé rumbo nuevamente hacia el trabajo, desbordado en lágrimas. Nunca pensé que la persona a la que le había entregado mi tiempo y mi vida se sintiera tan decepcionada de mí.

Al llegar a la cafetería, corrí al baño sin que nadie pudiera detenerme. Esperaba que nadie notara que había estado llorando, pero Eli entró justo unos segundos después y me encontró lavándome el rostro, con los ojos visiblemente rojos.

—¿Estás bien? —preguntó, extrañada.

—¿Qué? —respondí, confundido

—Tus ojos están muy rojos.

En ese entonces, Eli y yo no éramos amigos aún, solo compañeros de trabajo. No iba a desahogarme con ella en el baño del trabajo.

—Tengo migraña —mentí rápidamente, esperando que no hiciera más preguntas.

Cuando escuché la puerta cerrarse nuevamente, me quebré.

Las lágrimas volvieron a salir, esta vez sin contención. Sentía que mi corazón se salía del pecho y me abandonaba. No podía entender cómo las palabras de la persona que más amaba en ese momento me habían lastimado a tal magnitud.

Estaba roto.

Herido.

Era un maldito fracasado.

Llevaba quince minutos en el baño llorando, y por más que intentaba detenerme, no lo lograba. Noah y yo habíamos terminado y regresado tantas veces que ya había aprendido a no llorar cada vez que se iba. Siempre regresaba a los tres días, máximo cuatro. Pero esta vez era diferente. Esta vez, me había destruido.

—Bastián —la voz de otra persona me interrumpió mi miseria, era Liza, mi amiga y la dueña de la cafetería.

—Ya salgo —respondí, limpiándome las lágrimas.

—¿Por qué estás llorando? Déjame adivinar... terminaste

con Noah otra vez.

Su tono era una mezcla de exasperación y ternura.

—Dijo que soy un fracasado. Tal vez tenga razón —murmuré, limpiándome la nariz con el delantal sucio entre mis manos.

La expresión de Liza cambió de inmediato.

—No digas eso —su voz sonó firme, dolida—. Sabes que no es verdad.

—¿Realmente crees eso de mí? —pregunté, incrédulo.

Siempre había una parte de mí que dudaba, que no creía ser suficiente.

—No lo creo, lo sé. Y no voy a permitir que alguien te haga sentir menos que eso. Así que, sécate las lágrimas y vamos a cerrar el local. Nos iremos de fiesta.

—¿Cerrar? —exclamé—. Pero aún es temprano, y las ventas han estado bajas...

—Y yo no creo que sea buena idea que regreses esta noche con ese imbécil de Noah, así que estamos a mano. Vuelve a cambiarte y lávate la cara de nuevo, que te ves horrible; nos vemos afuera en quince minutos.

Había tenido un momento de terapia gratuita. Liza siempre sabía qué decir para hacerme sentir un poco menos roto. Tenía esa capacidad de levantarme el ánimo sin recurrir a frases vacías o falsas promesas, solo con su presencia firme y su forma honesta de ver las cosas.

Siempre aparecía cuando más la necesitaba, cuando el peso de todo se volvía insoportable. Y aunque las circunstancias cambiaban cada vez, la sensación de estar perdido siempre era la misma.

No era solo Noah, ni la discusión de esa noche. Era la acumulación de tantas cosas no resueltas, de sueños que parecían inalcanzables, de una vida que, por más que intentara, no terminaba de encajar en lo que había imaginado.

—Hora de irnos —gritó Liza.

Salimos de la cafetería apagando luces y cerrando puertas. Eli había decidido acompañarnos esa noche. Durante el trayecto al bar de cócteles que tanto nos encantaba, la música fue nuestra gran compañera. Evitaron reproducir cualquier tipo de canción romántica que pudiera hacerme derramar lágrimas.

Estaba olvidando el mal rato que había pasado; ya me sentía más tranquilo.

Mi celular empezó a sonar, pero justo cuando iba a contestar, Eli lo arrebató de mis manos y cortó la llamada.

—Nadie va a arruinar esta noche. Lo tendré en mi cartera hasta que amanezca o nos vayamos a dormir todos —dijo con autoridad.

Esa chica daba miedo cuando hablaba de esa manera tan autoritaria, así que simplemente obedecí. Ni siquiera me molestó.

—Bueno, hemos llegado. No quiero que pienses más en lo que pasó. Vamos a divertirnos esta noche.

—Esa es la actitud que estábamos buscando hoy. No más lágrimas, Bastián. Y debes prometerlo —exclamó Eli.

—Lo prometo, pero hay algo que deben hacer por mí primero.

Ambas me miraron con curiosidad.

—No pongan esa cara. Lo que quiero decir es que, antes de empezar, debemos tomarnos un shot de tequila.

Entramos corriendo directamente a la barra. Pedí tres tequilas al moreno corpulento que servía los tragos. Tomé la sal y puse un poco en la mano de cada una y en la mía. Sujetamos el shot y, en una cuenta regresiva, lo bebimos.

—Me voy a arrepentir de esto mañana cuando despierte —dijo Liza con una expresión de desagrado única.

—Quiero hacer un brindis —propuso Eli—: Que Bastián se convierta en un escritor muy famoso y millonario muy pronto.

Al escucharla, solo pude sonreír. Era mi gran sueño.

—Salud, porque eso se vuelva realidad algún día —respondí, asintiendo con la cabeza.

Ese trago de tequila fue el inicio de la noche. Luego llegaron los mojitos, las piñas coladas y uno que otro cóctel que comprábamos "involuntariamente" (así nos justificábamos para no sentir culpa por la resaca que íbamos a tener). La noche iba perfecta. Reíamos y bailábamos como si no tuviéramos que trabajar al día siguiente.

Liza estaba besando al moreno guapo que nos atendió al llegar, y yo estaba con Eli. De repente, un hombre golpeó mi codo en el preciso instante en que bebía mi trago, haciéndome derramarlo sobre mi camisa. Ni siquiera se detuvo; siguió caminando hasta el área VIP del lugar, sin disculparse.

Caminé hacia él, dispuesto a confrontarlo, pero un hombre enorme, con pinta de peleador de kickboxing, me detuvo empujándome a un lado.

—Deberías aprender a pedir disculpas —le grité, pero ni siquiera me escuchó.

—No puedes acercarte al jefe. No le gusta que lo molesten —interrumpió el gorila.

—Bastián, vámonos antes de que te den una paliza —dijo Eli, jalándome del brazo.

—¡Imbécil! —grité de nuevo, más molesto que antes. Había ensuciado mi camisa favorita.

—Ese es Lucas Hamilton, el actor, y ese era su guardaespaldas. Acabo de salvarte de que te dejaran inconsciente.

—¿Cómo sabes quién es?

—Porque soy su fan desde que salía en una serie que me gustaba en la secundaria. Una vez intenté tomarme una foto con él, pero su guardaespaldas me empujó igual que a ti. Lucas intentó devolverse para la foto, pero no se lo permitieron.

—Tenemos que irnos. Noah acaba de entrar y parece que te anda buscando —dijo Liza, que llegó corriendo, como si hubiera visto un fantasma.

—Mierda, olvidé desconectar la ubicación de mi teléfono.

—¿Tienen la ubicación compartida? Necesitas un novio nuevo. Eso no es normal —comentó Eli.

—Mi amigo es el DJ. Nos puede sacar por la puerta trasera, pero debemos irnos ya antes de que nos arruine la noche.

Liza siempre conocía a alguien en cualquier lugar en el que estuviéramos, pero esta vez no lo cuestioné. Necesitábamos salir de ahí, y esa era la única forma de que Noah no me viera.

Eli y yo seguimos a Liza hasta la parte trasera del bar. Ahí estaba Calvin, su amigo. Ya con el auto abierto, nos subimos tan rápido que por poco resbalo en un charco.

—Me debes una —dijo Calvin, abrazando a Liza.

—Te llamo luego —respondió ella.

—¡Vámonos! Ahí viene Noah corriendo.

Liza cerró la puerta y arrancó tan rápido que no le dio tiempo de acercarse a donde estábamos.

Los tres quedamos en silencio hasta que Eli empezó a reír sin parar. Liza y yo nos unimos, y todo se sintió como en la mejor comedia romántica. De esas en las que la protagonista huye de su novio para casarse con el galán que conoció casualmente en una fiesta. Solo que, en esta ocasión, estábamos escapando del novio tóxico y acosador.

A pesar de las risas y el momento divertido, sabía que cuando lo viera nuevamente iba a estallar la tercera guerra mundial.

—Toma, desconecta esa aplicación de mierda para que no nos siga tu dictador.

Desbloqueé mi celular y, sin pensarlo demasiado, desinstalé la aplicación que él utilizaba para rastrear mi ubicación. Fue casi irónico, porque yo nunca había sentido la necesidad de tenerla activada para saber dónde estaba él. Supongo que, a pesar de todo, yo sí confiaba en él... aunque él nunca confió en mí.

El gesto debería haberme hecho sentir liberado, pero en su lugar dejó un vacío extraño en mi pecho, como si acabara de cortar el último hilo que me ataba a algo que, en el fondo, ya estaba roto.

La fiesta continuó hasta las cinco de la mañana, pero para mí, todo se sentía un poco distante, como si estuviera ahí sin estar realmente presente. Cuando terminamos desayunando en un pequeño local que vendía comida las veinticuatro horas, me di cuenta de cuánto tiempo había pasado sin disfrutar un momento así.

El aroma a café recién hecho y pan tostado llenaba el ambiente, y las luces cálidas le daban al espacio un aire reconfortante. Pero, por más acogedor que fuera el lugar, yo seguía sintiéndome fuera de sitio, como si estuviera viendo todo desde el otro lado de un cristal.

Las risas de Liza y Eli hicieron que el peso en mi pecho se aligerara un poco. Por un instante, me permití olvidar. Me aferré a la conversación, a los recuerdos que compartíamos, a la sensación de estar rodeado de gente que realmente me quería.

Pero cuando la charla se detenía por unos segundos, cuando un instante de silencio se colaba entre una historia y otra, el vacío volvía a hacerse presente. Porque, aunque sabía que había hecho lo correcto al borrar esa aplicación, aún no estaba listo para aceptar lo que eso significaba.

Estaba solo. Y eso me aterraba más que cualquier otra cosa.

—¿Se dan cuenta de que apenas vamos a dormir y ya hay gente dirigiéndose al trabajo?

—Por favor, cállate, Eli. No quiero pensar en eso. Solo quiero dormir.

—Tú eres la jefa, puedes faltar si quieres. Nosotros, en cambio, si no trabajamos, no pagamos la renta —le dije, tirándole una papa frita en la cabeza.

—Tienes razón, pero hoy seré solidaria con ustedes e iré a trabajar temprano. Después de todo, esto fue idea mía. Pero ahora déjenme desayunar en paz; siento que la cabeza me va a estallar.

Al terminar el desayuno, pedí un taxi para irme al apartamento. Sabía que Noah estaría ahí, esperándome.

El trayecto en taxi se sintió eterno. Mi mente estaba atrapada en un torbellino de pensamientos, repasando cada posible escenario. ¿Estará furioso? ¿Me ignorará por completo? No sabía cuál opción era peor.

Cuando llegué al apartamento, abrí la puerta con cautela. Inhalé profundamente antes de entrar, como si eso pudiera prepararme para lo que venía. Cada pequeño ruido se sentía amplificado, cada sombra parecía esconder una amenaza. Me quité los zapatos y avancé lentamente, sintiendo el frío del suelo contra mis pies descalzos.

La luz de la mesita de noche estaba encendida. Mi corazón se aceleró. No necesitaba verlo para saber que estaba ahí. Y entonces, sin previo aviso, lo sentí detrás de mí. Un jalón brusco en el cabello me hizo gritar. El dolor fue inmediato, pude sentir cómo algunos mechones se desprendían de mi cuero cabelludo.

—¿Te crees muy gracioso escapándote de mí para irte con esas cualquieras? —su voz goteaba veneno.

—Noah... por favor... suéltame. Me estás lastimando... me duele...

Él soltó mi cabello, pero solo para empujarme con tal fuerza que caí contra la mesa de noche, haciendo que todo lo que había sobre ella se hiciera añicos.

—No vuelvas a escaparte así de mí, porque la próxima vez no respondo de lo que pueda hacerte. Soy tu novio, y no puedes tratarme así.

Sus palabras eran una amenaza clara, un aviso de que lo peor aún estaba por venir.

Me llevé una mano al rostro. Mi piel ardía. Cuando la aparté, vi sangre. Mi pómulo estaba abierto. Mi respiración se volvió errática, la cabeza me daba vueltas, sentía náuseas, pero por encima del dolor físico, lo que más me hería era la sensación de haber perdido, una vez más, mi dignidad.

Noah se acostó en su lado de la cama, como si nada hubiera pasado. Me arrastré hasta el baño y me miré en el espejo. La imagen me devolvió un reflejo irreconocible: ojos hinchados, piel marcada, expresión vacía. Me quebré. Las lágrimas cayeron sin control mientras me aferraba al lavamanos, como si fuera lo único que me mantenía en pie. ¿Cómo llegué a esto? ¿Cómo permití que alguien que decía amarme me destruyera de esta manera?

No podía seguir ahí. Me limpié la herida como pude, me cambié de ropa y tomé mis llaves y mi celular. Sin mirar atrás, salí del apartamento. La brisa de la mañana acarició mi rostro, pero no me hizo sentir mejor. Cada paso que daba era un esfuerzo titánico, mi respiración estaba entrecortada, mis pensamientos caóticos. Me dirigí a casa de Liza, esperando encontrar refugio en su compañía, mientras intentaba procesar el caos que acababa de dejar atrás.

Kohoutek

UNA HERIDA QUE MATA

Estuve sentado en la acera frente a su casa por más de una hora, sin saber qué decir o hacer. Aunque llevábamos poco tiempo de conocernos, nuestra amistad era fuerte, y sabía que odiaba verme llorar o sufrir. Sin mencionar el desprecio absoluto que sentía por Noah desde que lo conoció. Mostrarle lo que me había hecho sería como encender la mecha de una guerra.

Finalmente, me armé de valor y presioné el timbre, pero no hubo respuesta. Dudé un momento y estuve a punto de irme cuando, de repente, escuché el zumbido del portón negro metálico abriéndose automáticamente. Ella me había visto a través de la cámara de seguridad.

Entré lentamente, contando los pasos hacia la puerta principal. Sin embargo, cuando estaba a punto de llamar, me detuve, paralizado por el miedo. Di media vuelta para marcharme, pero el portón ya se había cerrado detrás de mí. Sin escapatoria, supe que tenía que enfrentar la situación y contarle todo lo que había sucedido.

Cuando la puerta se abrió, Liza apareció con el ceño fruncido y una mezcla de preocupación y enojo en el rostro.

—¿Qué putas te pasó en la cara? —soltó en cuanto vio que sostenía un pañuelo contra mi mejilla ensangrentada.

No pude evitar derramar algunas lágrimas mientras respondía con voz temblorosa:

—Noah me tiró al piso...

Su expresión cambió al instante, transformándose en

pura furia. Su mirada ardía, y apretó los puños con tanta fuerza que los nudillos se le pusieron blancos. Dio un paso hacia mí, como si estuviera lista para ir a buscarlo en ese mismo momento.

—Voy a matar a ese maldito. —Su voz era baja, pero cargada de una determinación aterradora.

Intenté calmarla, aunque yo mismo estaba temblando.

—Por favor, no. Ahora mismo lo que necesito es algo para mi herida. No tengo seguro y no puedo pagar para que me revisen.

Liza respiró hondo, tratando de controlarse, pero sus ojos seguían fulminantes. Cada vez que volvía a mirarme la mejilla, su ira parecía crecer. Finalmente, dijo:

—Voy a llamar a mi mamá. Es médico y podrá ayudarte con esto. Mientras llega, ve a la cocina y haz un café. Necesito un momento para no salir corriendo a buscar a Noah y destrozarle la cara.

Los minutos se sintieron como horas, pero apenas cuarenta y cinco minutos después, la señora Hall llegó con un botiquín repleto de medicamentos e instrumentos médicos. Mi corazón se aceleró cuando lo abrió; debo confesar que le tengo un pánico irracional a los doctores.

Sin embargo, mi miedo se vio momentáneamente desplazado por la impresión de conocerla en persona por primera vez. La mamá de Liza lucía increíblemente joven para su edad. Su elegancia y belleza, combinadas con una energía serena pero autoritaria, la hacían ver imponente y sorprendentemente atractiva.

—Esto va a doler un poco, pero luego no vas a sentir nada —dijo con una mezcla de firmeza y calma, tratando de transmitirme confianza mientras sostenía los instrumentos.

—No debió haber mencionado eso.

—Vamos, no seas cobarde, ya estás lo suficientemente grande para que te den miedo estas cosas.

—No le hagas caso —intervino la señora Hall con una sonrisa—. Yo aún le tengo miedo a los payasos, y Liza dejó de orinarse en la cama hasta los doce años, así que no hay nada de qué avergonzarse.

Solté una carcajada mientras el ceño fruncido de Liza se profundizaba y sus labios apretados mostraban claramente su incomodidad ante el comentario de su madre. Por mi parte, la risa alivió un poco la tensión y me hizo sentir más cómodo, a pesar del ambiente ligeramente incómodo.

—Mamá, no estás aquí para contar mis intimidades. Mejor date prisa, que tenemos que ir a trabajar.

Quince minutos exactos fue el tiempo que llevó limpiar y cerrar la herida con dos puntos. Ya no sangraba y la mitad de mi rostro estaba dormida, lo que me brindaba una extraña sensación de alivio. Todo parecía estar bajo control y solo necesitaba descansar un par de horas para empezar a sentirme mejor. La señora Hall me dio unos antibióticos que debía tomar por una semana y me pidió que pasara por su consultorio en el hospital para quitarme los puntos. Ahora entendía de dónde había sacado Liza su carácter tan especial; era exactamente igual a su madre, y no podía estar más agradecido con ellas.

Luego de que se marchara, tomé una de las pastillas y me acosté en uno de los sillones, quedándome dormido por cuatro horas. Al despertar, mis ojos se dirigieron automáticamente hacia la mesa, donde una nota cuidadosamente doblada descansaba junto a un paño limpio y un pijama perfectamente doblada. La calidez del gesto me invadió al instante, como si el cuidado detrás de esos pequeños detalles fuera un abrazo silencioso. Me acerqué despacio, todavía algo somnoliento, y al leer las palabras escritas a mano, sentí una mezcla de gratitud y consuelo que aligeraron el peso de la noche anterior.

"Siéntete como en casa, tómate el día libre y descansa."

Aunque la idea de quedarme era tentadora, no podía permitirme perder otro día de trabajo. Las propinas eran esenciales y, con el fin de mes acercándose, debía pagar mis cuentas. Aun así, me di mi tiempo y tomé una larga ducha. El baño era impresionante, amplio y bañado por luz natural. Una tina blanca invitaba a quedarse horas sumergido, mientras las velas aromáticas impregnaban el aire con una calidez reconfortante. Nunca antes había estado en un baño así y no pude evitar querer saborear cada segundo de esa experiencia. Liza no era millonaria, pero vivía bien. Su padre, un reconocido abogado, y su madre, una exitosa doctora, habían acumulado una pequeña fortuna y decidieron entregársela a sus tres hijos en vida, para que la disfrutaran mientras eran jóvenes. Con esa ayuda, Liza compró esta maravillosa casa que, aunque no era enorme, ofrecía todos los lujos que uno podría imaginar.

Cuatro horas después de que Liza se marchara al trabajo, ya me sentía lo suficientemente recuperado para ir a la cafetería. Me levanté de la enorme cama, tomé mi ropa y comencé a vestirme. Al ponerme la camisa, olvidé por completo la herida en mi rostro. Un movimiento descuidado bastó para abrirla y una gota de sangre se deslizó por mi mejilla. Mordí el labio, irritado conmigo mismo por mi torpeza, y busqué algo para limpiarla. Usé un paño blanco de Liza, consciente de su obsesión casi ridícula por ese color. Mientras lo hacía, me detuve un momento, esperando que no se molestara al verlo manchado. La idea me arrancó una sonrisa nerviosa; después de todo, así era Liza.

Salí de la casa, coloqué la alarma de la puerta principal y me dirigí directamente a la cafetería.

—¿Qué haces aquí? —dijo Liza al verme entrar.

—Lo siento, no puedo perder un día de trabajo. Debo pagar el apartamento y la edición de mi nuevo libro.

—Debiste quedarte descansando. Por cierto, en el basurero hay unas flores para ti. Me tomé la libertad de botarlas; te las envió Noah, supongo que con el dinero que le das para mantenerlo.

Fui hasta el basurero y saqué la tarjeta que venía con ellas.

"Perdona por lo que pasó. Te amo y no imagino mi vida sin ti."

Quise llorar otra vez, pero me negué a hacerlo allí. No quería que me vieran roto otra vez. Rompí la tarjeta, la lancé de nuevo al basurero y le escupí encima.

Cuando me giré, Liza me observaba con los brazos cruzados, su mirada una mezcla de compasión y enojo.

—¿Quieres que te prepare algo? —preguntó, rompiendo el silencio.

—No hace falta —respondí con voz apenas audible. Necesitaba enfocarme en el trabajo, pero mi mente estaba en otro lugar. Las palabras de la tarjeta seguían repitiéndose en mi cabeza como un eco insoportable.

—Bueno, entonces no te quedes ahí parado. Hay clientes que atender —dijo, esta vez con un tono más suave.

Me coloqué el delantal, ajustándolo con movimientos

mecánicos mientras intentaba contener las emociones que se arremolinaban en mi interior. El bullicio de la cafetería parecía distante, como si estuviera atrapado en una burbuja que amortiguaba el ruido del mundo exterior. Cada pequeño gesto, la máquina de café funcionando, el tintineo de las tazas, las risas lejanas de los clientes, transcurría en cámara lenta, mientras yo intentaba mantenerme en pie y fingir que todo estaba bien.

El día pasó de manera borrosa, y cuando la última mesa quedó vacía, me encontré limpiando el mostrador con movimientos repetitivos. Liza se acercó, dejando una taza de té caliente frente a mí.

—Tómalo —dijo, y aunque no añadí nada, me senté en silencio.

—Gracias —murmuré finalmente.

—Para eso estoy aquí. Pero prométeme algo. No vuelvas a permitir que él te haga esto —respondió, mirándome fijamente.

No pude responderle. Las palabras simplemente no salieron.

Mantuve la mirada baja, sintiendo el peso del silencio entre nosotros. No era como otras veces, cuando la culpa me hacía retroceder, cuando el miedo me obligaba a ceder. Esta vez, algo en mí se aferró al momento, a la forma en que me observaba, a la tensión en su rostro que hablaba más que cualquier discurso ensayado.

No dije nada, pero tampoco pedí perdón.

No lo supe en ese instante, pero algo, aunque fuera mínimo, había cambiado.

El reloj marcaba las diez. Era hora de cerrar. Mientras apagaba las luces de la cafetería, sentí que este día había sido el principio de algo nuevo, aunque no tenía claro qué. Caminé hacia la puerta con el sabor amargo del té en mi boca, pero también con la sensación de que no estaba completamente solo.

Auriga

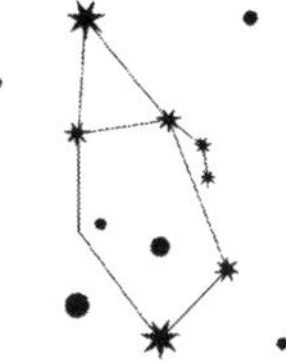

CONSTELACIONES PERDIDAS

Había pasado una semana desde el incidente. La herida en mi rostro ya había cerrado por completo, aunque la cicatriz permanecía. Esa misma mañana visité el consultorio de la señora Hall, quien, con su acostumbrada amabilidad, me retiró los puntos. Sentí una mezcla de alivio y gratitud al escuchar sus palabras tranquilizadoras mientras trabajaba. Antes de despedirnos, me obsequió una crema para ayudar a difuminar la cicatriz, un gesto que me hizo reflexionar sobre lo importante que es recibir apoyo en momentos difíciles.

Los últimos días habían sido más tranquilos de lo habitual. Noah desapareció después de que ignoré el mensaje que dejó con las flores en la cafetería. Supongo que entendió mi silencio, aunque eso no disminuía el torbellino de emociones que sentía al respecto. A pesar de todo, lo extrañaba profundamente, y una parte de mí no podía dejar de preocuparme por él: ¿Estaría comiendo bien? ¿Habría encontrado trabajo? ¿Estaría bien? Sin embargo, había algo liberador en esa distancia. Al no darle dinero esa semana, descubrí que podía avanzar en mis propios objetivos, como ahorrar para la edición de mi nuevo libro. La sensación me dejó atrapado entre la culpa y el alivio.

Me sentía egoísta por pensarlo, y algunas veces me enojaba conmigo mismo por la situación en la que estaba. Había dejado de enviarles dinero a mis padres, aunque no lo necesitaban. Siempre me había gustado ayudarles, pero en los últimos meses me había sido imposible. Cada vez que me ofrecían apoyo en lugar de aceptarlo, me decían lo mismo: "Hijo, no lo necesitamos, ayúdate con eso para tu próxima novela". Tenía los mejores padres del mundo, y me dolía no poder retribuirles, aunque fuera un poco.

Había perdido más de cinco kilos en los últimos meses, tomando horarios extra en el restaurante para cubrir los gastos del apartamento y, sobre todo, los caprichos de Noah. Aun así, se quejaba de la falta de alimentos en la casa, ignorando que yo siempre comía en el restaurante, un pequeño beneficio que Liza nos ofrecía al trabajar con ella.

Noah nunca mostró interés en conseguir un empleo estable, y cada vez que mencionaba el tema, encontraba una excusa para evadirlo. Decía que estaba "en un proceso de encontrarse a sí mismo" o que "no había oportunidades para alguien como él". Mientras tanto, yo me encargaba de cubrir sus necesidades, desde pagarle las comidas hasta financiar los pequeños lujos que insistía en tener, como ropa de marcas caras o cenas en restaurantes donde un solo plato costaba más de lo que yo ganaba en una jornada.

Había momentos en los que no podía evitar preguntarme si realmente me veía como su pareja o simplemente como su soporte financiero. Mis amigos intentaban advertirme, pero siempre encontraba la manera de justificarlo, de convencerme de que lo hacía porque lo amaba. Sin embargo, con cada turno extra y cada centavo que sacrificaba, empezaba a cuestionar si este amor era recíproco o si simplemente me estaba perdiendo en alguien que nunca estuvo dispuesto a esforzarse por mí. Aunque, en el fondo, lo sabía. Sabía que no era recíproco. Yo lo amaba, pero él a mí, no.

Esa noche, cuando el reloj marcó las diez, apagué las luces de la cafetería y me quedé en silencio por un momento, dejando que el cansancio del día me golpeara de lleno. Con un suspiro profundo, tomé un trapo y empecé a limpiar, dejando que la monotonía del trabajo me diera un respiro mental. Había sido un día agotador. Las mesas estuvieron llenas de decenas de personas almorzando y cenando, y los clientes parecían más demandantes que de costumbre. Un niño malcriado había derramado todo su refresco en el piso, dejándolo pegajoso y difícil de limpiar, mientras que otro, había vomitado en el baño, convirtiendo el lugar en un verdadero desafío para cualquiera con un estómago sensible.

Eli estaba frente a mí con cara de agotamiento, sin saber por dónde empezar a limpiar. Jugamos a la moneda, y ella perdió. Al escuchar el resultado, soltó un gruñido dramático mientras yo sonreía victorioso.

—Te odio —murmuró, resignada, antes de tomar el trapeador y dirigirse al baño.

No pude evitar sentir una chispa de alivio y satisfacción. Sabía que mi suerte en este pequeño juego había salvado mi estómago de un destino seguro. Si yo hubiera sido el que limpiara los baños, muy probablemente habría terminado vomitando también, y entonces tendríamos dos desastres que limpiar en lugar de uno. En un gesto al cielo, agradecí al universo por haberle ganado a Eli.

Mientras fregaba el suelo pegajoso, no podía evitar sentirme atrapado en una rutina agotadora. Cada mesa limpia, cada piso fregado, cada turno extra que aceptaba, todo se sentía como un intento desesperado por mantenerme a flote en un barco que hacía agua. Trabajaba sin descanso, sacrificaba mis sueños y la sensación de estar estancado me carcomía lentamente.

Mientras Eli intentaba limpiar el desastre del baño, un ruido fuerte seguido de un grito me sacó de mis pensamientos. Corrí hacia allí y la encontré en el suelo, completamente empapada de agua jabonosa y desinfectante.

—¡No te rías! —me gritó, intentando levantarse sin éxito mientras resbalaba una y otra vez.

Intenté mantener la compostura mientras me acercaba para ayudarla, pero en cuanto di un paso, no vi un charco de agua y terminé resbalando también. Caí de espaldas y, para empeorar la situación, un cubo lleno de agua sucia y restos de vómito se volcó sobre ambos.

Por un segundo, nos quedamos en silencio, empapados y cubiertos de aquel asqueroso líquido, hasta que Eli soltó una carcajada que me contagió al instante.

—¡Esto es lo más asqueroso que me ha pasado en la vida! —dijo entre risas.

—¿Qué dices? Esto es una nueva forma de exfoliación —respondí, tratando de encontrarle el lado positivo mientras sentía el agua fría recorrerme.

Pasaron varios minutos entre risas y resbalones torpes hasta que logramos ponernos de pie y comenzamos a limpiar el desastre que habíamos causado, bromeando sobre cómo parecía que el piso del baño estaba conspirando contra nosotros. Aunque el agotamiento era evidente, esa absurda escena alivió la tensión del día y terminamos riendo hasta que nuestras mejillas dolieron.

Cuando todo estuvo limpio, fuimos a cambiarnos la ropa sucia. Siempre teníamos ropa extra en nuestros casilleros para este tipo de situaciones; no era la primera vez que algo así nos pasaba. Incluso teníamos un libro donde apuntábamos todas las veces que ocurría algo gracioso. Con un paño mojado empecé a limpiarme los brazos y el pecho, sintiendo el hedor del vómito impregnado en mi piel y queriendo desaparecerlo lo más pronto posible.

—¿Has sabido algo de Noah estos días? —preguntó Eli mientras cepillaba su cabello.

—No, y no he querido escribirle porque sé que lo voy a perdonar... y no quiero hacerlo.

Eli dejó el cepillo a un lado y me miró con seriedad.

—Bastián, tienes que dejarlo. No te está haciendo bien. No quiero meterme demasiado, pero desde fuera es evidente que te está absorbiendo. Has perdido peso, estás agotado todo el tiempo y él... simplemente no parece poner de su parte.

Bajé la mirada.

—Es complicado, Eli. Lo amo, pero...

—Pero nada —interrumpió —. No te ama como tú lo amas, y lo sabes. El amor no debería ser una carga. Mírate. Esto no es justo para ti. Mereces a alguien que te cuide, no a alguien que solo te use.

Sus palabras me golpearon con fuerza. No dije nada; simplemente asentí, incapaz de encontrar una respuesta. Eli suspiró y me dio un apretón en el hombro.

Cuando cerramos la cafetería y nos dispusimos a irnos a casa, noté una figura familiar sentada en la acera. Un leve estremecimiento recorrió mi cuerpo al reconocer a Noah. Está aquí. Una sonrisa involuntaria intentó formarse en mis labios, pero la contuve.

Mis emociones eran un torbellino. Por un lado, estaba

feliz de verlo; por otro, el recuerdo del último incidente seguía fresco y me hacía sentir una punzada de temor.

Noah se levantó al verme y comenzó a acercarse. Mi corazón se aceleró como si mi cuerpo no pudiera decidir entre la emoción y la cautela. Eli, siempre perceptiva, notó mi incomodidad y sin decir una palabra me tomó del brazo, enviando un mensaje claro: no iba a dejarme solo hasta asegurarse de que estuviera bien.

—¿Quieres que me quede? —susurró Eli, con los ojos fijos en Noah.

—No te preocupes —respondí en voz baja.

Cuando Noah llegó hasta nosotros, su expresión parecía cargada de arrepentimiento, pero también de esa seguridad que siempre había tenido, como si supiera que lo recibiría sin importar qué. Eli permaneció firme a mi lado, un recordatorio silencioso de que no estaba solo.

—Hola —dijo Noah, con una sonrisa tímida que hacía difícil no derretirse un poco.

—Hola —respondí, tratando de mantener mi tono neutral, aunque mi voz tembló apenas.

Eli me dio un leve apretón en el brazo antes de soltarlo y dar un paso atrás.

—Estaré aquí cerca si necesitas algo —dijo, y se dirigió hacia la esquina, lo suficientemente lejos para darnos espacio, pero lo bastante cerca para intervenir si hacía falta.

Noah metió las manos en los bolsillos y bajó ligeramente la cabeza. Su cabello estaba desordenado, su ropa arrugada delataba que había pasado más de una noche en vela. Cuando levantó la vista, sus ojos reflejaban una mezcla de cansancio y arrepentimiento.

—Bastián, sé que no debería estar aquí... —dijo en voz baja, lanzando una mirada fugaz a Eli como si su presencia lo intimidara—, pero tenía que verte, tenía que pedirte perdón.

Sentí a Eli acercarse a mi lado y su agarre en mi brazo se hizo más firme. Yo apenas podía encontrar mi voz. Quería decir algo, cualquier cosa, pero las palabras no salían.

—Sé que lo arruiné todo —continuó Noah, dando un paso hacia mí—. Nunca debí haberte tratado así. No hay excusa para lo que pasó, pero necesito que sepas que estoy arrepentido.

No he dejado de pensar en ti ni un solo segundo desde aquella noche.

Eli me miró de reojo, claramente evaluando cada palabra de Noah. No dijo nada, pero su presencia me daba la seguridad que necesitaba para no ceder demasiado rápido.

—Lo siento por haberte hecho cargar con todo, por hacerte sentir que no soy suficiente. Sé que te fallé y no puedo prometer que cambiaré de la noche a la mañana, pero quiero intentarlo. Quiero ser mejor, por ti... por nosotros.

Sus palabras golpearon algo dentro de mí. Había esperado escucharlas tantas veces antes, pero ahora que las decía, no estaba seguro de qué sentir. Parte de mí quería creerle, abrazarlo y dejar que todo volviera a ser como antes, pero otra parte, la que había soportado el peso de nuestra relación, no estaba dispuesta a ceder tan fácilmente.

—Noah... —empecé a decir, mi voz temblando ligeramente.

Antes de que pudiera continuar, Eli se adelantó un paso. Su mirada firme y protectora se clavó en Noah.

—¿Esperas que te perdone solo porque dices que lo sientes? —su tono no era agresivo, pero sí contundente—. Bastián ha hecho más que suficiente por ti. Tal vez sea hora de que tú demuestres con acciones lo que tus palabras no pueden.

Noah tragó saliva, incómodo bajo la mirada de Eli, pero no retrocedió.

—Lo sé —respondió con sinceridad—. Solo quería que él supiera que lo lamento, de verdad. No espero que me perdones ahora, Bastián, solo quería que lo supieras.

Lo miré fijamente, buscando en su rostro algún indicio de cambio real. No estaba seguro de haberlo encontrado, pero sus palabras me dejaron con un nudo en la garganta.

—Noah, yo... necesito tiempo —dije finalmente—. No sé si puedo creer en tus palabras ahora, pero si realmente quieres demostrarme algo, tendrás que hacerlo con hechos.

Noah asintió.

—Lo haré, Bastián. Te lo prometo.

Sin decir más, se dio la vuelta y comenzó a caminar hacia la oscuridad de la noche. Eli me puso una mano en el hombro.

—Hiciste bien —susurró—. Ahora es su turno de

demostrarlo.

Yo solo podía mirar su silueta alejándose, con el corazón dividido entre la esperanza y el miedo de volver a confiar.

Después de dejar a Eli en su casa, el silencio del auto me acompañó durante todo el trayecto. Pensé en las palabras de Noah, en cómo había insistido en disculparse, en las advertencias de Eli y en mi propia confusión. No podía negar que verlo nuevamente había despertado algo en mí, pero también sabía que nuestros problemas no se resolverían con simples palabras.

Al llegar a mi edificio, lo vi. Noah estaba sentado en una banca cerca de la entrada, encorvado contra el frío, frotándose las manos para calentarse. Su chaqueta delgada apenas lo cubría, y su expresión era de cansancio mezclado con resignación.

Suspiré profundamente. Podía haber entrado directamente, fingir que no lo había visto, pero algo en mí no podía dejarlo ahí. Salí del auto y caminé hacia él.

—Noah —dije en un tono neutral, tratando de ocultar la mezcla de emociones que sentía.

Él levantó la mirada, sorprendido, y se puso de pie de inmediato.

—Bastián... yo... gracias por detenerte. Sé que no debería estar aquí, pero no tenía a dónde más ir —dijo con un tono vulnerable que me hizo sentir un nudo en el estómago.

—No puedes quedarte aquí toda la noche —respondí, cruzándome de brazos para no ceder a mis impulsos de ser más amable de lo necesario—. Hace frío y no es seguro.

—No planeaba molestarte. Solo... no sabía qué más hacer —respondió, bajando la mirada como si estuviera avergonzado.

Me quedé en silencio por un momento. Sabía que estaba cometiendo un error, pero aun así dije:

—Sube conmigo al apartamento.

Noah alzó la mirada de golpe, incrédulo.

—¿De verdad?

—Sí. Pero esto no significa que esté olvidando lo que pasó —aclaré con firmeza—. No quiero que pases la noche aquí afuera, nada más.

Asintió rápidamente y me siguió hacia la entrada del edificio. Subimos en silencio y, al llegar al apartamento, le ofrecí una manta y una taza de té caliente.

—Gracias, Bastián —murmuró mientras se envolvía con la manta.

Me senté en la silla frente al sofá, manteniendo la distancia.

—Mañana hablamos, Noah. Esta noche solo descansa.

Pero en lugar de quedarse tranquilo, él se levantó y se acercó a mí con una sonrisa que no había visto en toda la noche.

—¿Por qué esperar a mañana? —preguntó, poniéndose de rodillas frente a mí, dejando la taza en la mesa y tomando mis manos.

—Noah, no es el momento —dije, intentando apartarlas suavemente, pero él insistió.

—Vamos, Bastián. Sabes que podemos arreglarlo. Tú me amas, ¿verdad? Entonces, ¿por qué no hacemos que las cosas se sientan bien otra vez?

Su tono era dulce, pero había algo insistente en él que me incomodaba.

—Noah, por favor, no empieces con esto —dije, poniéndome de pie para crear espacio entre nosotros.

—¿Qué? ¿Me trajiste aquí solo para rechazarme otra vez? —preguntó, su tono subiendo de volumen, su rostro una mezcla de frustración y humillación.

—Te traje porque no quería que pasaras frío en la calle, no porque todo esté bien —respondí con calma, aunque mi corazón latía con fuerza.

Noah golpeó la puerta con la palma de su mano, haciendo que el ruido resonara en el pequeño apartamento.

—¡No puedo creer que seas tan cruel! ¿Por qué me haces esto?

El sonido me hizo retroceder, pero en lugar de seguir discutiendo, Noah se dejó caer en el sofá, cubriendo su rostro con las manos.

—Lo siento, Bastián... Es que no sé qué hacer. No quiero perderte.

Su voz tembló, dejando entrever una vulnerabilidad que hacía tiempo no veía en él.

Me acerqué con el cuerpo tenso y le extendí una mano.

—Noah, ven. No quiero que esto termine en más gritos. Podemos dormir y hablar mañana con la cabeza más fría.

Él me miró, dubitativo, y finalmente asintió. Nos dirigimos a mi habitación y, aunque sabía que era una mala idea, compartimos la cama como tantas otras noches antes. Noah se acercó, buscando rodearme con sus brazos, pero yo me giré hacia el otro lado, manteniendo la distancia.

—Buenas noches, Noah —susurré, ignorando el peso de su mirada en mi espalda.

Mientras él se quedaba dormido, yo permanecí despierto, con un nudo en el pecho. Sentí una lágrima correr por mi mejilla, y luego otra. Me pregunté cómo habíamos llegado hasta aquí, cómo alguien que una vez me hacía feliz ahora era la fuente de tanto dolor.

Quizá lo peor de todo era que, a pesar de todo, aún lo amaba. Pero ¿a qué precio?

La mañana siguiente, al abrir los ojos, me encontré con el lado de la cama vacío. Por un instante pensé que Noah estaba en la cocina o en la sala, pero al levantarme y mirar alrededor, confirmé que ya se había marchado. Su ausencia dejó una sensación de alivio mezclada con tristeza. En la mesa de la sala había una nota escrita con su letra desordenada:

"Lo siento, Bastián. Te amo. Volveré cuando estés listo para hablar."

Suspiré y dejé la nota en su lugar, sin saber si la frustración o la resignación dominaban mi estado de ánimo. No había soluciones fáciles, pero algo tenía que cambiar.

Con el peso de la noche anterior todavía en mi pecho, me preparé rápidamente y me dirigí al restaurante. Liza ya estaba allí, arreglando algunas flores en un jarrón sobre el mostrador.

—Buenos días, Bastián —dijo, pero su tono no era el habitual. Había algo de reproche en su voz.

—Buenos días, Liza —respondí, intentando sonar neutral mientras me dirigía al área de empleados para dejar mis cosas.

—No tan rápido —dijo ella, cruzándose de brazos y mirándome fijamente—. ¿Por qué no me dijiste que Noah vino a buscarte?

Me detuve en seco.

—¿Cómo sabes eso? —pregunté, aunque la respuesta era obvia. Eli.

—Eli me lo contó. Y antes de que intentes decir algo,

tiene razón en preocuparse. No puedo creer que no me hayas dicho nada. ¿Entiendes en lo que te estás metiendo?

—Liza, no quiero hablar de eso ahora. Ya tengo suficiente con todo lo que pasó anoche.

Ella se acercó y puso una mano firme sobre mi hombro.

—Pues yo sí quiero hablar de esto. No puedes seguir así, Bastián. Si Noah sigue buscándote, podrías terminar en una situación mucho peor. ¿Has considerado una orden de restricción?

La sola idea me hizo estremecer.

—¿Una orden de restricción? No creo que sea para tanto, Liza. Él... solo está pasando por un mal momento.

Liza suspiró, mirándome con una mezcla de frustración y compasión.

—Eso mismo dijiste la última vez. Y mira cómo terminaste. Bastián, eres una de las personas más generosas y nobles que conozco, pero tienes que poner límites. Noah no puede seguir siendo tu carga.

—No es tan simple... —murmuré, evitando su mirada.

—Claro que no es simple, pero tampoco es imposible. Piensa en ti, Bastián. No puedes seguir así.

Asentí levemente, aunque las dudas seguían rondando en mi cabeza. Liza regresó a sus flores, mientras yo me dirigía al área de empleados, sintiendo el peso de sus palabras.

Tal vez ya era hora de aceptar que tenía que protegerme, incluso si eso significaba tomar decisiones que dolieran más de lo que estaba dispuesto a admitir.

Después de ponerme el uniforme, intenté concentrarme en el trabajo, pero el peso de lo que llevaba dentro se hacía insoportable. Sabía que necesitaba decirle la verdad a Liza, aunque las palabras parecían atorarse en mi garganta. Ella era mi mejor amiga, la persona en quien más confiaba, y no podía seguir ocultándole algo así, aunque sabía que me iba a regañar.

Tomé aire y la miré nervioso.

—Liza, hay algo que no te he contado... —dije, con la voz apenas audible.

Ella alzó una ceja, deteniendo lo que estaba haciendo para prestarme toda su atención.

—¿Qué es, Bastián? —preguntó, su tono firme pero

preocupado.

Bajé la mirada, jugueteando con las mangas de mi camisa, y finalmente lo solté.

—Anoche... Noah se quedó en mi apartamento. Durmió en mi cama.

La reacción de Liza fue inmediata. Soltó las flores que tenía en las manos y me miró con incredulidad.

—¡¿Qué hiciste qué?! —exclamó, su voz subiendo un poco más de lo que esperaba.

—Lo sé, lo sé... no fue lo correcto. Pero estaba frío, parecía perdido y... no podía dejarlo en la calle después de todo lo que pasó —me apresuré a explicar.

Liza negó con la cabeza, cruzó los brazos mientras me miraba con una mezcla de frustración y decepción.

—Bastián, ¡esto es exactamente lo que no puedes seguir haciendo! ¿No ves que le estás dando más poder sobre ti? Cada vez que lo dejas entrar en tu vida, aunque sea por una noche, estás retrocediendo en todo lo que has avanzado.

—Sé que tienes razón, pero... simplemente no pude evitarlo. Parecía tan vulnerable...

Ella suspiró, y su tono cambió ligeramente, mostrando más preocupación que enojo.

—Entiendo que lo sigas queriendo, pero no puedes seguir cargando con él como si fuera tu responsabilidad. Él tiene que arreglar su vida por su cuenta, y tú tienes que protegerte, Bastián.

Asentí, aunque las palabras me dolían, aún se aferraba a la esperanza de que Noah pudiera cambiar.

—No quiero que me veas como un idiota, Liza... solo quería hacer lo correcto.

—No te veo como un idiota, Bastián. Te veo como alguien con un corazón demasiado grande para su propio bien. Pero eso no significa que no te vaya a dar un buen regaño cuando lo necesites.

A pesar de la seriedad de la conversación, una pequeña sonrisa se dibujó en mi rostro. Liza siempre encontraba la manera de mezclar su apoyo incondicional con una firmeza que sabía que necesitaba.

—Gracias, Liza. En serio.

Ella asintió.

—Ahora, vamos a enfocarnos en el trabajo. Pero esto no ha terminado, ¿eh? Luego seguimos hablando de esto.

Regresó a sus tareas, mientras yo intentaba sacudirme el remordimiento y enfocarme en el día que tenía por delante. Sabía que la conversación con Liza era solo el comienzo de un cambio que debía hacer en mi vida.

Limpiando las mesas del restaurante, mi mente vagaba en miles de pensamientos que se entrelazaban con el sonido de platos y risas lejanas. Me sentía como una constelación: una serie de puntos aislados que, vistos desde lejos, parecían formar algo hermoso, algo con sentido. Pero cuando te acercabas lo suficiente, te dabas cuenta de que eran solo estrellas solitarias, separadas por distancias inconmensurables.

Cada estrella en esa constelación representaba un aspecto de mi vida: mi trabajo interminable, mi pasión por escribir, mi relación con Noah, mis amistades con Liza y Eli. A simple vista, todo parecía encajar, como si hubiera un orden en el caos. Pero yo sabía que no era así. Sabía que cada parte de mi vida estaba suspendida en el vacío, conectada solo por un fino hilo de esperanza que me mantenía andando.

Con Noah, ese hilo se estiraba cada vez más, como si estuviera a punto de romperse. Y, sin embargo, ahí seguía yo, tratando de mantener unidas todas las piezas, ignorando el dolor en mi pecho que me recordaba que estaba gastando demasiado de mí, en alguien que no parecía darme nada a cambio.

Me detuve un momento, apoyándome en una mesa. A veces me preguntaba si mi vida se veía como esas constelaciones que la gente miraba desde la Tierra: hermosa desde afuera, pero incomprensible y distante desde dentro.

Liza se acercó.

—¿Estás bien, Bastián? —dejó un ramo de flores sobre el mostrador.

—Sí, solo... pensando en lo mucho que hemos trabajado estos días —respondí, con una sonrisa débil.

Ella no pareció convencida, pero no insistió.

Volví a mi tarea, preguntándome si algún día podría encontrar un equilibrio, un propósito real para mi constelación. Quizá lo que necesitaba no era seguir aferrándome a las estrellas equivocadas, sino dibujar nuevas conexiones entre las que realmente me iluminaban.

Una semana después, las noches frías y las largas jornadas de trabajo parecían haberse amontonado sobre mis hombros, haciéndome sentir más cansado de lo habitual. Pero no era solo el cuerpo, era el alma. No podía dejar de pensar en Noah. Su rostro seguía apareciendo en mi mente, junto con todos los recuerdos buenos y malos que habíamos compartido.

Esa tarde, mientras me sentaba frente a mi laptop tratando de avanzar con mi libro, un mensaje suyo apareció en la pantalla de mi teléfono. No lo había bloqueado, aunque muchas veces me había dicho a mí mismo que debería hacerlo.

"Sé que te lastimé y no espero que me perdones, pero quiero que sepas que lo siento. Siempre estaré aquí si decides que podemos intentarlo de nuevo."

Leí el mensaje varias veces. Podía sentir el peso de sus palabras, pero también el miedo y la culpa que habían estado acumulándose en mí. Dejé el teléfono sobre la mesa y miré por la ventana.

El cielo estaba despejado, y por primera vez en días, las estrellas parecían brillar con fuerza. Me recordaron mi propia comparación con una constelación. ¿Y si Noah era una de esas estrellas que no podía dejar atrás? ¿Y si, por más distante o caótica que pareciera nuestra relación, aún había algo que valiera la pena salvar?

Sin pensarlo demasiado, tomé el teléfono y escribí:

"Podemos hablar. Pero esta es la última vez, Noah. No puedo seguir en esto si no cambian las cosas."

Su respuesta no tardó en llegar.

"Dime cuándo y dónde, y estaré ahí."

Al día siguiente, nos encontramos en una cafetería cerca de mi apartamento. Verlo después de una semana de silencio fue como abrir una herida que apenas había comenzado a sanar. Pero había algo diferente en su mirada, algo que me hizo pensar que tal vez, solo tal vez, esta vez podría ser distinto.

Hablamos durante horas. Noah se disculpó una y otra vez, asegurándome que estaba dispuesto a cambiar, que estaba buscando trabajo y que quería demostrarme que era capaz de ser la persona que yo necesitaba. Me habló de sus miedos, de cómo se había sentido perdido y de cómo había comenzado a darse cuenta de que no podía seguir siendo una carga para mí.

No fue una conversación fácil. Había muchas cosas que aún dolían, muchas cosas que no podían olvidarse de un día para otro. Pero al final, decidí darle otra oportunidad. No porque fuera fácil, sino porque quería creer que todos merecíamos una segunda oportunidad, incluso Noah.

Cuando salimos de la cafetería, el frío de la noche nos envolvió. Él tomó mi mano y, por primera vez en mucho tiempo, sentí un pequeño destello de esperanza. No sabía si este sería el comienzo de algo mejor o simplemente otro error, pero estaba dispuesto a intentarlo, una vez más.

Al día siguiente terminando mi turno, Eli y Liza estaban esperándome afuera de la cafetería. Como siempre, Eli tenía un brillo de emoción en los ojos, mientras Liza sostenía un balde de palomitas que claramente no había comprado en el cine.

—¡Por fin! —exclamó Eli, agitando las manos como si llevara siglos esperando—. Si no te apuras, la película comenzará sin nosotros, y quiero estar allí desde que Lucas haga su gran entrada.

—¿Quién lleva snacks al cine si no los compra ahí? —pregunté, señalando el balde en manos de Liza.

—Alguien con sentido común y un presupuesto ajustado, cariño —respondió ella con una sonrisa altiva.

Nos dirigimos al cine y encontramos nuestros asientos justo a tiempo para el inicio de la película. Lucas Hamilton era el actor principal de la noche, y su nueva producción estaba siendo promocionada como la obra maestra del año. No tardamos en entender por qué: apenas Lucas apareció en pantalla, una escena cuidadosamente iluminada mostró más de su trasero de lo que cualquiera había anticipado.

Eli soltó un jadeo exagerado, y yo no pude evitar reír.

—Bueno, ahora entiendo por qué lo llaman un artista completo —bromeé, inclinándome hacia Liza.

—¿Artista completo o descarado completo? —replicó ella con una carcajada.

La sala estalló en risas en varios momentos de la película, y aunque Lucas definitivamente sabía cómo lucir bien, también entregó una actuación sorprendentemente emotiva. Salimos del cine riendo, comentando las escenas más absurdas y memorables.

—Si llego a ver a Lucas en persona, le pediré que me firme algo... no sé, tal vez un espejo retrovisor, para mantener la perspectiva adecuada —bromeó Eli, arrancando otra ronda de risas.

Mientras caminábamos hacia casa, con el frío de la noche envolviéndonos, sentí que este era el momento. Me detuve un segundo y miré a mis amigas.

—Chicas, hay algo que necesito decirles —solté, sintiendo cómo mi pecho se apretaba un poco.

Ambas se giraron hacia mí, expectantes.

—Volví con Noah.

El silencio fue tan pesado que casi pude escucharlo resonar entre nosotros. Eli frunció el ceño mientras Liza cruzaba los brazos, claramente esperando una explicación.

—Sé que esto no les va a gustar —añadí rápidamente—, pero creo que todos merecemos una segunda oportunidad. Él me prometió que las cosas serán diferentes, que está dispuesto a cambiar.

Liza suspiró, mirándome fijamente con una mezcla de frustración y ternura.

—Bastián, ¿en serio? —dijo, su tono firme pero no hiriente—. No es que no quiera apoyarte, pero esto... esto no me parece justo para ti. Hemos visto cómo te ha tratado, cómo te ha dejado cargar con todo mientras él simplemente... está ahí. Y tú sigues poniéndolo por encima de ti mismo.

—Liza, yo... —intenté responder, pero ella alzó una mano para detenerme.

—Escúchame, no te lo digo para hacerte sentir mal. Te lo digo porque te quiero, porque eres mi amigo y porque me duele verte así. Sé que piensas que las cosas pueden cambiar, y quiero creerlo también... pero si vuelve a lastimarte, Bastián, no te lo voy a perdonar.

Eli asintió vigorosamente, y aunque no añadió nada, su expresión reflejaba su apoyo total a las palabras de Liza.

Asentí lentamente, sintiendo una mezcla de vergüenza y gratitud.

—Gracias por preocuparse, en serio. Pero esta vez lo manejaré diferente. Si no cambia... lo dejaré ir.

—Más te vale —murmuró Liza, aunque su tono era más

compasivo que duro.

Continuamos caminando y, aunque la tensión no se disipó por completo, poco a poco volvimos a hablar de la película y del trasero de Lucas, retomando las bromas y riendo otra vez. Porque, a pesar de todo, sabía que siempre podía contar con ellas.

Lo que no sabía era si podía contar conmigo mismo para tomar la decisión correcta cuando llegara el momento.

Cometa Halley

UNA SONRISA QUE DUELE

Se acercaba mi cumpleaños, y la emoción crecía a medida que la fecha se aproximaba. Los temibles 33 estaban por llegar, pero lejos de preocuparme, me entusiasmaba celebrarlo. Desde niño, mis padres me habían inculcado el hábito de festejar en grande, y este año no sería la excepción. La celebración tendría lugar en el restaurante de Liza, quien, con su generosidad habitual, se ofreció a encargarse de toda la comida y cerrar temprano ese día.

Lo que más me emocionaba era que mis padres viajarían desde Ohio hasta Nueva York para acompañarme. Hacía más de un año que no los veía debido a mi situación económica, y la idea de tenerlos conmigo hacía que cada día se sintiera más especial. Además, esta sería la primera vez que conocerían a Noah. Aunque estaba feliz por ese encuentro, no podía evitar sentir cierta inquietud. Mi padre nunca había sido fanático de él; su intuición paternal parecía advertirle algo, y solía expresar su descontento con comentarios despectivos. Yo siempre optaba por ignorarlos para evitar discusiones, pero sabía que esta reunión sería, como mínimo, interesante.

De vuelta en casa, intenté dormir temprano. Al día siguiente debía abrir el restaurante y necesitaba descansar, pero mi mente no paraba. Encendí la televisión buscando distracción, y apenas la pantalla iluminó la habitación, el rostro de Lucas Hamilton apareció en primer plano con un anuncio que decía: *"¡Lucas Hamilton nominado al Óscar por su participación en*

Destinos Cruzados!"

Me quedé boquiabierto. Recordé la película que habíamos visto hace unas semanas y no pude evitar sonreír. Era increíble pensar que el actor favorito de Eli estuviera ahora compitiendo por uno de los premios más importantes del cine. La noticia despertó en mí una mezcla de orgullo y anhelo. ¿Qué se sentiría ser reconocido por algo que amas hacer?

Apagué la televisión, inspirado. Me levanté, preparé una taza de chocolate caliente y me senté frente a mi escritorio. Con las luces bajas y el silencio de la noche como compañía, abrí mi cuaderno y escribí las primeras palabras de una nueva historia: *"Te amo... idiota."*

Las horas se esfumaron sin que me diera cuenta. La inspiración ardía con una intensidad que no experimentaba desde hacía tiempo, y no podía dejar de escribir. Las ideas caían como estrellas fugaces, formando una narrativa que me llenaba de emoción y expectativa. Cuando finalmente miré el reloj, ya pasaban las tres de la madrugada.

Fue entonces cuando la realidad me golpeó: en unas pocas horas tendría que estar de pie, listo para enfrentar un nuevo día en el restaurante. Además, recordé que mi computadora, esa reliquia que había estado sobreviviendo a base de milagros, finalmente había decidido morir. Intenté encenderla una vez más, dándole golpecitos como si fuera una vieja radio, pero nada.

La frustración me invadió. Resignado, me dejé caer en la cama con la esperanza de que el sueño me alcanzara antes de que el estrés lo hiciera primero.

A la mañana siguiente, el cansancio acumulado y las pocas horas de sueño me pasaron factura. Estaba profundamente dormido cuando mi teléfono comenzó a vibrar insistentemente sobre la mesa de noche. Entre sueños, el sonido se hacía cada vez más fuerte, perforando la neblina de mi mente adormilada.

Con los ojos entrecerrados, estiré la mano hasta alcanzar el celular. En la pantalla parpadeaba un mensaje de Eli:

"¡Bastián! ¿Dónde estás? Hay clientes esperando afuera del restaurante y el local sigue cerrado. ¡Contesta!"

Un golpe de adrenalina me recorrió el cuerpo. Miré el reloj.

8:35 a. m.

El restaurante debía haber abierto hacía más de media hora.

Salté de la cama de un brinco, tropezando con mis propios pies, y comencé a vestirme apresuradamente mientras soltaba una sarta de maldiciones entre dientes. Agarré las llaves del restaurante y salí corriendo sin siquiera lavarme la cara, consciente de que Eli estaría furiosa y los clientes ya debían estar perdiendo la paciencia.

Llegué al restaurante jadeando, con el corazón golpeando contra mis costillas. Para mi desgracia, la mayoría de los clientes ya se habían marchado. Genial. Otro punto menos para mi récord de empleado responsable. Apenas tuve tiempo de colgar mi abrigo cuando sentí mi teléfono vibrar en el bolsillo.

Miré la pantalla y, al ver el nombre de Noah, no pude evitar sonreír. Siempre me alegraba escucharlo, incluso después de un día largo. Contesté al instante.

—¡Noah! Qué bueno que llamas.

—Hola, Bastián —su voz sonaba cansada, con ese tono que siempre lograba hacerme sentir inseguro—. Escucha, tengo que decirte algo.

Fruncí el ceño. Había algo extraño en su tono.

—¿Qué pasa?

—No vamos a poder vernos hasta el fin de semana. Conseguí un trabajo temporal y, bueno, ya sabes cómo es esto.

Sentí una punzada de decepción. Había estado esperando verlo antes, pero intenté sonar animado.

—¿Un trabajo temporal? Eso suena bien. ¿En qué consiste?

—Es algo sencillo, pero me ayudará con los gastos —dijo, como si estuviera justificándose—. No quiero que pienses que te estoy dejando de lado, ¿sí? Este fin de semana hacemos algo especial, te lo prometo.

Suspiré, no porque estuviera molesto, sino porque lo entendía perfectamente.

—No te preocupes, en serio. Me alegra que estés consiguiendo algo que te ayude. Te extrañaré, eso sí.

—Y yo a ti, Bastián. Pero ya falta poco para el fin de semana. Hablamos pronto, ¿sí?

—Claro. Mucha suerte con el trabajo, Noah. Cuídate.

Colgué y me quedé con el teléfono en la mano. La sensación agridulce era inevitable: feliz por él, pero vacío por su ausencia. Miré a mi alrededor; el restaurante estaba completamente vacío. La mañana había terminado para el negocio, pero para mí, el día apenas comenzaba.

Liza llegó minutos después de mí. Apenas cruzó la puerta, su expresión dejó claro que estaba molesta, y no la culpaba. Era su negocio, su sueño, y yo había metido la pata. Intenté preparar una disculpa en mi cabeza, pero ninguna parecía suficiente.

Cuando su mirada se cruzó con la mía, esbocé una sonrisa nerviosa, un intento torpe de suavizar el ambiente. No funcionó.

—¿Qué pasó, Bastián? —preguntó directamente, su tono firme pero contenido, como si estuviera esforzándose por mantener la calma.

Antes de responder, miré de reojo a Eli, que estaba en la barra observándome en silencio. Sus ojos eran un recordatorio mudo de mi error, pero también de que no estaba solo.

—Fue un error, Liza —dije finalmente —. No fue mi intención que esto pasara. Lo siento muchísimo.

Liza suspiró, cruzando los brazos mientras se acercaba un poco más. Podía sentir la tensión en el aire, y aunque sabía que me lo merecía, no dejaba de doler.

—Bastián, esto no se trata solo de intenciones. Necesito que seas más responsable. No puedo estar cubriendo cada problema que ocurre.

Asentí, aceptando sus palabras. Eli siguió en silencio, sin intervenir, como si supiera que lo mejor era no avivar el fuego.

—Te prometo que no volverá a pasar —añadí, tratando de transmitir toda la honestidad posible.

Liza me observó por un largo momento. Aún había enojo en su mirada, pero también un atisbo de cansancio.

—Eso espero, Bastián. Porque este negocio no puede darse el lujo de más errores.

Y con eso, se dio la vuelta y comenzó a revisar las mesas, como si estuviera evaluando los daños, tanto físicos como emocionales. Eli me lanzó una mirada de apoyo, pequeña pero significativa, antes de volver a lo suyo. Me quedé ahí, sintiéndome pequeño, prometiéndome que haría todo lo posible por no fallar otra vez.

Horas más tarde, cuando el restaurante estaba tranquilo y el incidente de la mañana parecía un recuerdo lejano, Liza me llamó a su oficina. Cerré la puerta detrás de mí y me senté frente a su escritorio. Su expresión era más relajada que antes.

—Bien, Bastián, vamos a hablar de tu cumpleaños —dijo sin rodeos, con esa expresión que me decía que ya lo tenía todo planeado en su cabeza. Sonreí, aunque un poco incómodo. Sabía que esta conversación no sería del todo pacífica. Liza siempre se esmeraba en que mis cumpleaños fueran especiales, pero había un pequeño detalle que siempre entorpecía estas charlas.

—¿Qué tienes en mente? —pregunté, fingiendo neutralidad.

—La comida ya está decidida. Lasaña de pollo en salsa blanca, con hongos y brócoli. Lo sabes, no estoy preguntando.

Reí, porque sabía que tenía razón.

—Eso suena increíble. Gracias.

Pero lo difícil venía ahora.

—Hablando de los invitados... supongo que vas a invitarlo —dijo, sin necesidad de mencionar su nombre.

Suspiré. Ya me había preparado para esto.

—Sí, Liza, voy a invitarlo. Es importante para mí que esté.

Puso los ojos en blanco y se recargó en el respaldo de su silla.

—No entiendo qué le ves, Bastián. Siempre parece tan... distante, como si estuviera haciendo un esfuerzo por caerme mal.

—No es que quiera caerle mal a nadie. Simplemente es... así. Contigo es diferente, pero no significa que no sea importante para mí.

Me miró por un momento, como si estuviera evaluando si valía la pena discutir. Al final, soltó un suspiro y levantó las manos en señal de rendición.

—Está bien, lo invitas. Pero te advierto, si me lanza otra de esas miradas de "no sé por qué estoy aquí", no me hago responsable.

—Gracias, Liza. Y no te preocupes, seguro se porta bien esta vez —dije, aunque ambos sabíamos que eso era pedir demasiado.

Ella negó con la cabeza, pero en su expresión había un

atisbo de diversión.

—Espero que disfrutes tu día, Bastián, aunque tenga que soportarlo. Ahora ve y termina tu lista de invitados.

Salí de la oficina con una mezcla de alivio y nerviosismo.

Porque, aunque quería creer que todo saldría bien, en el fondo sabía que una noche con Noah y mi familia en la misma habitación era una receta para el desastre.

Salí de la oficina con una mezcla de alivio y aprehensión. Sabía que la relación entre Liza y Noah nunca sería fácil, pero estaba decidido a que ambos formaran parte de mi día, sin importar lo complicado que eso pudiera ser.

Con la libreta en mano, me senté en una de las mesas vacías y comencé a escribir los nombres de los invitados. Primero anoté a mis papás, cuya presencia ya estaba confirmada. Tenerlos ahí siempre me hacía sentir acompañado, incluso cuando no lo decía en voz alta.

Después seguí con Liza. Su entusiasmo por ayudar con la celebración era contagioso, y sabía que, de alguna forma, ella disfrutaría tanto como yo al verme rodeado de las personas que me importaban. Añadí los nombres de Eli y Jessie. Eran imprescindibles. Su compañía siempre había sido un soporte en los días buenos y malos, y no podía imaginar celebrar sin ellos.

Luego escribí el nombre de Noah, pausando un momento antes de continuar con el resto de la lista. Su presencia era especial para mí, aunque sabía que no todos lo verían de la misma forma. Pero no importaba; era mi cumpleaños, y quería que estuviera ahí.

Terminé incluyendo a otros amigos cercanos, algunos del barrio y otros de etapas pasadas de mi vida, asegurándome de no olvidar a nadie. Al mirar los nombres en la hoja, sentí una satisfacción tranquila. Con cada nombre, el día comenzaba a tomar forma, y la emoción de lo que estaba por venir se hacía más fuerte.

Esa noche llegué agotado después de un largo día de trabajo. Cada músculo de mi cuerpo dolía y lo único que quería era darme una ducha caliente y dormir hasta el día siguiente. Sin embargo, al abrir la puerta de mi apartamento, un desagradable olor me golpeó de inmediato. Fruncí el ceño y entré con cautela.

La escena que encontré me dejó congelado en el umbral.

Platos sucios amontonados en el fregadero, restos de comida en el suelo, botellas vacías esparcidas por la mesa del comedor, ropa tirada sin orden alguno. Era un caos absoluto.

Mi corazón comenzó a latir con fuerza cuando dirigí la mirada hacia el sofá. Ahí estaba Noah, sentado cómodamente con los pies sobre la mesa de centro, viendo televisión como si nada. Parecía completamente ajeno a la catástrofe que lo rodeaba, como si ese desorden fuera lo más normal del mundo.

Sentí una mezcla de rabia y frustración recorrerme el cuerpo. Después de un día agotador, lo mínimo que esperaba era llegar a un hogar en paz, no a una escena de desastre.

—¿Qué carajo pasó aquí? —pregunté con la voz tensa.

Noah, sin apartar la vista de la pantalla, tomó un sorbo de la cerveza que tenía en la mano y respondió con total indiferencia.

—Relájate, Bastián. Ya lo iba a recoger.

Crucé los brazos, sintiendo cómo la paciencia se me agotaba.

—¿En serio? Porque parece que llevas horas aquí sin mover un dedo. ¿Cómo puedes estar tan tranquilo en este desorden?

Finalmente giró la cabeza para mirarme, con una expresión de fastidio.

—Tuve un día largo, ¿ok? Solo quería descansar un rato. ¿Cuál es el problema?

Reí sin humor y señalé la sala con un gesto amplio.

—¿El problema? ¿En serio me lo preguntas? Estoy agotado, Noah. Trabajo todo el día y llego a esto. Ni siquiera pudiste lavar los platos que usaste.

Se encogió de hombros.

—No pensé que fuera para tanto.

Apreté la mandíbula, sintiendo que la frustración aumentaba. No era la primera vez que discutíamos por cosas así, pero esta vez, después de un día difícil, me costaba más contenerme.

—¿Sabes qué, Noah? Olvídalo. Voy a dormir, mañana hablamos.

Solté el aire pesadamente y caminé hacia la habitación, pero antes de cerrar la puerta, lo escuché murmurar:

—Siempre exagerando todo...

Ignoré su comentario y cerré la puerta tras de mí. Me dejé caer sobre la cama con un suspiro, sintiéndome más cansado que antes. Algo dentro de mí me decía que esta discusión no era más que el comienzo de algo mucho más grande.

El día de mi cumpleaños finalmente había llegado. Esa mañana me detuve frente al espejo, ajustando la chaqueta de mezclilla que había comprado especialmente para la ocasión. El pantalón ligeramente desgastado y la camisa verde oliva complementaban el look a la perfección. Quería sentirme bien, y esa ropa nueva parecía ser el toque necesario para el día especial.

Al llegar al restaurante, noté que ya estaba todo preparado. Eli se había encargado de la decoración y, como siempre, había superado mis expectativas. Globos dorados y negros colgaban del techo, enmarcando el espacio con una elegancia sencilla pero impactante. En el centro de una de las mesas, mi madre había dejado una enorme torta de tres leches, su especialidad. El dulce aroma llenaba el ambiente, y por un momento, sentí ese cálido nudo en el pecho que solo la familia podía provocar.

Miré alrededor y sonreí. Todo estaba listo y, aunque todavía faltaban algunos minutos para que llegaran los invitados, ya podía sentir la magia del día. Este cumpleaños, sin duda, iba a ser memorable.

Me senté con mis padres en una de las mesas, disfrutando de esos primeros momentos de calma antes de que el lugar se llenara. Mi papá contaba alguna anécdota de mi infancia que, aunque ya había escuchado mil veces, lograba arrancarnos una risa a todos. Mi mamá, como siempre, estaba atenta a cada detalle, asegurándose de que todo estuviera en su lugar.

Poco a poco, los invitados comenzaron a llegar. La puerta se abría y cerraba constantemente, llenando el restaurante de saludos, risas y abrazos. Algunos traían botellas de vino, otros llegaban con pequeñas bolsas de regalo que dejaban sobre la mesa reservada para los obsequios.

Eli y Jessie se movían entre los recién llegados, ayudándolos a acomodarse y asegurándose de que todos tuvieran algo que beber. Liza estaba en su elemento, supervisando que todo marchara perfectamente.

Observé todo desde mi lugar, sintiéndome agradecido por cada persona que cruzaba esa puerta. Era un momento simple, pero lleno de significado: estar rodeado de las personas que realmente importaban. El restaurante, con su decoración dorada y negra, parecía más vivo que nunca, y yo no podía evitar sentirme afortunado.

Había pasado más de una hora desde que Noah debía haber llegado, y la inquietud comenzaba a instalarse en mi pecho. Aunque intentaba disimular, no podía evitar mirar el reloj cada pocos minutos.

Saqué mi teléfono y le mandé otro mensaje:

"¿Todo bien? Te estamos esperando."

Nada. Ni una respuesta. Revisé si había leído mis mensajes, pero seguían ahí, sin abrir. Mi pulso se aceleraba un poco más con cada minuto que pasaba.

—Oye, ¿todo bien? —La voz de Eli me sacó de mis pensamientos. Se había acercado con su típica actitud tranquilizadora, pero al ver mi expresión, su rostro mostró algo de preocupación.

—Noah no ha llegado, ni siquiera ha respondido. Es raro en él —dije, intentando sonar despreocupado, aunque mi voz temblaba un poco.

Eli colocó una mano en mi hombro.

—Seguro que está en camino. Ya sabes cómo es con el tiempo... —dijo, intentando restarle importancia. Luego, levantó la voz para cambiar el enfoque—. ¡Oigan! ¿Qué les parece si empezamos con los regalos mientras esperamos?

Todos asintieron y se reunieron en torno a la mesa donde estaban los obsequios. Intenté concentrarme en el momento, en los papeles de colores y las risas que resonaban mientras abría cada paquete, pero mi mente seguía vagando hacia la puerta del restaurante, esperando verla abrirse y encontrar a Noah ahí.

Eli permaneció a mi lado todo el tiempo, asegurándose de que me mantuviera ocupado. Aunque agradecía su esfuerzo, no podía ignorar esa sensación de vacío que crecía dentro de mí con cada minuto que pasaba sin noticias de él.

—Falta un regalo —dijo Liza, sacando una caja grande de debajo del mostrador. Su voz atrajo todas las miradas, incluida la mía, que por un instante olvidó la ausencia de Noah.

Todos se quedaron expectantes mientras colocaba la caja frente a mí. Era elegante, envuelta en un papel plateado que brillaba bajo la luz cálida del restaurante. Liza me sonrió con ese aire de misterio que solía tener cuando quería sorprenderme.

—Ábrelo —insistió, cruzando los brazos con un leve gesto de orgullo.

Comencé a rasgar el papel mientras las conversaciones se detenían a mi alrededor. Apenas había empezado, cuando, de reojo, noté que la puerta del restaurante se abría y alguien entraba apresuradamente.

Noah.

Sin decir palabra, caminó directamente hacia donde estaba y se sentó a mi lado, como si no hubiera llegado con una hora de retraso ni me hubiera dejado en vilo.

Sentí un leve alivio, pero también una punzada de molestia que decidí ignorar por el momento. Finalmente, terminé de abrir el regalo. Era una MacBook, reluciente y perfecta. Por un instante, me quedé sin palabras.

—Es... increíble —dije, me levanté para abrazar a Liza, que parecía disfrutar mi reacción más que nadie.

—Sabía que te encantaría. Es lo que un escritor exitoso necesita, ¿no? —respondió, claramente satisfecha con mi entusiasmo.

Antes de que pudiera responder, Noah habló con esa mezcla de sarcasmo y burla que sabía manejar tan bien.

—El mejor regalo para un escritor —dijo, dejando escapar una pequeña risa.

El comentario cayó como una piedra en el ambiente. La sonrisa de mi madre se tensó, mi padre le dirigió una mirada severa y Eli alzó una ceja, claramente incómoda. Intenté reír, como para desviar la tensión, pero el daño estaba hecho.

—Gracias, Liza. De verdad, es el mejor regalo —dije.

Liza, aunque mantuvo una sonrisa, desvió la mirada hacia otro lado. Y yo, por más que intentara concentrarme en lo especial que era el día, no podía evitar sentir que algo en la dinámica de esa noche se había roto un poco después del comentario de Noah.

La noche continuó, mis amigos y mi familia hicieron su mejor esfuerzo para mantener la energía alta y enfocarse en la celebración. Finalmente, todos se reunieron alrededor de la torta, y me cantaron cumpleaños mientras las velas iluminaban los rostros de quienes más quería.

Noah, por su parte, pasó gran parte de la noche ignorando a mis padres. Su indiferencia me incomodaba, pero decidí no darle demasiada importancia en ese momento. No quería arruinar la noche con pensamientos innecesarios.

Al final, cuando la mayoría de los invitados comenzaban a marcharse, me acerqué a mis papás y, antes de que pudieran decir algo, me adelanté con una excusa.

—Lo siento mucho por cómo estuvo Noah hoy. No se siente bien, le duele la cabeza —mentí, intentando justificar su actitud.

Mi mamá me miró con una mezcla de escepticismo y compasión, pero mi papá simplemente suspiró y dejó pasar el tema. Sabía que no valía la pena discutirlo en ese momento.

Noah también decidió irse temprano. Se despidió con un beso rápido en la mejilla y una vaga excusa.

—Debo trabajar temprano mañana, pero me alegra haber venido. Feliz cumpleaños, Bastián.

Le sonreí con algo de cansancio, pero no insistí en que se quedara.

Cuando el restaurante quedó casi vacío y solo Eli, Liza y yo permanecíamos allí, decidimos que la noche aún no debía terminar.

—¿Qué dices? ¿Una última celebración? —preguntó Eli, con un guiño mientas recogía su abrigo.

—Sí, vamos. Hoy es tu día, y no podemos dejar que termine así —añadió Liza con una sonrisa cómplice.

Terminamos en un bar cercano, donde nos dejamos llevar por la música y las risas. Bailamos, bebimos, y por un rato me olvidé de los momentos incómodos de la noche. Por unas horas, todo se sintió ligero, como si no hubiera problemas esperando en el horizonte.

Cuando finalmente volví a casa, agotado pero feliz, supe que había sido un gran día. A pesar de los altibajos, me quedé con los momentos buenos y con las personas que hicieron que todo valiera la pena. Pero, en el fondo, también sabía que siempre habría algo dispuesto a arruinar cada instante de felicidad en mi vida.

Hyakutake

EL ÚLTIMO COMETA

El día comenzó como cualquier otro. Había decidido aprovechar la mañana para escribir, pero mi mente estaba dispersa, atrapada en una sensación extraña que no podía definir. Noah llevaba días comportándose de forma distante y, aunque intenté convencerme de que era solo el estrés del trabajo, algo en su actitud no cuadraba. Fue después del almuerzo, mientras revisaba mi teléfono, que todo cambió.

Un mensaje apareció en la pantalla, enviado por error o tal vez intencionalmente, no lo sabía. Era de Noah, pero no estaba dirigido a mí.

"¿Te veré hoy después de la sesión? No puedo esperar."

Fruncí el ceño. Al principio, pensé que debía ser algún malentendido, un mensaje sin importancia. Pero cuando entré a sus redes sociales por impulso y vi una foto publicada la semana anterior, todo comenzó a encajar.

En la imagen, Noah estaba en el gimnasio con un hombre al que había mencionado un par de veces: el instructor del gimnasio que yo le pagaba. Sonreían, ambos demasiado cerca como para que pareciera algo meramente profesional.

Un nudo se formó en mi estómago mientras las piezas caían en su lugar. Sus constantes excusas, las veces que llegaba tarde, y ahora este mensaje. Todo apuntaba a lo mismo.

Tomé mi chaqueta y salí del apartamento sin saber exactamente a dónde ir. Necesitaba aire, necesitaba claridad, pero, sobre todo, necesitaba enfrentar lo que ya parecía inevitable, caminé durante un tiempo antes de volver.

El ambiente en el apartamento era tan tenso que casi se podía cortar con un cuchillo. Llevaba horas esperando a Noah, repasando una y otra vez en mi cabeza cómo confrontarlo. Cuando finalmente llegó, dejó su mochila junto a la puerta y me miró con una expresión que mezclaba cansancio y molestia.

—¿Qué pasa ahora? —preguntó, como si fuera yo quien hubiera cometido una falta.

Respiré hondo, intentando mantener la calma. No quería perder el control, pero la indignación hervía dentro de mí.

—Quiero que seas honesto conmigo, Noah. —Saqué mi teléfono y le mostré el mensaje—. ¿Qué es esto?

Su expresión cambió de inmediato. No fingió sorpresa ni intentó buscar una excusa. En su lugar, dejó escapar una risa corta y amarga.

—¿Así que lo descubriste? —dijo con un tono sarcástico, cruzándose de brazos.

La frialdad de su respuesta me dejó sin aliento por un segundo, pero logré recuperarme.

—¿Cuánto tiempo lleva esto, Noah? —pregunté, sintiendo cómo mi voz temblaba ligeramente.

—Desde hace un par de meses —respondió sin titubear—. Y sí, antes de que lo preguntes, estuvimos juntos el día de tu cumpleaños.

El mundo se detuvo. Su confesión cayó sobre mí como un golpe seco, dejándome aturdido.

—¿Qué...? —balbuceé, intentando procesar lo que acababa de decir—. ¿Llegaste tarde a mi cumpleaños porque estabas con él?

—Sí —dijo, encogiéndose de hombros como si no fuera gran cosa—. ¿Qué querías que hiciera? ¿Cancelar con él solo porque tú estabas esperando?

La indiferencia en su voz me encendió como nunca.

—¡Era mi cumpleaños, Noah! Estabas rodeado de mi familia, de mis amigos. ¡Y todo ese tiempo estabas...!

—¿Fingiendo? —interrumpió, levantando las manos con desdén—. Sí, estaba fingiendo. ¿Y qué? No iba a dejar de vivir mi vida solo porque tú querías una noche perfecta para ti.

—¿Vivir tu vida? —repliqué, mi voz subiendo de tono—.

¡Esto no es vivir tu vida, Noah! ¡Esto es traición!

—Oh, por favor, Bastián. —Su voz era dura, casi burlona—. Siempre te haces la víctima. Siempre tan necesitado de atención, tan dependiente de que todo gire a tu alrededor. ¿No te has dado cuenta de que es agotador estar contigo?

Sus palabras eran como cuchillas clavándose en mi pecho. Cada frase hacía que la rabia y el dolor se mezclaran, convirtiéndose en algo insoportable.

—¿Eso es lo que piensas de mí? —pregunté, mi voz apenas un susurro.

—Sí —contestó, sin rastro de arrepentimiento—. Y si soy honesto, el entrenador me da todo lo que tú no puedes. Es emocionante, es... divertido. Algo que tú dejaste de ser hace mucho tiempo.

El silencio que siguió fue devastador. Sentí cómo todo dentro de mí se rompía al escuchar esas palabras. No había rastro de arrepentimiento en su rostro, ni una chispa de la persona que alguna vez pensé que amaba.

Finalmente, me levanté, mi cuerpo temblando de rabia contenida.

—Lárgate, Noah. —Mi voz era baja, pero firme—. No quiero verte más.

—Con gusto —respondió, recogiendo su mochila con desdén—. De todos modos, ya no tenía sentido seguir fingiendo.

Sin decir nada más, salió del apartamento, cerrando la puerta tras de sí con un golpe seco.

El silencio que dejó fue ensordecedor, lleno de la ausencia de algo que nunca fue tan sólido como pensé. Me quedé ahí, de pie, sintiendo cómo las lágrimas comenzaban a caer, calientes y pesadas.

Esa noche, mientras el dolor me atravesaba como un cuchillo, comprendí que Noah no solo me había traicionado, sino que había destruido la imagen que tenía de nosotros.

Los días que siguieron fueron un conjunto de emociones que no podía controlar. Todo me recordaba a él: su taza favorita en la cocina, los mensajes vacíos que ya no llegaban, la ausencia de su risa llenando los espacios que ahora parecían más grandes, más vacíos.

Lloraba por las madrugadas, cuando el silencio de la

noche se hacía insoportable. Era en esos momentos cuando el peso de la soledad caía sobre mí como un golpe inesperado. Me despertaba buscando su nombre en mi teléfono, esperando encontrar un mensaje suyo, una explicación, algo que me ayudara a entender por qué había terminado así. Pero el silencio de la pantalla solo amplificaba el vacío que sentía.

Extrañaba sus mensajes, esas pequeñas dosis de normalidad que me hacían sentir conectado a algo más grande que yo mismo. Ahora, cada notificación que no era suya me dolía como una herida fresca, recordándome que él había elegido a alguien más, que me había dejado a un lado como si nuestra historia no significara nada.

Estaba consumido por el miedo. Miedo de quedarme solo, de no poder seguir adelante, de que su ausencia se convirtiera en un agujero permanente en mi vida. Las noches eran las peores, pero los días tampoco ofrecían consuelo. Me encontraba repasando cada detalle de nuestra relación, buscando señales que tal vez había pasado por alto, momentos que podrían haberme preparado para este final.

Liza y Eli intentaron acercarse, pero ni siquiera su compañía lograba llenar el vacío. Fingía estar bien cuando las veía, pero la verdad era que apenas podía mantenerme de pie. Me refugiaba en el trabajo, en la rutina, en cualquier cosa que pudiera distraerme, aunque fuera por unos minutos. Pero incluso entonces, su sombra estaba ahí, siguiéndome como un eco persistente de lo que habíamos sido.

Noah no se molestó en llamarme ni en buscarme. Su ausencia era tan cruel como su traición, y aunque una parte de mí deseaba odiarlo, la realidad era que todavía lo extrañaba. Extrañaba al Noah que me hacía reír, al que me abrazaba en las noches frías, al que me hacía sentir que no estaba solo en el mundo. Pero ahora estaba solo. Y mientras los días pasaban, esa soledad se volvía más definitiva.

Esa noche, al llegar del trabajo, me sentía más agotado que de costumbre. No era solo el cansancio físico de las largas horas en el restaurante; era el peso de todo lo que cargaba por dentro. Dejé mis cosas sobre la mesa y me dirigí al armario, buscando algo cómodo para dormir. Al sacar una camisa, algo cayó al suelo. Me agaché y, para mi sorpresa, encontré una de las camisas de Noah.

Era su favorita, la que tanto le gustaba usar, la que a menudo terminaba enredada entre las sábanas después de pasar una tarde juntos. La tomé en mis manos, con el mismo cuidado con el que se sostiene algo frágil, algo que aún conserva vida propia. Su aroma seguía ahí, impregnado en la tela: su perfume, mezclado con algo que era únicamente suyo. De repente, el nudo que llevaba semanas en mi garganta se deshizo y el llanto que había estado conteniendo estalló con fuerza.

Me dejé caer al suelo, abrazando la camisa contra mi pecho como si pudiera traerlo de vuelta, como si al aferrarme a ese pedazo de tela pudiera recuperar todo lo que habíamos perdido. Pero no era así. Cuanto más fuerte la apretaba, más sentía cómo mi corazón se desprendía, como si una parte de mí se desmoronara con cada sollozo.

Y en ese momento, lo entendí.

Noah no iba a volver. No iba a cruzar la puerta con una sonrisa, ni a disculparse, ni a decirme que todo había sido un error. Lo nuestro había terminado, y yo estaba solo, atrapado en un dolor que parecía no tener fin. No era solo tristeza lo que sentía; era algo más profundo, algo que iba más allá de lo que podía describir.

No era solo el final de una relación. Era el final de una parte de mí.

Las siguientes semanas fueron una montaña rusa de emociones que no podía controlar. Había días en los que me sentía mejor, como si pudiera respirar un poco más fácil, como si el peso en mi pecho aflojara, aunque fuera por unas horas. Pero esos momentos de calma eran fugaces. Pronto volvían las olas de tristeza, arrasándome sin previo aviso.

La ausencia de Noah era como una pastilla amarga que tenía que tragar todos los días. Pero en lugar de aliviarme, parecía desgarrarme más por dentro. Cada recuerdo suyo, cada rincón del apartamento que aún llevaba su rastro, era un recordatorio constante de lo que ya no estaba.

Intenté llenarme de ocupaciones, de proyectos, de cualquier cosa que mantuviera mi mente ocupada. Liza y Eli trataban de sacarme de casa, de distraerme con bromas y planes improvisados, y aunque agradecía su esfuerzo, había momentos en los que simplemente no podía fingir estar bien.

Por las noches, el silencio se hacía más pesado. En la oscuridad, era imposible ignorar la verdad: no era solo Noah quien se había ido, sino también la versión de mí mismo que había creído estar construyendo con él.

Estaba atrapado entre querer seguir adelante y no saber cómo hacerlo, entre recordar los buenos momentos y luchar contra la amarga realidad de su traición. Las semanas pasaban, pero el dolor no parecía ceder. Cada día era una batalla entre la esperanza de que las cosas mejorarían y el miedo de que siempre me sentiría así: incompleto, roto.

"Convierte tu corazón roto en arte."

Era la frase que me repetía constantemente, casi como un mantra. No recuerdo exactamente dónde la escuché por primera vez, pero esas palabras se aferraron a mí como un salvavidas. Cada vez que el dolor se hacía insoportable, cuando las lágrimas brotaban sin permiso en mitad de la noche, me aferraba a esa idea. Y gracias a ello, logré terminar mi nueva novela.

Fue una catarsis inesperada, un derrame de todo lo que llevaba dentro. Aprovechaba las madrugadas en vela, aquellas en las que el sueño se negaba a visitarme, para sentarme frente a mi computadora. Las palabras fluían como nunca, alimentadas por mi rabia, mi tristeza, pero también por los recuerdos buenos y malos que Noah había dejado.

Mientras escribía, sentía como si cada página que completaba fuera una forma de arrancar una espina de mi corazón. Era doloroso, sí, pero también liberador. Y cuando finalmente escribí las últimas palabras de la historia, algo dentro de mí cambió.

El título era una declaración simple, pero cargada de significado:

"Te amo, idiota."

Era un grito al vacío, una mezcla de sarcasmo y sinceridad, porque, aunque Noah me había destrozado, una parte de mí no podía negar lo que habíamos compartido.

La novela no era solo una obra; era mi forma de decirle adiós, de dejar ir todo lo que había estado cargando. Tal vez él nunca la leería, tal vez ni siquiera se enteraría de su existencia.

Pero eso ya no importaba. Lo importante era que yo había encontrado una manera de transformar mi dolor en algo más, en algo que finalmente me permitió empezar a sanar.

Aunque terminar la novela me dio un breve respiro, no fue suficiente para calmar las tormentas dentro de mí. El vacío seguía ahí, tan profundo como siempre, pero esas noches interminables de soledad me obligaron a enfrentar una verdad que había estado esquivando.

No era solo la traición de Noah lo que me dolía. Había algo más, algo que había arraigado en mi interior mucho antes de que él apareciera. Y fueron sus palabras aquella noche, afiladas como un cuchillo, las que abrieron esa herida oculta:

"Eres un fracasado."

Esa palabra me había golpeado más fuerte de lo que quería admitir. No porque viniera de Noah, sino porque, en lo más profundo, yo también lo creía. Me sentía atascado, viviendo una vida que no era la que había soñado, conformándome con lo que tenía por miedo a perder incluso eso.

El restaurante nunca había sido mi meta. Mis escritos, aunque constantes, rara vez me desafiaban. Y en mi relación con Noah, había aceptado tan poco, tan miserables migajas de afecto, que ahora me daba cuenta de cuánto había perdido de mí mismo solo por miedo a estar solo.

Tal vez Noah había pronunciado esa palabra con crueldad, pero lo que realmente dolía era que yo le había dado el poder de creer que era cierta.

Esa noche, mientras releía las últimas páginas de mi novela, sentí una mezcla de orgullo y desesperación. Había puesto mi alma en esas palabras, pero me preguntaba si eso era suficiente.

Me quedé mirando el techo durante horas, inmóvil. Sabía que algo en mí estaba roto, y no era solo el corazón. Era mi propia percepción de lo que podía ser, de lo que estaba dispuesto a luchar por conseguir.

Si realmente era un fracasado, entonces solo yo tenía el poder de demostrar lo contrario. No a Noah, no a los demás. A mí mismo.

Y, por primera vez en semanas, me permití imaginar un futuro diferente. Uno en el que pudiera reconstruirme desde las cenizas de lo que había sido. Porque, aunque Noah había puesto un punto final, yo aún podía escribir un nuevo comienzo.

Apoyé la cabeza en el respaldo, cerrando los ojos tras lo que parecían siglos sin darme ese respiro. No intenté huir de mis pensamientos ni ahogarlos con distracciones. Simplemente los dejé fluir, permitiéndoles encontrar su propio lugar dentro de mí. Y, por un breve instante, sentí una paz extraña.

No sabía qué pasaría mañana, pero esa noche no necesitaba respuestas. Solo necesitaba descansar. Permitirle a mi mente y a mi cuerpo detenerse, aunque fuera por unas horas.

Solté un suspiro largo, dejando ir un poco del peso que llevaba encima. Y mientras la oscuridad me envolvía, por primera vez en mucho tiempo, me concedí un momento de tregua.

Sirio

NOS CONVERTIMOS EN POLVO CÓSMICO

Desperté de golpe, agitado, con el corazón latiendo con fuerza y el rostro empapado en lágrimas. Ni siquiera recordaba qué había soñado, pero el peso en mi pecho era insoportable, como si algo invisible me hundiera cada vez más. Me levanté de la cama con pasos torpes, sintiendo una opresión que no me dejaba respirar del todo.

Fui al baño en busca de alivio. Encendí la ducha y me metí bajo el chorro de agua caliente, esperando que pudiera lavar algo más que el sudor y las lágrimas que seguían cayendo sin control.

El agua corría sobre mí, pero no traía calma. Por más que cerraba los ojos, por más que intentaba concentrarme en el calor que me envolvía, el llanto no cesaba. Se mezclaba con el agua, fluyendo como si mi cuerpo no supiera hacer otra cosa. Apoyé las manos en la pared de azulejos, inclinándome hacia adelante mientras el peso de todo lo que cargaba me aplastaba. Intenté respirar hondo, reunir algo de fuerza para contenerme, pero cada intento fracasaba, y solo me sentía más vacío, más vulnerable.

No sabía cuánto tiempo llevaba allí. El agua comenzó a enfriarse, pero no me importó. Me dejé caer en el suelo del baño, abrazando mis rodillas, dejando que las lágrimas continuaran. Ya no intentaba detenerlas; simplemente no podía. No era solo tristeza. Era una sensación de estar perdido, atrapado en un ciclo del que no sabía cómo salir. Algo dentro de mí estaba roto, algo que ni siquiera podía nombrar. Y aunque intentara ignorarlo, siempre estaba ahí, recordándome su existencia en momentos como este.

El agua finalmente se volvió helada, obligándome a salir de la ducha. Me envolví en una toalla y me miré al espejo: ojos enrojecidos, piel pálida. Aquella imagen me devolvió a la realidad. No podía seguir así. Algo tenía que cambiar, aunque no supiera por dónde empezar. Suspiré profundamente, sintiendo el frío del baño calar en mi piel, y me prometí que, aunque todo se sintiera oscuro ahora, algún día encontraría la forma de salir a la luz. Pero, por el momento, solo quería aprender a soportar el peso de este día.

Esa noche, con el corazón destrozado y la mente nublada, me senté frente a mi escritorio, encendí la lámpara y escribí un mensaje de despedida. Las palabras parecían quemar mis dedos mientras las tecleaba, pero no podía detenerme.

A mis padres, les agradecí por haber estado siempre conmigo, aunque muchas veces sentí que les había fallado. Les dije que los amaba, más de lo que las palabras podían expresar, y que esperaba que algún día entendieran mis razones, aunque sabía que eso nunca sería suficiente.

A Liza y Eli, les pedí que se cuidaran mutuamente, que no dejaran de ser esa luz que siempre me había sostenido cuando todo parecía derrumbarse. Les agradecí por cada risa, cada palabra de aliento, por creer en mí incluso cuando yo no lo hacía.

Al terminar, apagué mi teléfono y lo dejé sobre el escritorio, junto a las llaves de mi departamento. Salí sin mirar atrás.

La noche era fría, y con cada paso que daba, sentía que el aire me oprimía más el pecho. Caminé durante horas, con las lágrimas cayendo sin descanso, como si mi cuerpo quisiera vaciar todo lo que había guardado por tanto tiempo.

No llevaba un rumbo fijo al principio, pero mi mente siempre supo a dónde iba. El puente era un lugar que había cruzado incontables veces, pero aquella noche se sentía distinto, más imponente, como si entendiera el peso que cargaba.

Cuando llegué, el silencio de la noche me envolvió. Me acerqué al borde y miré hacia abajo, escuchando el sonido del agua corriendo con fuerza. El frío me calaba hasta los huesos, pero no me importaba. Las lágrimas seguían cayendo mientras me aferraba a la barandilla, sintiendo que el peso de todo lo que llevaba dentro estaba a punto de aplastarme. El mundo a mi alrededor parecía quieto, distante, como si nada de lo que estaba a punto de hacer importara realmente. Cerré los ojos, dejando que el viento me golpeara el rostro, y me pregunté si el dolor alguna vez se iría, si alguna vez encontraría paz.

Subí a la baranda con las piernas temblando, no por miedo, sino por el peso de lo que estaba a punto de hacer. Miré hacia abajo, viendo el agua oscura correr con furia. Me pregunté si dolería, si habría un instante de arrepentimiento antes de que todo terminara. Pero me aferré a la idea de que sería rápido, como si la velocidad pudiera borrar todo lo que llevaba dentro. El viento rozaba mis mejillas, helado y constante, casi como una caricia de despedida.

Cerré los ojos y respiré hondo, sintiendo cómo cada parte de mí parecía decir adiós, no solo al mundo, sino a todo lo que alguna vez fui. Había un vacío inmenso dentro de mí, un abismo que no podía llenar. Me sentía como un reflejo roto, alguien que había perdido todo, incluso a sí mismo. En ese instante, parecía que la única salida era el final, que no había más camino por recorrer.

El agua rugía abajo, llamándome como una promesa de silencio, de descanso. Mis dedos soltaron lentamente la barandilla mientras mi corazón latía con fuerza, quizás por última vez. Dejé que las lágrimas rodaran una vez más y me preparé para lanzarme. Para dejarlo todo atrás.

Pero justo cuando estaba a punto de caer, sentí unas manos firmes aferrarse a mis brazos.

Fue tan repentino que por un instante pensé que me lo estaba imaginando. Pero al abrir los ojos, dos mujeres me sujetaban con todas sus fuerzas.

—¡No lo hagas! —gritó una de ellas, con la voz temblorosa, pero llena de urgencia.

La otra, con el rostro pálido, no dijo nada, pero su agarre era inquebrantable. Ambas tiraban de mí con tal determinación que me hicieron retroceder, aunque mi cuerpo se resistía, como si una parte de mí aún quisiera terminar lo que había comenzado.

—Déjenme... —susurré con la voz rota, apenas audible sobre el sonido del viento—. Por favor, déjenme...

—No vamos a hacerlo —respondió la primera mujer, mirándome directo a los ojos. Había lágrimas en su rostro, pero también una firmeza que no podía ignorar—. No sé por lo que estás pasando, pero no puedes hacer esto. No puedes rendirte.

Sus palabras me golpearon como una bofetada. Mi cuerpo temblaba, ya no por el frío, sino por la realidad de lo que estaba ocurriendo. Me había convencido de que nadie se daría cuenta, de que mi ausencia no importaría, pero ahí estaban ellas. Dos desconocidas, luchando por mí como si mi vida valiera algo.

Mis piernas cedieron y me dejé caer de rodillas en el suelo del puente, llorando incontrolablemente. Las mujeres no me soltaron. Una de ellas se agachó a mi lado y me puso una mano en el hombro, mientras la otra sacaba su teléfono y llamaba a emergencias.

—Estás vivo, y eso significa que aún puedes encontrar una salida —susurró suavemente, su voz calmándome de una manera que no podía comprender.

No respondí. No podía. Solo lloré, dejando que todo el dolor saliera, mientras ellas permanecían ahí, asegurándose de que no estuviera solo.

El sonido de las sirenas rompió el silencio de la noche, un eco agudo que parecía reflejar el caos dentro de mí. Me quedé inmóvil, aturdido, incapaz de procesar lo que estaba sucediendo. En cuestión de minutos, los paramédicos estaban a mi lado, hablándome con calma, pero sus voces me llegaban lejanas, como si las escuchara a través de un muro invisible.

Sentí un leve pinchazo en el brazo y, poco a poco, todo comenzó a volverse difuso. Mi cuerpo se relajó, no por voluntad propia, sino por el efecto de lo que me habían administrado.

Las lágrimas seguían cayendo, pero ya no tenía fuerzas para luchar contra ellas. Y entonces, entre la bruma de mi mente, escuché voces familiares. Liza y Eli. Mi corazón se encogió al reconocerlas, aunque no pude levantar la cabeza para mirarlas.

—¿Está bien? —preguntó Eli, con una mezcla de miedo y desesperación en la voz.

—¿Cómo pasó esto...? —susurró Liza. Intentaba sonar fuerte, pero podía escuchar el temblor en sus palabras.

Los paramédicos les explicaron lo ocurrido, pero apenas capté la conversación. Lo único que sentí fue la presión de una mano cálida sobre la mía.

Era Liza. Sosteniéndome con firmeza, como si quisiera asegurarse de que no desapareciera.

Eli se acercó al otro lado, su presencia tan tranquila como siempre, pero con el dolor visible en su rostro.

—Estamos aquí, Bastián. No estás solo —dijo con voz baja, pero clara.

Esas palabras, aunque simples, me atravesaron como un rayo. Había llegado al límite, al borde de un abismo del que no sabía si podía regresar, pero ellos estaban ahí, recordándome que aún había alguien dispuesto a sostenerme. Con las pocas fuerzas que me quedaban, apreté ligeramente la mano de Liza. Fue mi manera de decirles que los escuchaba, que, aunque estaba roto, todavía estaba presente.

Y entonces, el efecto del sedante se hizo más fuerte. Todo se desvaneció en un profundo y oscuro silencio.

Desperté en el sillón de la sala de Liza, sintiendo mi cuerpo pesado y mi mente aún envuelta en una niebla densa. La luz tenue de una lámpara iluminaba el lugar, y frente a mí estaban Liza y Eli, sentadas como dos perros guardianes, vigilando mi descanso con una mezcla de preocupación y ternura.

Intenté incorporarme, pero Liza se levantó de inmediato y colocó una mano en mi hombro para detenerme.

—No te esfuerces. Necesitas descansar —dijo, su voz firme pero cargada de cariño.

Eli asintió desde su lugar, aunque no dijo nada. Podía notar el cansancio en sus ojos, como si no hubieran dormido en toda la noche.

El silencio se extendió por unos segundos hasta que Liza suspiró profundamente y se sentó frente a mí, cruzando los brazos.

—Necesito decirte algo, pero no sé cómo lo vas a tomar —murmuró, evitando mi mirada por un instante.

La observé, confundido, y asentí para que continuara.

—Anoche... cuando no sabíamos dónde estabas, cuando los paramédicos nos dijeron lo que había pasado... me desesperé.

No sabía qué hacer, así que... llamé a Noah.

Sentí un nudo formarse en mi estómago al escuchar su nombre, pero dejé que siguiera hablando.

—Le conté lo que había pasado, que estábamos preocupados por ti, que necesitábamos ayuda. Pero su respuesta... —Liza apretó los labios, como si las palabras le costaran salir—. Me dijo que ese no era su problema. Que solo estabas intentando llamar la atención.

La sangre pareció congelarse en mis venas. Liza continuó, su rostro endurecido por la rabia.

—Me pidió que no lo molestáramos más con "esas cosas" y colgó.

Eli chasqueó la lengua y negó con la cabeza, visiblemente molesta.

—No puedo creer que haya sido tan cruel —murmuró, mirándome con tristeza—. Pero eso no importa ahora. Lo que importa es que estás aquí, con nosotras.

No supe qué decir. Las palabras de Noah, repetidas por Liza, golpeaban como una tormenta en mi mente. Todo lo que había significado para él, todo lo que habíamos compartido, reducido a una frase fría y vacía.

Liza, viendo mi expresión, se inclinó hacia adelante y tomó mi mano entre las suyas.

—No necesitas a alguien así en tu vida, Bastián. No importa cuánto te duela ahora, mereces algo mejor, alguien mejor. Y mientras encuentras ese camino, nos tienes a nosotras.

Por primera vez en mucho tiempo, las lágrimas brotaron sin que las forzara. Pero esta vez no eran de desesperación. Eran un alivio extraño, un recordatorio de que, aunque estaba roto, aún había quienes estaban dispuestas a sostenerme hasta que pudiera recomponerme.

Quince días después de aquel episodio que casi me consume por completo, comencé a asistir a terapia. Mis padres, aunque aún dolidos por todo lo que había pasado, enviaron el dinero necesario para que pudiera seguir las sesiones. Sabía que no tenía otra opción más que darme la oportunidad de sanar, aunque el proceso se sintiera lento y abrumador.

La psicóloga me observó con una mirada tranquila, dejando que el silencio llenara el espacio. Finalmente, habló con voz calmada y reconfortante:

—¿Sabes cómo funciona una computadora, Bastián?

La pregunta me tomó por sorpresa, pero asentí.

—Sí, supongo.

Ella esbozó una ligera sonrisa.

—Bueno, quiero que imagines que tu cerebro es como una de esas máquinas. Las computadoras necesitan pausas, tiempo para procesar la información que reciben. Pero si sigues acumulando más y más datos sin darles el descanso necesario, eventualmente se bloquean.

Fruncí el ceño, tratando de comprender.

—¿Bloquearse?

—Sí. —Hizo una pausa, como si buscara las palabras adecuadas—. Cuando una computadora está sobrecargada, comienza a fallar. No importa lo nueva o potente que sea; llega un momento en que simplemente no puede seguir funcionando. Entonces, ¿qué hacemos?

—Reiniciarla —murmuré.

—Exactamente. —Asintió, como si estuviera orgullosa de mi respuesta—. Tu cerebro es muy similar. Cuando no se le permite descansar, cuando enfrenta demasiadas emociones o situaciones difíciles sin procesarlas, se satura. Se bloquea. Eso es lo que te ocurrió, Bastián.

Bajé la mirada, sintiendo cómo esas palabras se hundían en mí.

—¿Entonces no soy débil?

Ella negó con firmeza y se inclinó un poco hacia adelante.

—No, para nada. Esto no se trata de ser fuerte o débil. Se trata de reconocer que incluso las mejores máquinas necesitan cuidado y mantenimiento. Y ahora es tu turno de darte ese cuidado. No puedes seguir funcionando sin hacer una pausa.

Mis ojos se llenaron de lágrimas, pero no aparté la mirada. Fue la primera vez que, sentí que alguien realmente entendía lo que estaba pasando dentro de mí.

—Gracias —susurré, aunque apenas pude pronunciar la palabra.

—No tienes que agradecerme —respondió suavemente—. Lo importante ahora es que te des el permiso de detenerte, de descansar y de sanar. Es un proceso, pero estás dando el primer paso. Y eso ya es un avance.

Esas palabras, aunque científicas y distantes, fueron una revelación para mí. Me di cuenta de que lo que había sucedido no era solo un error o un acto de desesperación, sino una reacción de supervivencia de mi propio cuerpo y mente. Había llegado al punto en que mi sistema colapsó, y solo ahora, al detenerme y pedir ayuda, comenzaba a comprender la magnitud de lo que había pasado.

Las primeras sesiones no fueron fáciles. Hubo momentos en los que me sentí más perdido que nunca, pero poco a poco empecé a ver que podía aprender a cuidarme de una manera que nunca antes había intentado. Tal vez no sabía cómo repararlo todo de inmediato, pero entendí que lo importante era permitirle a mi mente descansar, procesar y, con el tiempo, reconstruirse.

Las semanas que siguieron fueron difíciles, pero también estuvieron llenas de pequeños avances. Al principio, cada sesión de terapia me dejaba agotado, pero a la vez sentía que algo dentro de mí comenzaba a cambiar. Cada vez que hablaba sobre lo que había sucedido, mi mente liberaba un poco más de la carga. El dolor no desaparecía, pero aprendí a convivir con él de una forma más tranquila, más equilibrada.

Empecé a notar las pequeñas cosas que antes me parecían insignificantes: la risa de Liza cuando hacía una broma torpe, las conversaciones interminables con Eli sobre libros y cine, las tardes en las que me sentaba frente a mi computadora, no para escribir, sino solo para disfrutar del silencio que me rodeaba.

Una mañana, me desperté con una sonrisa sin razón aparente. Seguía siendo torpe, como siempre, pero algo había cambiado. Me caí de la cama en mi intento por llegar a la cocina, me reí de mí mismo y, fue la primera vez que, esa risa no sonó vacía. No tenía un motivo en particular, solo el simple hecho de sentirme vivo.

Me miré en el espejo por más tiempo del habitual. La persona reflejada ya no era la misma que había estado atrapada en su propio dolor. Había algo más ligero en mi expresión, menos tenso, como si, al fin, pudiera respirar de nuevo.

En el restaurante al que solía ir cada mañana, el camarero me saludó con una sonrisa mientras preparaba mi café con leche de siempre. Al recibir el vaso, derramé un poco por accidente, pero en lugar de molestarme como antes, simplemente reí.

—Torpe como siempre —dije con una sonrisa boba en el rostro.

El camarero se rio también, como si mi alegría fuera contagiosa. En ese momento, comprendí que las cosas no tenían que ser perfectas para que yo pudiera ser feliz. Podía ser torpe, podía equivocarme y, aun así, estar bien.

Al volver a casa, me senté frente a mi escritorio. Esta vez, no sentí presión. No tenía que escribir una novela, no tenía que demostrar nada. Simplemente estaba en paz.

Abrí mi laptop, comencé a escribir y las palabras fluyeron sin esfuerzo. No era una obra maestra, pero eso ya no me importaba. Estaba volviendo a ser yo, el Bastián que no tenía miedo de fallar, el que podía reírse de sus propios tropiezos.

Y aunque aún había días difíciles, ya no les temía tanto. Aprendí a aceptarlos, a entender que formaban parte de mi camino. Porque, al final, lo que realmente importaba era que estaba aquí, que seguía adelante, aunque fuera torpemente. Y esa idea me hizo feliz, como no la había estado hacía tiempo.

Una tarde, mientras me dejaba llevar por la tranquilidad de mi propio espacio, mi teléfono vibró sobre el escritorio. Vi el nombre de la persona que revisaba mis textos en la pantalla y, por un instante, mi estómago se apretó con nerviosismo.

No era la primera vez que esperaba una llamada suya, pero esta vez algo era diferente. Había estado escribiendo de manera más fluida, más sincera, sin la presión de agradar o impresionar a nadie. Solo escribía porque, finalmente, sentía que podía.

Contesté el teléfono, intentando sonar relajado, aunque la ansiedad me recorriera por dentro.

—¡Bastián! —Su voz entusiasta al otro lado—. He leído tu libro. Lo he terminado de revisar, y tengo que decirte que... me ha encantado.

Mi corazón dio un salto. Sentí una mezcla de alivio y felicidad que me hizo sonreír sin querer. Pero guardé silencio, esperando a que continuara.

—Es una historia increíble. Lo que has logrado aquí, Bastián... no solo es entretenido, tiene algo más. Algo que conecta. Es genuino. Y quiero que sepas que he disfrutado mucho el tiempo que he pasado con tu manuscrito.

La emoción se acumuló en mi pecho, pero me contuve para seguir escuchando. No esperaba que me dijera que lo iban a publicar, pero sus palabras hacían que todo el esfuerzo valiera la pena.

—Sigue escribiendo, ¿de acuerdo? Tienes algo único, y no quiero que dejes de trabajar en esto. Estoy seguro de que hay un público que va a amar lo que haces.

Mis dedos temblaron ligeramente al sostener el teléfono. Algo en su voz me decía que había encontrado en mi trabajo algo auténtico, algo que merecía la pena. Y esa validación, aunque no significara un contrato con una gran editorial, era más que suficiente para mí en ese momento.

—Gracias —logré decir, mi voz algo quebrada—. Gracias por tus palabras. Significan mucho para mí.

Hubo un breve silencio al otro lado de la línea y luego, con una risa amigable, el editor respondió:

—No es nada, Bastián. Solo sigue escribiendo. Eso es lo más importante.

Colgué el teléfono, dejando que sus palabras se asentaran en mi mente. No solo había superado mi miedo a fracasar, sino que había encontrado un lugar para mi voz en el mundo. Y ahora, estaba listo para seguir adelante, a mi propio ritmo, en mis propios términos.

Me recosté en el respaldo de la silla, mirando el techo con una sonrisa tonta en el rostro. Por fin, después de todo lo que había pasado, estaba listo para seguir adelante. Y, en ese momento, todo parecía posible.

Su llamada, había sido el final perfecto para este capítulo de mi vida. Un capítulo que, ahora, estaba comenzando a escribir con más esperanza y menos miedo.

Parte 2

Cuando me encuentre

Aldebarán

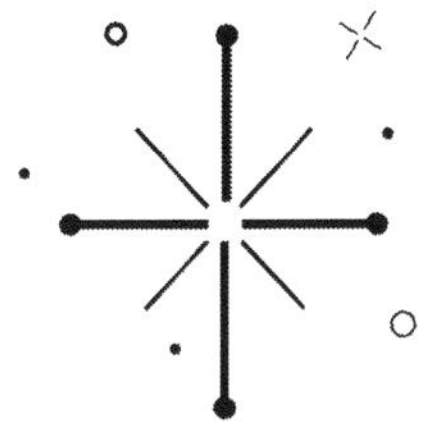

ENTRE LAS ESTRELLAS DE UN NUEVO UNIVERSO

Es una tarde sofocante de verano en los estudios de MGM. El aire acondicionado no parece suficiente para calmar la sensación de calor que recorre mi cuerpo, aunque sé que no es solo el clima lo que me tiene así. Estoy sentado en una de las sillas más importantes del lugar, frente a Martin Allen, uno de los directores más influyentes de Estados Unidos.

Sobre la mesa de madera pulida, justo frente a mí, está el contrato que cambiará mi vida. MGM está a punto de comprar los derechos de Te Amo... Idiota por dos millones y medio de dólares. Un número que todavía me cuesta procesar. Apoyo los codos sobre las piernas, entrelazo los dedos y respiro hondo. Trato de calmarme, de recordar cómo llegué hasta aquí.

Apenas han pasado seis meses desde que mi tercera novela vio la luz, pero todo lo que ha ocurrido desde entonces ha sido una locura. En la primera semana, vendí más de diez mil copias. Un mes después, las editoriales comenzaron a llamarme, ofreciéndome contratos que en otro momento hubiera aceptado sin pensarlo. Dos meses después, el libro había alcanzado el millón de ejemplares vendidos. Cuatro meses después, la cifra se duplicó. No podía creerlo. Algunas noches, cuando el insomnio me atrapaba, llamaba a Liza y le pedía que me pellizcara para asegurarme de que todo era real.

A los seis meses del lanzamiento, el libro ya tenía cinco

millones de lectores. Miles de reseñas inundaban las redes y los blogs literarios, y, de pronto, mi nombre estaba en listas de bestsellers y en conversaciones sobre los nuevos referentes del romance contemporáneo. Me nominaron a uno de los premios más importantes de la literatura en la categoría de mejor novela romántica.

Y entonces, llegó la oferta.

Una de las editoriales más grandes de Estados Unidos me contactó. Querían tres libros más a cambio de una suma considerable de dinero. Cualquier otro hubiera aceptado sin dudarlo. Pero yo no lo hice. No olvidaba que aquella misma editorial había rechazado mis manuscritos tres veces antes de mi éxito. No iba a darles lo que ahora me pedían como si siempre hubieran creído en mí. Así que les mentí. Les dije que ya había firmado con otra editorial. Pero la verdad era que tenía múltiples ofertas sobre la mesa.

Era la primera vez en mi vida, que yo podía elegir.

Miro alrededor de la oficina. Martin sigue sumergido en su celular, completamente relajado. No sé si está esperando a los ejecutivos o si simplemente disfruta haciéndome esperar. En la pared, cuelgan cuadros abstractos junto a las portadas de algunas de sus películas más icónicas, películas que vi cuando ni siquiera imaginaba que algún día estaría aquí.

Han pasado más de treinta minutos y todavía no han llegado.

Mis piernas se mueven con impaciencia. Los nervios me están matando. No debería sentirme así. Debería estar celebrando. Pero aún me cuesta creer que todo esto esté pasando.

Hace un año, mi realidad era completamente distinta. No vivía en un lujoso apartamento con vistas a Central Park. No tenía cuentas llenas de ceros ni entrevistas programadas en medios internacionales.

Vivía en un viejo edificio que apenas lograba pagar con mi salario de mesero. No porque no tuviera estudios, sino porque la brecha salarial y la falta de oportunidades me habían dejado con pocas opciones. Me gradué con honores en la universidad, pero los empleos en mi campo eran escasos. A veces lograba conseguir pequeños trabajos revisando tesis o escribiendo artículos para un periódico local de Nueva York, pero nada era estable.

Trabajé en un restaurante para sobrevivir. Liza, la dueña del lugar, me dejó vender mis libros junto a las magdalenas que ella misma horneaba. Era solo un rincón diminuto en una estantería desgastada, pero en ese momento, era mi única oportunidad de que alguien descubriera mis historias.

Y ahora estoy aquí. Frente a un contrato millonario. Frente a la posibilidad de que mi libro sea llevado al cine, de que mis palabras cobren vida en la pantalla grande. Pero mientras observo el documento frente a mí, no dejo de preguntarme cómo pasó todo tan rápido.

Y, sobre todo, si estoy listo para una nueva vida.

MGM está a punto de comprar los derechos de "Te Amo... Idiota" por dos millones y medio de dólares. Desde el momento en que ofrecieron la cifra, supe que no había forma de rechazarla. Era la misma cantidad de seguidores que había conseguido en mi cuenta de Instagram en los últimos meses, un número que aún me resultaba irreal.

Han pasado más de treinta minutos y ningún ejecutivo se ha presentado todavía. Los nervios comienzan a apoderarse de mí. Siempre pasa cuando la ansiedad se instala en mi pecho, cuando todo parece demasiado grande, demasiado importante.

La pregunta inevitable ronda en mi mente: ¿Cómo pasó todo esto? ¿Cómo un libro que comenzó vendiéndose en un restaurante terminó en manos de Hollywood?

La respuesta estaba en una noche en particular.

El día en que llegaron las primeras doscientas copias impresas de Te Amo... Idiota coincidió con la entrega de los MTV Movie Awards, que ese año se celebraban en el Madison Square Garden, a solo unas cuadras de la cafetería donde trabajaba. No era algo que me importara demasiado en ese momento. Estaba más enfocado en sostener mi libro entre las manos, en mirar las páginas impresas con la emoción de quien ve un sueño volverse tangible por primera vez.

Pero entonces, cuando ya estaba cerrando la cafetería, Lucas Hamilton apareció. Fue justo en el momento en que apagaba las luces para irme a casa. Lucas Hamilton, el famoso actor que esa noche había arrasado con los premios más importantes, incluyendo el de Mejor Beso.

Se bajó de su auto con sus tres estatuillas y su guardaespaldas siguiéndolo de cerca. Golpeó varias veces el vidrio con una insistencia que al principio me pareció desesperada. Traté de ignorarlo. Parecía borracho, posiblemente drogado. Pero continuó llamando mi atención, y después de unos segundos, no tuve más opción que abrir la puerta.

El olor a cigarro y alcohol me golpeó de inmediato, provocándome una leve náusea. Hasta ese momento no lo había reconocido. Para mí, no era más que otro idiota de los que solían aparecer en la cafetería a pedir prestado el baño después de una noche de excesos.

Tan pronto abrí la puerta, me suplicó que lo dejara entrar.

—Por favor, necesito usar el baño. Ya no aguanto más.

Su tono era desesperado y, aunque su voz sonaba arrastrada, no parecía completamente fuera de sí.

Accedí, aunque con algo de desconfianza. Dios sabe qué había ingerido ese hombre, porque tardó más de quince minutos encerrado ahí.

Su guardaespaldas permaneció en una de las mesas, observándome con expresión seria, como si estuviera evaluando cada uno de mis movimientos. Por un momento, me pasó por la cabeza la absurda idea de que todo era una trampa.

Tal vez estaban planeando asaltarme.

O tal vez era una cámara escondida, una de esas bromas televisivas en las que alguien aparecería de la nada para decir: “Eres un gran ser humano, aquí tienes doscientos dólares por ayudar a un desconocido."

A veces me gustaba inventar historias en mi cabeza. No podía evitarlo. Después de todo, de eso vivía. Finalmente, la puerta del baño se abrió. Lucas salió, pasó una mano por su cabello despeinado y se acercó con una expresión más relajada.

—¿Cuánto te debo por utilizar el baño?

—Nada. Y ahora, si me disculpas, debo cerrar e ir a descansar.

En ese momento, deseaba que se marchara. Estaba agotado y aún tenía que cargar una caja llena de libros hasta mi apartamento. Pero en lugar de irse, Lucas sonrió con descaro.

—Gracias, veo que alguien anda de mal humor.

Debo admitir que su belleza me envolvió por un instante. En ese momento ya lo había reconocido; era el actor más cotizado de los últimos años. En persona, era aún más atractivo que en sus redes sociales. Traté de no sucumbir a la tentación de su presencia.

—No es mal genio —dije, intentando mantenerme firme—. Solo que debo caminar cinco cuadras con una caja llena de libros... y es la una de la madrugada.

—¿Libros?

Su reacción me sorprendió; no parecía el tipo de persona interesado en la lectura.

—Interesante. Déjame hacer algo por ti. Permíteme llevarte a tu apartamento en agradecimiento por dejarme usar el baño.

—¿Harías eso por mí?

—Claro. Además, debes volver a limpiar el baño. Creo que me pasé un poco fuera del inodoro.

Dudé por un momento antes de aceptar su propuesta. Sin embargo, acortaría mi viaje al menos unos veinte minutos y estaba demasiado cansado para cargar la caja llena de libros. Apagué nuevamente las luces, cerré la puerta y tomé la pesada caja. Cuando salí, Lucas ya estaba dentro del coche, acompañado de su guardaespaldas. No sabía cual era su nombre, pero en mi mente ya lo había bautizado como Ding Dong.

Al acercarme al auto, me quedé sorprendido una vez más. Ni en mis mejores sueños habría imaginado subirme a un Rolls-Royce. Su carrocería blanca reflejaba mi imagen como un espejo. No sabía cómo describir la sensación de ver algo tan lujoso tan de cerca. Lucas bajó la ventana y me sonrió desde el asiento del copiloto.

—Vamos, sube. Se hace tarde y debo descansar. Ten cuidado con mis premios en la parte de atrás.

Sentí cierto temor de manchar los asientos de cuero blanco con mi ropa sudada y algo sucia después de un largo día de trabajo. Subí con cautela, pero a él parecía no importarle.

—¿Cuál es la ubicación? —preguntó Ding Dong. Su expresión severa me recordó al reloj de La Bella y la Bestia.

—Diez cuadras al norte y tres al oeste, siguiendo las líneas del tren.

Siempre olvidaba el nombre exacto de la calle en la que vivía, pero en ese momento, mi intención era que no supieran que era un barrio peligroso. Tal vez así cambiarían de opinión y decidirían no llevarme. Aunque, en el fondo, ya estaba ilusionado con el aventón.

El auto comenzó a moverse, y durante todo el trayecto, no intercambiamos palabras. En exactamente cinco minutos, llegamos a las afueras de mi apartamento. Ese hombre conducía como si estuviera llegando tarde al trabajo. Bajé del auto y me despedí con educación de ambos. Después de todo, como decía mi abuela, la educación es lo más importante.

Todo iba perfectamente... hasta que cerré la puerta del coche y perdí el equilibrio, cayendo de bruces sobre el asfalto. La caja de libros se me resbaló de las manos y algunos decidieron esparcirse a mi alrededor como si buscaran su propio lugar en el mundo.

Lo único que pude hacer fue comenzar a reír. Me pasaba

más seguido de lo que cualquiera podría imaginar.

Lucas salió del auto y, sin dudarlo, me tendió la mano para ayudarme a levantarme. En ese instante, me pareció una completa locura. Una superestrella estaba ayudando a un torpe escritor como yo. Extendió su mano y, con algo de esfuerzo, me puso de pie.

Los libros que habían caído estaban dañados, y pensé, resignado: *Bien, cuarenta dólares menos de ganancia.*

—Hermosa portada —comentó mientras recogía uno de los libros.

—Gracias, la diseñó mi jefa.

—¿Ya has vendido alguno? —preguntó, y por un momento sentí un matiz de coqueteo en su voz.

—No, estas son las primeras copias. No he logrado ingresarlos a ninguna librería, así que solo los vendo en línea o en mi trabajo.

—Quiero ser tu comprador número uno. Dame una copia.

Por un segundo, creí que estaba alucinando. Lucas Hamilton quería comprar mi libro. Lucas Hamilton iba a leer algo que yo había escrito.

En ese momento, quise gritar de emoción, pero me contuve. No quería parecer una fanática desbordada, como una adolescente de trece años frente a su cantante favorito.

Tomé uno de los libros de la caja y se lo entregué. Mis manos temblaban, debo admitirlo.

—¿No lo vas a firmar? —exclamó con sorpresa.

—Sí, claro, déjame ir a buscar una pluma en mi apartamento.

—Toma, usa la mía —dijo, extendiéndome una pluma de oro, deslumbrante entre mis dedos.

Esa noche, le hice una dedicatoria breve pero significativa y anoté mi cuenta de Instagram al final de la página, con la esperanza de que me empezara a seguir. Después de entregarle el libro autografiado, Lucas sacó un billete de cien dólares, me lo dio y pidió que guardara el cambio. Agradecido, acepté; ese gesto me ayudó a compensar las pérdidas de los libros dañados. Antes de irse, Lucas se despidió desde el auto con una seña graciosa, como diciendo "You Rock". Sonreí y respondí de la misma manera, sintiéndome algo más ligero después de una larga jornada.

El incesante sonido de mi celular vibrando sobre la mesita de noche me despertó de golpe. Parecía que estaba a punto de explotar.

Cuando lo tomé, mi corazón casi se detuvo. Tenía más de veinte mil solicitudes de seguimiento en Instagram. Lo que más llamó mi atención fue una notificación que me dejó boquiabierto: Lucas había compartido una foto de la portada de mi libro junto con la dedicatoria que le escribí.

Mi primera reacción fue una mezcla de orgullo y vergüenza. ¿Por qué? Porque mi caligrafía, que nunca había sido mi fuerte, ahora estaba expuesta ante millones de personas.

A pesar de eso, no podía negar lo increíble del momento.

La publicación llevaba apenas diez minutos, pero las notificaciones no paraban de llegar. Mi perfil, que hasta ese momento era privado, había explotado.

Cambié la configuración a público casi sin pensarlo, y en cuestión de minutos pasé de tener quinientos veinte seguidores a más de treinta y cuatro mil. Las solicitudes llegaban como una avalancha imparable.

Lucas tenía más de veinte millones de seguidores. Lo sabía perfectamente, porque lo seguía desde hace años. No solo era uno de los actores más famosos, sino también uno de los más atractivos.

No voy a mentir: su perfectamente tonificado trasero en una de sus películas fue lo que inicialmente captó mi atención. Aunque más tarde me enteré de que no era suyo, sino el de un doble... no importaba. Su carisma siempre había sido suficiente para mantener mi admiración.

A pesar de haber pasado la noche anterior sumido en lágrimas y un mar de emociones difíciles de procesar, esa mañana algo había cambiado.

Era la primera vez que sentía que el universo finalmente se estaba alineando a mi favor. Mi libro, mis palabras, estaban llegando a miles de personas. Y la esperanza que tanto había deseado empezó a asomarse en mi vida. Seguían llegando notificaciones y no podía dejar de sonreír. Esa felicidad era mía, y nadie me la iba a quitar. Era mi momento, y planeaba vivirlo al máximo. Entre la emoción y la avalancha de solicitudes en Instagram, olvidé por completo que debía abrir la cafetería.

Cuando vi las llamadas perdidas de Liza, supe que estaba en problemas. Me alisté lo más rápido que pude, agarré la caja de libros y bajé las escaleras corriendo. Detuve el primer taxi que pasó por la calle y me dirigí a la cafetería.

Cuando llegué, mi corazón dio un vuelco al ver una larga fila de personas afuera del local. "Diablos, Liza me va a matar", pensé, mientras atravesaba la puerta principal.

Pero para mi sorpresa, ella estaba sonriendo de oreja a oreja. Había una mesa en la entrada, cubierta con un mantel blanco y decorada con uno de los floreros que normalmente adornaban las mesas del local.

Eli, prácticamente me arrebató la caja de las manos y me empujó hacia la mesa decorada.

—Siéntate aquí —ordenó, más emocionada de lo que lo había visto en mucho tiempo.

—¿Qué está pasando? —pregunté, confundido y con un poco de temor. Solo pensaba en la cantidad de cafés que debía servir esa mañana.

—¡Vienen por ti! —exclamó Liza con entusiasmo, mientras acomodaba varios libros sobre la mesa.

—¿Por mí? —pregunté, aún más desconcertado.

Sí, a veces hago demasiadas preguntas.

De repente, Eli abrió la puerta, y un tumulto de personas

entró directo hacia la mesa. Me quedé atónito al verlos acercarse uno a uno, ansiosos por comprar mi libro.

Era surrealista.

La primera persona fue una joven de unos diecisiete años. Su emoción era tan evidente que dejó escapar algunas lágrimas al recibir el libro con mi firma.

Así, uno por uno, mis futuros lectores fueron adquiriendo los ejemplares hasta que, para mi asombro, los ciento noventa y cinco libros restantes se habían vendido esa mañana. Mi mano ya no aguantaba más de tanto escribir dedicatorias, pero no me importaba.

Además, muchas de estas personas compraron café y donas, lo que convirtió el día en un éxito también para la cafetería. Era, sin duda, un día perfecto.

—Y dime, ¿desde cuándo tienes la confianza de codearte con superestrellas y no avisarme? —bromeó Eli mientras limpiaba la barra, mirándome de reojo.

—¿De qué hablas? —pregunté, intentando disimular.

—Oh, claro, porque todo el mundo se encuentra con Lucas Hamilton y no dice nada —respondió con sarcasmo, guiñándome un ojo.

Liza, que escuchaba desde el fondo, soltó una carcajada.

—Eli tiene razón. ¿Acaso piensas mantener en secreto tu amistad con un galán de Hollywood?

Me reí nervioso mientras sacudía la cabeza.

—Fue una coincidencia, nada más. No pensé que él realmente fuera a leer mi libro.

Pero mientras ellas reían y seguían con las bromas, yo sabía que ese encuentro había sido más que una simple casualidad. Era el inicio de algo que ni siquiera yo podía imaginar.

Mientras organizaba unas cosas en la cafetería, mi celular vibró. Entre las notificaciones de Instagram, un mensaje directo llamó mi atención. Lucas Hamilton me había escrito.

"Me ha gustado mucho el libro, espero no te haya molestado que lo compartiera en mis redes sociales. Saludos."

Mi corazón dio un brinco. ¿Lucas Hamilton había leído mi libro y además me escribía? Me apresuré a responder con las manos temblorosas:

"¡Para nada! Me alegra mucho que te haya gustado. Gracias de corazón por compartirlo."

Presioné *"Enviar"* y sonreí. La vida tenía maneras inesperadas de dar giros emocionantes.

Nebulosa

SOMOS POLVO CÓSMICO Y AÚN ASÍ BRILLAMOS

Era el primer día de grabación de la película, y no cabía en mí de la emoción. Una silla con mi nombre grabado me esperaba en el set, recordándome que ahora formaba parte de algo enorme. Había colaborado en la coescritura del guion y participado en el casting.

El director ya había elegido a Lucas (sí, él) como protagonista y a Lake Anderson como su pareja. Ambos eran estrellas en la cúspide de sus carreras: Lucas, el rebelde de Hollywood, y Lake, apodada la diva insoportable. Pero su fama era justo lo que la película necesitaba para ser un éxito, tal como lo había sido mi libro.

Lucas estaba a unos metros y, aunque deseaba agradecerle por haber compartido mi libro en su Instagram, después de no recibir respuesta a mis mensajes, entendí que lo mejor era mantener mi distancia. Me quedé en mi silla, observando cómo el set cobraba vida.

El director dio la señal para iniciar la escena de la piscina: el primer encuentro de los protagonistas.

Lake sería empujada al agua por un niño malcriado y, al no saber nadar, gritaría pidiendo ayuda. Eso captaría la atención de Lucas, quien se lanzaría al agua para salvarla. Era el momento en que sus personajes se enamorarían. Todo iba perfecto… hasta que mi torpeza decidió hacer su gran entrada.

Martin me llamó para ajustar un diálogo y, mientras me acercaba, tropecé con un cable de las cámaras. En mi desesperado intento por evitar caer de cara al suelo, me aferré a lo único que tenía al alcance: la pantaloneta de Lucas. El sonido de la tela rasgándose resonó en el set, dejando al descubierto su trasero ante todos los presentes.

Las risas contenidas y los murmullos llenaron el lugar, mientras yo, rojo como un tomate, me quedaba sentado en el suelo con la muñeca adolorida y el orgullo en ruinas.

Lake fue la primera en acercarse, con una expresión de preocupación que contrastaba con las carcajadas a nuestro alrededor. Me ofreció su mano y, al tomarla, noté que era sorprendentemente suave, como tocar algodón.

—¿Estás bien? —preguntó mientras me ayudaba a levantarme.

—Sí, gracias. Me enredé con un cable y, bueno... terminé besando el piso —intenté bromear, aunque claramente no era mi mejor momento.

Lucas, en cambio, no estaba para chistes.

—Podrías fijarte por dónde caminas. Acabas de enseñarle mi trasero a todo el set —dijo, su tono cargado de molestia.

—Lo siento, no fue mi intención —respondí, apenado.

Sin más, Lucas se dio la vuelta y se dirigió a los vestidores, aún con el trasero al aire. Y aunque intenté no mirar, fracasé rotundamente.

Después de ese incidente, dudé que Lucas quisiera dirigirme la palabra en lo que quedaba del rodaje. Y honestamente, no podía culparlo; yo también estaría furioso si todo mi lugar de trabajo hubiera visto mi trasero.

—Tomemos diez minutos —gritó Martin. Lake se sentó a mi lado y me miró con diversión.

—No te preocupes por lo que pasó. En mi primera

película, vomité encima del director. Estaba tan nerviosa que no lo pude contener.

—¿En serio?

—Sí. Además, todos aquí conocemos el trasero de Lucas; no es la primera vez que sale completamente desnudo en una película.

Reí ante su comentario. Lake era una chica dulce, nada que ver con lo que decían los tabloides y las revistas que había leído sobre ella. Recuerdo un artículo que aseguraba que su aliento era insoportable y que cualquier persona que se le acercara sentía ganas de vomitar. Un influencer incluso la llamó Aliento de dragón en uno de sus videos.

—Gracias por ayudarme. Y lamento que hayas vomitado al director de tu película. Espero que no te haya causado problemas.

—No agradezcas. Hubiera deseado que alguien me ayudara cuando me pasó a mí.

Suspiré, resignado. Lo que pensé que sería el mejor inicio de grabación terminó siendo una pesadilla.

Lucas no me dirigió la palabra en todo el día, y los gestos de desprecio que lograba captar de vez en cuando me hacían sentir incómodo... aunque un poco feliz de haberle visto el trasero en vivo.

Al llegar la noche, el agotamiento mental era evidente. Tuvimos que repetir dos escenas varias veces por problemas con las cámaras. Lake dejó de ser la dulce mujer que me ayudó; su rostro reflejaba molestia por las constantes repeticiones. Por otro lado, Lucas seguía molesto por el incidente. Lo confirmé cuando lo vi murmurando con una de las maquillistas antes de notar mi presencia y mostrarme su dedo medio.

Bien. Eso fue directo. Esperaba que su enojo durara solo un día, pero esa idea estaba muy lejos de la realidad. A dos horas de finalizar la jornada, me acerqué a uno de los toldos donde servían la comida.

Los sándwiches que estaban ahí desde la mañana seguían viéndose deliciosos. Tomé una bandeja, me serví uno y lo acompañé con un refresco sin azúcar (estaba intentando cuidar la línea). Cuando me di la vuelta para buscar un lugar donde sentarme, lo vi. Lucas estaba solo en una mesa. Respiré hondo y decidí acercarme. Me senté a su lado y traté de iniciar una conversación, o al menos disculparme por lo ocurrido. Pero su indiferencia a mi saludo dejó claro que seguía molesto.

Resignado, di un mordisco a mi sándwich, pero noté de inmediato que no tenía mi salsa favorita: ranch. Me levanté para buscarla, dejando mi comida en la mesa junto a Lucas.

Al regresar, él ya estaba de pie y, antes de marcharse, murmuró con una leve sonrisa:

—Disfruta la comida.

Creí que era su forma de aceptar mis disculpas. Asentí y di un gran mordisco al sándwich. Dos segundos después, sentí como si mi lengua estuviera en llamas. Escupí la comida y bebí de mi refresco desesperadamente, pero el ardor no se calmaba. Abrí el sándwich y, entre el pan, encontré varias rebanadas de chile escondidas.

Corrí a tomar una caja de leche y empecé a vertérmela directamente en la boca. Odiaba la leche, pero no tenía otra opción. Al otro lado del toldo, Lucas me observaba con una sonrisa triunfante, saludándome con la mano. Había sido él. Su venganza era evidente. Con la cara roja y la lengua ardiendo, le levanté el dedo medio, acompañado de lo que esperaba fuera una sonrisa amenazante. Él solo se giró y regresó a la grabación.

Mientras intentaba calmar el ardor, agarré valor, tomé un gran sorbo de leche y lo dejé en mi boca por unos segundos antes de tragar. Casi vomito en el intento.

—Estás rojo —comentó Lake, quien había presenciado todo, con una sonrisa maliciosa.

—Alguien puso chile en mi comida —respondí, aun intentando recuperar la dignidad.

Esa noche, mientras me preparaba para dormir, seguía

pensando en la escena del chile. No podía dejarlo pasar. Si Lucas quería jugar sucio, yo estaba dispuesto a devolverle el favor. Después de todo, soy escritor. Y la creatividad es mi especialidad.

A la mañana siguiente, llegué al set con una sonrisa en los labios. Pasé por el departamento de utilería, pedí prestada una botella de agua y, con toda la sutileza del mundo, vertí un poco de vinagre dentro. Luego, coloqué la botella estratégicamente sobre la silla de Lucas, asegurándome de que fuera la suya.

Durante el primer descanso, lo vi acercarse. Alzó la botella, le quitó la tapa y bebió un largo trago. En cuanto el líquido tocó su lengua, su cara se transformó en una mueca de asco. Tosió, escupió lo que había bebido y miró la botella como si esta hubiera cometido un crimen imperdonable.

—¿Qué demonios es esto? —preguntó, sosteniéndola en alto mientras los demás se giraban curiosos hacia él.

No pude evitar sonreír. Me acerqué lentamente y, fingiendo inocencia, respondí:

—¿No te gusta el agua con "un toque especial"?

Sus ojos me fulminaron al principio, pero luego noté cómo su expresión cambiaba. Primero, parecía molesto, pero poco a poco una sonrisa apareció en su rostro.

De repente, una carcajada escapó de su boca y resonó por todo el set.

—Touché, escritorcito —dijo finalmente.

Esa risa de Lucas fue solo el preludio de algo que claramente no me esperaba. Por un instante creí que se había tomado la broma con humor. Me equivoqué.

Esa misma tarde, durante un descanso en las grabaciones, me di cuenta de que la botella con vinagre no había cerrado la historia. La había abierto.

Todo empezó cuando me acerqué a mi silla, emocionado por revisar las páginas de una nueva escena. Al sentarme, un chorro de algo frío y pegajoso empapó mis pantalones. Salté como si me hubieran electrocutado y miré hacia abajo: mi asiento estaba cubierto de miel. ¿Miel? ¿En una silla?

Las carcajadas del equipo de producción me hicieron alzar la vista. Lucas estaba a unos metros de distancia, recargado contra una pared, observándome con una ceja arqueada y una sonrisa de suficiencia.

—Esto no ha terminado, escritorcito —dijo, cruzándose de brazos.

Quise responder, pero mi mente ya estaba ocupada planeando mi próxima jugada. Si él quería guerra, entonces tendría guerra.

Intenté limpiarme lo mejor posible, pero el pegajoso desastre arruinó mi ropa. Pasé el resto del día con una chaqueta amarrada a la cintura para ocultar mi "derrota". Pero cuando finalizó la grabación, me acerqué al estacionamiento y entendí que Lucas aún no había terminado.

Mi parabrisas estaba cubierto de notas adhesivas rosas que decían cosas como: *"Escritor en apuros"* y *"¡Cuidado con el vinagre!"* Respiré hondo, tratando de no explotar frente a todo el mundo.

Era oficial: Lucas Hamilton me había declarado la guerra. Y yo, Bastián Allen, no iba a quedarme atrás. Al día siguiente, me encontraba en el restaurante con Liza y Eli, disfrutando de un desayuno tranquilo.

Era uno de esos raros días libres en los que no había grabaciones, y aunque mi cuerpo agradecía el descanso, mi mente seguía dándole vueltas a las bromas recientes con Lucas. Eli, como siempre, estaba llena de entusiasmo.

—¡Bastián, por favor, llévame al set mañana! Quiero conocer a Lucas. ¡Es Lucas Hamilton! —dijo casi suplicando, con las manos juntas como si estuviera rezando.

Rodé los ojos y di un sorbo a mi café.

—Eli, por última vez, Lucas y yo no somos amigos. Es más, si pudieras evitar mencionarme cuando lo veas, te lo agradecería mucho —contesté, tratando de sonar calmado, aunque la sola mención de su nombre me tensaba un poco.

Liza dejó escapar una risita y me miró con burla.

—No sé, Bastián. Por cómo hablas de él, parece ser más que solo un conocido. ¿Estás seguro de que no hay algo ahí?

Casi me atraganto con mi tostada.

—¿¡Algo ahí!? ¡Liza, no digas tonterías! Ese tipo me ha declarado la guerra. Literalmente.

Eli se inclinó hacia adelante, sus ojos brillando de curiosidad.

—¿Cómo que guerra? ¿Qué pasó?

Suspiré y comencé a contarles todo: el incidente del chile, el agua con vinagre, la miel en mi silla y las notas adhesivas en mi coche. Mientras hablaba, ambas parecían cada vez más divertidas.

—¡Esto es genial! —dijo Eli, riendo a carcajadas—. Es como si estuvieras viviendo en una comedia romántica.

—No tiene nada de romántico —refuté, cruzándome de brazos.

—Tal vez no, pero sí es cómico —añadió Liza, todavía riendo.

Las miré con incredulidad.

—¿Saben qué? Olvídenlo. Lo último que necesito es que ustedes dos también se unan al equipo de Lucas.

Eli se encogió de hombros con una sonrisa traviesa.

—Solo digo que, si en algún momento haces las paces con él, avísame. Yo sigo queriendo mi foto con él.

—Eli, no va a pasar —repliqué, llevándome una tostada a la boca.

Pero mientras masticaba, no pude evitar preguntarme cuánto más podía escalar esta guerra...

Y cómo demonios iba a conseguir ganar. Justo cuando

terminaba de hablar con Eli y Liza, mi teléfono vibró sobre la mesa. Al revisarlo, vi un mensaje de Martin, el director:

"Bastián, necesito que vengas al set. Vamos a grabar una escena extra y quiero que estés presente para algunos ajustes del guion. Es importante."

Suspiré, resignándome a que mi día libre ya no sería tan libre.

—Cambio de planes —dije, dejando el teléfono en la mesa—. Martin necesita que vaya al set.

—¿¡Ahora!? —exclamó Eli, emocionada—. ¡Voy contigo!

—No —repliqué rápidamente, levantando una mano para detener su entusiasmo—. Esto es trabajo, Eli. Además, ya te dije que Lucas y yo no somos amigos. Lo último que quiero es lidiar con él y contigo emocionándote al mismo tiempo.

—Eres un aguafiestas, Bastián —respondió cruzándose de brazos, mientras Liza se limitaba a sonreír con diversión.

—No hagas más enemigos, ¿sí? —bromeó mientras yo recogía mis cosas y me preparaba para salir.

Me dirigí al set con una mezcla de curiosidad y nervios. ¿Por qué una escena extra? ¿Y por qué era tan importante mi presencia? Aunque intenté enfocarme en el trabajo, no podía quitarme de la cabeza que algo fuera de lo normal estaba ocurriendo. Al llegar, el ambiente estaba tranquilo, pero había un aire de expectación. Martin me saludó desde lejos y me hizo una seña para que me acercara.

—Gracias por venir, Bastián. Necesitamos ajustar un diálogo en una escena clave. Es algo sencillo, pero prefiero que estés aquí para asegurarnos de que todo quede perfecto.

Asentí, siguiéndolo mientras revisábamos las líneas. Sin embargo, algo me decía que este día no terminaría tan "sencillo" como Martin lo hacía parecer. La escena que íbamos a grabar era crucial: el primer beso entre los protagonistas. El problema era que Lake y Lucas simplemente no lograban conectar. La química que en el guion saltaba de las páginas parecía haberse esfumado en la realidad.

Martin me miró con ojos suplicantes mientras se rascaba la cabeza.

—Bastián, necesito que ayudes con la interpretación. Tú entiendes mejor a los personajes. Sustituirás a Lake, solo para guiar la escena.

—¿Yo? ¿Sustituir a Lake? —pregunté incrédulo, señalándome a mí mismo.

—Solo será para el ensayo. No necesitas besar a nadie. Ayúdame, por favor.

Suspiré, rindiéndome ante la presión del director. No me encantaba la idea, pero sabía lo importante que era para la película que esa escena funcionara. Lucas, quien había estado revisando su teléfono con cara de aburrimiento, levantó la vista cuando escuchó lo que Martin acababa de proponer. Una sonrisa que no supe interpretar se formó en su rostro mientras se levantaba de su silla y se acercaba.

—Tú y yo, ¿eh? Esto será interesante —dijo con un tono que parecía burlón, aunque sus ojos tenían un brillo juguetón.

Me coloqué en posición mientras intentaba calmar los nervios que comenzaban a surgir. Lucas se paró frente a mí, su mirada fija en la mía, y comenzó a recitar sus líneas con una voz baja y cautivadora, llena de matices románticos. Traté de seguir con las líneas de Lake, pero su intensidad me desconcertaba. Lucas tenía esa capacidad de hacerte sentir como si fueras la única persona en la habitación, y eso me estaba afectando más de lo que debería. De repente, sentí sus manos en mi cintura. Me atrajo hacia él con suavidad, cerrando la distancia entre nosotros mientras continuaba diciendo sus líneas con un tono tan romántico como seductor. Su voz parecía un susurro que solo yo podía escuchar, y por un momento, olvidé dónde estaba.

Mi corazón latía con fuerza y el aire se sentía más pesado. Su mirada bajó por un instante a mis labios, y por un segundo eterno, realmente creí que me iba a besar.

—¡Perfecto! Eso es lo que necesitamos, esa intensidad.

¡Lake, observa! —exclamó Martin, rompiendo el momento.

Me aparté rápidamente, mi rostro ardiendo de vergüenza mientras intentaba actuar como si nada hubiera pasado. Lucas solo sonrió con un destello travieso en los ojos, como si disfrutara mi incomodidad.

—Eres un buen reemplazo, escritorcito —murmuró antes de alejarse para retomar la escena con Lake.

Yo, por mi parte, necesitaba un respiro. O tal vez un manual sobre cómo manejar a un actor descaradamente encantador. Mientras intentaba recuperar la compostura, Lake se acercó con una sonrisa divertida y se inclinó para susurrarme al oído.

—No estés nervioso, cariño. Lucas tiene ese efecto en todos. Es demasiado guapo para su propio bien.

La sangre me subió al rostro al escuchar eso, y no pude evitar quedarme en silencio por unos segundos, procesando lo que acababa de decirme. Finalmente, reuní el valor para preguntar algo que no dejaba de rondar mi mente.

—¿Lucas es... gay?

Lake soltó una carcajada suave y negó con la cabeza, aún con esa expresión entre divertida y cómplice.

—Para nada. Te lo aseguro, nunca he conocido a alguien tan mujeriego como él. Tiene una lista interminable de conquistas.

Sus palabras me desconcertaron un poco. Aunque no sé por qué esperaba otra respuesta, esa declaración me dejó más confundido que antes.

—Oh... ya veo —murmuré, intentando sonar indiferente, aunque mi mente seguía dándole vueltas a lo que había pasado durante el ensayo.

Lake me palmeó el hombro con un gesto de ánimo.

—No te preocupes. Lucas siempre juega con todos, es parte de su encanto. Pero en el fondo, sabe lo que hace. Relájate y disfruta del momento.

Se alejó hacia Martin y el resto del equipo, dejándome solo con mis pensamientos y, para ser honesto, un sin fin de emociones que no lograba descifrar. ¿Por qué me importaba tanto? ¿Por qué ese maldito ensayo seguía repitiéndose en mi cabeza? Suspiré y me senté en una silla cercana, tratando de concentrarme en cualquier cosa menos en Lucas y esa mirada intensa que no podía olvidar. No podía negar que, cuando lo tuve tan cerca, mis piernas temblaron de una forma que jamás había experimentado antes. Su mirada intensa, su voz ronca y la forma en que me sostuvo de la cintura hicieron que mi corazón diera un vuelco traicionero. Pero al mismo tiempo, la realidad era innegable: Lucas era el ser más odioso y despreciable que había conocido.

Por un lado, le estaba agradecido porque todo esto, desde el éxito de mi libro hasta la adaptación al cine, había comenzado gracias a él y su publicación en Instagram. Pero por otro, su actitud conmigo, sus bromas pesadas y su constante arrogancia habían transformado esa gratitud en algo completamente distinto. Su forma de comportarse conmigo había logrado lo que creía imposible: empezar a odiarlo.

Mientras me sentaba en silencio, repasando todo lo que había sucedido, no podía evitar preguntarme cómo alguien podía despertar en mí emociones tan opuestas. Un minuto me hacía temblar y al siguiente me daban ganas de lanzarle un sándwich con chile directamente a la cara.

Esa noche, después de un día que sentí eterno, llegué a mi apartamento agotado, física y mentalmente. Dejé las llaves sobre la mesa y me desplomé en el sofá, con la mente aún reviviendo el caos de la grabación, la cercanía con Lucas y ese huracán de emociones contradictorias que no podía sacarme de la cabeza. Justo cuando pensaba que por fin podría desconectarme de todo, mi teléfono comenzó a sonar. El número no estaba guardado, pero respondí con curiosidad.

—¿Bastián Allen? —dijo una voz femenina al otro lado de la línea.

—Sí, soy yo —respondí, algo desconfiado.

—Le llamamos de Goodreads para informarle que su libro ha sido nominado a dos categorías en nuestros premios: Libro del Año y Mejor Libro de Romance.

Por un momento, no supe qué responder. Me quedé en silencio, asimilando las palabras.

—¿Hola? ¿Se encuentra bien?

—¡Sí! Perdón, es que... ¿Está segura? ¿Mi libro? —balbuceé, tratando de procesar lo que acababa de escuchar.

—Así es. Muchas felicidades, señor Allen. Recibirá un correo con más detalles en breve. Que tenga una buena noche.

La llamada terminó, pero yo seguía inmóvil, con el teléfono en la mano y una sonrisa que se formaba lentamente en mi rostro.

Nominado a dos premios en Goodreads. Nunca en mis sueños más ambiciosos había imaginado algo así. Por un instante, todo el cansancio del día desapareció. Mi libro, mi trabajo, estaba siendo reconocido de una manera que jamás pensé posible. Cerré los ojos y me permití disfrutar ese momento. La batalla con Lucas, las tensiones en el set, todo quedaba en segundo plano.

Esa noche no podía pensar en nada más que en la increíble noticia que acababa de recibir. Era como ver nacer una estrella en el vasto universo, una chispa convirtiéndose en luz, luchando por brillar entre la inmensidad. En ese momento, me sentí esa estrella. Algo que había comenzado como un sueño solitario, como una idea escrita en un rincón de mi mente, ahora iluminaba un pequeño espacio en el firmamento. Esta vez, luego de mucho tiempo, me permití creer que tal vez, solo tal vez, estaba destinado a brillar.

Justo cuando mi mente empezaba a divagar entre recuerdos y sueños futuros, mi celular vibró con una notificación. Miré la pantalla y, para mi sorpresa, era un mensaje de Lucas.

"¿Libro del año y romance? Parece que alguien está haciendo ruido en grande. Felicidades, escritorcito."

Parpadeé varias veces, asegurándome de que no estaba alucinando. ¿Lucas? ¿Escribiéndome? ¿Cómo demonios tenía mi número? Antes de decidir si responder o no, llegó otro mensaje.

Lucas: *"Supongo que tendré que aceptar haber hecho algo bien al leer tu libro. Si necesitas ayuda para elegir qué ponerte en los premios, avísame. Aunque dudo que haya algo que pueda mejorar ese estilo tan... único tuyo."*

Mi incredulidad creció aún más. Por supuesto, incluso en un mensaje tenía que incluir su típica dosis de sarcasmo. Sin embargo, algo en sus palabras me hicieron sentir... raro. Con cierto recelo, decidí responder.

Yo: *"Gracias... creo. Pero... ¿cómo conseguiste mi número?"*

Pasaron unos segundos antes de que la respuesta llegara.

Lucas: *"Tengo mis formas. No te preocupes, no pienso acosarte... mucho. Buenas noches, genio."*

Apagué el teléfono con el ceño fruncido y una ligera sonrisa en los labios. Lucas era impredecible y molesto, pero lo que más me desconcertaba era por qué me había escrito. Esa noche me acosté preguntándome si había algo más detrás de su mensaje, aunque me prometí no darle demasiadas vueltas.

Osa Mayor

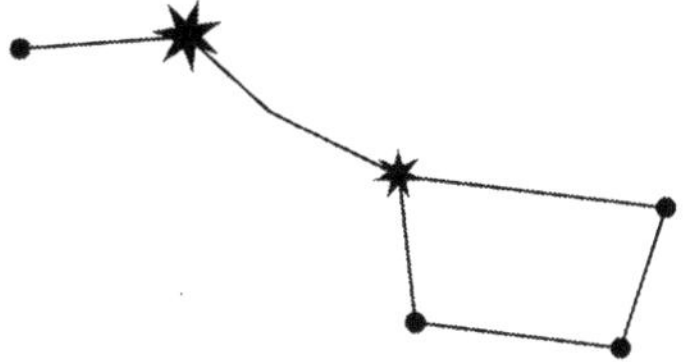

EL CAOS QUE DA VIDA A LA GALAXIA

Después del mensaje de Lucas, pensé que finalmente habíamos encontrado una tregua, que el ambiente en las grabaciones mejoraría y que, tal vez, podríamos coexistir en relativa paz. Pero nada podía estar más lejos de la realidad.

Al día siguiente, en el set, Lucas ni siquiera me miró cuando pasé junto a él. Estaba completamente inmerso en su papel, interactuando con todos menos conmigo. Y cuando, inevitablemente, tenía que dirigirse a mí, lo hacía con ese tono cargado de sarcasmo y su apodo de *"escritorcito"*, que parecía disfrutar demasiado.

—Escritorcito, ¿seguro que esta línea tiene sentido? —dijo en un momento, sosteniendo el guion y alzando una ceja, como si estuviera cuestionando mi existencia misma.

Cada vez que pronunciaba esa palabra, sentía cómo un alfiler se clavaba en mi paciencia. Quería responder, pero me contenía, recordando que yo era el profesional en este escenario. Aunque, si soy sincero, lo que más me irritaba no era su actitud, sino el hecho de que no podía dejar de pensar en lo que había pasado la noche anterior: su mensaje, su tono juguetón, incluso su *"buenas noches, genio"*, era como si estuviera jugando un juego cuyas reglas yo desconocía.

El ambiente se volvía cada vez más tenso. Cada mirada, cada comentario, era un fuego pequeño que no dejaba de arder entre nosotros. Y aunque intentaba mantener la compostura, no podía evitar la sensación de que había algo más detrás de su comportamiento, algo que aún no lograba descifrar.

El resto del elenco también parecía notar la tensión. Lake, en particular, se acercó a mí durante una pausa y me susurró:

—No dejes que Lucas te saque de tus casillas. Es su manera de entretenerse. Pero, si te sirve de consuelo, si te está molestando tanto, significa que le importas más de lo que él mismo quiere admitir.

¿Importarle?

Esa palabra rebotó en mi cabeza durante el resto del día. Pero mientras observaba a Lucas al otro lado del set, sonriendo y bromeando con los demás como si yo no existiera, no sabía si creerlo o simplemente aceptarlo como otra incógnita más en esta montaña rusa que era mi vida últimamente.

Pasaron los días, y la tensión entre Lucas y yo no hacía más que crecer. Su actitud pasivo-agresiva se sentía como un juego constante, pero lo peor era que no sabía si lo hacía por diversión o simplemente porque yo le resultaba insoportable.

—Escritorcito, no te olvides de ponerle más emoción a tus palabras cuando escribas los diálogos. No todos tienen que sonar como si estuvieran saliendo de una novela para adolescentes —dijo un día, sosteniendo el guion con una expresión exageradamente crítica.

Respiré hondo. Quería responder, pero ¿qué podía decirle? Él era el actor principal, la estrella del momento, y yo apenas el escritor que intentaba sobrevivir en un mundo que claramente no era el mío.

Sin embargo, lo que más me perturbaba era la forma en que me trataba cuando nadie estaba cerca. En esos momentos, sus comentarios sarcásticos desaparecían y su tono cambiaba. Era como si dejara caer una máscara que solo yo podía ver.

Un día, mientras revisábamos unas líneas juntos, se inclinó hacia mí, su cercanía me hizo sentir incómodo y, al mismo tiempo, atrapado en el momento.

—¿Por qué siempre estás tan a la defensiva? —preguntó, con una voz más curiosa que burlona.

—Quizás porque alguien decidió llamarme escritorcito desde el primer día y no me ha dejado en paz desde entonces —respondí, tratando de mantener la compostura.

Lucas me miró fijamente, como si estuviera evaluando cada palabra. Luego sonrió, pero no era una sonrisa cualquiera. Había algo en ella que me hacía sentir como si estuviera jugando con una bomba a punto de explotar.

—Relájate, no es para tanto. Además, te gusta, ¿no? Toda esta atención... —Su tono era bajo, casi un susurro, pero lo suficientemente intenso como para descolocarme.

Abrí la boca para responder, pero las palabras no salieron. Lucas simplemente se alejó, dejándome ahí con una mezcla de frustración, confusión y... algo que no quería admitir.

Al final del día, mientras lo veía despedirse de todos con esa sonrisa perfecta que parecía encantar a todos menos a mí, me di cuenta de algo. Esta guerra silenciosa entre nosotros no era algo que pudiera ignorar. No sabía cómo, pero estaba seguro de que iba a llegar a un punto de quiebre. Y, honestamente, no tenía idea de si estaba preparado para enfrentarlo.

Las grabaciones continuaban, y cada día parecía un campo minado. Si no eran los comentarios sarcásticos de Lucas, eran sus miradas desafiantes cada vez que me cruzaba con él en el set. Parecía disfrutar de mi incomodidad, como si mi torpeza fuera su entretenimiento personal.

Un día, mientras revisaba unas notas del guion junto a Martin, el director, sentí que alguien se paraba detrás de mí. No necesitaba voltear para saber quién era.

—¿Qué tanto planean ahí? ¿Otra escena donde mi personaje tenga que hablar como si estuviera leyendo un poema cursi? —comentó Lucas, su voz cargada de burla.

Martin levantó una ceja, pero antes de que pudiera responder, yo ya lo había hecho.

—Si no te gusta cómo está escrito, siempre puedes intentar improvisar. Aunque claro, eso requiere talento.

Hubo un silencio incómodo. Sentí a Martin tensarse a mi lado, pero Lucas, en lugar de molestarse, dejó escapar una carcajada baja y se inclinó un poco más hacia mí.

—Tienes agallas, escritorcito. Veremos cuánto duran.

No supe qué responder. Su proximidad me incomodaba, y su tono me irritaba. Era como si estuviera jugando un juego cuyas reglas yo no entendía.

Más tarde, mientras intentaba concentrarme en mi laptop en una esquina del set, sentí una sombra acercarse. Levanté la vista y ahí estaba él, con una botella de agua en la mano y esa sonrisa que mezclaba arrogancia y desafío.

—¿Qué haces aquí escondido? Pensé que los escritores se inspiraban observando a los demás. ¿O prefieres escribir sobre lo que no entiendes? —preguntó, tomando un sorbo de agua y mirándome por encima del borde de la botella.

—Prefiero escribir sobre cosas que valen la pena, no sobre idioteces —respondí sin levantar la vista.

Su risa resonó, pero esta vez hubo algo más en ella. Algo que me hizo alzar la mirada.

—Tú decides, escritorcito. Pero si alguna vez necesitas inspiración... ya sabes dónde encontrarme.

Se dio la vuelta y se alejó, dejándome con el corazón latiendo más rápido de lo que quería admitir.

Esa noche, mientras intentaba trabajar en el borrador de mi nuevo proyecto, no podía sacarlo de mi cabeza. Su actitud, sus palabras, su forma de mirarme, como si estuviera desafiándome constantemente... No lo soportaba. Y, al mismo tiempo, me intrigaba.

Mientras revisaba las notas de la grabación y trataba de concentrarme en mi nuevo proyecto, Lucas seguía invadiendo mis pensamientos. Cerré la laptop con frustración y me recosté en el sofá, mirando al techo como si ahí estuviera la respuesta a mis problemas.

¿Qué quiere de mí? Había algo en su actitud que me descolocaba. No podía entender por qué se molestaba en buscarme, en lanzarme comentarios sarcásticos, en provocarme. Si realmente no le interesaba mi presencia, ¿por qué no simplemente ignorarme?

El problema era que yo tampoco podía ignorarlo. Cada vez que me hablaba, mi cuerpo reaccionaba como si estuviera programado para ponerse alerta. Su tono de voz, la forma en que decía escritorcito con esa mezcla de burla y... ¿diversión? Todo me hacía sentir como si estuviera en una partida de ajedrez en la que él siempre iba un paso adelante.

—Es solo un actor, un mujeriego arrogante —me repetí, intentando convencerme de que no valía la pena darle tantas vueltas. Pero entonces recordé su expresión durante la escena que habíamos practicado juntos. La intensidad en sus ojos cuando tomó mi cintura, la manera en que su voz bajó al decir esas líneas... Por un instante, me hizo olvidar que estábamos actuando.

—¡Maldita sea! —murmuré, revolviéndome el cabello con ambas manos.

Tomé mi celular para distraerme, pero incluso ahí estaba presente. Había recibido un mensaje de Eli.

Eli: *¿Sabías que Lucas está en la lista de los hombres más sexys del mundo este año?*

Yo: *¿Y eso qué tiene que ver conmigo?*

Eli: *Oh, vamos, sé que lo odias, pero es innegable. Además, ese odio podría ser otra cosa...*

Yo: *¡No empieces con eso! Buenas noches.*

Dejé el teléfono a un lado, pero el comentario de Eli me dejó inquieto. ¿Por qué me afectaba tanto lo que decía o hacía Lucas? ¿Era realmente odio lo que sentía por él?

Decidí distraerme viendo una película, pero cometí el error de elegir una en la que él era el protagonista. Lo vi en pantalla, interpretando a un personaje completamente opuesto al Lucas que conocía: romántico, vulnerable, encantador. Era casi imposible no caer bajo su hechizo, incluso cuando sabía que en la vida real era todo menos eso.

—Es solo un papel —me repetí, pero algo en su actuación me dejó pensando. ¿Y si había algo más detrás de esa fachada arrogante?

Cerré los ojos, intentando borrar su imagen de mi mente. Pero, en lugar de eso, recordé la forma en que me miró ese día en el set, justo antes de soltar la carcajada y decir: "*Tienes agallas, escritorcito.*"

Ese apodo, que tanto me irritaba, ahora resonaba en mi cabeza con un matiz diferente.

—No puede ser… —susurré, sintiendo un calor subiendo por mi cuello. Me estaba dejando afectar, y eso no podía permitírmelo. Lucas era un actor, un mujeriego declarado, y yo… bueno, yo era solo un escritor torpe que había tenido la suerte de estar en ese set gracias a su libro.

Me levanté del sofá, decidido a despejar mi mente. Pero mientras me preparaba un té, no podía evitar preguntarme qué pasaría si dejara de luchar contra esa tensión entre nosotros.

Al día siguiente, el ambiente en el set estaba cargado de un nerviosismo palpable. Todo parecía normal a simple vista, pero yo podía sentir las miradas de Lucas cada vez que pasaba cerca. No sabía si era mi imaginación o si realmente se estaba esforzando por hacerme sentir incómodo.

A mitad de la jornada, mientras revisaba el libreto en una esquina del set, una sombra se proyectó sobre mí. Levanté la vista y ahí estaba él, con los brazos cruzados y una expresión seria.

—¿Podemos hablar? —dijo sin rodeos.

Asentí, aunque por dentro sabía que cualquier conversación con Lucas sería como caminar sobre vidrios.

Caminamos hacia una zona más privada, lejos del ruido de las cámaras y el equipo. Cuando estuvimos solos, Lucas se giró hacia mí, cruzando los brazos otra vez.

—¿Por qué tienes que estar aquí? —preguntó, su voz baja pero cargada de frustración.

—Perdón, ¿qué? —fruncí el ceño, confundido por su tono.

—No te soporto. No soporto tenerte cerca —espetó, directo al grano.

Su declaración me golpeó como un balde de agua fría.

—¿Y qué exactamente hice para merecer ese nivel de desprecio? —repliqué, tratando de mantener la calma, aunque sentí mi pecho apretarse.

—No sé. Todo en ti me molesta. Tu forma de hablar, cómo te ríes de tus propios chistes, esa maldita torpeza tuya que parece estar siempre al borde de arruinarlo todo... —enumeró con un tono ácido, pero sus ojos parecían decir algo completamente distinto.

Me quedé en silencio por un momento, procesando sus palabras. Una parte de mí quería gritarle, devolverle cada insulto, pero otra parte notó algo extraño en su actitud. Su voz era dura, pero su postura estaba inquieta, como si estuviera luchando consigo mismo.

—Entonces, ¿qué sugieres? —pregunté finalmente, cruzándome de brazos también.

—Que mantengas tu distancia. Haz tu trabajo, pero no me busques.

Solté una risa sarcástica, incapaz de contenerme.

—¿Buscarte? Créeme, Lucas, lo último que quiero es estar cerca de ti. Si estás tan incómodo con mi presencia, tal vez deberías preguntarte por qué.

Sus ojos se estrecharon, pero no dijo nada. Me sostuvo la mirada durante unos segundos que se sintieron eternos antes de girarse y marcharse sin una palabra más.

Me quedé allí, viendo cómo Lucas se alejaba, pero apenas había dado unos pasos cuando se detuvo de repente. Giró sobre sus talones y regresó hacia mí con una expresión que mezclaba irritación y algo más que no pude descifrar.

—Y otra cosa —dijo, señalándome con un dedo, como si estuviera a punto de darme una lección.

—¿Qué cosa? —respondí, cruzándome de brazos, ya harto de su actitud.

—Por favor, deja de usar esos malditos Converse. No te lucen.

Por un momento, pensé que había escuchado mal. Mi mirada bajó automáticamente a mis pies, donde mis viejos Converse negros, un tanto gastados, seguían siendo mi calzado de confianza.

—¿Perdón? —solté, sin poder contener una risa incrédula.

—Lo que escuchaste. Son... infantiles. No sé, parece que estás atrapado en la adolescencia o algo así —dijo, encogiéndose de hombros, como si acabara de señalar el dato más obvio del universo.

—¿De verdad te molestan tanto mis zapatos? —pregunté, aún incrédulo.

—Sí, mucho. Es como si estuvieran gritándome: "*¡Mírame, soy un escritor independiente con un pésimo sentido de la moda!*"

Lo dijo con tanta convicción que no pude evitar reírme, aunque la rabia empezaba a burbujear bajo la superficie.

—¿Sabes qué, Lucas? Si mis Converse te molestan tanto, tal vez deberías dejar de mirarlos —repliqué, dándole una sonrisa irónica.

Durante un segundo, pensé que iba a lanzar otro comentario sarcástico. Pero, en lugar de eso, simplemente bufó y volvió a alejarse, esta vez asegurándose de no detenerse. Mientras lo veía desaparecer entre el equipo del set, miré mis Converse y sonreí para mis adentros. Si algo estaba claro, era que Lucas tenía un talento especial para meterse bajo mi piel... pero parecía que yo también tenía el mismo efecto en él. Decidí que usaría esos Converse todos los días de grabación.

Durante el descanso, me escabullí al departamento de maquillaje. Había visto que tenían sprays de colores temporales, los que usaban para efectos especiales o para darle un toque diferente a las escenas. Revisé rápidamente entre los estantes hasta que lo encontré: un spray plateado con un brillo metálico que parecía perfecto para lo que tenía en mente.

—¿Qué haces aquí? —preguntó una de las maquillistas, alzando una ceja al verme con el spray en la mano.

—Oh, eh... estoy ayudando con un detalle para la próxima escena —respondí, intentando sonar lo más casual posible.

Ella pareció aceptar la excusa y volvió a lo suyo, así que aproveché para guardar el spray en mi mochila y salir rápidamente de allí.

Paso uno: la herramienta estaba asegurada.

Ahora necesitaba encontrar el momento perfecto. Lucas era un tipo maniático con su espacio, siempre dejando sus cosas ordenadas en el mismo lugar. Su bolso de cuero negro, que parecía más caro que mi alquiler, estaba junto a su silla favorita en el área de descanso. Sabía que, tarde o temprano, regresaría a peinarse o a ajustarse el cabello frente a uno de los espejos portátiles.

Paso dos: identificar el objetivo.

Me acerqué a su bolso, fingiendo que buscaba algo en el mío. Lo observé de reojo para confirmar que no estuviera cerca. Una de las asistentes pasó a mi lado y me saludó.

—¿Todo bien, Bastián? —preguntó.

—Sí, claro. Solo buscando inspiración —sonreí, intentando parecer inocente.

Cuando se fue, saqué el spray de mi mochila y lo dejé estratégicamente junto a su peine, dentro del bolso. Había notado que siempre usaba un fijador antes de cualquier toma importante, así que, si todo salía según el plan, él mismo aplicaría el spray sin darse cuenta.

Paso tres: paciencia.

Me alejé del área, fingiendo estar absorto en mi libreta, pero mi corazón latía con fuerza. Cada vez que lo veía acercarse a su bolso, contenía la respiración. Finalmente, justo antes de que comenzara la siguiente escena, lo vi tomar el peine y el supuesto "*fijador*".

Se paró frente al espejo y roció el spray sobre su cabello con la seguridad de alguien que no tenía idea de lo que estaba a punto de suceder. El brillo plateado comenzó a cubrir sus mechones oscuros, y tuve que morderme la lengua para no reírme.

Cuando notó algo raro en el reflejo, su expresión pasó de la confusión al horror.

—¿Qué carajos...? —murmuró, tocándose el cabello.

Las risas comenzaron a surgir a su alrededor. Algunos del equipo ya lo habían notado, y Lake, siempre lista para el drama, sacó su teléfono para tomar una foto.

Lucas se giró y me vio. Su mirada lo decía todo: Sé que fuiste tú. Me encogí de hombros y sonreí con la mayor inocencia posible.

Paso cuatro: disfrutar el espectáculo.

Lucas se levantó de inmediato, tirando el peine al suelo

con fuerza. Su cabello, ahora cubierto de un plateado brillante, reflejaba la luz del set como si fuera un personaje de una película futurista. Caminó directo hacia mí, con los ojos entrecerrados y los labios apretados.

—¿Te crees gracioso, escritorcito? —espetó, cruzando los brazos.

Tragué saliva, pero no me moví de mi lugar. Había planeado esto, sabía que vendría a enfrentarse conmigo.

—¿De qué estás hablando? —respondí con una sonrisa inocente que sabía que lo enfurecería aún más.

—No te hagas el idiota. Esto... —señaló su cabello, que ahora parecía el de una estrella de rock desfasada—. ¿De verdad tienes tan poco que hacer que te dedicas a estas estupideces?

Me levanté lentamente, enfrentándolo. Él era más alto, pero yo no estaba dispuesto a retroceder.

—No sabía que tenías tan poca capacidad de reírte de ti mismo, Lucas. Pensé que un gran actor como tú podía soportar una pequeña broma.

Su mandíbula se tensó, y por un momento pensé que iba a gritarme frente a todos. Pero, en cambio, dio un paso más cerca, invadiendo mi espacio personal.

—Te voy a decir algo, Bastián —dijo, su voz baja pero cargada de veneno—. No te soporto. No soporto tu actitud, no soporto tus bromas estúpidas y, sobre todo, no soporto tenerte cerca.

Sentí un nudo en el estómago, pero no dejé que se notara. Me crucé de brazos, fingiendo una calma que estaba lejos de sentir.

—Pues qué lástima, porque estoy aquí para quedarme. Así que, si no puedes soportarlo, tal vez el problema no soy yo, sino tú.

Un murmullo recorrió el set. Era obvio que todos estaban pendientes de la escena. Lucas soltó una risa amarga y negó con la cabeza.

—¿Sabes qué? Disfruta este momento, escritorcito. Porque te juro que no vas a ganarme en esto.

Se giró bruscamente y se marchó, dejando un rastro de brillo plateado a su paso. Sentí las miradas de todos sobre mí, pero me quedé quieto, fingiendo que no me importaba. Por dentro, sin embargo, sabía que había cruzado una línea.

Esto ya no era un simple juego de bromas. Ahora era personal.

La culpa comenzó a carcomerme lentamente mientras el día avanzaba. Aunque Lucas había sido un imbécil conmigo desde el principio, algo en su reacción me hizo pensar que tal vez me había pasado. Era solo una broma, pero verlo tan enfadado y escuchar sus palabras aún resonando en mi cabeza me hizo sentir miserable.

Cuando el set se vació y la mayoría de las personas se retiraron, decidí hacer lo que nunca pensé que haría: disculparme. Caminé hacia el tráiler de Lucas, ensayando mentalmente lo que iba a decir. "Fue una broma. No quería humillarte. Lo siento si te hice sentir mal." Repetí esas palabras una y otra vez mientras mis pasos me acercaban.

Llegué a la puerta y levanté la mano para golpear, pero antes de que pudiera hacerlo, escuché un ruido desde dentro. Algo en su tono de voz me hizo detenerme.

—¿Por qué no puedes simplemente ser mejor? —La voz de Lucas sonaba frustrada, casi furiosa.

Apenas abrí la puerta unos centímetros, lo suficiente para verlo de perfil. Estaba frente al espejo, hablándose a sí mismo. Su cabello aún tenía rastros del polvo plateado, y sus ojos reflejaban algo más que enojo; había algo roto en ellos.

—No es suficiente. Nunca es suficiente. —Dio un golpe al borde del lavabo, haciendo que los artículos de tocador temblaran.

Sentí que mi corazón se encogía. ¿Esto era por mi culpa? ¿O había algo más detrás de su fachada arrogante?

—Siempre es lo mismo, Lucas. Siempre. —Se miraba fijamente en el espejo, como si estuviera enfrentando a alguien más—. No importa cuánto intentes esconderlo, ¿verdad? Ese maldito cuerpo...

Quise acercarme, decir algo, pero mis pies no se movieron. Me quedé detrás de la puerta, inmóvil, como si cualquier ruido pudiera romper el frágil momento que estaba presenciando.

—Solo tienes que ser perfecto. Eso es lo único que importa.

Su voz se quebró ligeramente, y luego se quedó en silencio, respirando profundamente mientras miraba su reflejo. No quise escuchar más. El peso de lo que había visto y oído era demasiado. Retrocedí lentamente, asegurándome de no hacer ruido, y me alejé del tráiler con el corazón apretado.

¿Qué demonios acababa de presenciar? Era la primera vez desde que comenzó esta absurda rivalidad, que no me sentí como el ganador. Sentí una mezcla de incomodidad, compasión y algo más que no lograba identificar. Tal vez, Lucas y yo no éramos tan diferentes después de todo.

Esa noche, apenas llegué a mi departamento, me desplomé en el sofá con el teléfono en la mano. No podía sacarme de la cabeza la imagen de Lucas peleando con su reflejo en el espejo. Sus palabras seguían resonando en mi mente, haciéndome sentir aún peor por lo que había hecho. Antes de darme cuenta, estaba marcando el número de Liza. Sabía que ella siempre tenía las palabras adecuadas para poner las cosas en perspectiva.

—¿Bastián? ¿Qué pasó? —preguntó con curiosidad apenas contestó, seguramente sorprendida por la hora.

—Necesito hablar contigo —dije, intentando mantener mi voz firme, aunque seguro soné como un desastre.

—Claro, dime. ¿Qué pasa?

Le conté todo, desde la broma que le había hecho a Lucas hasta lo que había presenciado en su tráiler. Mientras hablaba, sentía que me hundía más en mi propia culpa.

—Fue demasiado, Liza. Quería jugarle una broma, pero... creo que me pasé. Y luego verlo así, hablándole al espejo, diciéndose esas cosas... No sé qué le pasa, pero claramente hay algo más profundo detrás de todo esto.

Liza permaneció en silencio unos segundos, algo raro en ella, y eso me puso aún más nervioso.

—Bueno, para empezar, sí, te pasaste —dijo finalmente con un tono serio—. Pero también es obvio que Lucas tiene sus propios problemas. A veces, la gente que más intenta aparentar ser perfecta es la que más lucha consigo misma.

—¿Y qué se supone que haga ahora? ¿Le pido disculpas? ¿Hago como si nada pasó?

—Eso depende de ti. Pero si lo que viste te afectó tanto como para llamarme a esta hora, creo que ya sabes la respuesta.

Suspiré, recostándome en el sofá mientras miraba el techo.

—¿Crees que me odiará más si le digo algo?

—Probablemente. Pero si lo haces desde el corazón, aunque te odie, sabrá que eres sincero. A veces, eso es suficiente.

Nos quedamos en silencio unos segundos antes de que Liza hablara otra vez, esta vez con un tono más suave:

—¿Sabes, Bastián? Por lo que me cuentas, Lucas es más que el idiota arrogante que aparenta ser. Tal vez, si dejas de verlo como el enemigo y comienzas a tratarlo como un ser humano, algo cambie entre ustedes.

Colgué poco después, sintiéndome un poco más ligero gracias al consejo de Liza, pero también más confundido que nunca.

Esa noche apenas pude dormir, preguntándome si Lucas alguna vez dejaría de verme como su enemigo. Y si yo podría dejar de verlo como un completo imbécil.

A la mañana siguiente, me levanté decidido a intentar

arreglar las cosas. Tal vez Liza tenía razón y necesitábamos un punto de partida diferente para dejar de lanzarnos bombas. Así que hice lo único que se me ocurrió: llevar una ofrenda de paz.

Sabía que Lucas era fanático del capuchino. No es que lo estuviera observando, pero era imposible no notarlo cuando siempre lo pedía en el set con especificaciones tan detalladas que parecía más una fórmula química que una simple bebida. También recordé haberlo visto con un muffin de arándanos en la mano, así que decidí incluir uno.

Cuando llegué al set, lo vi sentado solo en su silla, mirando algo en su teléfono. Parecía más tranquilo que los días anteriores, pero, aun así, había un aire de distancia a su alrededor. Respiré hondo, tomé valor y me acerqué con la bandeja en la mano.

—Buenos días —dije con una sonrisa nerviosa, tratando de sonar despreocupado.

Él levantó la vista, arqueando una ceja al verme. No dijo nada, solo me observó con esa expresión que no lograba descifrar.

—Traje esto para ti. Como... una especie de tregua. Café negro, justo como te gusta, y un muffin de arándanos.

Por un momento, pensé que lo rechazaría. Pero después de unos segundos de incómodo silencio, tomó el café y el muffin con una expresión que seguía siendo difícil de leer.

—Gracias —dijo finalmente. Su tono era neutral, pero no hostil, lo cual consideré un pequeño triunfo.

Dio un sorbo al café y, para mi sorpresa, dejó escapar una pequeña sonrisa. Era casi imperceptible, pero ahí estaba, curvando ligeramente las comisuras de sus labios.

—Esto no significa que me caigas bien, escritorcito —dijo, aunque sin el filo en la voz que solía usar.

—Y esto no significa que me guste andar observándote para saber qué café tomas —respondí, medio en broma, aunque el calor en mi rostro seguramente me delataba.

Lucas soltó una risa breve y baja, más para él mismo que para mí, antes de darle un mordisco al muffin.

—Bueno, admito que tienes buen gusto en café.

Era un avance pequeño, pero un avance, al fin y al cabo. Tal vez aún estábamos lejos de ser amigos, pero al menos, parecía que las cosas podían empezar a cambiar.

Cuando Lucas terminó su café, me di cuenta de algo peculiar: el muffin seguía casi intacto, con apenas un mordisco pequeño en uno de los extremos. Mi curiosidad fue más fuerte que mi sentido común, así que decidí preguntar.

—¿No te gustan los muffins de arándanos? —solté con torpeza, intentando sonar casual.

Lucas me miró de reojo, sosteniendo el muffin como si estuviera evaluando si valía la pena responder.

—No es eso —dijo finalmente, dejando el muffin sobre la mesa cercana—. Simplemente no tengo mucha hambre esta mañana.

Estaba a punto de insistir, porque su tono no me convencía del todo, pero en ese momento, Martin apareció en el set, llamándonos a ambos con un gesto firme.

—¡Lucas, Bastián! Necesito que vengan conmigo ahora mismo.

Nos miramos, un tanto desconcertados, pero seguimos a Martin hasta una sala de reuniones improvisada. Dentro, nos esperaba un grupo reducido de personas: productores, asistentes y un representante del estudio. Sus expresiones no eran precisamente amigables.

—Siéntense —dijo Martin, cruzando los brazos frente a nosotros.

Obedecimos, aunque la tensión en la sala era casi palpable. El representante del estudio tomó la palabra con un tono seco y directo.

—Estamos aquí porque tenemos un problema. Las grabaciones están dos semanas atrasadas. Dos semanas, señores. ¿Saben cuánto nos está costando esto?

Lucas y yo intercambiamos una mirada incómoda, pero ninguno se atrevió a responder.

—Y lo peor —continuó— es que el estudio está al tanto de que buena parte de estos retrasos se debe a las... bromas y tensiones entre ustedes dos.

—Eso no es del todo cierto —interrumpió Lucas, levantando la mano como si fuera un estudiante defendiendo su caso—. Los retrasos también han sido por fallas técnicas y horarios complicados.

—Eso es cierto —me atreví a agregar—. Pero admito que tal vez nuestras... diferencias han contribuido un poco.

Martin soltó un suspiro pesado, como si estuviera aguantándose las ganas de gritarnos.

—Un poco es quedarse corto. Miren, chicos, necesitamos que esto cambie. Ya. Si no lo hacen, el estudio va a intervenir, y eso no será bueno para ninguno de nosotros.

El representante del estudio asintió, apoyando las palabras de Martin.

—Así que aquí está el trato: trabajen juntos, sean profesionales y hagan lo necesario para que esta producción avance sin más problemas. Si no pueden hacerlo, habrá consecuencias.

Lucas y yo asentimos, aunque no sin cierta incomodidad. Cuando salimos de la reunión, nos quedamos en silencio por unos instantes, hasta que él rompió la tensión con una sonrisa ladeada.

—Bueno, escritorcito, parece que estamos condenados a llevarnos bien.

—O al menos intentarlo —respondí, forzando una sonrisa.

Era la primera vez en días, que ambos estábamos dispuestos a intentarlo. La pregunta era: ¿cuánto tiempo duraríamos antes de que estallara otra tormenta?

Cuando salimos de la reunión, Lucas no me dirigió ni una sola palabra. Se limitó a caminar en dirección opuesta, con las manos en los bolsillos y esa postura arrogante que parecía parte de su ADN. Por un momento, pensé en alcanzarlo y tratar de hablar, pero algo en su expresión me detuvo. Insistir en ese momento solo empeoraría las cosas.

Con el ánimo un poco decaído, busqué a Lake. Si alguien podía ayudarme a entender cómo arreglar esta situación, era ella. La encontré en su camerino, revisando su guion mientras un asistente ajustaba una lámpara.

—¿Tienes un minuto? —pregunté, asomándome por la puerta.

—Para ti siempre, escritorcito —respondió con una sonrisa divertida, claramente imitándolo a él.

Entré y cerré la puerta detrás de mí, dejando escapar un suspiro pesado.

—No sé qué hacer con Lucas. Está cada vez más distante, y después de lo que pasó en la reunión, siento que la brecha entre nosotros es más grande que nunca.

Lake arqueó una ceja, dejando el guion a un lado.

—¿Y qué esperabas? Le pusiste vinagre en el agua y luego armaste un show con esa última broma. No es como si fueras un santo en esta historia.

—¡Lo sé! —exclamé, sintiéndome aún más culpable—. Pero... también siento que, aunque intente arreglarlo, él no quiere darme la oportunidad.

Ella me observó por un momento, como si estuviera evaluando mis intenciones, y luego sonrió.

—Mira, Lucas es... complicado. Y sí, a veces puede ser un idiota insoportable, pero también es más sensible de lo que aparenta.

—¿Sensible? ¿Lucas? ¿El mismo tipo que me llama escritorcito con desprecio cada vez que puede? —pregunté incrédulo.

—Sí, ese mismo. Pero también es el tipo que tiene expectativas altísimas sobre sí mismo, y cuando siente que alguien más está pisando su territorio, se pone a la defensiva.

—No quiero pisar su territorio. Solo quiero que podamos trabajar juntos sin que me odie.

Lake soltó una risa suave y se levantó, colocando una mano en mi hombro.

—Entonces, hazle ver eso. Y no con muffins o café. Habla con él. Sé honesto, aunque sea difícil. Y, por favor, evita llamarlo guapo o algo parecido, porque eso solo va a empeorar las cosas.

—¡Nunca lo he llamado guapo! —protesté, aunque mi tono me delató un poco.

Lake alzó una ceja, claramente divertida, pero decidió no comentar más al respecto.

—Bien. Entonces sal y arréglalo como el adulto que eres. Pero no ahora. Dale su espacio primero.

Asentí, agradecido por su consejo, y salí del camerino con un poco más de claridad. Lo complicado ahora era encontrar el momento perfecto para hablar con Lucas... y decidir exactamente qué decirle.

Antes de salir, Lake me llamó de nuevo.

—¡Espera! Se me olvidaba darte esto.

Caminó hacia un estante, tomó una revista y me la entregó con una sonrisa pícara.

—¿Qué es esto? —pregunté, examinando la portada.

Era la edición más reciente de People. Mi nombre estaba impreso justo al lado de un titular llamativo:

"Los noventa están de vuelta: El escritor Bastián Allen revive la moda de la época con estilo propio".

La foto mostraba una imagen mía tomada en el set, con

mi camisa de cuadros amarrada a la cintura y mis Converse negras.

—¿De dónde salió esto? —pregunté, sintiendo cómo mi rostro se calentaba.

—Parece que alguien te está prestando atención más allá de tus libros —respondió Lake, divertida—. Aunque, si soy sincera, esos zapatos tienen historia, y no necesariamente en el buen sentido.

Fruncí el ceño, releyendo el titular como si eso pudiera hacerlo desaparecer.

—No tenía idea de que me estaban tomando fotos para esto.

—Por supuesto que no —dijo, rodando los ojos—. Pero bienvenido a Hollywood, cariño. Aquí nadie te pide permiso para nada.

—¿Y tú crees que esto... ayudará?

Lake se encogió de hombros.

—Depende. Si Lucas ve esto, puede que se burle de ti durante semanas. Aunque, quién sabe, tal vez se inspire y empiece a usar camisas de cuadros.

Solté un suspiro exasperado y guardé la revista bajo mi brazo.

—Gracias, Lake. Justo lo que necesitaba para mi autoestima.

Ella rio, y yo salí del camerino sintiéndome con una mezcla de nervios y vergüenza. No sabía qué opinaría Lucas si llegaba a ver la revista, aunque algo me decía que este no iba a ser el fin de las bromas entre nosotros.

Apenas salí del set con la revista en la mano, no pude evitar sentirme entre divertido y confundido. ¿De verdad había terminado en una publicación tan importante como People? Y no precisamente por mi trabajo como escritor, sino por mi... ¿camisa de cuadros? ¿Mis Converse?

No lo dudé más. Busqué el contacto de Eli en mi teléfono y marqué. Contestó al tercer tono.

—¡Bastián! ¿Qué haces llamándome a esta hora? ¿No deberías estar escribiendo tu próxima obra maestra o peleándote con algún actor famoso?

—No estoy haciendo ninguna de las dos cosas —dije, conteniendo una risa—. Escucha, tengo algo que contarte.

—¿Qué hiciste ahora? —preguntó, dramatizando un suspiro.

—Salí en la revista People.

Hubo un breve silencio al otro lado de la línea antes de que Eli respondiera con un tono incrédulo.

—¿En serio? ¡No me mientas!

—Te lo juro. Alguien en el set me pasó una copia, y hay una nota sobre mí... bueno más bien sobre mi estilo.

—¿Estilo? —preguntó, y pude imaginarla levantando una ceja— ¿Qué estilo? Si apenas y combinas las camisas con los jeans.

—Lo sé, pero aparentemente estoy "*trayendo de vuelta los noventa*". Mencionan mi camisa de cuadros y mis Converse.

Eli soltó una carcajada que me dejó claro que se estaba divirtiendo más de lo que debería con esto.

—¡Esto es oro puro! ¡Bastián Allen, el ícono de la moda de los noventa! ¿Vas a empezar a dar entrevistas sobre tu estilo vintage?

—No empieces —dije, aunque no pude evitar reírme también—. No sé cómo ocurrió, pero ahí está.

—Tienes que mandarme una foto. No voy a creerlo hasta que lo vea con mis propios ojos.

—Claro que sí. ¿Sabes qué es lo peor? La nota menciona que mi camisa de cuadros está amarrada a mi cintura. ¿Quién hace eso hoy en día?

—Tú, al parecer —respondió Eli, riendo aún más fuerte—. Pero, ¿sabes qué? Me alegra. Esto demuestra que puedes destacar sin siquiera intentarlo.

—Supongo que sí —dije, aunque aún me costaba procesarlo—. Pero no puedo creer que mi debut en una revista importante sea por una camisa y un par de zapatos.

—Oh, por favor, ya quisiera más gente salir en People aunque sea por sus calcetines. Deberías celebrarlo.

—Tal vez tengas razón —admití—. Supongo que no está tan mal.

—No está mal para nada, amigo. Y la próxima vez que te pelees con alguien en el set, recuérdales que eres oficialmente un ícono de moda.

Ambos estallamos en risas antes de colgar. Dejé de lado por un momento, toda la tensión de los últimos días se desvaneció. Quizá Eli tenía razón: debía aprender a relajarme y disfrutar un poco más las cosas, incluso cuando no eran exactamente como las había planeado.

Después de colgar con Eli, decidí que merecía celebrarlo a mi manera. El restaurante al que solía ir con Liza y Eli parecía la opción perfecta. Me cambié rápidamente, buscando algo que pudiera competir con mi "icónica" camisa de cuadros, y salí rumbo al estacionamiento, donde mi viejo auto —el que me había acompañado durante tantos años de altibajos— me esperaba.

El motor rugió al encenderlo... bueno, más bien gimió. Aun así, se puso en marcha, aunque con ese sonido característico que indicaba que estaba en las últimas. Mientras avanzaba por la carretera, comencé a pensar en lo surrealista que había sido el día: una revista, una guerra de bromas y un actor guapo que no podía decidir si odiarme o ignorarme.

Pero entonces, el auto comenzó a temblar. Primero un leve tirón, luego un ruido extraño, como si algo se estuviera desmoronando debajo del capó. Antes de que pudiera reaccionar, el vehículo se detuvo por completo en medio de la nada.

—No puede ser... —murmuré, golpeando suavemente el

volante como si eso fuera a reanimarlo.

Intenté encenderlo de nuevo, pero solo obtuve un click metálico y un silencio que me hizo entender que mi auto había decidido rendirse definitivamente. Salí del coche y miré a mi alrededor: no había nada ni nadie cerca, solo un tramo de carretera y un paisaje desolado.

—Perfecto. Justo lo que necesitaba para cerrar el día con broche de oro.

Saqué mi teléfono y marqué a Liza, pero no contestó. Luego intenté con Eli.

—¿Qué pasó ahora, ícono de moda? —respondió con su tono burlón habitual.

—Mi auto decidió que era el momento perfecto para abandonarme. Estoy varado a mitad de camino al restaurante.

Eli soltó una carcajada.

—¿Ese cacharro sigue vivo? Pensé que ya lo habías cambiado.

—No todos podemos tener autos dignos de Instagram —repliqué con sarcasmo—. ¿Puedes venir por mí?

—Dame veinte minutos. Solo no te mueras de frío ahí afuera, ¿de acuerdo?

Colgué y me apoyé contra el auto, cruzando los brazos para mantenerme caliente mientras esperaba. El aire de la noche era frío, y el silencio de la carretera me daba demasiado tiempo para pensar.

Entre las bromas con Lucas, la revista People y mi viejo auto decidiendo terminar nuestra relación.

Miré al cielo estrellado y suspiré.

—Definitivamente, algo tiene que cambiar. Necesito un auto nuevo.

Tauro y Cáncer

UNA TREGUA ENTRE MUNDOS

Cuando las grabaciones se reanudaron después de unos días de vacaciones, el ambiente parecía mucho más tranquilo. Había menos murmullos tensos en el set y, por primera vez en semanas, sentí que podría sobrevivir un día sin enfrentarme a Lucas... o eso pensé.

Llegó tarde, como siempre, en su motocicleta negra, que parecía sacada de un comercial de lujo. Su chaqueta de cuero ajustada y el casco, que colgaba despreocupadamente de su brazo, completaban su look de rebelde sin causa. Me encontré mirándolo más tiempo del que debería. Mi mente, traicionera, comenzó a vagar hacia imágenes de estar sentado detrás de él, con mis manos apoyadas en su espalda mientras la moto aceleraba.

Un calor subió por mi cuello, y rápidamente me di una cachetada ligera en la mejilla.

—¡Bastián! No, no, no. Enfócate.

Bajé la vista para ocultar mi vergüenza, pero entonces sentí su mirada sobre mí. Cuando volví a alzarla, lo vi caminando hacia mí con pasos seguros, sosteniendo una pequeña bolsa en la mano.

—¿Qué haces aquí plantado como un árbol? —preguntó, deteniéndose frente a mí con esa expresión entre seria y burlona que me ponía de los nervios.

—Solo... respirando aire fresco —mentí, enderezándome

rápidamente.

Lucas levantó una ceja, como si no creyera ni una palabra, y luego extendió la bolsa hacia mí.

—Aquí tienes.

—¿Qué es esto? —pregunté, dudando en tomarla.

—¿Qué parece? Es una bolsa.

Rodé los ojos y la tomé. Al abrirla con cuidado, encontré un paquete de chicles de menta y una pequeña botella de agua.

—¿Esto es… una broma?

—No. Es porque siempre tienes la boca ocupada diciendo tonterías. Pensé que algo fresco te ayudaría a mantenerla cerrada un rato.

Mi mandíbula cayó, y él sonrió con satisfacción antes de girarse y caminar hacia su camerino. Me quedé ahí, con la bolsa en las manos, mientras una mezcla de irritación y —aunque no quería admitirlo— diversión me invadía.

—Definitivamente, necesito unas vacaciones más largas —murmuré para mí mismo antes de girarme y dirigirme al set.

Cuando Lucas se alejó, aún con esa sonrisa de satisfacción que parecía tatuada en su rostro, pensé que la interacción había terminado. Pero, para mi sorpresa, no había dado ni cinco pasos cuando se detuvo, se giró y regresó hacia mí.

—Espera.

Me quedé inmóvil, sosteniendo la bolsa, mientras él se detenía frente a mí nuevamente. Esta vez, había algo diferente en su expresión: menos burla y más… ¿seriedad?

—Era una broma, escritorcito. —Hizo una pausa, metiendo las manos en los bolsillos de su chaqueta de cuero—. Pero quería decirte algo en serio.

—¿Qué? ¿Me vas a dar más chicles? —intenté bromear, aunque mi tono salió algo nervioso.

Lucas rodó los ojos.

—No. Quiero proponerte una tregua.

—¿Una tregua? —repetí, incrédulo.

—Sí. Mira, Martin está perdiendo la paciencia y el estudio está empezando a cuestionar si esta película vale el tiempo y el dinero. —Su tono era directo, pero no hostil—. Sé que no nos llevamos bien, pero si seguimos con estas tonterías, vamos a arruinar todo el proyecto. Y, para ser honesto, no estoy dispuesto a que eso pase.

Su honestidad me tomó por sorpresa. No era el Lucas sarcástico y molesto al que estaba acostumbrado. Este Lucas parecía... razonable.

—¿Entonces quieres que dejemos de pelearnos?

—Exacto.

Extendió su mano hacia mí, como si estuviera cerrando un trato de negocios.

—Tregua.

Lo miré, dudando por un momento. Una parte de mí estaba tentada a rechazarlo, pero sabía que tenía razón. El rodaje era demasiado importante, y no solo para mí. Así que, después de un segundo, estreché su mano.

—Tregua.

Lucas asintió y, fue la primera vez desde que lo conocí, que su sonrisa no fue ni burlona ni condescendiente.

—Bien. Y, por cierto, los chicles son porque a veces te pones nervioso y hablas demasiado. Pensé que te ayudarían.

Solté una risa seca, negando con la cabeza mientras él se alejaba nuevamente hacia el set.

Tal vez, las cosas empezarían a mejorar, o al menos esa era mi fe.

Las grabaciones continuaron, y aunque la tregua con Lucas había traído cierta calma al set, no podía ignorar los momentos que parecían detenerse cuando estábamos cerca. Las miradas fugaces eran cada vez más frecuentes. A veces, mientras revisábamos líneas o planeábamos una escena con Martin, sentía sus ojos sobre mí. No era una mirada molesta o burlona; era algo distinto, como si estuviera intentando leer algo que yo no entendía.

Un día, durante una pausa, Lucas se sentó a mi lado en las gradas del set, sosteniendo su característico café negro. Yo estaba inmerso en mi libreta, tratando de ajustar un par de líneas del guion.

—¿Sigues escribiendo? —preguntó, con una voz más tranquila de lo habitual.

—Siempre. ¿Y tú? ¿Sigues siendo insoportable? —respondí sin levantar la mirada, intentando sonar relajado, aunque mi corazón martilleaba en mi pecho.

Lo escuché reírse suavemente, una risa que no había escuchado antes. Casi genuina.

—Touché, escritorcito —dijo, dándole un sorbo a su café—. Pero admito que me sorprendes.

Lo miré, esta vez incapaz de ocultar mi curiosidad.

—¿Sorprenderte? ¿Yo? —pregunté, cerrando la libreta.

Lucas giró su café entre las manos, su mirada perdida en la nada por un instante. Luego, sin mirarme directamente, dijo:

—No creí que soportaras todo esto. Las bromas, los comentarios... Pensé que renunciarías después de la primera semana.

Me quedé en silencio. Había algo en su tono, una mezcla de honestidad y vulnerabilidad que me desarmó.

—Bueno, no soy tan débil como crees, Lucas. Además, alguien tiene que mantenerte a raya —respondí con una sonrisa.

Él soltó una pequeña carcajada, pero esta vez, cuando me miró, sus ojos tenían algo diferente. Una especie de suavidad que hizo que el mundo a nuestro alrededor se desvaneciera por un segundo.

—Siempre tienes una respuesta para todo, ¿verdad? —

preguntó, inclinándose ligeramente hacia mí.

La tensión era palpable. No era la tensión cargada de irritación que habíamos sentido antes. Era otra cosa. Algo que me hacía querer retroceder y acercarme al mismo tiempo. Antes de que pudiera responder, Martin apareció, llamándonos para una nueva escena. Lucas se levantó de un salto, como si nada hubiera pasado, y me lanzó una mirada rápida antes de marcharse.

Yo me quedé ahí, con el corazón acelerado, preguntándome si todo lo que había sentido en ese momento era solo mi imaginación.

Al día siguiente cuando finalmente llegué al set, sentí una mezcla de nervios y anticipación. Había decidido, por primera vez, dejar los converse en casa. En su lugar, llevaba un par de botas negras que había comprado hace meses y nunca me atreví a usar. También me había puesto una camisa de lino ligeramente ajustada que no solía sacar del armario. No era como si estuviera tratando de impresionar a nadie… o al menos, eso era lo que me decía a mí mismo.

Mientras caminaba hacia la carpa principal, lo vi. Lucas estaba de pie, hablando con el director de fotografía, y su risa resonaba como siempre. Pero entonces, como si hubiera sentido mi presencia, giró la cabeza y sus ojos se clavaron en mí. Durante un breve segundo, no dijo nada, solo me observó, y era la primera vez desde que lo conocí que, no había rastro de burla en su rostro.

—¿Y ese cambio, escritorcito?—preguntó finalmente, con una ceja arqueada y esa sonrisa que no podía evitar provocarme.

—¿Qué cambio? —respondí, tratando de sonar indiferente mientras ajustaba el bolso sobre mi hombro.

—No sé, tal vez sea que finalmente decidiste jubilar esos converse horrendos —dijo, señalando mis botas con un gesto casual, aunque sus ojos parecían escanear cada detalle de mi atuendo.

Rodé los ojos, aunque sentí el calor subiéndome al rostro.

—¿Es tan raro que intente variar un poco?

Lucas sonrió, pero esta vez había algo diferente en su expresión, como si no estuviera seguro de qué decir. Finalmente, solo asintió.

—Te queda bien. —Sus palabras fueron rápidas, casi como si hubiera tenido que obligarse a decirlas antes de cambiar el tema—. Espero que esas botas no te hagan tropezar en las escaleras del set. Sería muy de tu estilo.

No pude evitar soltar una risa nerviosa, y él se giró hacia el equipo, como si la conversación nunca hubiera pasado. Pero yo me quedé ahí, sintiendo que había algo en sus palabras que no lograba descifrar.

Lake pasó junto a mí y me dio un codazo juguetón.

—¿Qué fue eso?

—Nada. —Intenté sonar despreocupado, pero mi voz me traicionó.

—Claro, claro. —Lake rio y me guiñó un ojo—. Por cierto, buen look. No sabía que los 90 podían reinventarse con tanto estilo.

Me reí por compromiso y seguí caminando hacia la carpa, pero no pude evitar mirar de reojo a Lucas una vez más. ¿Había sido un cumplido lo que me lanzó? ¿O simplemente estaba intentando confundirme aún más?

La tregua estaba dando resultado. Las grabaciones avanzaban sin contratiempos y el ambiente en el set era mucho más llevadero. Lucas y yo manteníamos una relación cordial, incluso intercambiábamos comentarios sarcásticos de vez en cuando, pero sin cruzar la línea de las bromas pesadas. A pesar de todo, no podía sacármelo de la cabeza.

No ayudaba que cada vez que lo veía, algo en mí se activara. Era como si mi cerebro decidiera ignorar todo lo que sabía sobre él —su arrogancia, su forma de comportarse— y solo se concentrara en lo evidente: lo guapo que era. Su sonrisa, su porte confiado, la manera en que sus ojos parecían iluminarse cuando se reía.

Pero había algo que no dejaba de resonar en mi mente: Lucas no era gay. Lake había sido muy clara cuando lo dijo. Nunca había conocido a alguien tan mujeriego como él. Eso debería haber sido suficiente para ponerle un alto a mis pensamientos, para convencerme de que no tenía sentido seguir dándole vueltas al asunto. Sin embargo, cada vez que él me miraba, cada vez que su sonrisa burlona se dirigía hacia mí, mi corazón hacía ese estúpido salto que no podía controlar.

Una parte de mí quería entender por qué me afectaba tanto. Tal vez era la tensión constante entre nosotros, la energía que parecía electrizar el aire cuando estábamos cerca. O tal vez era simplemente que, después de tanto tiempo de lidiar con su presencia, había empezado a verlo de otra manera. Una manera que no quería aceptar.

Esa noche, después de cenar, me dejé caer en el sofá con una taza de té, intentando distraerme de los pensamientos que Lucas había estado ocupando últimamente. Abrí mi laptop para revisar algunos correos y notificaciones. Entre los mensajes había uno con el asunto: "*¡Mira esto!*". Era de Eli.

Hice clic y dentro había un enlace a una nota de una revista digital.

—*"El escritor más guapo del momento: Bastián Allen conquista con su talento y estilo"*. —Leí en voz alta, sin poder creerlo.

La nota incluía una foto mía en el set, probablemente tomada sin que me diera cuenta. Estaba sentado en una de las sillas, con mi camisa de cuadros y las Converse de siempre, sosteniendo un café. El texto elogiaba mi escritura, pero lo que más destacaba eran los comentarios sobre mi apariencia.

"Con su encanto desaliñado y mirada profunda, Allen no solo escribe historias que cautivan, sino que también logra ser una de las figuras más atractivas de la escena literaria actual".

Me pasé la mano por el cabello, incómodo, pero también... halagado. Jamás me había considerado alguien que llamara tanto la atención por su apariencia. Las bromas de Lucas sobre mi estilo casual me vinieron a la mente, y no pude evitar sonreír.

—¿El escritor más guapo del momento? —murmuré, negando con la cabeza.

Sin embargo, no pude evitar guardar el enlace para mostrárselo a Lake en persona. Quizás hasta se lo mencionaría a Lucas, aunque probablemente él solo lo usaría como otra excusa para burlarse de mí.

Mientras cerraba la laptop, sentí un pequeño impulso de orgullo. Tal vez, por una vez, no estaba tan mal llamar la atención. Aunque, en el fondo, sabía que solo una opinión importaba más de lo que estaba dispuesto a admitir.

Andrómeda

CUANDO UN BESO NUNCA ESTÁ DE MÁS

Las grabaciones se habían convertido en un espacio seguro (me gustaba llamarlo así). Aunque Lucas y yo no éramos amigos, al menos nos llevábamos bien dentro del set. A veces solo me saludaba levantando la mano de forma distraída, otras, me ignoraba por completo y, en ocasiones, se sentaba a mi lado a tomar café en completo silencio. Vaya que era extraño ese hombre.

Sabía que él no era gay. Lake había sido muy clara al respecto y yo no tenía razones para dudarlo. Pero eso no me impedía mirarlo, observar cada uno de sus gestos y notar detalles que probablemente nadie más percibía. Era tan atractivo que, en más de una ocasión, me había quedado embobado viéndolo, perdiéndome en su presencia sin darme cuenta.

Con el tiempo, había dejado de lado mi odio inicial. Lucas ya no era el tipo arrogante y molesto que me sacaba de quicio. Había aprendido a verlo como un compañero de trabajo, alguien que, a pesar de sus bromas y comentarios sarcásticos, había encontrado la forma de ganarse un pequeño espacio en mi mente. Aunque seguía siendo un enigma, su actitud menos hostil había transformado nuestras interacciones en algo más llevadero, casi... intrigante.

A veces me preguntaba por qué me afectaba tanto su

presencia, pero nunca llegaba a una respuesta concreta. Lo único que sabía era que, cada vez que estaba cerca, sentía un cosquilleo incómodo pero imposible de ignorar.

Era absurdo, pero a la vez inevitable. Cada vez que Lucas entraba al set, era como si el ambiente cambiara. Podía estar hablando con alguien más, riéndose a carcajadas o simplemente revisando su teléfono, pero mi atención siempre terminaba desviándose hacia él. Había algo en su forma de moverse, en la seguridad con la que se desenvolvía, que hacía que mi estómago se retorciera en nudos.

Intentaba no pensar demasiado en ello. Después de todo, no tenía sentido. Lucas era el típico galán mujeriego, el tipo que probablemente no se daba cuenta del efecto que causaba en los demás... o tal vez sí, y lo usaba a su favor. De cualquier manera, yo no estaba dispuesto a admitir lo que realmente significaban estas sensaciones. Era más fácil atribuirlo al estrés de las grabaciones, a la presión de ver cómo mi libro cobraba vida en un medio completamente distinto.

Pero, en el fondo, sabía que no era solo eso.

Una mañana, mientras me acomodaba en una de las sillas cerca del set, Lucas se acercó con dos tazas de café. Sin decir una palabra, dejó una frente a mí y se sentó en la silla contigua. Era uno de esos días tranquilos en los que el equipo todavía no estaba completamente activo y, por un momento, todo pareció... normal.

—¿No vas a preguntar si el café tiene veneno o algo así? —dijo de repente, rompiendo el silencio con una sonrisa burlona.

Lo miré de reojo, reprimiendo una sonrisa.

—Supongo que, si quisieras matarme, ya habrías encontrado una forma más creativa.

Lucas soltó una risa corta, esa que siempre parecía cargada de una mezcla de diversión y desinterés.

—Tienes razón. No sería tan obvio. —Se quedó mirando el set, como si estuviera evaluando algo en la distancia, antes de agregar—: Pero no te preocupes, escritorcito. Aún no tengo motivos para hacerlo.

Rodé los ojos, aunque una pequeña parte de mí disfrutó del apodo. Era ridículo cómo incluso sus comentarios más sarcásticos tenían el poder de desbalancearme.

—Gracias por el café —dije finalmente, intentando sonar casual.

—No te acostumbres —respondió, dándome un leve golpe en el brazo antes de levantarse para irse.

Lo vi alejarse, con su caminar seguro, su porte despreocupado, su chaqueta de cuero colgando de un hombro. Y, como siempre, me quedé con la incómoda sensación de que, por más que intentara ignorarlo, Lucas tenía una forma de meterse bajo mi piel.

Me quedé ahí, mirando la taza de café, tratando de entender qué acababa de pasar. Había algo en su tono, en la forma en que sus ojos parecían suavizarse por un segundo, que me hacía cuestionar todo. ¿Por qué estaba siendo tan amable? ¿Era solo parte de la tregua? ¿O había algo más detrás de sus acciones?

Luego del descanso, llegó el momento de grabar una de las escenas más esperadas y delicadas de la película: el primer encuentro sexual entre los personajes de Lake y Lucas. Desde el inicio, Lucas había sido muy claro en su contrato sobre las condiciones para este tipo de escenas. Exigía privacidad absoluta: solo dos camarógrafos, el director, Lake y yo estábamos autorizados a estar presentes. No podía culparlo; la vulnerabilidad que implicaba grabar algo tan íntimo debía manejarse con extremo cuidado.

La atmósfera en el set era solemne, casi tensa. Los movimientos eran medidos, las palabras susurradas. Lake, con su profesionalismo impecable, mantenía una energía relajada pero concentrada. Su cuerpo, esculpido y lleno de gracia, parecía una obra de arte en movimiento, como si hubiera sido tallado por los dioses griegos. No era difícil entender por qué todos la admiraban tanto.

Lucas, por su parte, estaba en su elemento. Cada gesto, cada mirada, transmitía una intensidad que hacía imposible apartar los ojos de él. Su físico bien trabajado era una combinación de fuerza y elegancia, algo que no se podía ignorar. Incluso yo, que ya había notado su atractivo más veces de las que quería admitir, me encontré analizándolo desde un ángulo diferente. Había algo hipnotizante en cómo se movía con tanta seguridad, algo que hacía que hasta los camarógrafos parecieran olvidarse de su trabajo por unos segundos.

La escena se grabó a la perfección después de varias tomas. Ambos actores se sincronizaban de una manera que hacía que todo pareciera natural y auténtico, sin cruzar la línea hacia lo incómodo o vulgar. Lake sabía exactamente cómo moverse, cómo transmitir emociones sin decir una sola palabra, mientras que Lucas respondía con una intensidad que llenaba el espacio.

Al terminar, el director aplaudió con entusiasmo y agradeció a todos por su trabajo. La escena había salido impecable, y podíamos sentir el alivio en el aire. Mientras los camarógrafos recogían su equipo y yo revisaba las notas de la grabación, no pude evitar fijarme en Lucas. Estaba junto a Lake, agradeciéndole por su profesionalismo, pero algo en su mirada me hizo detenerme. Sus ojos viajaban brevemente por el rostro de Lake, deteniéndose en detalles como si los estuviera memorizando, y luego bajaban hacia su figura con un respeto que, curiosamente, no me pareció lascivo.

De repente, entendí mejor la fascinación de Eli con Lucas. No era solo su apariencia física o su talento. Había algo más en él, algo intangible que lo hacía destacar, que lo hacía magnético. Era esa combinación de carisma y vulnerabilidad que parecía tan natural en él.

Mientras recogía mis cosas para salir del set, no pude evitar que una pequeña punzada de incomodidad se alojara en mi pecho.

¿Qué demonios me estaba pasando?

Justo cuando terminé de guardar mis cosas, noté un objeto brillante en la esquina de la mesa. Era el celular de Lucas.

Lo había dejado olvidado, algo que parecía completamente fuera de lugar para alguien tan meticuloso como él. Lo tomé con la intención de devolvérselo de inmediato, pero al alzar la mirada, ya se había marchado del set.

Suspiré, evaluando mis opciones. Podía dejarlo con el director o guardarlo hasta el día siguiente, pero algo en mí insistió en devolvérselo esa misma noche. Caminé por el pasillo del set en busca de su asistente, pero no la encontré por ningún lado.

Sin muchas opciones, decidí intentar en su camerino. Tal vez seguía ahí terminando de arreglarse después de la escena. Al llegar, noté que la puerta estaba entreabierta y había luz en el interior. Me acerqué con cautela y llamé suavemente con los nudillos.

—¿Lucas? Dejaste tu celular en el set.

Mi voz resonó en el espacio, pero no obtuve respuesta.

Empujé la puerta ligeramente y, al asomarme, lo vi. Lucas estaba sentado frente al espejo, con una expresión distante, como si estuviera atrapado en sus pensamientos. Todavía llevaba los pantalones ajustados de la escena, pero había cambiado la camisa por una camiseta blanca sin mangas que dejaba ver sus brazos tonificados. Su cabello estaba desordenado y parecía absorto mientras jugueteaba con un anillo en su mano derecha.

—Lucas... —dije con más firmeza, levantando su celular para que lo viera.

Su mirada se alzó de golpe y, por un momento, lució sorprendido. Luego, su expresión habitual, esa mezcla de confianza y sarcasmo que tan bien conocía, volvió a apoderarse de su rostro.

—Oh, gracias, escritorcito. Pensé que lo había perdido. —Se levantó y caminó hacia mí con esa seguridad que parecía inherente en él.

Le tendí el teléfono, y nuestras manos se rozaron por un segundo. Fue un gesto mínimo, insignificante, pero mi corazón decidió que era el momento perfecto para dar un salto inesperado.

—De nada. Solo... pensé que preferirías recuperarlo esta noche. —Mi tono sonó más nervioso de lo que quería, pero Lucas no pareció notarlo.

—Buena decisión. —Sonrió de lado y, en lugar de volver a sentarse, se apoyó en el tocador, observándome con curiosidad—. Aunque no esperaba que fueras tú quien lo trajera. ¿Qué pasó con mi asistente?

—No estabas cerca. Y no quería dejarlo por ahí. —Me encogí de hombros, sintiendo que mi respuesta era más torpe de lo habitual.

Lucas asintió, aún con esa mirada intensa que parecía perforarme. El silencio se extendió entre nosotros, pero no era incómodo. Había algo cargado en el aire, algo que no sabía cómo interpretar.

—Bueno, gracias, supongo. —Lucas finalmente rompió el silencio, aunque su tono era más suave de lo usual.

Asentí y me di la vuelta para salir, pero antes de cruzar la puerta, escuché su voz una vez más.

—Por cierto, escritorcito...

Me giré hacia él, y su sonrisa se ensanchó levemente.

—Hiciste un buen trabajo con el guion de esa escena.

Mis ojos se abrieron un poco más de lo normal. ¿Lucas... un cumplido?

—Gracias —respondí, sorprendido. Y esta vez, fui yo quien sonrió antes de salir del camerino, sintiendo que mi corazón todavía no se calmaba del todo.

Mientras caminaba hacia mi auto, aun intentando procesar lo que acababa de suceder en el camerino, escuché pasos rápidos detrás de mí.

Al voltear, vi a Lucas acercándose con esa misma seguridad que parecía acompañarlo a todos lados.

—¡Escritorcito, espera! —llamó, alzando una mano

mientras se detenía a unos pasos de mí.

—¿Pasa algo? —pregunté, sorprendido de que me hubiera seguido.

Lucas se encogió de hombros, como si lo que estaba a punto de decir no tuviera la menor importancia.

—Pensé que, ya que fuiste tan amable de traerme el celular, lo menos que puedo hacer es invitarte a un trago. —Su tono era casual, pero sus ojos me estudiaban con más atención de la que esperaba.

Lo miré, parpadeando un par de veces para asegurarme de que había escuchado bien. Lucas no era exactamente el tipo de persona que ofrecía este tipo de invitaciones. Al menos, no a mí.

—¿En serio? —Mi incredulidad fue evidente, y él sonrió de lado, como si disfrutara de mi desconcierto.

—¿Por qué no? Un trago, charlar un poco... ¿o tienes miedo de que te arruine la noche? —bromeó, cruzándose de brazos.

Lo pensé por un segundo. Todo en mí gritaba que era una mala idea, pero al mismo tiempo, había algo en su invitación que no podía ignorar. No era común que Lucas me hablara así, y mucho menos que mostrara interés en pasar tiempo conmigo fuera del set.

—Está bien. Un trago suena bien. —Finalmente cedí, tratando de sonar despreocupado.

—Perfecto. Sígueme. Mi apartamento no está lejos. —Lucas sonrió ampliamente, dio media vuelta y comenzó a caminar hacia su motocicleta.

Mientras lo seguía en el auto, no pude evitar preguntarme qué estaba haciendo. Esta invitación no encajaba con la dinámica que siempre habíamos tenido. Pero, por otro lado, tal vez era una oportunidad para entenderlo un poco más.

Al llegar a su apartamento, me quedé sin palabras.

El lugar era un despliegue de lujo y elegancia. Las paredes, los muebles, incluso los detalles más pequeños parecían brillar en un impecable blanco marfil. Era como si estuviera entrando en una revista de diseño de interiores.

—¿Te gusta? —preguntó Lucas, notando mi asombro mientras dejaba su casco sobre una mesa de cristal.

—Es impresionante. Aunque... ¿por qué todo es blanco? ¿Es algún tipo de regla secreta entre ustedes? —comenté con una sonrisa, pensando en el apartamento de Liza, que era igual de impoluto.

Lucas rio suavemente, una risa auténtica, sin rastros de sarcasmo.

—Tal vez sea una obsesión con la pureza. O simplemente que el blanco hace que todo luzca más grande y ordenado. —Se encogió de hombros antes de dirigirse hacia la cocina abierta.

Me quedé unos segundos en la entrada, aun asimilando el espacio. Lucas tenía un apartamento que reflejaba a la perfección la imagen que proyectaba: impecable, sofisticado... y, de alguna forma, inalcanzable.

Y, sin embargo, allí estaba yo, aceptando un trago con él. La noche parecía tener un ritmo perfectamente calculado. Lucas había preparado una selección de bocadillos meticulosamente dispuestos en una bandeja: pequeños canapés, frutos secos y un par de chocolates gourmet que casi se veían demasiado bonitos para comer. Servía con facilidad un whisky para él y un vino tinto para mí, como si ya supiera lo que me gustaba.

—¿Planeaste todo esto? —pregunté, levantando una ceja mientras tomaba la copa.

—¿Te sorprende? Puedo ser un buen anfitrión cuando quiero. —Su sonrisa era relajada, pero había algo en su mirada que me hacía sentir que todo esto iba más allá de simple hospitalidad.

Nos sentamos en su espacioso sofá blanco, que parecía más una pieza de exhibición que un lugar donde alguien realmente se sentara. La conversación fluyó con más naturalidad de la que esperaba. Hablamos sobre el rodaje, sobre nuestras frustraciones con ciertas escenas, incluso sobre nuestros gustos musicales, algo que jamás había imaginado compartir con él.

—¿Sabes? —dijo Lucas, mirándome directamente mientras daba un sorbo a su whisky—. No pensé que alguna vez tendría una noche así contigo.

Lo miré, sintiendo que sus palabras estaban cargadas de algo más que simple casualidad.

—¿Por qué lo dices?

Lucas sonrió, pero esta vez no había burla en sus ojos. Solo algo que no lograba descifrar.

—Porque eres... diferente a lo que imaginaba. En el buen sentido.

Mi corazón se aceleró. Había algo en su tono, en la forma en que me miraba, que hizo que el aire en la habitación pareciera más pesado. Tomé un sorbo de mi vino, intentando no mostrar cuánto me afectaban sus palabras.

—Supongo que tú también. —Finalmente respondí con una sonrisa nerviosa.

La noche continuó, pero la atmósfera había cambiado. Había algo en el aire, una tensión que no podía ignorar. Y aunque no quería admitirlo, me sentía extrañamente cómodo en su mundo blanco y perfecto.

Cuando finalmente decidí que era hora de marcharme, Lucas me acompañó hasta la puerta. Habíamos tenido una noche sorprendentemente tranquila, sin discusiones ni sarcasmos venenosos. Eso ya era un récord.

—Gracias por invitarme, en serio. Fue... agradable. —Sonreí, un poco incómodo, mientras me ajustaba la correa del bolso.

—Sí, bueno... no fue tan terrible tenerte aquí —respondió Lucas, cruzándose de brazos con esa actitud suya tan característica.

Nos quedamos en silencio por un momento. Yo buscaba mentalmente la mejor manera de decir buenas noches sin sonar demasiado formal y él... bueno, no tenía idea de qué pasaba por su cabeza.

Pero de repente, antes de que pudiera reaccionar, se inclinó hacia mí y, ¡pum!, me besó.

Mis ojos se abrieron como platos. No fue un beso torpe ni dudoso, sino un beso directo, de esos que te hacen olvidar cómo se respira. Mi primer reflejo fue empujarlo hacia atrás, aunque más por la sorpresa que por otra cosa.

—¡¿Qué haces?! —solté, llevando una mano a mis labios, como si acabara de ocurrir una explosión nuclear ahí.

Lucas levantó las manos en señal de rendición, sus ojos llenos de algo que no podía identificar, pero que parecía arrepentimiento mezclado con una pizca de me importa un bledo.

—Perdón, no sé por qué lo hice. No fue mi intención incomodarte. —Su tono era serio, y por un momento pensé que realmente estaba arrepentido.

—No fue incomodidad, fue... —Empecé a balbucear, pero antes de que pudiera terminar, ¡otra vez! Se lanzó de nuevo.

Esta vez, sin previo aviso, sin margen de maniobra, simplemente decidió que no iba a aceptar mi reacción anterior como definitiva.

Lo peor —o lo mejor, dependiendo de cómo lo veas— fue que esta vez no lo aparté. Quizás era la sorpresa inicial o el vino tinto que aún hacía efecto, pero en lugar de correr, simplemente me quedé ahí... y le correspondí.

¡Sí, le correspondí!

¿Quién era yo en ese momento? No lo sé. El tipo que hasta hace poco lo detestaba y fantaseaba con tirarle café caliente encima ahora estaba besándolo como si se acabara el mundo.

Cuando finalmente nos separamos, quedamos en silencio, mirándonos como si no supiéramos exactamente qué había pasado.

—Bueno... eso fue inesperado —dije, tratando de sonar casual, aunque mi voz salió como un chillido de ratón.

Lucas sonrió de lado, ese tipo de sonrisa que te hace querer golpearlo y abrazarlo al mismo tiempo.

—Tal vez inesperado, pero no malo, ¿no?

Lo miré fijamente, todavía procesando todo.

—Definitivamente tengo que irme ahora. —Me giré rápidamente hacia la puerta, porque si me quedaba un segundo más, probablemente me lanzaría yo esta vez.

—Bastián —llamó Lucas justo cuando cruzaba el umbral—. Que duermas bien.

—Sí, sí... tú también —murmuré, saliendo del edificio mientras sentía cómo mi cara ardía.

En el ascensor, apoyé mi frente contra la pared fría y me susurré a mí mismo:

—¿Pero qué demonios acaba de pasar?

Cuando llegué a mi auto, cerré la puerta con tanta fuerza que el ruido me hizo saltar. Me quedé sentado por un momento, mirando al frente, con las manos apretadas en el volante y el corazón latiendo como si hubiera corrido una maratón.

Era oficial: mi cerebro estaba en cortocircuito. Necesitaba procesarlo, pero, sobre todo, necesitaba hablar con alguien ya mismo. Sin pensarlo dos veces, saqué mi teléfono y abrí el chat grupal que tenía con Liza y Eli. Si había dos personas en el mundo que disfrutarían esta historia tanto como yo, eran ellas. Pulsé el botón de videollamada y crucé los dedos para que ambas respondieran rápido.

Liza fue la primera en contestar. Apareció en pantalla envuelta en una bata de baño, con una mascarilla verde que la hacía parecer una versión glamorosa de Hulk.

—¿Qué pasa? Esto tiene que ser importante porque estaba en mi momento de spa. —Frunció el ceño mientras se ajustaba la toalla en la cabeza.

—¡Dame un segundo! —gritó Eli al fondo antes de aparecer en la llamada. Estaba envuelta en una manta, con el cabello revuelto y un bol de palomitas en la mano—. ¡Estoy aquí! Ahora sí, habla. ¿Qué pasó? ¿Por qué tienes esa cara?

—Chicas... —dije, todavía tratando de recuperar la compostura—. Necesito que estén listas para esto. No sé ni por dónde empezar.

—Bastián, por el amor de Dios, no nos hagas sufrir —gruñó Liza, mientras Eli asentía con entusiasmo.

—¡Lucas me besó! —solté de golpe, como si me hubiera arrancado una curita.

Hubo un silencio tan largo que por un momento pensé que la conexión se había caído. Pero entonces, Eli dejó caer su bol de palomitas al suelo y Liza, con los ojos tan abiertos como platos, se inclinó hacia la cámara.

—¡¿Qué?! —gritaron ambas al unísono, casi haciéndome soltar el teléfono.

—¡¿Cómo que te besó?! ¡¿Lucas?! ¿El Lucas del que siempre te quejas? —exclamó Eli, con la voz llena de incredulidad.

—Sí, ese Lucas. El mismísimo. —Suspiré, sintiendo cómo mi cara seguía ardiendo—. Primero me besó en la puerta, yo lo aparté porque, bueno... ¡sorpresa total! Pero luego, no sé cómo pasó, volvió a besarme, y...

—¿Y tú qué hiciste? —interrumpió Liza, con un brillo malicioso en los ojos que no presagiaba nada bueno.

—Pues... lo besé de vuelta. —Bajé la mirada, sintiéndome como un adolescente atrapado confesando su primer beso.

Eli pegó un grito tan fuerte que casi rompe la pantalla de mi teléfono.

—¡No puedo creerlo! ¡Esto es mejor que cualquier novela que hayas escrito! —exclamó, riendo a carcajadas.

—¿Cómo fue? —preguntó Liza, que parecía estar

disfrutando esto demasiado—. Detalles, Bastián, detalles. ¿Fue romántico, apasionado, torpe?

—¡No sé! Fue... fue... —balbuceé, moviendo las manos como si intentara explicar con gestos lo que las palabras no podían—. Fue todo eso al mismo tiempo. No pensé, solo pasó.

—¿Y ahora qué? —preguntó Eli, mirándome con los ojos entrecerrados, como si estuviera analizando cada micro expresión de mi rostro.

—No lo sé —admití, hundiéndome en el asiento del auto—. No sé si lo hizo por impulso, si significa algo o si solo quería confundirme más de lo que ya estoy.

Liza dejó escapar un suspiro dramático.

—Amigo, lo que sé, es que estás oficialmente en un lío. Pero ¿sabes qué? Esto es exactamente lo que tu vida necesitaba. ¡Drama romántico real!

—¡Ya quiero saber qué pasa después! —dijo Eli, sonriendo como si estuviera viendo su serie favorita.

Yo solo pude reírme, a pesar del caos en mi cabeza. Por lo menos tenía a mis amigas para acompañarme en este nuevo, y aparentemente complicado, capítulo de mi vida.

Al día siguiente, la sola idea de verlo me tenía en un estado de nerviosismo absurdo. Me sentía como un adolescente en su primer día de escuela, sin saber si debía saludarlo con un hola casual, una sonrisa, o simplemente fingir que no había pasado nada.

Cuando llegué al set, vi que Lucas ya estaba allí. Revisaba unas notas con el director, luciendo como si el beso de la noche anterior jamás hubiera ocurrido.

¿Cómo puede estar tan tranquilo?, pensé, mientras mi estómago daba vueltas.

Decidí que no podía quedarme en ese estado de incertidumbre todo el día, así que reuní el poco valor que tenía y fui hacia su camerino. Caminé hasta la puerta, respiré hondo y toqué un par de veces.

—¿Sí? —se escuchó su voz desde adentro, seria, pero sin rastro de incomodidad.

Abrí la puerta lentamente y asomé la cabeza.

—¿Tienes un minuto? —pregunté, intentando sonar casual, aunque mi voz traicionó mi nerviosismo.

Lucas levantó la vista de su teléfono, me miró durante un segundo y luego, antes de que pudiera reaccionar, se levantó, me tomó de la camisa y me jaló dentro del camerino, cerrando la puerta detrás de mí.

Mi corazón comenzó a latir como un tambor desaforado. ¿Nos vamos a besar otra vez? ¿Va a pasar algo más? ¿Por qué me jaló así?

Mil pensamientos cruzaron mi cabeza en un segundo, pero ninguno de ellos estaba cerca de lo que realmente pasó.

—Escucha, Bastián —dijo, con su tono bajo y serio, mientras daba un paso atrás para mirarme directamente—. Sobre lo de anoche...

Sentí un nudo formarse en mi garganta.

—¿Sí? —logré decir, aunque mi voz apenas salió como un susurro.

—Quiero que lo olvides.

Sus palabras fueron como un balde de agua fría. Me quedé mirándolo, sin poder procesar lo que acababa de escuchar.

—¿Qué? —pregunté, tratando de entender si lo había oído mal.

—Lo que pasó fue un error. No debió suceder. —Su expresión era firme, pero había algo en sus ojos, algo que parecía contradecir sus palabras—. Nadie puede saberlo, ¿entiendes? Ni Lake, ni tus papás, ni amigas. Nadie.

Abrí la boca para responder, pero no tenía idea de qué decir. ¿Un error? ¿Eso era lo que pensaba del beso? Me sentí como si alguien hubiera tirado un ladrillo directo a mi pecho.

—Ah... claro —balbuceé finalmente, intentando ocultar la mezcla de confusión y decepción que sentía.

Lucas asintió, como si acabara de cerrar un trato.

—Perfecto. —Se pasó una mano por el cabello y suspiró, como si lo que acababa de decir hubiera sido lo más difícil del mundo para él—. Ahora, vuelve al set. Tenemos un día largo de grabaciones.

Me giré hacia la puerta, aun intentando procesar lo que acababa de pasar. Pero antes de salir, no pude evitar detenerme un segundo.

—¿Por qué? —pregunté sin mirarlo, con la mano en el pomo de la puerta.

—¿Por qué? —replicó, con el tono distante que me irritaba tanto.

—¿Por qué pasó lo de anoche si fue un error?

El silencio que siguió fue tan pesado que sentí que el aire se me atascaba en los pulmones.

Finalmente, escuché su respuesta, apenas un murmullo.

—Porque no pude evitarlo.

Me giré para mirarlo, pero Lucas ya había vuelto la vista a su teléfono, como si la conversación nunca hubiera ocurrido. Salí de su camerino con la cabeza hecha un lío, más confundido que nunca y con la sensación de que este capítulo estaba lejos de cerrarse.

Cuando llegué a mi apartamento esa noche, sentía que estaba al borde de un colapso emocional. Entre las grabaciones, las miradas furtivas con Lucas y la conversación en su camerino, mi mente era un caos. Lo único que quería era refugiarme en mi sofá, pero al acercarme al edificio, noté algo extraño.

Había alguien parado frente a la puerta principal, apenas iluminado por la tenue luz de un farol. Su figura permanecía inmóvil, como si llevara un buen rato esperando.

Mi corazón se aceleró; no sabía si era por la sorpresa o por un presentimiento que comenzaba a crecer en mi interior. Mis pasos se ralentizaron mientras intentaba distinguir quién era. A medida que me acercaba, la figura finalmente se movió hacia la luz, y el mundo pareció detenerse.

Lo reconocí al instante, pero jamás habría imaginado encontrarlo allí.

—¿Tú? —pregunté, con una mezcla de incredulidad y confusión.

Pero no obtuve respuesta inmediata. El silencio que cayó entre nosotros era denso, como si anticipara una tormenta.

En ese momento, lo supe: mi vida estaba a punto de cambiar de nuevo, y no necesariamente para mejor.

El caos que estaba por venir era inevitable, como un cometa cuya cola chispeante comienza a apagarse antes de estrellarse contra la atmósfera.

Yo era ese cometa. Brillando, ardiendo... y a punto de enfrentar una colisión que ni siquiera había visto venir. Y, al parecer, ya no tenía forma de evitarlo.

BAJO LA ALINEACIÓN DE LAS ESTRELLAS

Cuando estuve lo suficientemente cerca, pude distinguir su silueta con claridad. El aire alrededor de mí se volvió pesado, como si el universo estuviera jugando una broma cruel.

Era Noah.

Él.

Aquel ser despreciable que alguna vez significó tanto para mí y que luego destrozó todo lo que éramos. Su presencia ahí, frente a mi edificio, no solo me sorprendió; me paralizó por completo.

Un miedo helado comenzó a extenderse por mi cuerpo, haciéndome sentir como si mis piernas fueran de plomo. Tragué saliva, pero mi boca estaba seca. No podía moverme, no podía hablar. Mis pensamientos corrían a mil por hora, pero todo se reducía a una sola pregunta: ¿Por qué está aquí?

Noah se dio cuenta de mi desconcierto y, como si disfrutara de mi incomodidad, esbozó una sonrisa que no llegaba a sus ojos. Dio un paso hacia mí, y mi instinto fue retroceder, pero estaba demasiado petrificado para hacerlo.

—¿Me extrañaste? —preguntó con una voz tan familiar que dolía.

Esa voz que una vez me hizo sentir seguro ahora sonaba como una amenaza velada. Me quedé allí, inmóvil, sin saber qué responder. Mis emociones estaban en conflicto: enojo, miedo... y un vestigio de algo que me negaba a admitir que seguía ahí.

Esa noche, mientras la luna apenas se asomaba entre las nubes, supe que el caos que estaba por venir no solo me perseguiría. Ya estaba aquí, parado frente a mí, con una sonrisa tan letal como el filo de un cuchillo.

—¿Qué haces aquí? —pregunté, mi voz teñida de nervios y un leve temblor de rabia contenida.

Noah me miró como si no entendiera el impacto que su presencia tenía en mí, inclinándose ligeramente hacia adelante con esa actitud que siempre había odiado y, en algún momento, amado.

—Te extrañaba —respondió, con una calma que parecía ensayada—. He visto fotos tuyas en las revistas. Veo que al fin has cumplido nuestros sueños.

Sentí cómo sus palabras me golpeaban como una bofetada. ¿Nuestros sueños? ¿De verdad se atrevía a decir eso? Una chispa de enojo comenzó a arder en mi interior, creciendo rápidamente hasta convertirse en un fuego imparable.

—¿Nuestros sueños? —repetí, dejando escapar una risa amarga—. Noah, no te atrevas. Esos sueños dejaron de ser nuestros, el día que decidiste destruir todo lo que teníamos.

Él pareció titubear por un momento, como si mi respuesta lo hubiera tomado por sorpresa, pero rápidamente recuperó su compostura.

—Sé que cometí errores... —empezó, pero lo interrumpí antes de que pudiera terminar.

—No. Tú no cometiste errores, Noah. Tú tomaste decisiones conscientes. Decisiones que me destrozaron, que me hicieron perder el significado de la vida. ¿Tienes idea de lo que eso significa? —Mi voz se quebró, pero no dejé que las lágrimas se asomaran—. Gracias a ti, dudé de mi propia existencia, de mi valor, de todo lo que era.

Respiré hondo, tratando de mantenerme firme.

—Tu traición me dejó en pedazos. Y mientras tú seguías adelante con tu vida, yo tuve que enfrentar a mis demonios interiores solo.

Mis palabras parecieron descolocarlo. Por primera vez, vi una grieta en esa máscara de seguridad que siempre llevaba puesta. Pero no me detuve.

—¿Sabes lo que significa reconstruirte desde cero? Es luchar contra el caos que alguien más dejó en ti. Contra las dudas, el miedo, la desesperación.

Di un paso hacia él, mirándolo directo a los ojos.

—Y lo hice, Noah. Me levanté a pesar de todo lo que tú destruiste. Así que no te atrevas a aparecer aquí y hablar de nuestros sueños como si todavía tuvieras algún derecho a ser parte de mi vida.

Hubo un largo silencio. Noah parecía querer decir algo, pero las palabras no salían. Finalmente, bajó la mirada por un instante antes de hablar.

—Solo quería verte, Bastián. Quería saber si... si todavía queda algo de lo que teníamos.

Ese fue el golpe final. Una mezcla de ira y tristeza se apoderó de mí, pero logré mantener la calma. Le sostuve la mirada, firme.

—Noah, lo único que queda de lo que teníamos es el vacío que dejaste cuando decidiste traicionarme. No hay nada más.

Él asintió lentamente, como si aceptara la derrota, pero en su rostro había algo que no lograba descifrar. Antes de que pudiera decir algo más, di un paso hacia la puerta de mi edificio.

—Vete, Noah. Y no vuelvas.

Mis palabras fueron firmes, y mi mirada no dejó espacio para dudas. Me giré, decidido a poner un punto final a esa conversación. Pero antes de que pudiera entrar, sentí su mano aferrarse a mi brazo con fuerza. Su agarre era firme, casi doloroso, y me hizo detenerme en seco.

—¿Eso es todo? —preguntó, su voz ahora cargada de desesperación contenida—. ¿Me vas a echar como si no hubiera significado nada para ti?

El dolor en mi brazo comenzó a intensificarse, y un nudo de ansiedad se formó en mi estómago. Traté de zafarme, pero él no cedía.

—Suéltame, Noah —exigí, intentando mantener la calma, aunque mi voz temblaba ligeramente.

—No hasta que me escuches... —empezó a decir, pero entonces, una voz firme y fría interrumpió la tensión.

—¿Qué está pasando aquí?

Levanté la mirada, y allí estaba Lucas, de pie a pocos metros de nosotros. Llevaba su chaqueta de cuero y su rostro tenía una expresión seria, casi intimidante. Sus ojos se movieron rápidamente entre Noah y yo, deteniéndose en la mano de Noah, que seguía sujetando mi brazo.

—¿No escuchaste lo que te dijeron? —continuó Lucas, avanzando hacia nosotros con paso decidido—. Te pidieron que te fueras.

Noah pareció congelarse por un instante, pero luego aflojó su agarre, aunque su mirada seguía clavada en mí.

—Esto no tiene nada que ver contigo —respondió Noah, intentando mantener su compostura.

Lucas soltó una risa corta, pero no había humor en ella.

—Ahora sí lo tiene —dijo, situándose entre nosotros y cruzando los brazos—. Así que te lo voy a decir una vez más: lárgate.

Noah me miró por última vez, como si esperara alguna reacción de mi parte. Pero no dije nada. Mi silencio fue suficiente. Finalmente, soltó un suspiro y retrocedió un paso.

—Nos veremos luego, Bastián. Esto no ha terminado.

Sus palabras dejaron un rastro de amenaza antes de que se diera la vuelta y se marchara por la calle. Me quedé ahí, mirando cómo se alejaba, hasta que sentí la mirada de Lucas sobre mí.

Su expresión se había suavizado un poco, pero aún había un aire protector en su postura.

—¿Estás bien? —preguntó, señalando mi brazo con un gesto.

Miré donde Noah me había sujetado. Había una ligera marca roja comenzando a aparecer.

—Sí... Estoy bien. Gracias por intervenir.

Lucas asintió, aunque su mandíbula seguía tensa.

—¿Ese tipo quién era? —preguntó, sus ojos buscando los míos.

—Alguien del pasado que no debería estar aquí —respondí, tratando de sonar más seguro de lo que me sentía.

Lucas pareció considerar mis palabras por un momento antes de asentir de nuevo.

—Si vuelve a molestarte, avísame.

Me dio una palmada en el hombro antes de dar media vuelta, pero algo en mí se resistió a dejarlo ir. Quizás era el vacío que sentía tras el encuentro con Noah, o tal vez solo quería que esa noche terminara de forma diferente.

—Lucas —lo llamé antes de que diera otro paso—. ¿Quieres pasar un rato?

Él se detuvo, me miró por encima del hombro y, para mi sorpresa, asintió.

—¿Por qué no?

Lo conduje hasta mi apartamento, sintiéndome algo nervioso. Apenas abrí la puerta, vi cómo sus ojos empezaban a recorrer cada rincón. Lucas no dijo nada al principio, pero su expresión hablaba por sí sola. Sabía que mi lugar era modesto, por no decir deprimente, pero no esperaba que lo notara con tanta rapidez.

—Vaya… —dijo finalmente, girándose hacia mí mientras pasaba un dedo por una de las repisas, comprobando el polvo inexistente—. ¿De verdad vives aquí?

—Sí. —Mi respuesta fue seca, tratando de restarle importancia.

Lucas se acercó a una lámpara vieja apoyada sobre una mesita de madera desgastada. La encendió y la luz parpadeó un par de veces antes de estabilizarse. Luego miró el sofá, que, aunque estaba impecablemente limpio, ya mostraba el desgaste de los años.

—No quiero sonar como un imbécil —empezó, aunque su tono sugería que estaba a punto de hacerlo—, pero esto ya no es para ti, Bastián. No es digno de alguien como tú.

Fruncí el ceño, cruzándome de brazos.

—¿Y qué es "digno de alguien como yo"?

Lucas se encogió de hombros, como si la respuesta fuera obvia.

—Un lugar mejor. Algo que refleje quién eres ahora, no quién eras antes.

No respondí. En cambio, me acerqué a la cocina para preparar café o cualquier cosa que me distrajera de su escrutinio. Mientras servía agua en la cafetera, lancé una pregunta para cambiar el tema.

—¿Qué hacías ahí abajo?

Lucas no contestó de inmediato. Cuando me giré, lo encontré observándome fijamente, como si estuviera decidiendo si debía responder o no. Entonces, sin previo aviso, cerró la distancia entre nosotros en dos pasos largos.

Antes de que pudiera reaccionar, sus manos estaban en mi rostro y sus labios chocaron contra los míos con una intensidad que me dejó sin aire. Fue como si toda la tensión acumulada entre nosotros hubiera explotado en ese instante.

Al principio me quedé inmóvil, mi cerebro incapaz de

procesar lo que estaba sucediendo, pero pronto el calor de su beso me envolvió, y mis brazos lo rodearon casi por instinto.

Cuando finalmente nos separamos, apenas unos centímetros, sus ojos buscaron los míos, brillando con algo que no había visto en él antes.

—Eso es lo que estaba haciendo aquí —dijo, su voz baja pero cargada de convicción.

No sabía qué decir. Mi corazón latía tan rápido que parecía querer salirse de mi pecho. No podía pensar, no podía hablar. Solo podía mirarlo, aun sintiendo el rastro de sus labios sobre los míos.

Luego del beso, me aparté ligeramente, intentando recuperar el aliento y mi compostura, aunque con Lucas tan cerca, era prácticamente imposible.

—No puedes simplemente besarme cada vez que quieras —dije, tratando de sonar firme, pero mi voz tembló al final.

Lucas alzó una ceja, divertido, como si mis palabras no le afectaran en absoluto.

—¿Y por qué no? —replicó, inclinando la cabeza ligeramente hacia un lado.

Fruncí el ceño, cruzando los brazos para crear algo de distancia, al menos emocional.

—Porque no entiendo qué es lo que quieres. Un día me besas, después me ignoras, y ahora vuelves a hacerlo como si nada. No entiendo nada, Lucas.

Por primera vez desde que lo conocía, su sonrisa se desvaneció.

Se pasó una mano por el cabello, visiblemente incómodo, como si estuviera peleando consigo mismo para encontrar las palabras correctas.

—Es complicado, Bastián. Yo... —Se detuvo, exhalando profundamente—. Me encantas, ¿de acuerdo?

Desde el día que firmaste mi libro en esa maldita cafetería, no he podido dejar de pensar en ti. Mi boca se abrió ligeramente, sorprendido por su confesión. No sabía qué esperaba, pero no era eso.

—¿Qué? —pregunté, como si mi cerebro necesitara una confirmación extra.

Lucas asintió, mirándome directamente a los ojos.

—Te lo digo en serio. No es solo un capricho. Por eso me cuesta tanto estar cerca de ti. No sé cómo manejarlo.

Me quedé en silencio, procesando lo que acababa de decir. Su honestidad era desconcertante. Lo miré, buscando algo que desmintiera sus palabras, pero todo en su expresión parecía auténtico.

—Lake me dijo que no eras gay —solté, todavía tratando de entenderlo todo.

Lucas dejó escapar una risa corta y amarga.

—Porque nadie lo sabe. Ni siquiera yo lo sabía... hasta que te conocí.

La intensidad de su mirada hizo que mi estómago diera un vuelco. Estaba diciendo la verdad, y eso me descolocaba aún más.

—¿Entonces...? —empecé, pero no sabía cómo terminar la frase.

—Por eso no te besé antes. Porque no sabía cómo lidiar con esto. Porque nunca había sentido algo así por nadie, y mucho menos por un hombre. —Hizo una pausa, observándome con una mezcla de vulnerabilidad y determinación—. Pero no puedo seguir ignorándolo.

Mis pensamientos eran un caos. La lógica me decía que debía alejarme, que esto era demasiado complicado. Pero mi corazón, ese traidor, no dejaba de latir con fuerza al escuchar sus palabras. Lo miré con incredulidad, todavía procesando lo que acababa de decir.

Todo esto parecía una broma pesada del destino, pero

Lucas no tenía ni rastro de burla en su rostro.

—Pero tú odias mis converse, y siempre te estás burlando de mi forma de vestir —le espeté, intentando encontrar un hueco en su discurso perfecto, algo que me devolviera el control de la situación.

Lucas negó con la cabeza, dejando escapar una pequeña risa mientras daba un paso hacia mí, acortando la distancia entre nosotros nuevamente.

—No, Bastián, no lo odio. —Me miró directamente a los ojos, con esa intensidad que hacía que mi respiración se volviera errática—. Me encanta cómo te ves con ellos. Me encanta cómo te ríes, cómo caminas, y sí, incluso cómo te tropiezas a veces.

Mis mejillas ardieron, y bajé la mirada por puro reflejo, intentando mantener la compostura.

—Estaba tratando de evitarlo— continuó, su voz más suave ahora—. Pero todos los días, desde que comenzó esta locura en el set, ansío llegar solo para verte.

Me quedé en silencio, sintiendo que mi cerebro estaba a punto de cortocircuitarse. Todo lo que decía era tan inesperado, tan... perfecto. Pero también era Lucas, el hombre que hasta hace unas semanas creía que no podía soportarme.

—¿Cómo esperas que te crea después de todo esto? —murmuré, levantando la mirada para enfrentar la suya.

Lucas extendió una mano y la colocó en mi mejilla, haciendo que mi piel se estremeciera al contacto.

—No espero que me creas ahora mismo —admitió—. Solo espero que me dejes demostrarlo.

El silencio que siguió fue pesado, cargado de emociones que no sabía cómo manejar. Su mano todavía estaba sobre mi mejilla, y sus palabras resonaban en mi cabeza como un eco interminable. Una parte de mí quería salir corriendo, pero otra, una más fuerte, quería quedarse y ver hasta dónde llegaría esto. No pude resistirme más. Esta vez fui yo quien se lanzó a besarlo. Fue un impulso tan repentino que nuestros dientes chocaron torpemente, provocando que ambos soltáramos una carcajada nerviosa.

—Eso fue un desastre —dijo Lucas, riendo mientras me miraba con esa mezcla de ternura y diversión que empezaba a reconocer como algo único en él.

—Cállate —respondí, riendo también, antes de volver a besarlo con más cuidado esta vez.

La risa quedó atrás y el momento se llenó de una intensidad que me hizo olvidar todo lo demás. Sus labios eran suaves, pero firmes, y cada movimiento suyo me hacía perder el sentido del tiempo y el espacio. Seguimos besándonos durante unos minutos, sin importar nada más que el momento que estábamos compartiendo. De repente, sentí cómo su mano se deslizaba lentamente hasta mi pantalón. Con un gesto seguro, soltó el botón y tiró de la prenda apenas un poco, mientras me miraba directamente a los ojos, buscando cualquier señal de duda. Pero no había ninguna. Luego, sin apartar la mirada, Lucas se quitó la camisa de un tirón, revelando su torso perfectamente esculpido. Sus pectorales y abdominales, bien marcados, parecían sacados de una revista, y por un momento me quedé congelado, tratando de procesar lo que estaba viendo.

—¿Qué pasa, escritorcito? —preguntó con una sonrisa burlona, pero cargada de un magnetismo que no podía ignorar—. ¿Demasiado para ti?

—No digas tontería —contesté, aunque mi voz tembló un poco.

Todo en él parecía diseñado para enamorarme. Desde su seguridad hasta la manera en que me miraba, como si en ese momento no existiera nadie más en el mundo. Pero lo más desconcertante no era su físico ni su actitud; era cómo hacía que todo pareciera tan natural, como si esto fuera exactamente lo que debía pasar.

Antes de que pudiera decir algo más, volvió a besarme, llevándome a un lugar donde las palabras ya no eran necesarias. Lucas dejó caer su pantalón al suelo con la misma naturalidad con la que hacía todo, como si nada pudiera intimidarlo. Yo, con el corazón latiendo a mil por hora, me quité la camisa, sintiéndome extrañamente vulnerable, pero al mismo tiempo emocionado.

—¿Puedes apagar la luz? —me pidió, su tono suave, casi como un susurro.

Asentí sin decir nada y me giré para hacerlo. La habitación quedó envuelta en una penumbra acogedora, apenas iluminada por las luces de la ciudad que se filtraban a través de las cortinas. Cuando volví hacia él, nuestras miradas se encontraron en la semioscuridad.

No hizo falta ninguna palabra más.

Nos acercamos lentamente y, al tocar su piel desnuda con la mía, un escalofrío recorrió todo mi cuerpo. La calidez de su contacto, la firmeza de sus brazos al rodearme, eran algo que no había experimentado nunca antes.

Nuestros cuerpos se movieron al unísono, guiados por un deseo y una atracción que parecían haber estado acumulándose desde hacía tiempo. No hubo prisa, solo una conexión intensa que llenaba cada rincón de la habitación.

Su respiración se mezclaba con la mía mientras nuestras manos exploraban el terreno desconocido que éramos el uno para el otro. Aunque todo lo que sucedió fue el roce de nuestros cuerpos, la intensidad del momento me hizo sentir como si hubiera alcanzado el cielo. Era una mezcla de pasión, deseo y algo más profundo que no sabía cómo describir, pero que estaba ahí, en cada caricia, en cada mirada.

Cuando finalmente nos separamos, nos quedamos en silencio, nuestras respiraciones aún agitadas mientras nuestras manos permanecían entrelazadas. En ese instante, sentí que nada más importaba, como si el caos del mundo exterior hubiera quedado completamente fuera de ese pequeño refugio que habíamos creado juntos.

Desperté al sentir un leve aroma a café invadiendo la habitación. Abrí los ojos lentamente, aún un poco aturdido, y lo primero que vi fue a Lucas, ya despierto, con una taza de café en la mano. Estaba sin camisa, con esos pantalones que apenas se sostenían sobre su cadera, y una sonrisa que parecía iluminar toda la habitación.

—Buenos días, escritorcito —dijo con un tono juguetón, extendiéndome la taza.

No pude evitar sonreír mientras me incorporaba en la cama, aunque el apodo me hizo rodar los ojos de forma automática.

—¿"Escritorcito"? ¿Ese es tu saludo matutino? —respondí, tomando la taza y agradeciendo internamente la cafeína que me ayudaría a procesar todo lo que había sucedido la noche anterior.

Lucas se encogió de hombros, divertido.

—Me pareció adecuado. Aunque, después de lo de anoche, podría llamarte muchas cosas más.

Sentí cómo el calor subía a mis mejillas mientras daba un sorbo al café, evitando responder de inmediato. Él se sentó en el borde de la cama, apoyando los codos sobre sus rodillas mientras me miraba con esa expresión despreocupada que parecía ser su estado natural.

—¿Siempre eres así de encantador por las mañanas? —pregunté finalmente, intentando mantener el tono ligero, aunque mi corazón aún estaba acelerado.

—Solo cuando me despierto con buena compañía — respondió, sin siquiera parpadear.

Le di un pequeño empujón en el brazo con una sonrisa nerviosa.

Lucas se rio, una risa profunda y contagiosa que hizo que, por un momento, olvidara cualquier preocupación que pudiera estar esperando fuera de esas cuatro paredes.

Pero, mientras lo miraba, con esa mezcla de naturalidad y seguridad que lo hacía tan magnético, no podía evitar preguntarme cuánto de esto era real.

¿Qué significaba para él lo que había pasado entre nosotros? Y, sobre todo, ¿qué significaba para mí? No sabía las respuestas, pero en ese momento, con él sentado a mi lado y una taza de café en mis manos, estaba dispuesto a descubrirlo.

Después de una larga y relajada mañana juntos, Lucas y yo estábamos sentados en el sofá de mi pequeño apartamento, con el sol de mediodía entrando por la ventana.

Habíamos desayunado, charlado sobre cosas triviales y evitado, con sorprendente habilidad, mencionar lo evidente: lo que había sucedido entre nosotros.

Lucas, vestido con su típica camiseta negra ajustada y jeans, estaba terminando su segunda taza de café. Lo observé por un momento, tratando de descifrar sus pensamientos. Finalmente, rompió el silencio, pero no con las palabras que esperaba.

—Bastián, tenemos que hablar de esto. —Su tono era serio, lo suficiente como para que dejara mi taza sobre la mesa.

—Sí, creo que deberíamos —respondí, intentando mantener la calma mientras sentía un nudo formarse en mi estómago.

Lucas se inclinó hacia adelante, apoyando los codos en sus rodillas, como si estuviera preparando el terreno para algo delicado.

—No me malinterpretes, lo que pasó anoche... —hizo una pausa, buscando las palabras adecuadas— fue increíble. Pero necesito que entendamos algo. Nadie puede saberlo, Bastián. Nadie.

Fruncí el ceño, sintiendo cómo su declaración me golpeaba como un balde de agua fría.

—¿Por qué? —pregunté, aunque sabía la respuesta.

Lucas suspiró, pasando una mano por su cabello desordenado.

—Porque no estoy listo. Nadie sabe esto de mí, ni mi familia, ni mis amigos, ni siquiera mi agente. Toda mi vida he construido esta imagen, y no sé si puedo derrumbarla así de fácil.

—¿Y eso significa que tengo que ser un secreto? —solté, sin poder evitar que mi tono sonara un poco a la defensiva.

—No es eso… —Lucas me miró, con una mezcla de frustración y vulnerabilidad en sus ojos—. Es complicado. No quiero perderte, pero tampoco sé cómo manejar esto todavía.

Su honestidad me desarmó, aunque no evitó que sintiera un pinchazo en el pecho. Bajé la mirada, procesando lo que acababa de decir.

—Mira, no quiero presionarte —le respondí finalmente, aunque mi voz sonaba más débil de lo que quería—. Pero no puedo prometerte que esto no me afecte. No quiero convertirme en un secreto que escondas.

Lucas se movió hasta quedar sentado frente a mí, tomando mis manos entre las suyas.

—Te prometo que esto no es algo que tomo a la ligera. Solo necesito tiempo, Bastián.

Asentí lentamente, aunque mi mente seguía llena de preguntas sin respuestas. Por un momento, me pregunté si realmente estaba preparado para lo que implicaría estar con alguien como él, alguien que vivía en constante lucha con quién era y quién debía aparentar ser.

Lucas me miró, como si intentara leer mis pensamientos.

—¿Podemos intentarlo así, por ahora? —preguntó con voz suave, casi suplicante.

—Está bien —respondí, aunque no estaba seguro de a quién intentaba convencer más: a él o a mí mismo.

Lucas me miró por unos segundos y, antes de que pudiera decir algo más, me besó nuevamente.

Sus labios, cálidos y firmes, tenían ese efecto de apagar todas las alarmas en mi cabeza, pero esta vez no lograron silenciar la duda que crecía en mi interior.

Mientras sus manos acariciaban mi rostro, no podía evitar pensar en lo complicado que sería seguir adelante siendo un secreto. No quería esconderme, y mucho menos esconder lo que estaba empezando a sentir por él.

Cuando nuestros labios se separaron, mis pensamientos seguían enredados, pero Lucas, como si pudiera percibir mi conflicto, decidió cambiar el tema abruptamente.

—Por cierto, ¿quién era el tipo de anoche? —preguntó. Su tono era casual, pero había una pizca de interés detrás de su pregunta.

—¿Qué tipo? —intenté esquivar la conversación, aunque sabía perfectamente a quién se refería.

—El que te tenía agarrado del brazo en la entrada. Parecía que las cosas estaban... tensas —dijo, inclinándose ligeramente hacia mí, como si intentara descifrar mi reacción.

Solté un suspiro antes de responder:

—Era Noah.

Lucas frunció el ceño, evidentemente sin reconocer el nombre.

—¿Noah?

Asentí, sintiendo un nudo formarse en mi garganta al decirlo en voz alta.

—Es... mi ex.

Lucas parpadeó, sorprendido, antes de cruzarse de brazos.

—¿Y qué quería? Porque no parecía que estuvieran teniendo una conversación amistosa.

—No lo era —dije, apretando los labios mientras intentaba encontrar las palabras adecuadas. No estaba listo para contarle todo, pero tampoco quería que sacara conclusiones equivocadas.

Lucas me observó en silencio, esperando que continuara. Por un momento, dejó de ser el hombre seguro y mordaz de siempre y se convirtió en alguien genuinamente interesado en lo que tenía que decir. Por alguna razón, su atención me hizo sentir un poco más cómodo, aunque el tema seguía siendo incómodo.

—Quería... volver. O eso dice. Pero ya no tiene lugar en mi vida. No después de todo lo que pasó.

Lucas asintió lentamente, procesando mis palabras sin apresurarse a responder. Su expresión era inescrutable, pero en sus ojos había una sombra de tensión.

Finalmente, se inclinó un poco más hacia mí y, con un tono firme pero tranquilo, dijo:

—Si vuelve a molestarte, me lo dices.

Le agradecí con una sonrisa débil, aunque todavía sentía muchas emociones en mi interior. Era extraño, pero por primera vez en mucho tiempo, me sentí un poco menos solo al enfrentar ese recuerdo doloroso.

Me quedé en silencio, perdido en mis pensamientos, mientras la habitación parecía hacerse cada vez más pequeña. La mención de Noah había abierto una herida que creía cerrada. Recordar todo lo que me hizo pasar era como caer en un agujero negro, un lugar donde los días eran interminables y el dolor parecía no tener fin. ¿Qué pasaría si Noah no se daba por vencido? ¿Y si terminaba volviendo a su lado, solo para que me destruyera una vez más?

Mientras luchaba con esos pensamientos, sentí un peso en mis piernas. Lucas se había recostado sobre mí, con la cabeza apoyada cómodamente en mis muslos, como si aquel fuera el lugar más natural del mundo para él. Cerró los ojos un momento, relajándose, y de alguna forma su presencia me ancló un poco a la realidad.

—¿Estás bien? —preguntó de pronto, sin abrir los ojos.

Asentí, aunque sabía que no podía verme.

—Sí... solo estoy pensando —murmuré.

Lucas sonrió levemente, aún con los ojos cerrados, y su tranquilidad contrastaba con el caos que sentía dentro de mí. Era como si nada en el mundo pudiera perturbarlo, y en ese momento lo envidié un poco.

—No pienses demasiado —dijo con suavidad, estirando un brazo para rodear mi cintura.

Pero ¿cómo no hacerlo? El miedo a Noah seguía ahí, como una sombra persistente que no me dejaba en paz. ¿Qué pasaría si volvía a caer en su juego? ¿Si me hacía dudar de mí mismo una vez más? Había luchado tanto para reconstruirme, para encontrar una versión de mí que no estuviera rota, y ahora parecía que todo estaba al borde de desmoronarse otra vez.

Miré a Lucas, su rostro tranquilo y sin preocupaciones, y me pregunté si él sería capaz de entender ese miedo, esa inseguridad. Tal vez no, pero en ese momento su cercanía era suficiente para calmarme un poco.

Pasé una mano por su pecho, casi sin pensarlo, y lo escuché suspirar suavemente, como si aquel gesto le diera tanta paz como a mí. Por un instante, me permití olvidar a Noah y concentrarme en Lucas, en el aquí y ahora.

—¿Sabes? Me gusta esto —dijo de pronto, abriendo los ojos para mirarme con una sonrisa perezosa.

—¿El qué? —pregunté, intentando sonar casual.

—Esto. Nosotros. Así.

Su comentario me tomó por sorpresa, pero antes de que pudiera responder, cerró los ojos de nuevo, dejando claro que no esperaba una respuesta. Y aunque mis pensamientos seguían siendo un enredo, su confianza en aquel momento me dio una pequeña chispa de esperanza.

Los días que siguieron fueron... caóticos, por decirlo de alguna manera. Lucas y yo parecíamos dos adolescentes hormonales en una telenovela de bajo presupuesto, incapaces de mantener nuestras manos y labios alejados el uno del otro.

Todo comenzó con las visitas *"casuales"* a su camerino. Yo llevaba una libreta en la mano, fingiendo que iba a discutir detalles del guion, pero en cuanto la puerta se cerraba, la libreta terminaba en el suelo y nuestras bocas se encontraban como si fueran imanes. Algunas veces incluso le ponía un *"candado"* a la puerta porque Lucas decía que *"el sonido del pestillo le daba adrenalina"*. ¿Qué clase de psicología era esa?

Luego estaban los momentos en el baño. ¡El baño! ¡Qué bajo habíamos caído! Un día, mientras él se escabullía detrás de mí al grito de *"¡Olvidaste tu pluma!"*, casi nos pescó uno de los asistentes de producción. Por suerte, alcancé a meterlo en un cubículo justo a tiempo. Estuvimos apretados ahí, susurrando y conteniendo la risa mientras el asistente se lavaba las manos. Y claro, Lucas aprovechó la oportunidad para besarme. ¿Quién besa en un baño público? Lucas, aparentemente.

La cosa se puso más loca detrás de las escenografías. Había algo irónico en esconderse detrás de un falso muro del "apartamento de Lake" para besarnos como si el mundo fuera a acabarse. Una vez, mientras estábamos en pleno beso, un decorador pasó a un metro de nosotros con un sillón en brazos. Me congelé como si fuera un maniquí, pero Lucas se quedó tan tranquilo que casi me hace estallar en risa.

—Relájate, escritorcito. Es parte de la diversión —me dijo, con esa sonrisa que no sabía si quería besar o abofetear.

Y, mientras todo esto sucedía, delante de los demás seguíamos siendo *"el actor y el escritor"*. Serios, profesionales, como si nuestras vidas fueran un ejemplo de autocontrol. ¡Qué mentira! En cuanto alguien giraba la cabeza, él me lanzaba una mirada que me hacía querer arrastrarlo al rincón más cercano.

Hubo un punto en el que pensé que tal vez estábamos exagerando, pero cuando Lucas me propuso practicar una *"escena"* en el armario de vestuario, entendí que ya no había marcha atrás. Nuestra relación era un desastre caótico... pero, de alguna manera, no podía dejar de disfrutarlo.

Nuestro pequeño secreto iba viento en popa, o eso creía yo, hasta que el universo decidió que era momento de ponernos en evidencia. Estábamos detrás de una columna en el set, una parte que, según Lucas, *"nadie jamás usa"*. Claro, porque Lucas es todo un experto en arquitectura de escondites. Allí estábamos, en pleno beso apasionado, cuando de repente escuchamos un:

—¡Oh, Dios mío!

Seguido del sonido de alguien tropezando. Era Lake. LAKE.

Se quedó allí, con una mano tapándose los ojos y la otra agitando un guion como si estuviera espantando un enjambre de abejas.

—¡No vi nada! ¡No vi nada! —empezó a repetir como si fuera un mantra, mientras caminaba en círculos y, paradójicamente, miraba entre los dedos que supuestamente cubrían sus ojos.

Mi cara debió ser un poema. Si alguien hubiera capturado el momento, habría sido la portada de El Escritor Avergonzado: Edición Especial. Lucas, por su parte, se quedó congelado, con una mezcla de pánico y esa estúpida sonrisa suya que parecía decir: Bueno, nos atraparon. ¿Qué se le va a hacer?

—Esto no es lo que parece —intenté decir, aunque claramente era exactamente lo que parecía.

—¡Oh, claro que no! ¡Seguro que Lucas estaba... probando un método de respiración boca a boca! —dijo Lake, todavía sin bajar la mano de sus ojos.

Lucas carraspeó, probablemente para esconder una risa, y luego, con toda la tranquilidad del mundo, dijo:

—Lake, no pasa nada. Puedes abrir los ojos.

—¿Abrirlos? ¡No pienso abrirlos hasta que estén al menos tres metros separados el uno del otro! —gritó, dando un paso hacia atrás y casi tropezando con un cable suelto.

Yo ya no sabía si reír, llorar o desmayarme en ese mismo instante.

—Lake... —intenté calmarla, pero en ese momento Lucas, el genio del dramatismo, se cruzó de brazos y dijo:

—Bueno, ya nos descubrió. ¿Qué más da?

¡¿Qué más da?! ¡todo da! ¡Es nuestra relación secreta! Y

ahora Lake estaba allí, en un estado de shock que probablemente requeriría terapia intensiva.

Finalmente, después de un minuto de murmullos incoherentes y un par de miradas fulminantes entre Lucas y yo, Lake dejó escapar un suspiro profundo.

—Bueno, si esto es una especie de película romántica que no me contaron, espero que al menos tenga un final feliz. ¡Pero, por el amor de Dios, busquen un lugar mejor para hacerlo! —y, con eso, salió corriendo, probablemente a contarle a alguien, aunque juró mil veces que no diría nada.

Lucas se encogió de hombros, como si nada hubiera pasado.

—Bueno, escritorcito, ahora sí que somos el chisme del set. ¿Volvemos al beso o ya no estás de humor?

Lo miré incrédulo, con las mejillas todavía ardiendo.

—Lucas, te odio.

—Eso dices ahora, pero en cinco minutos cambiarás de opinión —respondió con esa sonrisa que tanto me había empezado a gustar.

Mientras caminábamos juntos hacia su camerino, yo todavía tenía el corazón en la garganta después de nuestro encuentro con Lake.

—Lucas, esto es un desastre. ¡Lake nos vio! ¡¿Qué pasa si se lo cuenta a alguien?! —le dije, gesticulando como un loco.

Él, en cambio, parecía la persona más tranquila del mundo, como si no acabara de ser descubierto en pleno beso clandestino. Se encogió de hombros, metió las manos en los bolsillos y me miró con esa expresión de suficiencia que, para mi desgracia, cada vez encontraba más atractiva.

—Relájate, escritorcito.

—¿¡Relajarme!? ¡Nos atraparon infraganti, Lucas! ¡Infraganti! ¿Sabes lo que significa eso? —le solté, señalándolo dramáticamente.

—Significa que ya no tenemos que escondernos tanto de Lake —respondió con calma, como si estuviéramos hablando del clima.

Me detuve en seco.

—¿Cómo que no tenemos que escondernos tanto?

Lucas suspiró y me miró como si fuera el niño más tonto de la clase.

—Lake ya sabía lo nuestro desde hace días.

Sentí cómo mi cerebro se sobrecargaba.

—¡¿Qué?! —grité, tan fuerte que una de las asistentes de vestuario volteó a vernos.

Lucas me tomó del brazo para que siguiéramos caminando y no hiciéramos más espectáculo.

—Sí, lo descubrió la semana pasada. Entró en mi camerino mientras me arreglaba la camisa y encontró tu libro firmado con el mensaje: *"Para Lucas, el más insoportable y guapo del set"*. —Se detuvo un segundo para reírse mientras yo quería que me tragara la tierra.

—¡¿Cómo que lo descubrió la semana pasada?! ¡¿Y por qué no me dijiste nada?!

—Porque sabía que ibas a reaccionar así —respondió con total tranquilidad—. Además, Lake me prometió que no diría nada.

—¿Y le creíste?

—Claro que sí. No tienes idea de los secretos que yo le guardo a ella. Esto no es nada.

Me quedé en silencio, intentando procesar todo. ¿Lake sabía sobre nosotros y no había dicho nada? ¿Cuánto tiempo llevaba jugando a ser la espectadora discreta?

—Así que, escritorcito, deja de preocuparte. Lake no va a decir nada. —Lucas se detuvo y me miró con esa maldita sonrisa confiada.

—No sé si sentirme aliviado o más estresado.

—Relájate. Si de verdad te preocupa, siempre puedes firmarle un libro a Lake también. Con una dedicatoria bonita, claro. Algo como: *"Para Lake, la mejor cómplice de todos los tiempos"*.

Le lancé una mirada fulminante, pero no pude evitar que mis labios se curvaran en una sonrisa.

—Eres un idiota, Lucas.

—Y tú estás loco por este idiota. Ahora, ¿seguimos con la escena o prefieres otro beso? —dijo, inclinándose un poco hacia mí.

—Lucas, estamos en el set.

—¿Eso es un sí o un no? —preguntó, levantando una ceja.

No pude evitar reírme. De alguna manera, su despreocupación hacía que todo pareciera menos caótico.

Mientras caminábamos hacia el set, mi cabeza seguía dando vueltas con todo lo que había sucedido. Lake descubriéndonos, la complicidad secreta, el beso... y ahora este enredo de secretos que parecía sacado de una película de espionaje. Miré a Lucas, que caminaba a mi lado con su eterna seguridad, como si todo esto fuera lo más normal del mundo. Mientras tanto, yo sentía que mi vida estaba colapsando de la forma más cómica posible.

De repente, me detuve y miré al cielo, como si ahí pudiera encontrar una respuesta, o al menos un poco de consuelo entre las nubes.

—¿Sabes, Lucas? Esto es como Venus —dije, sin pensarlo demasiado.

Lucas frunció el ceño, claramente confundido.

—¿Venus? ¿Qué tiene que ver Venus con que nos hayan pillado besándonos en el set?

Solté una leve sonrisa y, sin dejar de mirar el cielo, respondí:

—Bueno, parece que estamos en un planeta

completamente diferente, rodeados de reglas raras y condiciones imposibles. Y a veces, todo se siente tan ajeno y fuera de lugar que me pregunto si, en algún lugar de Venus, hay un venue donde las cosas sean más sencillas. Donde los secretos no sean necesarios y los besos no nos metan en problemas.

Lucas me observó en silencio por un momento antes de soltar una risa baja, esa risa suya que siempre parecía estar a medio camino entre la diversión y el escepticismo.

—Así que lo que necesitas es un lugar en Venus donde todo sea fácil, ¿eh?

—No lo sé… —respondí con un suspiro, bajando la vista de las nubes—. Pero a veces siento que esto es como estar en otro planeta. —Hice un gesto vago con la mano, como señalando la inmensidad del espacio—. Solo que aquí no tengo naves espaciales, solo un escritor torpe y un actor con demasiados secretos.

Lucas me miró con expresión pensativa, como si por un segundo estuviera realmente considerando mi teoría interplanetaria. Luego, su sonrisa se amplió.

—Bien, pues si alguna vez llegamos a Venus, te prometo que ahí no tendremos que escondernos.

Sus palabras me tomaron por sorpresa. Lo miré, pero él solo se encogió de hombros, como si fuera lo más obvio del mundo.

—Por ahora… —continuó—, ¿estás listo para hacer malabares con este caos terrenal?

No pude evitar sonreír ante la locura de todo. Venus, secretos, besos en el set… Y de alguna manera, entre todo ese caos, supe que esta extraña aventura aún no había terminado.

—Vamos a hacerlo —dije, con una sonrisa cómplice.

Y sin mirar atrás, seguimos adelante, como si estuviéramos a punto de abordar una nave espacial rumbo a un lugar donde las reglas fueran diferentes, pero donde, al final, siempre terminaríamos chocando contra la realidad otra vez.

Osa Menor

FELICIDAD A MEDIAS

Estaba acurrucado en mi habitación, envuelto en tres gruesas cobijas, intentando combatir el frío que se colaba por cada rendija. Mi calentador había decidido rendirse en el momento más inoportuno, y esa noche la temperatura parecía tener una cita conmigo. Me disponía a dormir cuando el sonido de mi teléfono interrumpió el silencio. Era Liza. Estaba ebria en el bar al que solía ir.

—¿Hola? —respondí con la voz aún adormilada.

—¡Bastián! —Su voz sonaba entrecortada, como si estuviera luchando por mantenerse en pie—. Necesito tu ayuda.

Me incorporé de inmediato, el sueño desvaneciéndose al instante.

—¿Qué pasa?

—Estoy en el bar... y hay un tipo aquí que... que... —Su voz se quebró—. Está borracho y no me deja en paz. Quiere besarme y llevarme a su casa.

Mi corazón dio un vuelco. Sabía que Liza podía manejarse en la mayoría de las situaciones, pero esta vez sonaba realmente asustada.

—¿Dónde estás exactamente?

—En el bar de la esquina, cerca de la estación de tren.

—Quédate donde estás. Voy para allá.

Colgué rápidamente, me puse lo primero que encontré y salí disparado hacia el bar. Mientras corría por las calles desiertas, mi mente se llenaba de imágenes de Liza en peligro. No podía permitir que nadie la lastimara.

Al llegar, la escena era caótica. Liza estaba en la barra, visiblemente alterada, mientras un tipo corpulento con una sonrisa arrogante la sostenía del brazo.

—¡Liza! —grité, acercándome rápidamente.

El hombre me miró con desdén.

—¿Qué quieres, amigo? —dijo, soltándola y acercándose a mí.

—¡Lárgate de aquí! —respondí, empujándolo con fuerza.

El tipo no tardó en reaccionar. Lanzó un puñetazo que esquivé por poco, y la pelea comenzó. Los demás clientes se apartaron, alejándose del problema.

—¡No te acerques a ella nunca más! —grité, esquivando otro golpe y devolviendo uno directo a su rostro.

La pelea no duró mucho. Minutos después, las sirenas de la policía resonaron en el aire y, antes de darme cuenta, tanto él como yo estábamos esposados.

—¿En serio, amigo? —se burló el tipo mientras nos llevaban a la patrulla—. Todo esto por una chica borracha.

—Cállate —espeté, luchando por mantener la calma.

La caminata hasta la celda fue un borrón, y cuando al fin me senté en el banco de metal, el dolor sordo en mi labio partido me hizo recordar la pelea. Desde el otro lado de la celda compartida, el hombre seguía lanzándome miradas burlonas.

—Idiota —murmuré para mí mismo, más frustrado conmigo que con él.

No pasó mucho tiempo antes de que el sonido de pasos apresurados y una voz familiar rompieran el silencio.

—¡Estoy aquí para sacarlo! —exclamó Lucas, claramente molesto.

Levanté la cabeza justo cuando apareció frente a la celda, hablando rápidamente con un oficial. Llevaba una gorra y una chaqueta, intentando no llamar la atención, pero su presencia era imposible de ignorar.

—¿Qué demonios estabas pensando? —preguntó en cuanto se acercó, su tono era una mezcla de preocupación y enojo.

—Liza estaba en problemas —respondí con simplicidad, encogiéndome de hombros.

Lucas me miró fijamente, intentando contener su irritación frente a los oficiales.

—¿Y la solución era pelearte en un bar y terminar aquí?

—¿Qué querías que hiciera? ¿Dejar que ese tipo la lastimara?

El oficial abrió la celda y me dejó salir. Me froté las muñecas una vez libre de las esposas, mientras Lucas firmaba los papeles necesarios y pagaba la multa. Sin decir más, me tomó del brazo y me llevó hacia la salida.

—No voy a discutir esto aquí —dijo en voz baja, aunque su tono dejaba claro que no estaba contento.

Cuando llegamos a su auto, finalmente rompí el silencio.

—¿Liza está bien?

Lucas, que estaba arrancando el motor, asintió con la mandíbula apretada.

—La dejé en su departamento con Eli. Está dormida, pero está bien.

—Entonces hice lo correcto —dije con un toque de desafío en la voz.

Lucas golpeó el volante suavemente, frustrado.

—No estoy diciendo que no debías defenderla. Estoy

diciendo que hay formas de hacerlo sin terminar arrestado. ¿Sabes lo que pensé cuando me llamaron? Pensé que algo peor te había pasado.

Lo miré, sorprendido por la sinceridad en su voz.

—Lucas...

—No, escúchame —me interrumpió, girándose para mirarme directamente—. No tienes idea de lo que sentí al imaginarte lastimado o en problemas. No puedo... perderte, ¿de acuerdo? Así que la próxima vez, piensa antes de actuar. Por favor.

El silencio llenó el auto por un momento. Finalmente, asentí, sintiendo una mezcla de culpa y gratitud.

—Lo siento. Tienes razón.

Lucas suspiró, relajando los hombros.

—Está bien. Solo... prométeme que no volverás a meterte en problemas así.

—Lo prometo —dije con una sonrisa leve—. Pero si volviera a pasar algo con Liza, probablemente lo haría de nuevo.

Lucas rodó los ojos, pero una pequeña sonrisa se asomó en sus labios.

—Eres imposible.

—Y tú me sacaste de la cárcel. Supongo que estamos a mano.

El sonido del motor del auto de Lucas llenaba el silencio de la noche mientras nos dirigíamos hacia su departamento. La tensión en el aire era palpable; ambos procesábamos lo sucedido en la estación de policía.

Finalmente, Lucas rompió el silencio.

—Supongo que es porque te quiero, escritorcito. —dijo, su voz grave y sincera, mientras un leve rubor teñía sus mejillas.

Me quedé en silencio, sorprendido por sus palabras. Miré al frente, intentando procesar lo que acababa de escuchar.

—¿Qué? —pregunté, girándome hacia él, notando cómo evitaba mi mirada, claramente avergonzado.

—Creo que pensé en voz alta. —murmuró Lucas, su rubor intensificándose.

—¿Lo decías en serio? —inquirí, mi corazón latiendo con fuerza.

Lucas asintió lentamente, finalmente encontrando el valor para mirarme a los ojos.

—Sí, Bastián. Te Quiero. —confesó, su voz apenas un susurro.

Una oleada de emociones me invadió. Extendí mi mano y la posé sobre la suya.

—Yo también te quiero, Lucas. —respondí con sinceridad, apretando suavemente su mano.

Nos quedamos así por un momento, compartiendo una mirada que decía más que mil palabras. Luego, Lucas sonrió tímidamente y volvió su atención al camino.

El resto del trayecto transcurrió en silencio, pero esta vez, era un silencio cómodo, lleno de entendimiento y nuevos sentimientos compartidos. Al llegar, Lucas apagó el motor y se giró hacia mí.

—Prométeme que no volverás a hacer algo así. —dijo, su mirada intensa reflejando preocupación y amor.

Asentí, sintiendo el peso de su solicitud.

—Lo prometo. —respondí con convicción.

El silencio llenó el auto por un momento. Finalmente, asentí, sintiendo una mezcla de culpa y gratitud.

Nos miramos por un momento más, sellando nuestra promesa. Luego, Lucas abrió la puerta y salimos del auto.

Unos días después, el eco de los tacones de Liza resonaba en el pasillo mientras Lucas y yo descendíamos del ascensor, cargando las últimas cajas de la mudanza. El viejo apartamento, ahora casi vacío, aún guardaba en cada rincón recuerdos difíciles de dejar atrás.

—¿Estoy seguro de esto? —pregunté, observando por última vez las paredes desnudas que habían sido testigo de tantas historias.

Lucas, apoyado en el marco de la puerta con su característica sonrisa confiada, asintió.

—Bastián, mírate. Eres un autor best seller, un nombre en boca de todos. Mereces un lugar que refleje eso. Este apartamento fue bueno para ti, pero es hora de dar el siguiente paso.

Suspiré, sintiendo una mezcla de nostalgia y temor.

—No sé si es apego o miedo, pero siento que, al dejar este lugar, me despido de una parte de mí.

Lucas se acercó, dejando de lado su habitual tono despreocupado.

—No estás dejando nada atrás, Bastián. Todo lo que viviste aquí seguirá contigo, pero también necesitas espacio para crecer. Y, seamos honestos, ¿no crees que ya es hora de cambiar ese auto viejo que amenaza con desarmarse cada vez que lo arrancas? —bromeó, logrando sacarme una sonrisa.

—Es mi auto... y tiene personalidad.

—Claro, "personalidad" —repitió Lucas, riendo—. Pero no te preocupes, ya tengo algo en mente para ti.

—¿Algo en mente? —pregunté, levantando una ceja.

—Confía en mí.

Horas después, llegamos al nuevo apartamento. Un espacio amplio, moderno y lleno de luz. Las enormes ventanas ofrecían una vista impresionante de la ciudad, y los estantes vacíos en la sala parecían hechos a medida para albergar mis libros.

—Lucas... esto es demasiado —susurré, aún incrédulo.

—No es demasiado, es justo lo que necesitas —respondió

con una sonrisa.

Tras desempacar lo esencial, Lucas insistió en llevarme a "un lugar especial". Condujimos hasta un concesionario de autos de lujo, donde un sedán elegante y negro nos esperaba bajo las luces del escaparate.

—¿Qué estamos haciendo aquí? —pregunté, mirándolo con incredulidad.

—Te presento al nuevo auto de un escritor best seller.

—No puedo comprar esto.

—Claro que puedes, es una inversión en ti mismo —dijo Lucas, firme—. Sé que siempre te has aferrado a lo seguro, pero este es tu momento de arriesgarte y mostrarle al mundo quién eres.

Observé el auto en silencio, luego miré a Lucas y vi en sus ojos algo más que entusiasmo: vi fe. Fe en que me merecía todo esto.

Con una mezcla de nervios y emoción, di un paso adelante y pasé la mano por el capó del auto.

—Está bien, Lucas. Lo haré. Pero si algo sale mal...

—Nada va a salir mal —me interrumpió, dándome una palmada en la espalda—. Confía en mí, este es el comienzo de algo increíble.

Esa noche, después de estrenar mi nuevo auto, Liza y Eli llegaron al apartamento para ayudarme a organizar mi colección de libros en la impresionante biblioteca del nuevo hogar. Decidimos ordenarlos por género y autor, siguiendo consejos que había leído sobre cómo organizar una biblioteca personal.

Entre risas, buena comida, vino y algo de música, el tiempo pasó volando. La atmósfera era tan agradable que incluso improvisamos un pequeño baile en la sala. Al cabo de unas horas, el apartamento estaba impecable, con cada libro en su lugar y el espacio listo para comenzar esta nueva etapa de mi vida.

Luego de que las chicas se marcharan, me encontraba

sentado en mi escritorio, sumido en pensamientos, el zumbido del teléfono me sacó de mi ensimismamiento. Un mensaje de un número desconocido apareció en la pantalla:

"Bastián, tengo que decirte algo importante. Tengo VIH, y fui yo quien te contagió. Lo siento."

El impacto de esas palabras fue devastador. Mi respiración se volvió errática y sentí un nudo en el pecho. Las manos me temblaban mientras releía el mensaje una y otra vez. Aunque el remitente no se identificaba, sabía perfectamente que se trataba de Noah.

Estaba completamente perdido en mis pensamientos. El miedo a estar enfermo me consumía. Recordé esos momentos en los que había estado tan cerca de él, sin pensar en las consecuencias. Sentí el peso de la incertidumbre, el temor a que todo hubiera cambiado, a que mi vida pudiera dar un giro que no estaba preparado para afrontar.

Sin dudarlo, llamé a Lucas.

—¿Lucas? —intenté mantener la voz firme.

—Bastián, ¿qué ocurre? —respondió al instante, notoriamente preocupado.

—Necesito ir al hospital. Ahora mismo.

Diez minutos después, Lucas estaba en la entrada de mi edificio, su rostro reflejando ansiedad.

—¿Qué sucede? ¿Estás bien? —preguntó, sujetándome por los hombros.

Negué con la cabeza, sintiendo las lágrimas acumularse en mis ojos.

—No puedo explicarlo ahora. Solo... necesito hacerme unos análisis.

Sin más preguntas, Lucas me tomó del brazo y me condujo hasta su auto. Durante el trayecto, permanecí en silencio, observando mis manos temblorosas. Lucas me lanzaba miradas de reojo, claramente preocupado, pero respetó mi espacio.

Al llegar al hospital, me dirigí apresuradamente al mostrador de información, con Lucas siguiéndome de cerca.

—Necesito hacerme una prueba de VIH, lo antes posible —dije, intentando que mi voz no se quebrara.

La enfermera asintió y me condujo a una sala de espera. Lucas se sentó a mi lado, sin decir nada. Finalmente, me llamaron.

—Voy contigo —dijo Lucas con determinación.

—No es necesario que...

—Voy contigo, Bastián.

Sin fuerzas para discutir, acepté su compañía.

El médico que nos recibió era joven, con una sonrisa cálida que intentaba aliviar la tensión.

—Bastián Allen, ¿cierto? —preguntó, revisando su portapapeles. Luego levantó la vista y me reconoció—. ¡Eres el autor de Te amo... Idiota! Mi hermana y yo somos grandes admiradores de tus libros.

Esbocé una sonrisa débil.

—Gracias...

—Haremos esto rápidamente para que puedas estar más tranquilo —dijo el médico, adoptando un tono más profesional.

Mientras realizaban el procedimiento, Lucas observaba desde una esquina de la habitación, con los brazos cruzados y la mandíbula tensa. Al finalizar, el médico nos pidió que esperáramos unos minutos para obtener los resultados.

La espera fue insoportable. No podía dejar de morderme las uñas, mientras Lucas mantenía la mirada fija en el suelo, sumido en sus pensamientos.

Finalmente, el médico regresó con una hoja en mano y una sonrisa tranquilizadora.

—Buenas noticias: los resultados son negativos. No tienes

VIH.

Dejé escapar un sollozo de alivio, sintiendo las lágrimas correr por mi rostro. Lucas, sin dudarlo, se acercó y me abrazó con fuerza.

—Te dije que todo estaría bien —susurró.

Cuando logré calmarme, el médico añadió con cautela:

—Por cierto, espero no ser indiscreto, pero sería un honor para mí que firmaras algunos de tus libros. Incluso podría invitarte a cenar, como agradecimiento por tus historias.

Lucas, aún con un brazo alrededor de mí, levantó la mirada, visiblemente molesto.

—¿Una cena? —dijo con tono cortante—. ¿Acostumbras a invitar a tus pacientes a salir en situaciones como esta?

El médico, algo desconcertado, respondió:

—Bueno, no es algo habitual... solo soy un gran admirador.

Notando la tensión, intervine rápidamente.

—Doctor, con gusto firmaré sus libros. En cuanto a la cena... quizás en otra ocasión.

El médico asintió, sonriendo nuevamente.

—Entiendo, no hay problema. Solo quería intentarlo.

Al salir del hospital, Lucas estaba inusualmente callado. Lo miré, sintiendo una mezcla de cansancio y diversión.

—¿Qué te sucede?

—Nada. Solo... ¿es necesario que todos quieran invitarte a cenar?

Reí suavemente.

—¿Estás celoso?

Lucas frunció el ceño, evitando mi mirada.

—No estoy celoso, solo pienso que no era el momento adecuado para ese tipo de invitaciones.

Mientras nos alejábamos del hospital, el frío de la noche nos envolvió. Aunque los resultados habían sido negativos, mi mente seguía atrapada en una maraña de pensamientos y emociones. Lucas, siempre atento, me miró de reojo y preguntó:

—¿Estás bien?

Asentí, aunque sabía que necesitaba tiempo para procesar todo lo ocurrido.

Justo cuando nos acercábamos al auto, una figura familiar apareció ante nosotros: Noah.

Mi corazón dio un vuelco, y la ansiedad que creía haber dejado atrás regresó con fuerza.

—¿Noah? —murmuré, sintiendo cómo la tensión se apoderaba de mí.

Lucas se tensó a mi lado, y pude notar la ira contenida en su postura.

—¿Qué demonios estás haciendo aquí? —espetó Lucas, su voz cargada de furia.

Noah levantó las manos en un gesto que pretendía ser pacífico, pero su sonrisa cínica decía lo contrario.

—Solo quería ver cómo estabas, Bastián. ¿Ya te hiciste los exámenes? Espero que todo esté bien.

Sus palabras me hicieron retroceder un paso, mientras Lucas se interponía entre nosotros, como un escudo protector.

—¿Estás loco? —dijo Lucas, con los puños apretados—. ¿De verdad tienes el descaro de aparecerte después de todo lo que le hiciste?

Noah soltó una risa seca.

—¿Qué? ¿Ahora tú eres su guardián? Esto es entre Bastián y yo.

—No, esto es entre tú y tu falta de decencia —respondió Lucas, acercándose más—. ¿Cómo te atreves a mentirle sobre algo tan grave? ¿Sabes el daño que le causaste con ese mensaje?

Noah cruzó los brazos, manteniendo su actitud desafiante.

—Solo quería que sintiera un poco de lo que yo sentí cuando me dejó.

—¿Un poco de lo que tú sentiste? —repitió Lucas, elevando la voz—. ¿Así es como justificas tus acciones? Acabas de lastimar a una de las personas más honestas y leales que he conocido en mi vida.

Observé a Lucas, sorprendido por la intensidad de sus palabras.

—Noah, escúchame bien —continuó Lucas, acercándose tanto que Noah dio un paso atrás—. Si vuelves a acercarte a él, si vuelves a intentar manipularlo o lastimarlo de cualquier forma, te vas a arrepentir.

Antes de que Noah pudiera responder, Lucas lo golpeó con un puñetazo directo a la mandíbula, haciéndolo tambalear.

—¡Lucas! —grité, sujetándolo antes de que pudiera continuar.

—Estoy bien, no voy a seguir —dijo Lucas, respirando con dificultad, pero manteniendo la mirada fija en Noah—. Pero que te quede claro: esta fue tu única advertencia.

Noah se frotó la mandíbula, mirándonos con odio antes de darse la vuelta y desaparecer en la oscuridad. Todavía en shock, sentí mi corazón latiendo con fuerza por el encuentro y por lo que acababa de presenciar.

—¿Por qué hiciste eso? —pregunté, mirando a Lucas.

Lucas me sostuvo la mirada, su expresión suavizándose.

—Porque estoy cansado de que ese idiota piense que puede hacerte daño cuando quiera. No voy a permitirlo.

Sentí un nudo en la garganta, pero esta vez no era por miedo ni tristeza, sino por una profunda gratitud.

—Gracias... por protegerme.

Lucas me miró con una mezcla de preocupación y

ternura.

—Siempre lo haré, Bastián. Siempre.

Sin decir más, subimos al auto, dejando atrás el hospital y la sombra de Noah. Aunque la noche había sido dura, era la primera vez en mucho tiempo, que sentí que no estaba solo en esta batalla.

Al abrir la puerta de mi apartamento, aún sentía los nervios a flor de piel. Había invitado a Lucas a pasar después del día que habíamos tenido. Con su chaqueta de cuero desgastada y esa sonrisa brillante, él parecía una contradicción andante: alguien que vivía rápido, pero miraba como si el tiempo no existiera.

—Así que ya decoraste tu reino —dijo Lucas al entrar, recorriendo el lugar con la mirada.

Gracias al buen gusto de Liza, el apartamento se veía acogedor, con muebles sencillos y cálidos. Pero lo que más llamaba la atención era la biblioteca que ocupaba una pared completa del salón.

—No es gran cosa —respondí, rascándome la nuca, un poco avergonzado.

Lucas caminó hacia la biblioteca, deslizando los dedos por los lomos de los libros. Había de todo: clásicos, contemporáneos, novelas románticas y algunos libros de poesía desgastados de tanto uso.

—¿Sabes? Nunca he leído un libro —confesó Lucas, dándome la espalda mientras seguía observando los títulos.

Arqueé una ceja, divertido.

—¿Nunca?

Lucas se giró, encogiéndose de hombros.

—Nunca. Pero si me lees uno mientras descanso sobre tu pecho, sería feliz.

El comentario me dejó sin palabras por un momento. Sentí cómo un calor inesperado subía por mi rostro, pero una pequeña sonrisa se asomó en mis labios.

—¿Así que ese es tu plan? Usarme como narrador personal.

Lucas se acercó, apoyándose contra el borde del sofá con una sonrisa traviesa.

—Bueno, tú escribes sobre el amor. Seguro que sabes cómo hacerlo sonar... especial.

Solté una pequeña risa, negando con la cabeza.

—Eres increíble, ¿lo sabías?

—Eso me dicen. —Lucas se dejó caer en el sofá, estirándose como si estuviera en su propia casa. Luego palmeó el espacio junto a él—. Vamos, autor. Elige uno de tus favoritos y deslúmbrame.

Suspiré, divertido, y caminé hacia la biblioteca. Mis dedos se detuvieron en un pequeño libro de poesía que había leído tantas veces que ya me sabía algunos versos de memoria. Tomé el libro, me senté junto a Lucas y, antes de que pudiera abrirlo, él se acomodó, recostando la cabeza en mi pecho como si ese fuera el lugar más natural del mundo.

—¿Así está bien? —preguntó Lucas, con los ojos cerrados y una sonrisa tranquila.

Tragué saliva, sintiendo mi corazón latir un poco más rápido.

—Perfecto.

Con cuidado, abrí el libro y comencé a leer. Mi voz era baja, suave, cada palabra cayendo como un susurro en la habitación silenciosa. Lucas no dijo nada, pero podía sentir cómo su respiración se volvía más lenta y relajada.

Al terminar el primer poema, bajé la mirada. Lucas estaba completamente inmóvil, los ojos cerrados, con una pequeña sonrisa serena en los labios.

—¿Ya te dormiste? —susurré, sin querer romper la magia del momento.

Lucas abrió un ojo apenas y murmuró:

—No... pero sigue leyendo. Esto es demasiado bueno para perderlo.

Sonreí y continué, dejando que las palabras llenaran el espacio entre nosotros, creando un momento tan íntimo que ni siquiera el tiempo se atrevió a interrumpir.

Al finalizar el segundo poema, Lucas cerró suavemente el libro y lo dejó a un lado. Sus ojos, profundos y llenos de una emoción que nunca antes había visto en él, se encontraron con los míos. Sin apartar la mirada, se acercó lentamente, y pude sentir su aliento cálido rozando mi piel cuando susurró en mi oído:

—Quiero hacerte el amor.

Mi corazón se aceleró y, sin necesidad de palabras, asentí suavemente.

Lucas deslizó su mano por mi pecho y, con un movimiento decidido, los botones de mi camisa cedieron, dejando al descubierto mi piel. Su respiración se volvió más profunda, y cada caricia transmitía un deseo que parecía emanar de lo más profundo de su ser.

—Apaga la luz —murmuró, con una voz cargada de anhelo.

Obedecí, y la habitación quedó sumida en una penumbra que intensificaba cada sensación. Esa noche, entre susurros y caricias, nos fundimos en uno solo, explorando cada rincón de nuestras almas y cuerpos, creando una conexión que trascendía lo físico y se adentraba en lo más profundo de nuestros corazones.

Aún desnudos sobre el sofá, Lucas observaba el tatuaje en mi pecho.

—Siempre he querido preguntarte sobre eso —dijo, señalándolo con la cabeza—. ¿Qué significa?

Miré el tatuaje por un segundo, como si lo estuviera viendo por primera vez, y luego me recosté en el sofá, dejando escapar un suspiro.

—Es una promesa.

Lucas arqueó una ceja, intrigado.

—¿Una promesa?

Asentí, jugando con la copa de vino en mis manos.

—Sí, una promesa que me hice a mí mismo. Fue después de... bueno, después de Noah.

El nombre cayó entre nosotros como una piedra, pesada y llena de significados. Lucas dejó la copa en la mesa, dándome toda su atención.

—¿Qué clase de promesa?

Tardé unos segundos en responder, eligiendo cuidadosamente mis palabras.

—Me prometí que nunca más iba a perderme por nadie. Que no iba a dejar que otra persona definiera quién soy, cómo me siento o cuánto valgo.

Lucas se inclinó un poco hacia mí, sus ojos serios.

—¿Eso fue lo que pasó con Noah?

Asentí lentamente.

—Con él, olvidé quién era. Todo giraba en torno a lo que él quería, lo que él necesitaba. Y cuando me dejó, me di cuenta de que ya no quedaba nada de mí. Estaba vacío.

Lucas no dijo nada, pero su mandíbula se tensó, como si mis palabras lo golpearan más fuerte de lo que esperaba.

—Entonces, me hice este tatuaje para recordarme que siempre tengo que estar a un milímetro de mí. Que, pase lo que pase, nunca debo alejarme tanto de quien soy que no pueda encontrar el camino de vuelta.

El silencio se instaló entre nosotros por un momento, pesado pero no incómodo. Lucas lo rompió, inclinándose hacia mí con una mirada que mezclaba admiración y algo más profundo.

—Es hermoso, Bastián. Y tú... eres increíblemente fuerte por haberlo superado.

Lo miré, sorprendido por la sinceridad en su tono.

—No siempre me siento fuerte. A veces todavía tengo miedo.

Lucas sonrió, y su mano se movió instintivamente hasta la mía, cubriéndola con suavidad.

—Todos tenemos miedo, pero eso no te hace débil. Te hace humano.

Por un segundo, sentí que el peso de mis recuerdos era un poco más liviano. Miré a Lucas y me di cuenta de algo que me sorprendió: en ese momento, no estaba solo.

—Gracias —murmuré, apretando suavemente su mano.

Lucas sonrió y, sin soltarme, señaló el tatuaje una vez más.

—Bueno, por si acaso alguna vez te alejas más de un milímetro, aquí estoy yo para recordarte cómo volver.

Dejé escapar una risa suave, una mezcla de alivio y algo que no quería admitir todavía.

—Eso suena a un trato bastante justo.

Lucas asintió, satisfecho, mientras tomaba su copa nuevamente.

—Entonces, trato hecho.

Mientras Lucas observaba el tatuaje en mi pecho, me sumergí en mis pensamientos, agradeciendo profundamente el momento que estábamos compartiendo. Sentí una inmensa gratitud por haber encontrado a alguien que no solo comprendía mis cicatrices, sino que también valoraba la persona en la que me había convertido. En ese instante, me di cuenta de lo afortunado que era al tenerlo a mi lado y de cómo su presencia iluminaba mi vida de maneras que nunca antes había experimentado. Cada sonrisa, cada caricia y cada palabra compartida con él eran tesoros que atesoraría siempre.

Desperté con los primeros rayos del sol filtrándose por las cortinas. A mi lado, Lucas dormía plácidamente, su respiración suave y rítmica. Una sensación de paz me envolvía, y no pude evitar sonreír al recordar la noche anterior.

Decidí despertarlo de una manera especial. Me acerqué lentamente y comencé a depositar suaves besos en su cuello y espalda, sintiendo el calor de su piel bajo mis labios. Lucas emitió un murmullo de protesta y se giró, escondiendo el rostro bajo la almohada.

—Vamos, dormilón —susurré cerca de su oído—. Es hora de levantarse, tenemos que ir al set.

Él soltó un gruñido y se acurrucó más en las sábanas. Sabía que los últimos días de grabación habían sido intensos y que ambos estábamos agotados, pero el deber nos llamaba.

Justo en ese momento, el timbre del apartamento resonó, rompiendo la quietud de la mañana. Me incorporé rápidamente, sorprendido. Entonces recordé: había quedado en desayunar con Liza y Eli, y lo había olvidado por completo.

—¡Un momento! —grité hacia la puerta, mi voz aún ronca por el sueño—. Estoy desnudo, ya voy.

Lucas, al escuchar esto, se levantó de un salto y corrió hacia el baño, buscando refugio. Hasta ese momento, nadie sabía de nuestra relación, y parecía que hoy no sería el día para revelarlo.

Me puse unos pantalones rápidamente y fui a abrir la puerta. Liza y Eli estaban allí, sonriéndome con complicidad.

—Buenos días, Bastián —dijo Liza, con una ceja arqueada—. ¿Interrumpimos algo?

—No, para nada —respondí, intentando sonar casual—. Pasen, por favor.

Mientras ellas entraban y se acomodaban en el salón, un grito ahogado proveniente del baño nos sobresaltó. Antes de que pudiera reaccionar, Lucas salió corriendo, con una expresión de pánico en el rostro.

—¡Cucaracha voladora! —exclamó justo en el momento en que el paño que llevaba atado a la cintura se deslizó, dejándolo completamente desnudo frente a nosotros.

Hubo un segundo de silencio absoluto. Luego, Liza y Eli estallaron en carcajadas, mientras Lucas intentaba cubrirse con las manos, su rostro rojo como un tomate.

—Chicas, él es Lucas —dije, tratando de mantener la compostura—. Lucas, ellas son Liza y Eli.

Lucas, aún avergonzado, asintió con la cabeza.

—Hola... mucho gusto.

Liza, entre risas, comentó:

—Bueno, Bastián, definitivamente este es el desayuno más interesante que hemos tenido en mucho tiempo.

No pude evitar reír también, sintiendo que, a pesar de la sorpresa, todo estaba bien. Después de todo, la vida está llena de momentos inesperados que la hacen aún más especial.

Tras la inesperada revelación, Lucas decidió quedarse a desayunar con nosotras. Eli y Liza seguían incrédulas ante la noticia de que llevábamos más de dos meses saliendo.

Liza, con una mezcla de vergüenza y diversión, se llevó una mano a la frente y suspiró.

—Bueno, ahora me siento fatal por todos los mensajes subidos de tono que te mandé sobre Lucas...

Él solo sonrió con diversión, y yo no pude evitar soltar una carcajada.

Observé cómo mis amigas interactuaban con Lucas y sentí una calidez especial al ver que se llevaban bien. Era la primera vez que alguien que me importaba encajaba tan naturalmente con ellas. La conversación fluía con facilidad, llena de risas y complicidad.

Me di cuenta de lo afortunado que era al tener a Lucas a mi lado y contar con el apoyo de Eli y Liza. En ese momento, todo parecía encajar perfectamente, y no pude evitar sentirme agradecido por la armonía que se había formado entre las personas más importantes para mí.

La Estrella de David

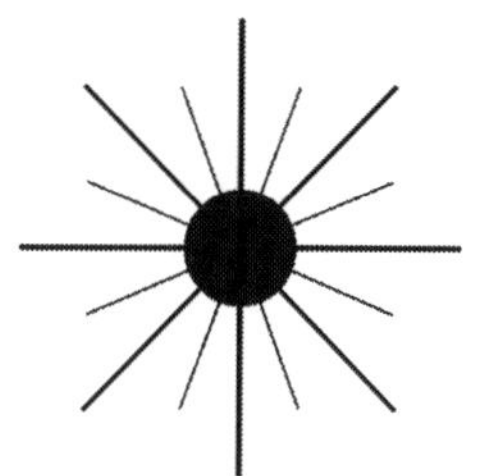

EL INVIERNO QUE NUNCA OLVIDARÉ

Sentado al borde de mi cama, sostenía una taza de té entre mis manos mientras Lucas me observaba desde el sillón frente a mí. El aire estaba cargado de una tensión silenciosa; sabía que había llegado el momento de compartir un dolor que había llevado conmigo durante años.

—¿Alguna vez has tenido un momento que desearías poder cambiar? —pregunté, mi voz apenas un susurro.

Lucas asintió lentamente, sin decir nada, dándome el espacio para continuar.

—Era 25 de diciembre, hace cinco años. La Navidad siempre había sido importante para mi familia, especialmente para mi abuela. Ella era el corazón de todo: cocinaba el pavo, decoraba el árbol y nos hacía cantar villancicos, aunque nadie lo hiciera bien.

Hice una pausa, mirando mi taza como si pudiera encontrar en ella la fuerza para seguir.

—Ese año, estaba con Noah. Llevábamos poco más de un año juntos y yo... estaba completamente cegado por él. No veía las señales, las manipulaciones. Siempre encontraba la manera de hacerme sentir que todo giraba en torno a él.

Lucas me observaba atentamente, con las manos descansando sobre las rodillas mientras esperaba que continuara.

—La mañana de Navidad, recibí una llamada de mi madre. Me dijo que mi abuela no estaba bien, que había empeorado durante la noche. Quería que fuera al hospital lo antes posible. Pero Noah... —apreté los labios, conteniendo las lágrimas que amenazaban con caer—. Noah no quería que fuera.

—¿Qué? —preguntó Lucas, incrédulo.

—Me dijo que ya habíamos hecho planes para pasar el día juntos, que su familia nos estaba esperando para el almuerzo. Me acusó de no darle prioridad, de siempre poner a los demás antes que a él. Y yo... le creí. Pensé que, tal vez, mi abuela mejoraría y que podría ir a verla después.

Tomé un trago de té, intentando aliviar el nudo en mi garganta.

—Pasé todo el día fingiendo que estaba bien, rodeado de personas que apenas conocía, mientras mi teléfono sonaba una y otra vez. Mi madre, mis tíos... todos llamándome para decirme que fuera al hospital. Pero Noah seguía insistiendo en que no era tan urgente. *"Es Navidad"*, decía. *"Ella estaría feliz de saber que estás disfrutando"*.

Lucas cerró los ojos por un momento, visiblemente afectado por lo que escuchaba.

—Cuando finalmente me convencí de que tenía que ir, ya era de noche. Salí corriendo, dejando a Noah con una excusa cualquiera. Llegué al hospital justo cuando mi madre salía de la habitación.

Mi voz se quebró.

—Mi abuela había fallecido hacía veinte minutos. No llegué a despedirme. No llegué a decirle cuánto la amaba. Todo porque... porque dejé que él me manipulase.

El silencio en la habitación era ensordecedor. Me limpié las lágrimas que ahora caían libremente por mi rostro.

—Desde entonces, he odiado la Navidad. No soporto los villancicos, las luces, las reuniones familiares. Todo me recuerda que fallé. Que no estuve cuando más me necesitaban.

Lucas se levantó lentamente y se acercó a mí, sentándose a mi lado en la cama. Sin decir una palabra, me rodeó con un brazo y me atrajo hacia él, permitiéndome llorar en su hombro.

—No fue tu culpa, Bastián —dijo Lucas en voz baja, con una firmeza que no admitía discusión—. Noah te manipuló, te cegó. Pero lo importante es que tú amabas a tu abuela, y estoy seguro de que ella lo sabía.

Me aferré a Lucas, dejando que el peso de mi dolor se compartiera entre ambos.

—Gracias —susurré después de un rato, mi voz débil pero sincera.

Lucas besó suavemente la parte superior de mi cabeza.

—Siempre. Y si alguna vez quieres intentar reconciliarte con la Navidad, estaré aquí para ayudarte.

Dejé escapar una risa suave entre lágrimas, sintiendo que, aunque el dolor nunca desaparecería por completo, al menos ya no tenía que cargarlo solo.

Me encontraba sentado en el sofá, observando cómo Lucas se movía por el apartamento con una energía que contrastaba con mi estado de ánimo. Había algo en su entusiasmo que, aunque me molestaba, también me transmitía una extraña calidez.

—Vístete. Tenemos planes —dijo sin darme tiempo a protestar.

Fruncí el ceño, confundido.

—¿Planes? —pregunté sin entender a qué se refería.

Antes de que pudiera decir algo más, Lucas ya estaba fuera de la cama, rebuscando en su armario. Su determinación era palpable y, aunque la idea de salir me incomodaba, no pude evitar sentirme un poco agradecido por su insistencia.

Una hora después, nos encontrábamos en una tienda de artículos navideños, rodeados de árboles artificiales, luces brillantes y adornos de colores vibrantes. Era todo tan... ajeno a mí.

—¿Qué estamos haciendo aquí? —pregunté, mirando el caos de la tienda.

—Estamos comprando un árbol de Navidad —respondió Lucas con una sonrisa amplia—. Y decoraciones. Y luces. Todo lo necesario para que tu apartamento parezca el Polo Norte.

Sentí un nudo en la garganta. La Navidad siempre había sido una época especial para mi familia, pero desde la muerte de mi abuela, todo eso había cambiado.

—Lucas, yo... no sé si estoy listo para esto —murmuré, mirando el enorme árbol artificial.

Lucas me sostuvo la mirada, su expresión suave pero firme.

—No se trata de estar listo, Bastián. Se trata de empezar de nuevo, de cambiar el significado de la Navidad para ti. Y creo que tu abuela estaría encantada de verte celebrarla otra vez.

No dije nada, solo asentí, sintiendo que algo dentro de mí comenzaba a desmoronarse. Tener a Lucas cerca era reconfortante, pero el peso de mi pasado seguía oprimiéndome.

De regreso en el apartamento, con el árbol y las cajas de decoraciones en mano, Lucas no dejaba de hacer comentarios tontos, logrando arrancarme alguna que otra risa. No me lo podía creer, pero aquí estaba, montando un árbol de Navidad con él, mientras mi corazón aún luchaba por dejar ir ese dolor antiguo.

—¿Sabes qué sería perfecto para la cima del árbol? —preguntó Lucas antes de desaparecer por un momento en la cocina. Regresó con un pequeño paquete envuelto en papel plateado.

Miré la caja con curiosidad, sintiendo que mi corazón latía un poco más rápido.

—¿Qué es esto? —pregunté mientras la destapaba.

Dentro había un marco dorado con una fotografía en blanco y negro. Apenas la vi, la vista se me nubló. Era una foto de mí cuando tenía seis años, abrazando a mi abuela frente al árbol de Navidad. La imagen capturaba un momento de pura alegría, de amor incondicional.

—¿Cómo conseguiste esto? —pregunté con la voz temblorosa. No podía creerlo.

—Liza me la envió —explicó Lucas con una sonrisa llena de comprensión—. Le conté lo que pasó anoche y me dijo que tu abuela siempre decía que esa era su foto favorita contigo. Pensé que sería un buen comienzo para reconciliarte con la Navidad.

Dejé escapar una pequeña risa, sintiendo las lágrimas correr por mis mejillas sin poder detenerlas. Era una mezcla de dolor y gratitud. El gesto de Lucas era tan puro, tan sincero, que me tocó profundamente.

—Eres increíble, Lucas —susurré, con el corazón lleno de emociones que no había permitido sentir en años.

Lucas se acercó y, con su pulgar, limpió una de mis lágrimas.

—Y tú eres más fuerte de lo que crees —respondió mientras, juntos, colocábamos la foto en la cima del árbol, como si fuera el adorno más valioso.

Cuando terminamos de decorar, me senté en el sofá, contemplando el árbol con una sensación extraña, pero reconfortante. El apartamento, que antes me parecía frío y vacío, ahora tenía algo de calidez, algo de vida. Tal vez aún no estaba listo para aceptar completamente la Navidad otra vez, pero con Lucas a mi lado, sentía que, algún día, tal vez podría.

Esa noche, había planeado una cena especial para él. Quería agradecerle por todo lo que había hecho por mí y, aunque me costaba admitirlo, estaba enamorado de él. Dicen que en una relación siempre hay alguien que ama más y es quien dice "te amo" primero; esperaba no ser yo quien lo dijera.

Pasé toda la tarde cocinando mi famoso espagueti en salsa Alfredo con brócoli, pollo y hongos. Amo cocinar, y siempre lo hago para las personas que amo. Las luces navideñas del árbol y la decoración creaban un ambiente romántico y acogedor.

Lucas llegó puntual, con su típica sonrisa, pero noté algo extraño en su forma de entrar. Llevaba una chaqueta que parecía demasiado gruesa para el clima y, aunque su actitud era relajada, sus manos jugaban constantemente con los botones.

—¿Hueles eso? —pregunté, tratando de disipar la tensión—. Es mi famoso espagueti.

Lucas rio ligeramente y se acercó, dejando un beso rápido en mi mejilla.

—Huele increíble. Estoy seguro de que será perfecto, como siempre.

Mientras servía la comida, Lucas se excusó para ir a buscar algo. Al pasar por el pasillo en busca de un abrigo, escuché su voz proveniente de la habitación; la puerta estaba entreabierta.

—Ridículo... —murmuró, y su tono me hizo detenerme.

Me acerqué silenciosamente y lo vi frente al espejo, mirándose con una expresión de disgusto. Sus ojos recorrían cada línea de su rostro, cada curva de su cuerpo bajo la ropa holgada que había elegido para la ocasión.

—No entiendo cómo puedes mirarme y... querer esto —susurró, su voz quebrándose.

—Lucas, ¿todo bien? —pregunté desde el otro lado de la puerta, tocando suavemente.

No hubo respuesta. Preocupado, empujé la puerta y lo encontré sentado en el suelo, abrazándose las rodillas, con el rostro oculto entre los brazos.

—Lucas... —me arrodillé a su lado, sin saber si debía tocarlo o darle espacio.

—Lo arruiné —murmuró con la voz ahogada.

—¿Qué estás diciendo? No has arruinado nada.

Lucas levantó la cabeza, sus ojos llenos de lágrimas.

—Sí, lo hice. No puedo ni soportar estar aquí contigo, sabiendo que me ves así.

—¿Así cómo? —pregunté, confuso.

Lucas se señaló vagamente, frustrado.

—Así. Feo. Imperfecto. No entiendo cómo puedes mirarme y… querer esto.

Mi corazón se rompió un poco más con cada palabra. Sin decir nada, me senté a su lado y tomé sus manos entre las mías.

—Lucas, ¿sabes qué veo cuando te miro?

Lucas negó con la cabeza, evitando mi mirada.

—Veo a alguien increíblemente fuerte. Alguien que me ha enseñado a reír de nuevo, que me ha ayudado a sanar de formas que nunca creí posibles. Veo a alguien hermoso, no solo por fuera, sino por todo lo que es.

—No puedo verlo… —susurró, con la voz quebrándose.

—Entonces déjame ser tus ojos hasta que puedas.

Me incliné y apoyé mi frente contra la suya, dejando que el silencio hablara por nosotros.

—No tienes que luchar solo, ¿sabes? Estoy aquí, y voy a estar aquí, incluso en los días en los que no te sientas suficiente.

Lucas cerró los ojos, dejando que mis palabras lo envolvieran, esa noche, respiró profundamente, intentando calmarse.

Me miró con una mezcla de frustración y vulnerabilidad.

—Bastián, no lo entiendes. Esto no es algo que puedas arreglar o ayudarme a superar fácilmente. Es todo lo que hay en mi cabeza cuando me siento así. Tengo dismorfia corporal, y es una lucha diaria. Cada vez que me miro al espejo, cuando estoy en el set o cuando tengo que hacer una escena sin camisa, es una batalla constante.

Sentí una punzada en el corazón al escuchar sus palabras. Sabía que lidiaba con inseguridades, pero no comprendía la profundidad de su dolor.

—Lucas, no sabía que te sentías así. Quiero entender y

apoyarte en esto.

Él suspiró, bajando la mirada.

—Es difícil de explicar. La dismorfia corporal me hace obsesionarme con defectos que, para otros, pueden ser insignificantes o incluso inexistentes. Pero para mí, son enormes. Paso horas pensando en ellos, evitándome en el espejo o, a veces, mirándome demasiado, buscando imperfecciones. Es agotador y afecta cada aspecto de mi vida.

Recordé haber leído que el trastorno dismórfico corporal implica una preocupación constante por defectos percibidos en la apariencia, que pueden parecer menores o invisibles para los demás, pero que causan una angustia significativa en quien lo padece.

—Desde que tengo memoria, siempre me sentí... inadecuado. Como si mi cuerpo no fuera suficiente, como si algo en mí estuviera mal. Cuando tenía nueve años, nos tomaron una foto familiar en la playa. Todos estaban felices, sonriendo, disfrutando el momento. Pero cuando vi esa foto... lo único que pude ver fue a un niño gordo, a alguien que no encajaba.

Se detuvo un momento, su mirada fija en el vacío.

—Mis primos solían hacer bromas sobre eso. Nada cruel, pero suficiente para que se me quedara grabado. "Si sigues comiendo así, rodarás en vez de caminar", decían riendo. Y aunque lo decían sin malicia, yo lo sentía como una sentencia.

Tomó un respiro antes de continuar.

—Cuando entré en la adolescencia, empecé a obsesionarme con cómo me veía. Cada espejo, cada reflejo en una vitrina se convirtió en un enemigo. Pasaba horas mirándome, buscando defectos, comparándome con los demás. Y lo peor de todo era que, sin importar cuánto peso bajara, cuánto entrenara, cuánto moldeara mi cuerpo, nunca era suficiente.

Bajó la mirada hacia su propia mano, jugando nerviosamente con los pliegues de la sábana.

—La primera vez que alguien mencionó la dismorfia

corporal, tenía dieciocho años. Un entrenador en el gimnasio me vio pesándome tres veces en menos de una hora. Me preguntó qué estaba buscando exactamente. Me reí y le dije que no era nada, que solo quería verme bien. Me miró serio y me dijo: *"Lucas, si sigues así, nunca vas a verte como quieres. Porque el problema no está en tu cuerpo, está en tu cabeza"*.

—¿Qué hiciste después? —pregunté, temiendo la respuesta.

Lucas sonrió, pero no había alegría en su sonrisa.

—Lo ignoré. Seguí entrenando, matándome con dietas, evitando fotos. Y con los años, cuando mi carrera despegó, todo se volvió peor. Ahora no solo era yo mirándome con desagrado, sino también millones de personas opinando sobre cómo debía verme. Si ganaba músculo, decían que me veía muy grande. Si bajaba de peso, decían que parecía enfermo. Siempre había algo.

Suspiró y pasó una mano por su rostro, como si intentara borrar un peso invisible.

—Hubo un momento en el que pensé que podía controlarlo. Que si lo ignoraba lo suficiente, desaparecería. Pero luego llegaron las sesiones de fotos, las alfombras rojas, los comentarios en redes. Y cada vez que alguien decía algo sobre mi apariencia, se quedaba en mi cabeza, repitiéndose como un eco.

Me quedé en silencio, procesando todo lo que acababa de confesarme. Sabía de sus inseguridades, pero nunca imaginé que fueran tan profundas, tan arraigadas en él.

—Lucas... —tomé su mano entre las mías, esperando que encontrara algo de calma en mi contacto—. ¿Alguna vez has hablado con alguien sobre esto?

—No de verdad. Mi agente y mi equipo lo saben, pero siempre me dicen lo mismo: *"No le prestes atención, eres un actor, la imagen es parte del juego"*. Pero esto no es un juego, Bastián. Es mi vida. Y a veces siento que estoy perdiendo la batalla.

Me incliné hacia él y apoyé mi frente contra la suya.

—No estás solo en esto. No tienes que pelear solo.

Lucas cerró los ojos, como si mis palabras fueran un bálsamo en su tormento.

—Sé que a veces te desesperas conmigo. Que no entiendes por qué me cuesta tanto aceptar que me quieres tal como soy. Pero es difícil cuando yo mismo no puedo amarme.

Su confesión me rompió el alma.

—Lucas, si pudieras verte con mis ojos por un segundo, entenderías lo increíble que eres.

Él sonrió débilmente.

—Tal vez algún día lo haga.

—Debe ser muy difícil lidiar con eso todos los días. ¿Hay algo que pueda hacer para ayudarte?

Lucas me miró y, por un momento, vi una chispa de esperanza en sus ojos.

—Solo... estar aquí, escucharme y ser paciente. A veces, necesito que me recuerden que lo que veo no es necesariamente la realidad. Y aunque sé que es un proceso largo, tenerte a mi lado lo hace un poco más llevadero.

Asentí, decidido a ser el apoyo que él necesitaba.

—Siempre estaré aquí para ti, Lucas. No estás solo en esto.

En ese momento, comprendí que, aunque no podía eliminar sus inseguridades, podía ser su ancla, recordándole su valor y belleza, especialmente en los días en los que él no podía verlo por sí mismo.

Nos sentamos a la mesa, pero noté que Lucas apenas probaba la comida, aunque insistía en que estaba deliciosa. Supuse que, después de su episodio frente al espejo, no se sentía muy a gusto. Pasé algunos minutos pensando en cómo animarlo y, de repente, una idea iluminó mi mente.

Saqué mi celular y comencé a reproducir Scars to Your Beautiful de Alessia Cara. Sin pensarlo dos veces, empecé a cantarla en voz alta, completamente consciente de que no soy un buen cantante.

Al escucharme, Lucas dejó su cubierto sobre el plato medio lleno y me miró con una sonrisa en el rostro.

La letra de la canción resonaba en el ambiente y, aunque mi interpretación no era perfecta, lograba transmitir el mensaje que quería compartir con él. Lucas se levantó lentamente y se acercó a mí, sus ojos brillando con una mezcla de sorpresa y gratitud.

—Eres un tonto —dijo, pero su sonrisa y la suavidad en su voz decían lo contrario.

—Tal vez —respondí—, pero soy tu tonto.

Nos quedamos allí, la música envolviéndonos, las inseguridades se desvanecieron, reemplazadas por una conexión más profunda y sincera.

La canción continuaba y, aunque no podía eliminar sus dudas internas, al menos por esa noche, logramos que se sintiera un poco más amado y aceptado.

La Navidad llegó una semana después de aquel día, con una calidez especial este año. Luego de un largo tiempo me sentía a gusto con celebrarla en mi nuevo y espacioso apartamento, acompañado de mis padres. Aunque la alegría de tenerlos conmigo era inmensa, no podía evitar pensar en Lucas y en cuánto me hubiera gustado que estuviera allí, compartiendo este momento.

Decidí honrar las tradiciones de mi padre y revivir las navidades de mi infancia en Costa Rica. Con esmero, armé un pasito, el tradicional portal que representa el nacimiento de Jesús. Colocamos con cuidado las figuras de la Sagrada Familia, los Reyes Magos, los pastores y los animales, recreando aquella escena que tantas veces habíamos montado juntos.

La mesa estaba puesta con sencillez, pero con cariño. Optamos por una cena informal, estilo buffet, para crear un ambiente relajado y acogedor. Mis padres trajeron tamales caseros, una tradición que no podía faltar, y yo preparé un queque navideño, impregnando el apartamento con su dulce aroma.

Mientras compartíamos historias y risas, me di cuenta de lo feliz que había estado últimamente. La presencia de mis padres había traído una luz nueva a mi vida, ayudándome a reconciliarme con recuerdos que antes me resultaban difíciles. Ellos notaron el cambio en mí y no podían ocultar su alegría al verme tan pleno.

Al final de la noche, nos sentamos alrededor del árbol, grande y majestuoso, cargado de significado, y compartimos nuestros deseos para el año venidero. Sentí una profunda gratitud por las personas que me rodeaban y por las nuevas tradiciones que estábamos creando juntos. La Navidad, que antes me parecía una época sombría, se había transformado en una celebración de amor, esperanza y nuevos comienzos.

Mientras las luces parpadeaban suavemente y las risas llenaban el aire, supe que este era el inicio de muchas más celebraciones juntos, construyendo recuerdos que atesoraríamos por siempre.

Orión

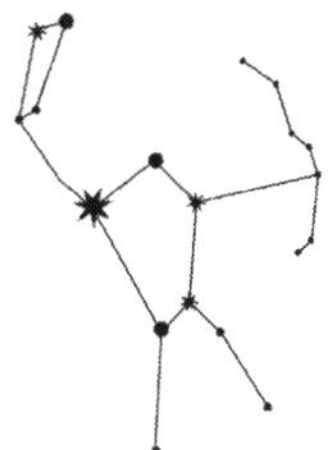

CUANDO LOS SUEÑOS DEJAN DE SER SOLO SUEÑOS

El nudo en mi estómago se apretaba con cada paso que daba hacia el auditorio. Sentía las palmas húmedas y el corazón latiéndome con fuerza, como si quisiera escapar de mi pecho. Ajusté una vez más las solapas del traje negro que Lucas me había regalado; su tacto suave contrastaba con la rigidez de mis movimientos. A mi lado, Liza irradiaba confianza en su vestido azul marino, mientras yo luchaba por mantener la compostura.

Al llegar al majestuoso auditorio, las luces brillaban intensamente y las cámaras capturaban cada movimiento. Respiré hondo, recordando las palabras de Lucas: "Este traje es para que te sientas tan increíble como realmente eres". Con una sonrisa agradecida, tomé el brazo de Liza y juntos avanzamos por la alfombra roja, listos para enfrentar la noche que nos aguardaba.

Era la primera vez que, me vi rodeado de micrófonos y cámaras, respondiendo a una avalancha de preguntas de periodistas. Cada entrevista aumentaba mi emoción; sentía que flotaba en una nube de euforia. Todo marchaba de maravilla; no podía imaginarme más feliz.

El presentador tomó el micrófono y comenzó a anunciar a los nominados en la categoría de Novela Romántica del Año. Mi corazón latía con fuerza mientras escuchaba los nombres de mis colegas escritores. De repente, oí mi nombre y el título de mi novela: *"Te amo... Idiota"*.

Por un instante, el mundo se detuvo; un silencio ensordecedor llenó mi mente. A mi alrededor, la audiencia estallaba en aplausos, y Liza, con una sonrisa radiante, sacudía mi brazo, exclamando que había ganado. La realidad me golpeó de golpe, y una oleada de alegría indescriptible me envolvió.

Me levanté del asiento, aún incrédulo por el anuncio. Con cada paso hacia el podio, sentía que el mundo se desvanecía a mi alrededor, dejando solo el eco de los aplausos y mi corazón desbocado. Al llegar, tomé el micrófono con manos temblorosas y, con una mezcla de nerviosismo y emoción, saqué del bolsillo de mi saco el discurso que había preparado para este momento soñado.

—*"Hay que aprender a derrumbarse"*.

Hice una pausa, sintiendo el peso de mis propias palabras.

—Esa es la frase que siempre me repetí. Cuando comencé a escribir esta novela, solo había un corazón roto, lleno de dudas y temores, sin ganas de vivir. Estaba en el peor momento de mi vida. Pero entendí que no podía ser solo un testigo de mi propia existencia; debía hacer algo antes de derrumbarme por completo otra vez.

Respiré hondo, dejando que mi mirada recorriera a la audiencia.

—Así fue como empecé a escribir esta historia. Hice de un corazón roto arte, y su resultado me encantó. Aprendí a sanar en voz alta, porque casi muero en silencio.

Tragué saliva y sonreí, sintiendo el calor de la emoción en mi pecho.

—Nunca tengan miedo de volver a empezar. La vida puede sorprendernos de mil maneras cuando menos lo esperamos. Gracias por este premio, por amar mi trabajo y, sobre todo, por darme la oportunidad de que mis palabras lleguen a ustedes.

Los aplausos resonaron en la sala, envolviéndome en un

momento que jamás olvidaría.

Al terminar mi discurso, una oleada de alivio y gratitud me envolvió mientras la audiencia estallaba en aplausos. Miré hacia el público y vi a Liza con lágrimas en los ojos, sonriéndome con orgullo. En ese instante, comprendí que cada caída, cada herida, me había llevado hasta este momento de redención y reconocimiento.

De regreso en mi asiento, aún con el corazón latiéndome con fuerza por la emoción, sentí una vibración en el bolsillo de mi saco. Saqué el celular y, al ver la pantalla iluminada, mis ojos se encontraron con un mensaje de Lucas:

"Felicidades, escritorcito. Te espero en mi apartamento para celebrar."

Una calidez indescriptible me recorrió el cuerpo y una sonrisa se dibujó en mi rostro. La noche, que ya era inolvidable, prometía convertirse en un recuerdo aún más preciado.

Mientras las palabras de Lucas resonaban en mi mente, me tomé un momento para reflexionar sobre el camino recorrido hasta este punto. Recordé las noches en vela, las páginas llenas de borradores y las dudas que me asaltaban constantemente. Sin embargo, también recordé el apoyo incondicional de Lucas, quien siempre creyó en mí, incluso cuando yo mismo dudaba.

Observé a mi alrededor y vi a Liza, mi compañera de batallas, quien me había acompañado en esta velada tan especial, brindándome su apoyo y amistad incondicional. Sentí una profunda gratitud por las personas que formaban parte de mi vida y que habían contribuido a este logro.

La ceremonia continuaba, pero mi mente ya estaba en otro lugar: el encuentro con Lucas. Imaginé su sonrisa al verme llegar, el brillo en sus ojos y el abrazo cálido que compartiríamos. Sabía que esta celebración marcaría el inicio de una nueva etapa, llena de sueños compartidos y metas por alcanzar juntos.

Una vez finalizado el evento, mientras salía del recinto, mis ojos se iluminaron al verlo esperándome. Montado en su moto, con su clásica chaqueta de cuero y esa sonrisa capaz de borrar cualquier rastro de cansancio en mí. El aire nocturno de la ciudad acariciaba suavemente nuestras pieles, añadiendo un toque de frescura a la cálida atmósfera de la noche.

—¿Quieres dar un paseo? —preguntó, con esa chispa traviesa en sus ojos que siempre me hacía sentir vivo.

—Sí, pero me dijiste que me esperarías en tu apartamento —respondí, aún sorprendido por su presencia allí.

—Quería sorprenderte —replicó, extendiéndome un casco.

Sin pensarlo dos veces, lo tomé y me subí detrás de él, abrazándolo con fuerza. La moto rugió al encenderse, y juntos nos adentramos en la noche, dejando atrás las luces de la ciudad y sumergiéndonos en la libertad de la carretera abierta.

El viento fresco y la sensación de velocidad intensificaban la emoción del momento. Cada kilómetro recorrido era una celebración silenciosa de nuestros logros y de la conexión profunda que compartíamos. La luna brillaba sobre nosotros, siendo testigo de una noche que prometía ser inolvidable.

Finalmente, llegamos a un mirador desde donde se podía apreciar la ciudad iluminada. Lucas detuvo la moto y, sin decir una palabra, tomó mi mano y me guio hacia el borde. Allí, en silencio, contemplamos la vista, sintiendo que, en ese instante, el mundo nos pertenecía.

—Felicidades, escritorcito —susurró, rompiendo el silencio.

Selló sus palabras con un beso suave, uno que prometía muchas más aventuras juntos.

Lucas sacó de su bolso una botella de vino junto con un par de copas, como si hubiera planeado cada detalle de esa noche. Su sonrisa confiada y la chispa en sus ojos hicieron que mi corazón se acelerara aún más. Me ofreció una copa, y juntos brindamos bajo las estrellas.

—Por ti, escritorcito, y por este momento que has trabajado tanto para alcanzar —dijo, chocando suavemente su copa contra la mía.

—Y por ti, futuro ganador del Oscar —respondí, tratando de igualar su carisma.

El primer sorbo de vino nos relajó. Hablamos de todo y de nada mientras las luces de la ciudad titilaban a lo lejos. Nos reímos de recuerdos tontos, de las veces que casi perdimos el control en el set con nuestras bromas, y de cómo habíamos llegado hasta este punto, juntos, después de todo.

Con el tiempo, la botella de vino se vació lentamente, y con ella desaparecieron las barreras del día. Volvimos a subir a su moto, el aire frío acariciando mi rostro mientras nos dirigíamos a su apartamento. Llegar ahí siempre se sentía como entrar en un refugio, un lugar donde el mundo exterior simplemente no existía.

Al entrar, Lucas se quitó la chaqueta y me lanzó una sonrisa que reconocía demasiado bien: esa mezcla de dulzura y deseo que siempre lograba bajar mis defensas. Antes de que pudiera siquiera sentarme, ya estaba a mi lado, sus labios buscando los míos, como si fuera incapaz de resistirse.

Nuestros besos fueron suaves al principio, como si nos estuviéramos redescubriendo, pero rápidamente se volvieron más intensos.

—Ven conmigo —susurró, tomándome de la mano y llevándome hacia el baño.

La tina ya estaba llena de agua tibia y espuma, con velas estratégicamente colocadas alrededor. No pude evitar sonreír al ver el esfuerzo que había puesto en cada detalle.

—¿Todo esto para mí? —pregunté en un tono juguetón.

—Para nosotros —respondió, quitándose la camisa con esa mirada traviesa que siempre me dejaba sin aliento.

Nos sumergimos juntos en el agua, dejando que la calidez nos envolviera. La cercanía era abrumadora en el mejor de los sentidos, como si el resto del mundo desapareciera y solo existiéramos nosotros dos. Sus manos recorrieron mi espalda con una ternura que contrastaba con la pasión de sus besos. Todo en él, desde su mirada hasta el roce de sus dedos, transmitía un amor profundo que no necesitaba ser expresado con palabras.

Después, aún con la piel húmeda y los corazones latiendo al unísono, terminamos en su cama, envueltos en sábanas suaves y risas silenciosas. Hacer el amor con Lucas era como entrar en otra dimensión, un lugar donde todo era perfecto y genuino. Mientras el silencio se apoderaba de la habitación, su brazo me rodeó con fuerza y susurró contra mi oído:

—No sé cómo llegué a merecerte, pero no quiero perderte nunca.

Lo miré, y con una sonrisa tranquila, respondí:

—Yo tampoco.

Esa noche no solo celebramos nuestros logros; celebramos el amor que habíamos encontrado en medio del caos de nuestras vidas. Era un momento perfecto, uno que sabía que recordaría para siempre.

El sonido estridente de mi teléfono me despertó a las seis de la mañana. Intenté apagarlo con torpeza, pero no lograba silenciarlo. Al ver la pantalla iluminada, reconocí el nombre de Eli. Mi mente aún estaba atrapada en el sueño, pero algo en su insistencia me hizo contestar.

—¿Qué pasa, Eli? —murmuré, intentando no despertar a Lucas, que seguía profundamente dormido a mi lado.

—¡Estás en las noticias! —exclamó, con una mezcla de emoción y alarma—. Tienes que encender la tele, ahora mismo. Es importante.

Fruncí el ceño, desconcertado. Me giré ligeramente y observé a Lucas, plácidamente dormido, su cabello revuelto sobre la almohada. Intentando no hacer ruido, me deslicé fuera de la cama y tomé el control remoto del televisor.

—Eli, ¿qué está pasando? —pregunté mientras encendía la televisión.

—Solo mira —respondió, su voz cargada de urgencia.

La pantalla cobró vida, y lo primero que vi fue una

imagen de Lucas y yo juntos en el set de grabación, seguida de un titular que me golpeó como un puñetazo en el estómago:

"Lucas Hamilton es gay: ¿Su relación con el escritor Bastián Allen va más allá de la película?"

El mundo pareció detenerse. Mis ojos se quedaron clavados en el televisor, leyendo una y otra vez esas palabras mientras mi corazón comenzaba a latir con fuerza. En la cama, Lucas se removió un poco, pero aún seguía dormido. En la pantalla, los reporteros debatían sin pausa, mostrando imágenes nuestras: caminando juntos hacia su moto, riendo en el set, incluso una de las cenas que habíamos compartido con Liza y Eli.

—¿Eli... qué demonios es esto? —susurré, sintiendo cómo mi cuerpo empezaba a temblar.

—Es real, Bastián. Está en todos lados. Las fotos, los rumores... están especulando sobre ustedes. ¿Lucas ya lo sabe?

Miré a Lucas, aún dormido, ajeno al caos que estaba ocurriendo afuera.

—Todavía no. Pero necesito despertarlo antes de que lo vea en otro lado.

—Hazlo con calma, esto es un golpe fuerte, sobre todo para él.

—Gracias, Eli. Te llamo luego.

Colgué y me quedé un momento ahí, con el control remoto en una mano y el teléfono en la otra. Mi mente estaba desbordada de preguntas, pero el ruido de mi propia respiración era lo único que podía escuchar. Finalmente, me giré hacia la cama y toqué suavemente el hombro de Lucas.

—Lucas... despierta.

Él gruñó y se giró hacia mí con los ojos entrecerrados.

—¿Qué pasa? Es muy temprano —murmuró, aún somnoliento.

Me senté al borde de la cama, tratando de encontrar las palabras correctas.

—Lucas... estás en las noticias. Estamos en las noticias.

Frunció el ceño, ahora más alerta. Se incorporó ligeramente, apoyándose en los codos.

—¿Qué? ¿Qué noticias?

Tomé el control remoto y encendí el televisor nuevamente. El mismo titular apareció en la pantalla, acompañado de las imágenes. Observé cómo la expresión de Lucas cambiaba: primero confusión, luego sorpresa y, finalmente, algo entre enojo y resignación.

—Mierda... —susurró, pasándose una mano por el cabello.

—Lucas, lo siento. No sé cómo sucedió esto.

Me miró y, aunque su rostro reflejaba tensión, negó con la cabeza.

—No es tu culpa, Bastián. Pero necesitamos hablar sobre esto... ahora.

Su tono era firme, pero no distante. Asentí, sintiéndome un poco más tranquilo al ver que no me culpaba.

Lucas se levantó de la cama, su expresión aún tensa, mientras yo recogía nuestras cosas apresuradamente. Afuera, la ciudad seguía su curso como cualquier otra mañana, pero para nosotros, el mundo había cambiado de forma irreparable.

El sonido de la puerta abriéndose bruscamente interrumpió el incómodo silencio del apartamento. Lucas apenas había tenido tiempo de vestirse cuando su representante y su asistente entraron como una ráfaga, con expresiones que oscilaban entre la confusión y la preocupación.

—¡Lucas, tienes que explicarnos qué está pasando! —exigió su representante, un hombre de mediana edad con gafas y un traje impecable, dejando caer su portafolio sobre la mesa del comedor.

—Todo el mundo está hablando de esto, Lucas —añadió su asistente, una joven de cabello castaño recogido en un moño apretado—. Necesitamos aclarar las cosas antes de que esto se salga más de control.

Desde mi escondite en el baño, escuché cómo las palabras se acumulaban una tras otra, cada una más insistente que la anterior. Mi corazón latía con fuerza, y no podía decidir si estaba más molesto por la situación o por la intrusión repentina en nuestra privacidad.

—¿Qué quieren que diga? —respondió Lucas, su tono una mezcla de resignación y enfado—. ¿Que todo es un malentendido? ¿Que no soy gay? ¿Que esto no tiene nada que ver con mi vida personal? Porque no pienso hacerlo.

Hubo un momento de silencio, como si esas palabras hubieran congelado la habitación. Luego, el representante suspiró profundamente.

—Lucas, no puedes simplemente ignorar esto. Necesitamos una declaración, algo que podamos usar para desviar la atención. Si no aclaramos las cosas, los tabloides van a inventar su propia versión de la historia.

—No me importa lo que inventen —replicó Lucas, tajante—. Lo que me importa es que ustedes están aquí, irrumpiendo en mi casa, exigiéndome explicaciones como si les debiera algo.

Me mordí el labio, sintiendo la rabia burbujear en mi interior. Esto no era justo. Nuestra relación no debería ser un tema de debate público, y mucho menos estar bajo el escrutinio de personas que apenas conocían a Lucas fuera del ámbito profesional.

—¿Entonces es cierto? —preguntó su asistente, con un tono más suave, casi vacilante—. ¿Es verdad lo que dicen los titulares?

Lucas tardó un momento en responder, pero cuando lo hizo, su voz sonó más firme.

—¿Que si es cierto que estoy con alguien? Sí. Pero eso no significa que tengan derecho a meterse en mi vida. Mi carrera no depende de mí sexualidad ni de con quién comparto mi tiempo fuera del set.

Sus palabras me llenaron de orgullo y, al mismo tiempo, de un extraño alivio. Pero la ira seguía latente. No podía entender cómo habíamos llegado a este punto, donde nuestras vidas privadas se habían convertido en un espectáculo para los medios y el público.

Desde mi lugar en el baño, apreté los puños, luchando contra el impulso de salir y decirles a esos dos que dejaran en paz a Lucas. Pero sabía que eso solo empeoraría las cosas. Este era su momento, su decisión, y yo tenía que respetarlo.

—Lucas... —empezó su representante, con un tono más conciliador—. Solo queremos protegerte. Sabes cómo puede ser esta industria. Una noticia como esta podría...

—¿Podría qué? —interrumpió Lucas, su voz ahora llena de determinación—. ¿Podría arruinar mi carrera? ¿Mi imagen? Si ser honesto sobre quién soy arruina todo lo que he construido, entonces tal vez no quiero ser parte de este mundo.

Las palabras resonaron como una declaración de guerra, un desafío directo al sistema que lo había moldeado, pero que ahora intentaba encasillarlo.

El silencio se hizo más largo esta vez. Finalmente, escuché al representante suspirar nuevamente.

—Está bien. Si eso es lo que quieres, haremos lo posible por controlar la narrativa. Pero, Lucas, ten cuidado. Las cosas pueden salirse de control muy rápido.

Poco después, el sonido de la puerta cerrándose me indicó que se habían ido.

Abrí la puerta del baño lentamente, encontrándome con Lucas, que estaba de pie junto a la ventana, mirando hacia afuera con el rostro tenso. Me acerqué a él en silencio y puse una mano en su hombro.

—Gracias por defendernos —dije suavemente.

Él giró la cabeza para mirarme, y aunque había cansancio en sus ojos, también había algo más: determinación.

—No voy a dejar que nadie controle mi vida, Bastián. Ni la tuya.

Durante el desayuno, Lucas apenas probó bocado. El silencio entre nosotros era pesado, y aunque quería decir algo para aliviar la tensión, decidí darle su espacio. Su mirada estaba fija en su taza de café, como si estuviera librando una batalla interna.

De pronto, rompió el silencio.

—Debo hacerlo, Bastián —dijo con voz firme, pero sus ojos revelaban un torbellino de emociones. Levantó la mirada hacia mí, y pude ver la lucha en sus pupilas, ese miedo que había estado cargando desde que esta tormenta mediática comenzó—. Debo negar las acusaciones.

Mis labios se entreabrieron, pero no pude decir nada. Lo dejé continuar.

—No quiero perder todo lo que tengo ahora... lo que he construido durante años. Estoy tan cerca, Bastián. A un paso de ganar un Oscar. Si todo esto sale a la luz en este momento, no sé si podré soportarlo.

Lucas hizo una pausa, cerrando los ojos como si las palabras fueran demasiado difíciles de decir.

—Solo dame tiempo. Necesito tiempo para reunir el valor de contar la historia verdadera. Estoy luchando con mi dismorfia corporal todos los días, y ahora esto... No creo que pueda con todo al mismo tiempo.

Su voz se quebró ligeramente al final, y tuve que tragar el nudo que se había formado en mi garganta. Lo entendí. Entendí su miedo, su deseo de proteger lo que había logrado, su necesidad de tiempo. Pero no pude evitar sentir ese dolor sordo en mi pecho, esa parte de mí que deseaba que el mundo supiera lo que realmente éramos, que no teníamos nada de qué avergonzarnos.

—Lucas, yo... —intenté decir algo, pero las palabras no salieron.

Él alzó una mano, como si supiera lo que estaba a punto

de decir.

—Por favor, Bastián. No estoy diciendo que esto sea justo para ti. No lo es. Pero necesito que me entiendas. Necesito que me apoyes. No estoy listo para esto.

Lo miré durante lo que me parecieron eternos segundos. Había amor en sus ojos, pero también había miedo, y no era un miedo cualquiera. Era el tipo de miedo que te hace querer esconderte, que te consume en silencio.

Finalmente, asentí con la cabeza. No porque estuviera completamente de acuerdo, sino porque lo amaba. Porque sabía lo difícil que era para él enfrentarse no solo al mundo, sino también a sí mismo.

—Está bien, Lucas. Tómate el tiempo que necesites. Estoy aquí para ti.

Él dejó escapar un suspiro aliviado y extendió una mano hacia mí, apretándola con fuerza.

—Gracias… gracias por entender.

Pero en mi interior, una pequeña voz susurraba preguntas que no podía ignorar. ¿Cuánto tiempo? ¿Cuánto tiempo podía seguir siendo un secreto? ¿Cuánto tiempo podía guardar este amor bajo llave mientras el mundo especulaba y Lucas luchaba con sus propios demonios?

A pesar de todo, decidí callar esas dudas. Sabía que este no era solo su camino, sino el nuestro. Y si él necesitaba tiempo, yo estaba dispuesto a dárselo.

Casiopea

VOLVEMOS A LA OSCURIDAD

Las semanas siguientes se sintieron como si estuviéramos protagonizando una pésima versión de Misión Imposible. Solo que, en lugar de espiar a criminales internacionales, nuestro objetivo era esquivar paparazis y mantener nuestra relación fuera del radar. Lucas y yo nos convertimos en expertos en el arte del espionaje romántico: gafas oscuras, gorras hasta las cejas y un radar natural para detectar cualquier cámara sospechosa.

En el set, las cosas eran aún más ridículas. Nos comportábamos como si apenas nos conociéramos. Un "buenos días" formal aquí, una sonrisa casual allá... pero, cuando nadie miraba, él encontraba la manera de deslizarme una nota doblada en el bolsillo o hacerme un gesto que solo nosotros entendíamos. Era emocionante... al principio.

Un día, mientras me escabullía hacia su camerino, casi me tropiezo con una de las asistentes del set, que cargaba una pila de trajes.

—¿Qué haces aquí? —preguntó, arqueando una ceja.

—Eh... me perdí —respondí, señalando en dirección opuesta, como si tuviera un propósito claro.

Cuando finalmente llegué al camerino de Lucas, él me abrió con una sonrisa divertida.

—¿Te pierdes en todos los sets o solo en los que estoy yo?

—Cállate, Hamilton —respondí, cerrando la puerta detrás de mí. Pero no pude evitar sonreír.

Sin embargo, la emoción inicial empezó a desvanecerse. Había noches en las que, después de un encuentro apresurado, me quedaba mirando por la ventana de mi apartamento, pensando en lo absurdo de nuestra situación.

Una vez, mientras estaba sentado en el sofá, mi teléfono vibró con una notificación:

"¡Lucas Hamilton, visto saliendo por la puerta trasera de un restaurante con una misteriosa mujer!"

La *"misteriosa mujer"* era yo... con gorro, gafas y una chaqueta enorme. Me reí tanto que casi me ahogo con mi té.

—¿Qué pasa? —preguntó Lucas cuando le envié la noticia.

—Que, aparentemente, ahora soy "una mujer misteriosa". Deberías verme en tacones.

Lucas soltó una carcajada que se sintió como una pequeña victoria en medio de todo el caos.

Pero había momentos en los que la diversión se esfumaba. Como aquella vez que salimos por una puerta trasera y, en un movimiento digno de una película de acción, tuve que saltar un arbusto para evitar una cámara. Lucas, por supuesto, pasó sin problemas, pero yo terminé con una rama enredada en el pelo.

—¿Siempre haces que las cosas sean tan dramáticas? —dijo entre risas mientras me ayudaba a quitar la rama.

—No todos somos estrellas de acción, Lucas.

A pesar de todo, lo que más me dolía era no poder vivir nuestro amor con normalidad. Había veces en las que, mientras estábamos recostados en su sofá con las cortinas cerradas, me preguntaba cuánto tiempo más podría soportar esta situación.

—¿Estás bien? —preguntó Lucas una noche, notando mi silencio.

—Sí, claro —respondí, intentando sonar convincente.

—Sabes que no te creo, ¿verdad? —dijo, alzando una ceja.

—Pues deberías practicar.

Él se rio, pero tomó mi mano y la apretó, como si quisiera decirme que todo estaría bien. Y, aunque a veces parecía imposible, decidí que seguiría adelante con él. Porque, si bien éramos los protagonistas de la comedia romántica más caótica y escondida de la historia, al final del día, no podía imaginarme haciéndolo con nadie más.

Unas horas después de haber decidido que Lucas y yo no nos veríamos por un par de días, me encontré en un pequeño café del centro, tratando de despejar mi mente. Habíamos acordado mantener la distancia para evitar más sospechas, especialmente después de que su apartamento se convirtiera en el epicentro de los paparazis.

Por mi parte, necesitaba un respiro. Llevaba mi computadora y mis audífonos, aunque, lamentablemente, estos últimos estaban descargados. Sin música para distraerme, me sumergí en la pantalla, intentando escribir una nueva historia. La rutina siempre era una buena manera de olvidar el caos.

Treinta minutos después, estaba concentrado en mi escritura cuando una voz familiar rompió mi tranquilidad.

—¿Quién lo diría? Bastián, novio de una estrella de Hollywood. Veo que te gusta apuntar alto.

Un escalofrío recorrió mi espalda antes de girarme lentamente.

Era Noah, parado detrás de mí con esa sonrisa arrogante que tantas veces había visto antes. Lo último que esperaba era encontrarlo ahí.

—¿Me puedo sentar? —preguntó, como si nada.

No respondí. Simplemente lo miré, dejando que mi enojo hablara por mí. Esta vez, no iba a dejarme intimidar. Era momento de enfrentarlo de una vez por todas.

—¿Qué quieres, Noah? —dije finalmente, con la voz firme—. ¿Por qué no me dejas en paz? Estoy harto de verte, de escucharte. Déjame en paz.

Noah pareció sorprendido por mi tono, pero no retrocedió. En lugar de eso, se sentó frente a mí, como si yo lo hubiera invitado.

—Bastián, yo todavía te amo y siento que aún hay una oportunidad para nosotros —dijo, con una sinceridad que, en otro tiempo, habría confundido con arrepentimiento.

Sentí cómo la rabia empezaba a hervir dentro de mí. Mi mandíbula se tensó y las palabras salieron antes de que pudiera detenerlas.

—¿Sabes, Noah? Cada vez que tú me lastimabas y yo te perdonaba, tú me querías un poco más... pero yo te empezaba a querer menos. Lo nuestro se terminó.

Hice una pausa, intentando controlar mi respiración. Él intentó interrumpir, pero levanté una mano para detenerlo.

—Tú te fuiste. Me abandonaste. ¿Y sabes qué? Luego dijiste que yo solo quería llamar la atención cuando intenté quitarme la vida por todo el daño que me hiciste.

Su rostro cambió. Sus ojos parecían buscar algo en los míos: arrepentimiento, quizás. Alguna señal de que todavía lo quería.

Pero no encontró nada.

—Te diría que te odio, pero el odio es un sentimiento. Y yo, por ti, no siento nada.

Me incliné hacia adelante, mirándolo directo a los ojos.

—Ahora, por favor, vete. Estás interrumpiendo mi tarde.

Las palabras salieron con una calma que no sabía que tenía. No grité, no lloré. Simplemente lo dejé ahí, mirándome sin saber qué responder. Por primera vez, lo enfrenté sin miedo, sin ese nudo en el estómago que siempre aparecía cuando se trataba de él.

Finalmente, Noah se levantó y, sin decir nada más, se marchó. Lo vi desaparecer entre las mesas del café y sentí algo extraño: paz. No felicidad, no euforia, solo una tranquilidad que hacía años no experimentaba. Sentí que había recuperado una parte de mí mismo que él me había arrebatado.

Respiré hondo, desbloqué mi laptop y dejé que la calma de ese momento se asentara en mí. Había enfrentado a mi peor fantasma y lo había superado.

Después de que Noah desapareció por la puerta del café, me quedé sentado unos minutos más, intentando procesar todo lo que acababa de suceder. Era extraño cómo, después de años cargando con el peso de nuestro pasado, una simple conversación podía liberar tanto. No sentía rencor, no sentía tristeza y, lo más importante, no sentía miedo. Solo paz.

Miré la pantalla de mi computadora, pero las palabras ya no fluían. Había perdido la concentración, aunque no de una mala manera. Cerré la laptop, dejé un billete sobre la mesa para pagar mi café y salí del lugar. El aire fresco de la tarde me recibió, y caminé sin rumbo fijo, disfrutando de esa sensación de ligereza. Sentí que había cerrado definitivamente un capítulo de mi vida.

Mi teléfono vibró en el bolsillo. Era un mensaje de Lucas:

"¿Cómo va tu tarde, escritorcito?"

Sonreí al leerlo, sintiendo una calidez que contrastaba con el aire frío de la calle. Aún no le había contado lo que había sucedido con Noah, pero sabía que lo haría más tarde. Lucas siempre tenía una manera de escucharme sin juzgar, de hacerme sentir que todo estaría bien.

"Interesante, te lo cuento después. ¿Tú qué haces?" respondí.

No tardó mucho en contestar.

"Pensando en ti."

Me detuve en medio de la acera, sintiendo cómo mi corazón se aceleraba con esas simples palabras. A veces, era difícil creer que alguien como Lucas Hamilton, con todo su éxito y confianza, pudiera estar tan involucrado conmigo. Pero lo estaba, y eso hacía que todo valiera la pena.

Decidí caminar hacia el parque cercano. Era uno de

mis lugares favoritos para pensar, a esa hora, el sol empezaba a ponerse, tiñendo el cielo de tonos anaranjados y dorados. Me senté en una banca y observé a las familias pasear, a los niños correr y a las parejas tomarse de la mano. Era un escenario tranquilo, en contraste con el caos que había sido mi vida en las últimas semanas.

Saqué mi cuaderno de notas y, sin pensarlo mucho, comencé a escribir. Esta vez, no era una novela ni un capítulo de algo nuevo. Era simplemente una lista de cosas por las que estaba agradecido:

Haber enfrentado a Noah.

Mi familia, que siempre había estado ahí.

Liza y Eli, mis incondicionales.

Lucas, por aparecer en mi vida cuando menos lo esperaba.

Mi carrera, que finalmente estaba despegando.

Leí la lista una y otra vez, dejándome llevar por esa sensación de gratitud que llenaba cada rincón de mi ser.

Cuando el sol se escondió por completo, decidí volver a casa. Mientras caminaba de regreso, me detuve en una floristería y compré un pequeño ramo de flores. No era para nadie más que para mí. Era mi manera de recordarme que, después de todo, merecía cuidarme, quererme y celebrar cada pequeña victoria.

Justo cuando salía de la floristería, mi teléfono empezó a vibrar. Era Lucas otra vez.

"¿Puedo verte esta noche? No quiero esperar."

Sonreí y respondí rápidamente.

"Siempre que quieras."

La vida no era perfecta, pero en ese momento sentí que estaba justo donde debía estar.

Me detuve en una heladería para comer un helado de choco chips, tomé nuevamente mi libreta intentando concentrarme en escribir algo en ella nuevamente, pero mi mente seguía volviendo a Lucas. El cielo me regalaba un paisaje maravilloso, estaba despejado y anaranjado, los niños jugaban y yo… bueno, yo solo trataba de convencerme de que no podía mandarle un mensaje. Mi autocontrol duró exactamente cinco minutos.

"¿Qué estás haciendo? Recuerda que quedamos en no vernos por dos días. Dos. ¿Ya lo olvidaste?" Le escribí.

Su respuesta llegó en menos de diez segundos.

"Obvio que no lo olvidé. Solo que me aburro sin ti, escritorcito. Además, ¿quién se va a dar cuenta si rompo las reglas y te paso a ver?"

Rodé los ojos. Claro, porque Lucas Hamilton siempre cree que las reglas están hechas para romperse. Miré a mi alrededor, viendo a un perro perseguir su propia cola, y suspiré.

"Lucas, tenemos paparazis hasta debajo de las piedras. ¿Qué parte de 'bajo perfil' no entiendes? ¿Quieres que nuestra relación sea tendencia otra vez? Porque yo no."

Esta vez tardó un poco más en responder, y cuando lo hizo, no me sorprendió en absoluto.

"¿Y qué pasa si me pongo un bigote falso y gafas de sol? ¿Eh? ¿Podemos vernos entonces?"

No pude evitar reír en voz alta, lo que llamó la atención de un par de palomas que estaban tranquilas cerca de mi banco. Negué con la cabeza y le respondí:

"Sí, claro, porque un bigote falso va a engañar a todos los paparazis. Seguro ni se darían cuenta de que el tipo más guapo de Hollywood anda por ahí con su 'bigote misterioso'."

Mientras esperaba su respuesta, un señor mayor que alimentaba a las palomas con los restos de su helado, me lanzó una mirada de desaprobación. Supongo que reírme solo en un parque no era lo más normal del mundo.

Finalmente, Lucas escribió:

"Oye, guapo, no necesitas sarcasmo para admitir que también

me extrañas."

Ahí estaba, Lucas siendo Lucas. No sabía si quería abrazarlo o golpearlo suavemente con una almohada. Resoplé y le respondí:

"Por supuesto que te extraño, ¿pero sabes qué más extraño? Mi tranquilidad. Así que, por favor, solo aguanta hasta que volvamos al set, ¿sí?"

Tres puntos aparecieron en la pantalla. Luego desaparecieron. Luego volvieron. Finalmente, su respuesta llegó:

"Está bien, pero esto cuenta como una mini ruptura. Solo para que lo sepas."

"Oh, claro. Anótalo en tu diario, Lucas."

Sonreí como un idiota.

Cerré mi libreta, viendo cómo el sol comenzaba a bajar. Y aunque no lo vería ese día, su mensaje era suficiente para recordarme que, incluso a distancia, seguíamos conectados. Claro, un poco de sarcasmo y drama siempre eran parte del paquete.

Al dejar la heladería atrás, decidí caminar hasta el apartamento. Había dejado el auto en casa esa mañana; a veces prefería caminar para despejar la mente. El clima de la noche era cálido, pero el viento fresco equilibraba todo, golpeando mi rostro de una manera que me hacía sentir vivo. Disfrutaba el momento: el crujir de las hojas bajo mis zapatos, el murmullo de las calles y la tranquilidad que, aunque rara últimamente, había encontrado ese día.

A medida que me acercaba a mi edificio, mi mente divagaba entre las ideas de mi nuevo proyecto y los momentos que había compartido con Lucas. Había algo en esa caminata que me daba paz, como si el mundo finalmente me estuviera dando un respiro después de tanto caos. Ese día parecía un recordatorio de que, a pesar de todo, las cosas estaban empezando a encajar.

Subí las escaleras hacia mi apartamento, dejando que el sonido de mis pasos resonara en el pasillo. Al entrar, cerré la puerta detrás de mí y suspiré profundamente mientras dejaba mis cosas a un lado. Era uno de esos días en los que la vida se sentía un poco más ligera, y estaba dispuesto a disfrutarlo.

Justo cuando me acomodaba en el sofá, con una taza de té en la mano y listo para relajarme después de mi paseo por el parque, el teléfono comenzó a vibrar como si le hubiera dado un ataque de nervios. Era un número desconocido. Lo miré por un segundo, dudando si responder o no. Últimamente, cada llamada inesperada era un potencial problema o, peor aún, Noah.

—¿Hola? —respondí con cautela, preparándome para lo peor.

—¿Bastián Allen? —preguntó una voz femenina, elegante y profesional, como si estuviera acostumbrada a hablar con la realeza o, al menos, con alguien que no fuera yo, un escritor que todavía dejaba calcetines tirados por la casa. —Sí, soy yo. ¿Quién habla?

—Mi nombre es Sofía Durand. Trabajo para Maison Duval, la casa de modas francesa.

Hizo una pausa, como si esperara que reaccionara con un grito o algo parecido. Lo único que salió de mi boca fue un nervioso:

—Ajá.

—Estamos muy interesados en colaborar con usted para que sea el rostro de nuestra nueva campaña de perfumes masculinos.

Lo dijo como si fuera la cosa más natural del mundo.

Casi me atraganté con el té. Dejé la taza sobre la mesa rápidamente y me enderecé en el sofá como si ella pudiera verme.

—¿Perdón? —pregunté, pensando que quizá había escuchado mal. Seguramente querían a otro Bastián Allen, uno más glamuroso.

—Queremos que sea el rostro de nuestro próximo perfume —repitió con una calma que solo hacía que yo me sintiera más ansioso—. Es la primera vez que trabajamos con alguien que no es modelo ni actor. Queremos darle un giro fresco a la marca y pensamos que su imagen seria y elegante encaja perfectamente con lo que buscamos.

Serio y elegante. Claramente, esta gente nunca me había visto corriendo detrás de un autobús con mis Converse viejas o peleando con el microondas porque había quemado las palomitas.

—¿Esto es una broma? —pregunté, riendo nerviosamente. Aunque, en realidad, lo que salió de mi boca fue un sonido extraño que debió haberle dado pena ajena a Sofía.

—No, señor Allen. Esto es completamente serio. La campaña incluiría sesiones de fotos en París y Nueva York, así como un comercial. Por supuesto, el contrato tiene términos muy atractivos que estoy segura de que le interesarán.

París. Nueva York. ¡Un comercial!

Mi cerebro estaba procesando demasiada información al mismo tiempo y, en ese momento, me sentí como una computadora a la que le habían instalado un software demasiado pesado.

—Wow... esto es... inesperado. —Me pasé una mano por el rostro, todavía incrédulo—. ¿Están seguros de que me quieren a mí? Digo, no soy precisamente el tipo de persona que encaja en esas campañas. No tengo músculos ni ese físico de gimnasio que siempre buscan.

Sofía rio suavemente, con un tono cálido y seguro.

—Es cierto, señor Allen, pero tiene algo mucho más importante: una sonrisa que ilumina. Y, francamente, es guapo. Esa naturalidad y carisma son exactamente lo que buscamos. Queremos romper estereotipos, y usted encaja a la perfección.

"¿Guapo? ¿Sonrisa que ilumina?" pensé. ¿Estaba segura de que tenía el número correcto?

—Bueno, supongo que... estaría interesado. ¿Qué tengo que hacer?

—Solo relájese, señor Allen. Le enviaré los detalles por

correo, y un miembro del equipo lo contactará para coordinar una reunión inicial. Créame, todo saldrá de maravilla.

Después de colgar, me quedé mirando el teléfono en silencio, intentando procesar lo que acababa de pasar. ¿Yo, modelo de un perfume francés? Sonaba como el guion de una película mala. Sin embargo, ahí estaba: una oportunidad que jamás había imaginado.

"Bueno, Bastián," pensé, *"al menos podré presumírselo a Liza y Eli. Van a morir de la risa... y de envidia."*

Mi primera reacción fue llamar a Lucas. No podía esperar para contarle lo que acababa de pasar. Él siempre sabía cómo hacerme sentir especial, cómo transformar cualquier logro en algo aún más significativo.

—¿Lucas? —dije emocionado, tan pronto como escuché su voz al otro lado de la línea.

—¿Qué pasa, escritorcito? —respondió, pero su tono no era el cálido y juguetón de siempre. Había algo apagado, algo distante.

—No vas a creer esto. ¡Maison Duval quiere que sea el rostro de su nuevo perfume! —exclamé, intentando ignorar la frialdad en su voz.

Hubo un largo silencio. Tan largo que pensé que la llamada se había cortado.

—Felicidades, Bastián —dijo finalmente, pero sus palabras sonaron vacías, como si estuviera diciendo algo por obligación y no porque realmente lo sintiera.

—¿Estás bien? —pregunté, la emoción en mi voz disminuyendo rápidamente.

—Lamento no poder celebrar hoy contigo —dijo, y su tono tenía un peso que no entendía del todo. Antes de que pudiera responder, escuché un sonido agudo al otro lado de la línea, como el de un vidrio rompiéndose. Luego vino un grito ahogado de Lucas.

—¿Lucas? ¿Qué fue eso? —pregunté, alarmado, pero solo

escuché su respiración rápida y desordenada.

—Hoy no es un buen día, Bastián —murmuró con la voz rota, y antes de que pudiera preguntar más, colgó la llamada.

Me quedé con el teléfono en la mano, mirando la pantalla como si esta pudiera darme las respuestas que no entendía. Algo andaba terriblemente mal, y no sabía qué era. Mi corazón comenzó a latir más rápido, preocupado por lo que podría estar pasando.

"Llamaré más tarde", pensé, intentando convencerme de que era lo mejor. Pero la verdad era que no podía dejar de imaginar qué estaría sucediendo con Lucas, y esa incertidumbre comenzaba a consumirme.

Tomé las llaves de mi auto y salí sin pensarlo dos veces. No sabía si lo que estaba haciendo era lo correcto, pero algo dentro de mí me decía que Lucas me necesitaba. Conduje con rapidez, mi mente dando vueltas a lo que había escuchado por el teléfono: el ruido del vidrio rompiéndose, su voz quebrada, el *"hoy no es un buen día"*. Había algo que no podía ignorar, un peso en el pecho que me obligaba a ir a él.

Al llegar a su edificio, aparqué el auto a dos cuadras de distancia para evitar cualquier paparazzi que pudiera estar rondando. El último escándalo había sido suficiente para aprender a moverme con cuidado. Me dirigí a la parte trasera del edificio, utilizando el acceso privado que Lucas me había mostrado una vez. Mientras subía las escaleras, mi corazón latía con fuerza, temiendo lo peor.

Abrí la puerta con cuidado, tratando de no hacer ruido. Entré al apartamento y lo primero que noté fue el silencio. No había música, ni el habitual murmullo de la televisión de fondo. Avancé lentamente hasta el salón, y ahí estaba.

Lucas estaba sentado en el suelo, con la espalda apoyada contra el sofá. Su rostro estaba enterrado entre sus manos y, al acercarme, vi que su mano derecha estaba cubierta de sangre. A su lado, un espejo roto manchaba el suelo con fragmentos afilados y brillantes, algunos teñidos de rojo.

—Lucas... —murmuré, sintiendo cómo mi voz temblaba.

Él levantó la mirada lentamente, y mi corazón se rompió al ver sus ojos. Lágrimas resbalaban por su rostro, y en su mirada no quedaba rastro del Lucas fuerte y confiado que todos conocían. Solo había vulnerabilidad, dolor puro.

—Bastián... no debiste venir —susurró con la voz ronca.

—Claro que debía venir —dije, acercándome a él sin importarme nada más. Me agaché a su lado y tomé su mano ensangrentada con cuidado—. ¿Qué pasó? ¿Qué hiciste?

Él miró su mano como si no le perteneciera, como si no entendiera cómo había llegado a ese punto.

—El espejo... me vi en él y... no pude soportarlo. No pude soportar lo que vi. —Su voz se quebró y otra lágrima rodó por su mejilla.

Tomé una almohada del sofá y la coloqué detrás de él para que pudiera recostarse un poco. Con la otra mano, busqué algo para detener la sangre. Encontré un paño limpio en la cocina y regresé de inmediato.

—Lucas, necesito que respires conmigo, ¿de acuerdo? Solo respira —dije, intentando mantener la calma mientras limpiaba su herida con suavidad.

Él cerró los ojos y asintió débilmente, tratando de igualar mi respiración. Era un proceso lento, pero poco a poco el temblor en su cuerpo comenzó a disminuir.

—No sé cómo lidiar con esto, Bastián... —confesó en un susurro—. Todos me ven como alguien perfecto, alguien que lo tiene todo bajo control. Pero no es así. Estoy... estoy roto por dentro.

Mis ojos se llenaron de lágrimas al escucharlo. Lucas, el hombre que para muchos era una estrella inalcanzable, estaba abriendo su alma frente a mí, y lo único que quería era protegerlo de todo ese dolor.

—No tienes que ser perfecto, Lucas. No conmigo.

Tomé su rostro entre mis manos, obligándolo a mirarme.

—Puedes ser tú. Con tus inseguridades, tus miedos, tus heridas. Yo estoy aquí para ti. ¿Entiendes?

Él asintió, pero no dijo nada. Se limitó a inclinarse hacia mí, apoyando su frente contra mi hombro. Pasé mis brazos alrededor de él, sosteniéndolo como si pudiera mantenerlo entero con solo abrazarlo.

Pasaron varios minutos antes de que Lucas hablara de nuevo, su voz apenas un susurro.

—No sé qué haría sin ti, Bastián.

—No tienes que hacerlo solo. Estoy contigo. —Acaricié su cabello, permitiéndole soltar todo el peso que llevaba dentro.

Lucas no respondió, pero su cuerpo se hundió contra el mío, como si finalmente se permitiera descansar. Sentí el peso de su cabeza en mi hombro, el temblor residual en sus manos que aún no desaparecía del todo. En ese momento, no importaban las palabras. Lo único que quería era que supiera que no estaba solo, que yo no iba a irme, sin importar cuán oscura se sintiera la tormenta.

—Gracias —murmuró al cabo de unos minutos, su voz apenas audible, como si las palabras le costaran más de lo habitual.

—No me agradezcas, Lucas. No tienes que hacerlo —respondí, apoyando mi barbilla suavemente sobre su cabello—. Estamos en esto juntos, ¿recuerdas? Eso significa que, cuando no puedas sostenerte, yo lo haré por los dos.

Él dejó escapar un suspiro profundo, como si estuviera soltando un poco de todo lo que había estado acumulando dentro.

—¿Por qué eres tan bueno conmigo? —preguntó, levantando apenas la mirada, sus ojos brillantes por las lágrimas.

—Porque te quiero, Lucas. Porque mereces ser amado incluso en los días en los que no crees que lo mereces.

Mi voz se quebró ligeramente al decirlo, pero no me importó.

Lucas me miró, sorprendido, como si esas palabras lo hubieran golpeado directamente en el corazón. Por un momento, pensé que iba a responder, pero en lugar de eso, simplemente asintió y volvió a hundir su rostro en mi cuello. Sentí el calor de sus lágrimas contra mi piel, pero esta vez no eran lágrimas de desesperación. Había algo más, algo más suave, más humano.

Cuando Lucas finalmente se calmó, me di cuenta de que no podíamos dejar su mano como estaba. La sangre seguía brotando lentamente y, aunque él intentaba restarle importancia, yo no podía ignorar la gravedad de la herida.

—Lucas, tenemos que ir al hospital —dije con firmeza, sosteniendo su mano con cuidado mientras lo miraba a los ojos.

—No es necesario —respondió con voz apagada pero llena de terquedad—. Solo fue un corte, no es gran cosa.

—Lucas, esto no es negociable. La herida es profunda, y no voy a quedarme aquí viendo cómo te haces el fuerte mientras sigues sangrando.

Mi tono era serio, pero también preocupado. No iba a ceder. Él suspiró, cansado, pero no protestó más. Asintió lentamente y, juntos, nos levantamos del suelo. Le ayudé a ponerse una chaqueta para cubrir su ropa manchada y, antes de salir, tomé unas toallas de la cocina para envolver su mano y detener el sangrado.

—Vamos por la salida trasera —le dije, asegurándome de evitar cualquier posible paparazi que pudiera estar merodeando cerca.

El trayecto al hospital fue silencioso. Lucas miraba por la ventana, perdido en sus pensamientos, mientras yo trataba de concentrarme en la carretera. Mi mente estaba llena de preguntas, pero sabía que no era el momento para hacerlas. Lo único que importaba era que él estuviera bien.

Al llegar, me acerqué al mostrador de urgencias mientras Lucas permanecía de pie a mi lado, visiblemente incómodo con toda la situación.

—Tiene un corte profundo en la mano, necesita atención inmediata —dije a la recepcionista, tratando de no sonar tan desesperado como me sentía.

Lucas, sin embargo, seguía con su típica resistencia a admitir que necesitaba ayuda.

—De verdad, Bastián, no es nada. Esto se cura con un poco de alcohol y una curita. —Decía esto mientras la toalla que sostenía en su mano ya estaba empapada de sangre.

—Sí, claro. ¿Y si se te infecta? ¿Piensas hacer tus entrevistas pre-Oscar con una mano gangrenada? —le respondí, mientras lo guiaba firmemente hacia la recepción.

Nos hicieron esperar solo unos minutos antes de que nos llamaran. Pero cuando entramos en la sala de emergencias, ahí estaba él. El mismo médico que me había atendido la vez de las pruebas. Su sonrisa amplia y su energía contagiosa aparecieron de inmediato.

—¡Bastián Allen! —dijo el médico, claramente emocionado—. Qué sorpresa verte otra vez por aquí. Aunque esta vez parece que no eres el paciente.

Lucas, que estaba detrás de mí, dejó escapar una risa seca.

—El mismo doctor de la vez pasada —murmuró con un tono cargado de sarcasmo—. Ahora sí podrás firmarle el libro, ¿no, escritorcito?

Me giré para mirarlo, pero Lucas mantenía una expresión de falsa indiferencia, aunque sus ojos destellaban celos. Intenté ignorarlo y sonreí al médico.

—Hola... sí, estoy aquí por él. —Señalé a Lucas, que se cruzó de brazos.

El médico miró la herida de Lucas y su tono profesional apareció.

—Esto necesitará algunos puntos, pero nada grave. Será

rápido. Aunque será mejor que no uses esta mano por unos días.

—Claro, lo que tú digas —respondió Lucas, con un tono que parecía educado, pero yo lo conocía lo suficiente para saber que estaba de mal humor.

El médico comenzó a preparar los instrumentos, pero de repente, como si recordara algo, se detuvo.

—Oh, casi lo olvido. —Abrió un cajón y sacó, para mi sorpresa (y la de Lucas), una copia de mi libro—. Esta vez sí traje uno. Mi hermana estaba fascinada cuando le dije que te había conocido. ¿Podrías firmarlo para ella?

La mandíbula de Lucas se tensó mientras el médico me extendía el libro con una sonrisa.

—¡Por supuesto! —respondí, tratando de mantener la calma, aunque sentía la mirada de Lucas quemándome por detrás.

—Qué profesional de su parte traer el libro a su lugar de trabajo —soltó Lucas, como quien no quiere la cosa, mientras el médico me pasaba un bolígrafo.

El médico, ajeno a la incomodidad, rio nervioso.

—Bueno, no es algo que haga todos los días, pero mi hermana es una gran fan. Tenía que aprovechar la oportunidad.

—Claro, aprovechar la oportunidad —repitió Lucas en voz baja, como si estuviera hablando consigo mismo.

Mientras yo firmaba, Lucas no dejó de mirarnos, como si estuviera evaluando cada palabra y movimiento.

—Aquí tienes. —Le entregué el libro al médico con una sonrisa.

—¡Gracias! Ella estará encantada.

El médico volvió a su tarea, ignorando por completo el sarcasmo de Lucas.

Cuando salimos del hospital, el silencio en el coche era tan denso que casi podía cortarse. Finalmente, no pude más y lo rompí.

—¿Qué te pasa? —pregunté, aunque ya sabía la respuesta.

—¿Qué me pasa? —repitió, con una risa sarcástica—. Nada, solo me parece curioso que los médicos ahora también pidan autógrafos en lugar de concentrarse en salvar vidas.

Tuve que morderme el labio para no reír.

—¿Estás celoso?

—No estoy celoso —dijo rápidamente, aunque el tono de su voz lo traicionaba—. Solo pienso que hay un momento y un lugar para todo, y pedirle un autógrafo a un acompañante mientras está preocupado por su novio herido no parece muy profesional, ¿no crees?

—Oh, así que ahora eres mi novio herido —dije, intentando no reír, pero fue inútil—. Lucas, estás siendo ridículo.

—¿Ridículo? Claro. Soy ridículo porque me molesta que un tipo en bata blanca esté coqueteando contigo mientras yo estoy sangrando. Totalmente lógico.

Me detuve en un semáforo y lo miré. Tenía el ceño fruncido y los labios tensos. Estaba claramente irritado, pero también adorablemente transparente.

—Lucas, solo firmé un libro. Y por si no te diste cuenta, él no estaba coqueteando.

—Claro que estaba —murmuró, mirando por la ventana.

Al llegar a su apartamento, Lucas finalmente se relajó un poco, aunque no sin un último comentario.

—La próxima vez que lo veas, dile que, si quiere mi firma también, se la daré en la cara.

No pude contener la risa mientras lo ayudaba a subir las escaleras. Celoso o no, Lucas Hamilton siempre encontraba la forma de hacerme reír.

Comencé a recoger cuidadosamente los vidrios rotos del suelo, tratando de no hacer ruido. No quería que Lucas se despertara y volviera a enfrentarse al desastre que había dejado atrás. Su descanso era esencial después del día que había tenido, y las pastillas para el dolor parecían estar haciendo efecto, porque seguía profundamente dormido en el sillón. Sus facciones, usualmente tensas, estaban relajadas, lo que me hizo sentir una mezcla de alivio y ternura.

Cuando terminé de limpiar, dejé todo impecable, como si nada hubiera pasado. Me acerqué a él sigilosamente, cuidando cada paso, y me detuve a su lado. Lucas parecía tan vulnerable en ese momento, tan diferente del hombre seguro y sarcástico que el mundo veía. No pude evitar inclinarme y besar suavemente su cabeza, un gesto que contenía todo el cariño que sentía por él.

Cuando me di la vuelta para irme, sentí su mano tomar la mía. Me detuve, sorprendido, y lo miré. Sus ojos, medio abiertos, me buscaron con una expresión cargada de cansancio, pero también de algo más profundo.

—Quédate conmigo esta noche —murmuró, su voz baja y áspera, casi como un ruego.

Por un momento, dudé, pensando en todo lo que aún quedaba por hacer y en el caos que seguía envolviendo nuestras vidas. Pero entonces vi cómo apretaba suavemente mi mano, como si temiera que desapareciera.

—Claro que me quedo —respondí, mi voz apenas un susurro.

Me senté junto a él en el sillón, dejando que su mano descansara sobre la mía. No importaba todo lo que estaba sucediendo fuera de esas paredes, ni los problemas que aún teníamos que enfrentar. En ese momento, solo éramos Lucas y yo, compartiendo un silencio que decía más de lo que cualquiera de los dos podía expresar con palabras.

Mientras lo veía dormir, con su mano todavía entrelazada con la mía, sentí que estaba cayendo más profundo de lo que había planeado, pero, sorprendentemente, no me importaba. Si amar a Lucas significaba lidiar con sus demonios, acompañarlo en sus peores días y sostenerlo cuando sentía que todo se desmoronaba, entonces estaba dispuesto.

Porque, al final del día, él también me sostenía, de maneras que ni siquiera él entendía.

Centaurus

UNA RELACIÓN FICTICIA

Los titulares de las revistas estaban abarrotados con una foto mía junto a Noah, tomada en el café donde había intentado poner un punto final a nuestro pasado.

"El escritor Bastián Allen y su exnovio: ¿Una relación olvidada por Lucas Hamilton?"

Y, como si no fuera suficiente, justo debajo, en letras rojas y mayúsculas, se leía:

"Noah White nos confirma en exclusiva que Bastián es gay."

El impacto de esas palabras me dejó helado. Sentí que mi mundo se desmoronaba en cuestión de segundos. La privacidad que tanto valoraba, que había tratado de proteger con todo lo que tenía, estaba siendo expuesta de la manera más cruel y amarillista posible.

Mi teléfono no tardó en empezar a vibrar con fuerza sobre la mesa. Mensajes de Eli, llamadas de Liza y un sinfín de notificaciones que apenas podía procesar. Pero había un mensaje que aún no llegaba, el único que realmente me importaba: el de Lucas.

Tomé el teléfono, temblando, y le escribí:

"Lucas, necesito que me creas. No sé cómo ocurrió esto, pero no tiene nada que ver contigo ni con nosotros. Por favor, háblame."

Los minutos que siguieron fueron una tortura

interminable. Finalmente, su nombre apareció en la pantalla, acompañado de ese tono que siempre hacía que mi corazón se detuviera por un momento.

—¿Lucas? —mi voz salió más débil de lo que esperaba.

—Bastián, explícame qué está pasando. —Su tono no era de enojo, pero estaba cargado de una tensión que no podía ignorar.

—No sé cómo las revistas consiguieron esa foto. Noah apareció de repente, no sé con qué intención, y lo único que quería era que se fuera. Jamás pensé que haría algo así... No entiendo qué gana con esto.

Hubo un silencio al otro lado de la línea. Cuando Lucas habló nuevamente, su voz sonó más tensa, como si estuviera luchando consigo mismo.

—No es solo lo que dicen de ti, Bastián. Es lo que podrían empezar a decir de mí. —Hizo una pausa, como si le costara encontrar las palabras adecuadas—. No estoy listo para que el mundo sepa... eso de mí. No ahora. No puedo lidiar con todo esto. Mi carrera, los estudios, las entrevistas... Todo cambiaría, y no estoy seguro de poder manejarlo.

Sus palabras me golpearon como una ola fría. Podía sentir su miedo, su vulnerabilidad, pero también su distancia.

—Lucas... —traté de decir algo, cualquier cosa para calmarlo, pero me interrumpió.

—No es tu culpa, lo sé. Pero no sé cómo manejar esto, Bastián. No quiero que esta historia siga creciendo. No puedo permitir que la gente empiece a especular... sobre mí.

Su voz se quebró ligeramente, y yo cerré los ojos con fuerza, sintiéndome impotente.

—Te entiendo, Lucas. De verdad. Pero quiero que sepas que no tienes que enfrentarlo solo.

Lucas suspiró, y el sonido cargado de emociones me hizo apretar más fuerte el teléfono.

—Gracias por decir eso, pero ahora mismo… necesito espacio. —Hizo una pausa, y su tono se volvió aún más bajo—. Lo siento, Bastián.

Y antes de que pudiera responder, la línea se cortó.

Me quedé mirando el teléfono, con un nudo apretado en la garganta. Lucas estaba luchando consigo mismo, con sus propios miedos, pero su decisión de alejarse me dejó completamente destrozado. Y mientras el peso de los titulares y las palabras de Noah seguía aplastándome, sentí algo aún más doloroso: la distancia que se estaba abriendo entre Lucas y yo.

A los pocos minutos de que la llamada con Lucas terminó, mi teléfono vibró nuevamente. Esta vez, era un mensaje de Eli:

"Tienes que leer esto."

Adjunto al mensaje, un enlace a una de esas revistas de chismes que parecían especializarse en destrozar vidas ajenas.

Mi estómago se hundió mientras hacía clic en el enlace, temiendo lo peor.

Ahí estaba. Una carta escrita por Noah. Mi corazón latía con fuerza mientras mis ojos recorrían las primeras líneas. Todo era una mezcla de victimización y autoexaltación, como si él estuviera escribiendo el guion de una telenovela dramática con él mismo como el héroe incomprendido.

"Nuestra relación nunca fue perfecta, pero yo siempre lo intenté. Siempre quise ser el hombre que Bastián merecía, alguien que lo hiciera sentir amado y seguro. Puse todo de mí, cada parte de mi corazón, en intentar que funcionara. Pero, al final, no fue suficiente.

Él tenía sueños grandes, más grandes que nuestra relación, más grandes que cualquier cosa que yo pudiera ofrecerle. Y yo… yo nunca fui capaz de competir con eso. A veces, cuando amas a alguien, piensas que el amor es suficiente, que con solo quererlo podrás llenar los vacíos y derribar las barreras. Pero con Bastián, sentí que había un muro entre nosotros que nunca pude atravesar.

Recuerdo las noches en las que se quedaba despierto escribiendo, su mirada perdida en un mundo al que yo nunca tenía acceso. Recuerdo las veces que intenté hablarle de mis miedos, de mis inseguridades, pero siempre parecía que había algo más importante que necesitaba su atención. No era malo, nunca lo fue. Solo era... distante. Y al final, tuve que aceptar que no era yo quien lo hacía feliz.

No quiero pintarlo como el villano, porque no lo es. Él tiene un alma hermosa, una mente brillante, pero también una determinación que a veces puede alejar a las personas. Lo vi elegir sus sueños una y otra vez, y aunque entiendo por qué lo hizo, no dejó de doler. Me quedé viéndolo crecer, alcanzar sus metas, y supe que yo nunca sería parte de ese futuro. Que mientras él construía su mundo, el mío se desmoronaba.

Hoy, al verlo en las portadas, al escucharlo hablar de sus éxitos, siento orgullo, pero también una tristeza que no puedo ignorar. Porque todavía lo amo, a pesar de todo. Y tal vez siempre lo haga.

Esta no es una carta para señalar culpas ni para buscar atención. Es solo mi verdad, la que he guardado por tanto tiempo y que ahora necesito soltar. Sé que él ha seguido adelante, y me alegra que lo haya hecho. Pero, para mí, él siempre será la persona que me enseñó lo que es amar profundamente, aunque al final no haya sido suficiente."

Leí las palabras una y otra vez, y cada una me encendía más. ¿Cómo podía tener la audacia de escribir algo así? De retratarse como la víctima perfecta mientras omitía convenientemente todas las veces que me había mentido, manipulado y dejado emocionalmente vacío.

Mi sangre hervía, pero no podía evitar sentir un peso en el pecho. No era solo la mentira lo que dolía, sino el hecho de que ahora toda esa narrativa falsa estaba ahí, disponible para cualquiera con conexión a internet. Para los curiosos, los críticos y, lo peor de todo, para Lucas. Cerré los ojos un momento, tratando de calmarme, pero el enojo no se disipaba.

Eli me mandó un mensaje adicional:

"¿Quieres que vaya a tu apartamento? No tienes que enfrentarlo solo."

Le respondí rápidamente:

"Gracias, Eli, pero creo que necesito procesarlo primero. Te llamo luego."

Mi mente seguía girando. Noah decía que yo había elegido mis sueños antes que nuestra relación, pero ¿acaso no fue él quien decidió que yo no era suficiente para él? ¿No fue él quien me abandonó cuando más lo necesitaba, dejando tras de sí un rastro de promesas rotas y una autoestima hecha pedazos?

Tomé aire profundamente, intentando calmar la tormenta que se gestaba dentro de mí. Sabía que no podía responder públicamente, que cualquier cosa que dijera solo alimentaría el circo mediático. Pero eso no significaba que tenía que quedarme en silencio en mi propia mente.

Necesitaba pensar con claridad. La carta de Noah había caído como una bomba y ahora todo estaba fuera de control. Sabía que responder solo avivaría el fuego, que cualquier palabra mía sería desmenuzada por los medios, y lo último que quería era darle a Noah el poder que tanto buscaba. No iba a ser parte de su espectáculo. No se lo merecía, ni él ni nadie más.

Pero, ¿por dónde empezaba? ¿Qué podía hacer?

Mi primera preocupación fue Lucas. Ahora que mi orientación sexual estaba confirmada públicamente, aunque nunca la hubiera ocultado, sabía que los rumores y especulaciones sobre nosotros volverían con más fuerza. Él seguía sin estar listo para salir del armario, y no podía culparlo. No era solo su decisión personal, era su carrera, su vida entera, la que estaba en juego. Y aunque no quería darle más importancia a las palabras de Noah, no podía ignorar el posible impacto en Lucas.

Me senté en el sofá, tratando de ordenar mis pensamientos. Mi vida personal siempre había sido mía, algo que protegía con recelo. No es que tuviera miedo de ser quien era, pero siempre había creído que mi trabajo, mis historias, eran lo único que la gente debía conocer de mí. Ahora, parecía que eso ya no era suficiente. Había sido arrastrado a un espectáculo mediático del que no pedí formar parte.

El teléfono en mi mano vibró con una notificación tras otra. Mensajes de Liza, de Eli, incluso de mi editor, todos preguntando cómo estaba, qué iba a hacer. No tenía respuestas para ellos, porque ni siquiera tenía respuestas para mí mismo.

Miré por la ventana, viendo cómo el sol empezaba a esconderse detrás de los edificios. Necesitaba un plan, algo que me ayudara a tomar el control antes de que la situación se saliera aún más de mis manos. Pero, sobre todo, necesitaba proteger a Lucas. Si esto se volvía más grande, no quería que lo arrastraran conmigo. Habíamos construido algo hermoso, algo que significaba mucho para ambos, y no estaba dispuesto a permitir que el ruido de afuera lo destruyera.

Suspiré, dejando el teléfono sobre la mesa. Quizás lo primero que debía hacer era llamar a Lucas. No para buscar respuestas, sino para escuchar su voz.

Esa misma noche tenía una reunión programada con mi editor. Era sobre mi nueva novela, esa que había estado escribiendo con tanto esfuerzo durante los últimos días. Había intentado cancelar la reunión después del caos del día, pero mi editor, con su habitual tono firme, dejó claro que no aceptaría un "*no*" como respuesta.

Suspiré profundamente, frustrado, mientras miraba mi reflejo en el espejo. Mi cabeza estaba en otro lugar, reviviendo el mensaje de Lucas:

"No podré acompañarte."

Eso fue todo lo que recibí de él. Ninguna explicación, ningún intento de consolarme o mostrarme apoyo. Era como si todo lo que habíamos construido en las últimas semanas estuviera tambaleándose.

No quería ir solo. No porque no pudiera, sino porque temía que mi editor notara lo distraído que estaba y me pusiera en aprietos. Así que llamé a Liza.

—¿Puedes venir conmigo? —pregunté, casi sin rodeos.

—¿Por qué no te acompaña Lucas? —respondió al instante, con un tono que insinuaba que ya sabía la respuesta.

—No puede. Tiene sus cosas... supongo.

Hubo un momento de silencio al otro lado de la línea, y luego escuché el suspiro característico de Liza.

—Claro que voy contigo. Dame quince minutos.

Agradecí en voz baja y colgué, sintiéndome aliviado de no tener que enfrentar esto completamente solo.

Cuando llegamos al restaurante donde tendría lugar la reunión, Liza no perdió la oportunidad de hacerme preguntas.

—Entonces, ¿qué pasa con Lucas? —preguntó mientras caminábamos hacia la entrada.

—No lo sé. Creo que lo de esta mañana lo afectó más de lo que pensaba. Está distante.

—¿Y tú? —insistió, deteniéndose frente a mí—. ¿Cómo estás tú, Bastián?

Por un segundo, quise soltar todas mis preocupaciones, confesarle que estaba cansado, que sentía que todo se me estaba escapando de las manos. Pero, en cambio, me encogí de hombros.

—Estoy… manejándolo.

Liza me lanzó una mirada de incredulidad, pero no insistió. En lugar de eso, tomó mi brazo y me empujó hacia la puerta.

—Vamos. Tu editor no va a esperar.

Dentro, mi editor ya estaba sentado, hojeando algo en su tableta. Nos saludó con una sonrisa cortés, pero sus ojos parecían analizarme.

—Bastián, justo a tiempo. —Me indicó que me sentara y luego dirigió una rápida mirada a Liza—. ¿Quién es tu amiga?

—Liza —respondió ella con una sonrisa deslumbrante—. Soy su asistente no oficial.

—Encantado —dijo él, claramente divertido, antes de volver su atención hacia mí—. Bueno, hablemos de tu próxima novela. He leído los primeros capítulos y, honestamente, estoy impresionado. Pero hay algo que necesito que aclaremos…

Mientras hablaba, asentí, fingiendo estar completamente presente en la conversación, aunque mi mente seguía volviendo a Lucas. Quería enviarle un mensaje, pero temía que la respuesta fuera igual de fría. ¿Había hecho algo mal? ¿O simplemente estaba tan atrapado en sus propios miedos que no sabía cómo apoyarme?

La reunión avanzó lentamente y, aunque mi editor parecía satisfecho con el progreso de la novela, no pude evitar sentirme agotado al final. Cuando finalmente terminamos de cenar, Liza me miró con una mezcla de curiosidad y preocupación, aprovechó que nos quedamos solos unos minutos.

—¿Por qué siento que estabas en otro planeta durante toda la reunión? —preguntó.

—Porque lo estaba —admití, dejando escapar un suspiro—. No puedo dejar de pensar en él.

Liza me dio un leve empujón en el brazo, sonriendo con complicidad.

—Entonces, ¿qué haces aquí, conmigo? Ve a buscarlo, Bastián.

—¿Y si no quiere verme? —pregunté, deteniéndome en seco.

—Entonces, lo sabrás. Pero al menos no te quedarás con la duda.

Su respuesta fue directa y, aunque no quería admitirlo, tenía razón. No podía seguir evitando esta conversación con Lucas. Tenía que saber dónde estábamos parados, incluso si la respuesta me rompía el corazón.

Al menos la reunión terminó con buenas noticias, y eso era algo que realmente necesitaba. Mi editor, con una sonrisa satisfecha, anunció que mi novela sería publicada en primavera y que incluiría una gira internacional con mucha publicidad.

Las palabras *"gira internacional"* aún resonaban en mi cabeza, mitad emocionado y mitad aterrorizado por lo que eso implicaba.

Sin embargo, su siguiente comentario me devolvió a la realidad.

—Bastián, vamos a ser claros. Con todo lo que ha pasado en los medios últimamente, necesitamos trabajar en tu imagen. No es nada grave, pero sería bueno contratar a una publicista que se encargue de organizar todo y, por qué no, limpiar un poco la sombra que Noah ha dejado sobre ti.

El nombre de Noah cayó como una piedra pesada en la conversación.

Mi editor tenía razón, claro, pero no pude evitar sentirme incómodo. No era justo que tuviera que "limpiar" algo que ni siquiera había hecho. Pero en el mundo de las apariencias, la verdad muchas veces era lo de menos.

—Entiendo —respondí, aunque por dentro no estaba tan seguro.

—Perfecto. Tengo algunos contactos que pueden ayudarte con eso. Quiero que esta novela sea un éxito rotundo, Bastián, y todo empieza con cómo la gente te percibe.

Asentí, agradeciendo las recomendaciones mientras intentaba procesar todo.

Una gira internacional, una publicista, limpiar mi imagen... Era como si mi vida hubiera dado un giro tan grande que apenas podía reconocerla.

Cuando salimos del restaurante, Liza, que había estado escuchando atentamente durante la reunión, me miró con una ceja levantada.

—¿Gira internacional? —dijo, divertida—. ¿Vas a convertirme en tu asistente oficial o qué?

—Eso suena a una buena idea —respondí, con una sonrisa cansada.

—No, en serio, Bastián. Esto es enorme. Y lo de la publicista... creo que es una gran oportunidad para que tomes el control de cómo la gente te ve.

Liza tenía razón, como siempre, pero no podía evitar sentir un nudo en el estómago. Sabía que todo esto era parte del sueño de ser escritor, pero a veces, el sueño venía con un precio que nunca imaginé.

Mientras caminábamos hacia el auto, mi mente seguía dividida entre las buenas noticias y la incómoda realidad de tener que enfrentar, otra vez, la sombra de Noah.

No podía dejar que esto me detuviera. No ahora. Tenía que seguir adelante, no solo por mi carrera, sino también por mí mismo.

—Necesito que hagas algo por mí, Liza. Llévate mi carro, pero déjame a unas cuadras del apartamento de Lucas —le pedí mientras nos acercábamos al estacionamiento. Mi voz sonaba más decidida de lo que me sentía, pero estaba claro que no podía seguir en esta incertidumbre.

—¿Quieres ir a hablar con él, en este instante? —preguntó, ladeando la cabeza mientras me estudiaba con esos ojos que siempre parecían saber más de lo que decía.

Asentí, mirando mis manos, que jugueteaban con las llaves del auto.

—Quiero saber si está bien. Desde esta mañana no he dejado de pensar en cómo debe estar lidiando con todo esto. No puedo simplemente ignorarlo.

Liza suspiró, pero una pequeña sonrisa asomó en sus labios.

—Eres un desastre, Bastián, pero uno de los buenos. Vamos, te dejaré cerca.

Durante el trayecto, el silencio en el auto era denso, pero no incómodo. Liza sabía que había cosas que necesitaba procesar, y yo le agradecí que no intentara llenarlo con palabras innecesarias. Cuando llegamos a un par de cuadras del edificio, detuvo el auto y se giró hacia mí.

—Escucha, Bastián. Sé que te importa mucho Lucas, pero también tienes que pensar en ti. No permitas que esto te consuma, ¿de acuerdo? —dijo con una seriedad poco habitual en ella.

—Lo sé, Liza. Gracias por preocuparte, pero... necesito verlo. Necesito saber que está bien.

Ella asintió, como si entendiera algo más profundo que yo mismo no podía poner en palabras.

—Está bien, pero mándame un mensaje cuando termines. Quiero saber que llegaste bien.

Sonreí y asentí antes de cerrar la puerta del auto. Respiré hondo y empecé a caminar hacia el edificio de Lucas, sintiendo cómo cada paso hacía que mi corazón latiera un poco más rápido. No estaba seguro de qué iba a decirle ni de cómo iba a reaccionar, pero algo dentro de mí sabía que no podía ignorar lo que estaba pasando.

Cuando llegué a la esquina del edificio, me detuve un momento, intentando calmar mis nervios. Miré hacia la ventana del apartamento de Lucas, pero no vi ninguna luz encendida. Aun así, decidí continuar. Había cosas que simplemente no podían dejarse en el aire, y esta era una de ellas.

Como ya era habitual, entré por la parte trasera del edificio, procurando no llamar la atención. Subí las escaleras hasta el último piso, donde se encontraba su apartamento. Cada paso resonaba en el silencio del lugar, y mi respiración se volvía más pesada con cada escalón. No sabía qué iba a encontrar, pero quedarme de brazos cruzados no era una opción.

Cuando empujé suavemente la puerta —que, como siempre, Lucas había olvidado cerrar con llave—, me encontré con una escena que me hizo detenerme por un momento.

Estaba sentado en el sofá, con un buzo gris y una sudadera negra que le quedaba demasiado grande, como si quisiera esconderse del mundo. La única luz en la habitación provenía de la calle, colándose por las persianas. Todo estaba en penumbra, y el silencio era abrumador.

Al verme entrar, Lucas levantó la cabeza, sorprendido. Sus ojos estaban enrojecidos y, por un momento, no dijo nada, como si no pudiera procesar mi presencia.

—¿Qué haces aquí? —preguntó finalmente, su voz ronca, quebrada—. No quiero hablar con nadie.

Cerré la puerta detrás de mí, apoyándome contra ella mientras lo miraba. Verlo así me partía el alma, pero también me daba fuerzas.

—No soy *"nadie"*, Lucas —respondí con suavidad, acercándome lentamente.

Él soltó una risa amarga y desvió la mirada, llevándose una mano al cabello, despeinándolo aún más.

—Bastián, en serio. No es un buen momento. Deberías irte.

Me detuve a unos pasos de él, observando cómo mantenía la mirada fija en el suelo, evitando cualquier contacto visual. No iba a irme. No cuando estaba claro que necesitaba a alguien, aunque no quisiera admitirlo.

—No me importa si es un buen momento o no. Estoy aquí porque me preocupo por ti, Lucas. Porque no puedo simplemente quedarme en casa sabiendo que estás aquí, enfrentando todo esto solo.

Finalmente, levantó la mirada y sus ojos encontraron los míos. Había tanto dolor en ellos que me costó mantenerme firme.

—¿Y qué se supone que vas a hacer, Bastián? —preguntó, su voz cargada de frustración y tristeza—. No puedes arreglar esto. No puedes cambiar lo que está pasando.

—Tal vez no pueda arreglarlo, pero puedo estar aquí contigo. Puedo ayudarte a cargarlo, aunque sea un poco. No tienes que hacerlo solo.

Lucas negó con la cabeza, como si no quisiera aceptar lo que estaba escuchando. Pero no aparté la mirada, y después de unos segundos, dejó escapar un suspiro pesado, como si estuviera soltando algo que llevaba demasiado tiempo guardando.

—No sé cómo manejar esto, Bastián —admitió, su voz

apenas un susurro—. Todo esto… los rumores, las expectativas, la presión. Es demasiado.

Me acerqué hasta él y me senté a su lado, manteniendo una distancia prudente, pero dejando claro que no iba a ninguna parte.

—No tienes que manejarlo todo solo, Lucas. Yo estoy aquí. Siempre voy a estar aquí.

Él no dijo nada, pero cuando su cabeza cayó hacia adelante, apoyándose en sus manos, supe que, aunque no lo expresara con palabras, necesitaba que alguien estuviera con él en ese momento.

Y yo no pensaba irme.

En un lapso de tiempo, el silencio entre nosotros fue casi reconfortante. Podía escuchar el leve sonido de su respiración y el débil eco de la ciudad afuera, pero, en ese instante, todo parecía estar en calma. Era como si ambos estuviéramos recogiendo los pedazos de un día que había sido demasiado pesado.

Sin embargo, de pronto, todo cambió.

Lucas levantó la cabeza y algo en su mirada se endureció. La calidez que había visto antes desapareció en un instante, reemplazada por una frialdad calculada que me hizo sentir un nudo en el estómago.

—Debemos hablar —dijo, su voz baja pero firme, rompiendo el silencio como un cristal haciéndose añicos.

Mi corazón se detuvo por un segundo, pero logré mantener la compostura, al menos por fuera. Asentí, tratando de parecer más tranquilo de lo que realmente me sentía.

—Está bien —respondí, aunque una corazonada me decía que lo que venía no iba a ser fácil de escuchar.

Lucas se enderezó en el sofá, cruzando los brazos sobre el pecho, como si estuviera construyendo una barrera entre nosotros. Su mirada se clavó en la mía, pero esta vez no sentí la conexión de siempre. Era diferente. Era distante.

—He estado pensando mucho en esto —comenzó, sus palabras medidas, como si estuviera eligiendo cada una con cuidado—. Sobre nosotros... y sobre todo lo que está pasando.

Se detuvo por un momento, como si esperara mi reacción, pero yo no sabía qué decir. Solo lo miré, con el corazón latiéndome en las orejas, esperando lo inevitable. Sentía que el suelo bajo mis pies comenzaba a desmoronarse.

—Lucas, ¿qué estás tratando de decir? —pregunté, mi voz apenas un susurro.

Él desvió la mirada, suspirando profundamente, y cuando volvió a hablar, sus palabras fueron un puñal directo al pecho.

—No sé si puedo seguir haciendo esto, Bastián. Todo... todo se está desmoronando, y yo no sé cómo sostenerlo. Mi carrera, mi vida privada... y tú. No puedo manejarlo todo al mismo tiempo.

El golpe me dejó sin aire. Lo miré, tratando de procesar lo que acababa de decir.

—¿Estás diciendo que quieres... terminar? —pregunté, mi voz quebrándose al final.

Lucas no respondió de inmediato. Solo me miró, y en su silencio encontré mi respuesta.

Las palabras cayeron sobre mí como una avalancha, una tras otra, hasta que sentí que el aire en la habitación se volvía demasiado pesado para respirar. Intenté encontrar algo en su rostro que contradijera lo que acababa de decir, alguna señal de que estaba siendo impulsivo, de que no lo decía en serio. Pero no encontré nada. Su mirada estaba llena de dolor y desesperación, pero también de una resolución que me rompía el corazón.

—¿Así que es todo? —pregunté finalmente, mi voz temblando—. ¿Es más fácil decirme adiós que luchar por lo que sea que tenemos?

Lucas cerró los ojos por un momento, como si intentara evitar mis palabras. Cuando los abrió, me enfrentó con una mirada cargada de culpa y tristeza.

—No es fácil para mí, Bastián —respondió, su voz baja pero llena de emoción—. Crees que lo es, pero no tienes idea de lo que estoy pasando. Lucho todos los días con mis demonios para poder estar bien, para no darme asco cuando me veo en un espejo. Para ti, todo parece sencillo. Eres guapo, inteligente, y la gente te quiere. Hasta el doctor del hospital está loco por ti.

—Lucas, eso no tiene nada que ver con esto —lo interrumpí, sintiendo una mezcla de frustración y dolor—. No se trata de quién soy yo o de cómo me ve la gente. Se trata de nosotros, de lo que sentimos el uno por el otro.

—¿Y crees que no lo sé? —replicó, su voz quebrándose por primera vez—. ¿Crees que no quiero estar contigo, que no deseo gritarle al mundo que te amo? Pero no puedo, Bastián. No puedo permitirme el lujo de hacerlo.

Su risa amarga llenó el espacio entre nosotros, una risa sin rastro de felicidad.

—Soy Lucas Hamilton, el actor de películas de acción. Soy el prototipo de Hollywood, el hombre al que todos quieren en sus producciones. ¿Sabes lo que pasaría si les digo a todos que soy gay? Mi carrera se iría a pique. Dejarían de llegar los contratos, me encasillarían. Solo me buscarían para películas navideñas o de bajo presupuesto.

Sentí cómo mi corazón se rompía en mil pedazos al escucharlo hablar de esa manera, al ver el miedo que lo consumía desde dentro. No era miedo a amarme. Era miedo a perder todo lo que había construido, miedo a que el mundo lo juzgara y lo destrozara por ser quien era.

—Lo siento, Bastián —continuó, su voz ahora apenas un susurro—. Te quiero, te quiero más de lo que nunca creí posible. Pero no estoy dispuesto a dejar que todo se derrumbe.

Me quedé allí, de pie frente a él, sin saber qué decir. Había tantas cosas que quería gritarle, tantas formas en las que quería convencerlo de que merecíamos intentarlo. Pero al mirarlo, supe que no estaba listo. Su lucha interna era demasiado grande, demasiado poderosa, y por más que lo amara, no podía pelear esa batalla por él.

—Entiendo —dije finalmente, aunque no estaba seguro de que fuera verdad.

Mis ojos se llenaron de lágrimas, pero no dejé que cayeran. Tenía que ser fuerte, por los dos. Lucas me miró, y por un momento, pensé que iba a dar marcha atrás, que iba a decirme algo que lo cambiara todo. Pero no lo hizo. En su lugar, dio un paso hacia mí, levantó la mano y la dejó descansar brevemente sobre mi mejilla.

—Te quiero, Bastián. Pero ahora mismo, no puedo ser quien necesitas que sea.

Asentí, sin palabras, y me giré hacia la puerta. Mientras la cerraba detrás de mí, sentí que una parte de mí se quedaba ahí, atrapada con él, en esa habitación oscura y llena de miedo. Y aunque sabía que no era su culpa, no pude evitar sentir que, en el proceso, también me estaba perdiendo a mí mismo.

Antes de salir por la puerta, me detuve un segundo. Algo dentro de mí me pidió que dijera lo que aún llevaba en el pecho, esas palabras que sabía que probablemente no cambiarían nada, pero que necesitaba que él escuchara.

—¿Sabes, Lucas? —dije, con la voz más firme de lo que esperaba—. Contigo era feliz. Mi felicidad no depende de si estoy contigo o no, pero quería compartir mi felicidad contigo. Me giré lo suficiente para encontrar su mirada. Ahí estaba. Lleno de contradicciones, con el peso del mundo sobre sus hombros. Y, aun así, en el fondo, seguía siendo la persona que amaba.

—Conmigo nunca ibas a ser espectador, Lucas. Siempre serías protagonista.

Él no dijo nada. Solo me miró, con los ojos cargados de emociones que parecía no saber cómo expresar. Su mano tembló como si quisiera alcanzarme, pero no lo hizo. El silencio entre nosotros fue desgarrador, pero también definitivo. Di un paso hacia la puerta, sabiendo que ya no había más que decir.

Al salir, el frío de la noche me golpeó como un recordatorio de la realidad. Caminé sin mirar atrás, con el corazón hecho pedazos, pero al menos, había expresado lo que había en mi corazón.

Canis Major

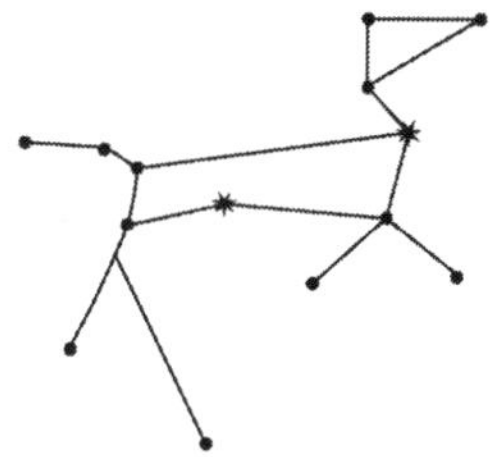

AMARTE A TI ES PELIGROSO

La última semana de grabación avanzaba mejor de lo que esperaba, al menos profesionalmente. Lucas y yo no hablábamos más allá de lo estrictamente necesario para coordinar las escenas o discutir pequeños detalles del guion. Cada palabra intercambiada era medida, fría, distante. En un par de ocasiones me sonrió, pero me negué a devolverle el gesto. Mi orgullo y mi corazón roto no me lo permitían.

Pasaba la mayor parte del tiempo con Lake, quien últimamente se había convertido en una buena amiga. Tenía un humor ácido que me hacía reír incluso en los peores días y siempre sabía exactamente qué decir para distraerme. También disfrutaba sentarme con Martin, el director, y hablar sobre los detalles finales del rodaje. Con ellos, el ambiente se sentía más ligero, casi como si pudiera dejar de lado, al menos por un momento, todo lo que pasaba dentro de mí.

Pero no podía evitarlo.

Cada vez que Lucas estaba cerca, algo dentro de mí se revolvía. Era doloroso verlo y recordar lo que habíamos compartido, lo que habíamos sido, lo que creí que podríamos haber sido.

Ahora éramos dos completos extraños, como si todo lo que habíamos construido se hubiera evaporado en cuestión de días.

Y, sin embargo, no podía negar que aún lo quería. A pesar de todo, a pesar de la distancia y del silencio, seguía ocupando un lugar en mi corazón. Pero esta vez era diferente. No iba a volver a perderme por nadie. Había aprendido, de la forma más dura, que mi felicidad no podía depender de otra persona.

Yo era mi prioridad.

Mientras el set se llenaba de risas y movimiento, mientras las luces brillaban y las cámaras rodaban, me prometí a mí mismo que, pase lo que pase, no iba a permitir que este dolor me definiera. Porque, aunque Lucas había sido importante, yo era el protagonista de mi propia historia. Y no pensaba renunciar a eso nunca más.

Eli aprovechó que sus gemelos andaban en un campamento —lo cual, según ella, era su "merecido descanso después de sobrevivir a ocho años de caos infantil"— y decidió instalarse unos días en mi apartamento.

Al principio, no lo vi venir. Fue una invasión disfrazada de compañía, y para cuando me di cuenta, ya había un arsenal de mascarillas faciales en el baño y una botella de vino abierta en la cocina.

Liza, por su parte, aparecía constantemente, siempre con algún plan para distraerme. Un día me trajo cupcakes, otro día películas de los 90 y, en una ocasión, llegó con una planta que dijo que "simbolizaba el renacimiento personal".

Estoy casi seguro de que la planta murió dos días después, pero no tuve el valor de decírselo. Entre las dos, no me dejaron solo ni un segundo. No es que estuviera mal, pero el duelo por un corazón roto es un asunto complicado, y mi estrategia principal consistía en alternar entre llorar en silencio en mi cuarto y comer cantidades industriales de helado en el sofá.

—Sabes que ese helado no va a solucionar nada, ¿verdad? —dijo Eli, viéndome devorar medio litro de chocolate con trozos de brownie.

—Claro que lo sé, pero al menos este helado no me dice que necesita "tiempo" para salir del clóset —respondí, apuntando la cuchara hacia ella como si eso reforzara mi argumento.

—Bueno, tampoco te va a dar abrazos —replicó Liza, sacándome el bote de helado de las manos y cambiándolo por un paquete de galletas—. Pero estas combinan mejor con el vino.

Era como un sistema de apoyo caótico pero efectivo. Liza me hacía reír con sus comentarios sarcásticos y teorías absurdas sobre el universo, mientras Eli se aseguraba de que no me hundiera demasiado en mi miseria emocional.

Una noche, después de la tercera botella de vino, Eli sugirió que me deshiciera de todo lo que me recordara a Lucas. Según ella, era *"parte del proceso de purificación emocional"*.

Pero su idea de deshacerme de todo terminó con nosotras apilando cajas en el balcón mientras Liza narraba dramáticamente cómo estaba ayudando a su *"amigo escritor a soltar las cadenas del pasado"*.

Al final del día, no podía negar que su presencia me ayudaba. Entre risas, helado y el desastre que dejaron en mi sala, empezaba a sentirme menos roto.

Quizá Lucas había dejado un vacío, pero mis amigas estaban empeñadas en llenarlo, aunque fuera con consejos extraños, galletas y una planta simbólica que probablemente nunca florecería.

El último día de grabación había llegado, y con él, una mezcla de emociones que no podía controlar. Sabía que sería la última vez que vería a Lucas por un tiempo, tal vez incluso para siempre. Mi corazón estaba hecho un nudo, pero me prometí mantenerme firme, como lo había estado haciendo las últimas semanas.

Todo salió perfectamente. Las últimas escenas se grabaron en pocas tomas, cada movimiento y palabra fluyendo como si estuviéramos destinados a ese cierre. La última escena, donde el personaje de Lake lloraba desconsoladamente por su ruptura con Lucas, fue impresionante. Esa mujer sabía actuar de una manera que te dejaba con un nudo en la garganta. Al verla interpretar con tanta emoción, sentí cómo algo en mí se removía.

No podía evitar pensar en mi propia ruptura, en lo mucho que había perdido y en lo que había ganado al decidir priorizarme. Cuando el director finalmente gritó "*¡Corte, finalizamos!*", una gran avalancha de aplausos inundó el set. Todos nos abrazamos y felicitamos entre risas y lágrimas.

Había una energía especial en el aire, una mezcla de nostalgia y celebración. Era el final de un viaje que habíamos compartido juntos, y todos lo sabíamos. Lucas y yo nos cruzamos en algún punto de esa avalancha de emociones. Nos quedamos mirándonos, como si el tiempo se detuviera por un instante. En cualquier otra circunstancia, ese habría sido el momento en el que nos habríamos abrazado, compartido una sonrisa o incluso intercambiado una broma para aliviar la tensión. Pero esta vez, simplemente lo ignoré. Sentí su mirada fija en mí mientras seguía adelante, abrazando al director y a algunos miembros del equipo, evitando cualquier oportunidad de interactuar con él. No podía permitir que aquella despedida se convirtiera en algo más, algo que volviera a derribar las barreras que había levantado para protegerme.

El corazón me dolía, sí, pero también sentí una especie de alivio. Había llegado hasta aquí y, aunque no era el final que imaginé, estaba en paz conmigo mismo.

Cuando Lake me pidió que fuera a su tráiler porque quería darme algo, no lo pensé dos veces. Amaba los regalos, y la curiosidad por saber qué podía ser me ganó al instante. Caminé rápidamente hasta su tráiler, imaginando qué podría tener preparado para mí. Tal vez un recuerdo del rodaje, algo divertido o incluso algún consejo de esos que últimamente me daba como una amiga más.

Al llegar, noté que la puerta estaba entreabierta. Toqué tres veces, esperando que respondiera, pero no escuché nada.

Debe estar terminando algo, pensé, y decidí entrar para esperarla. Era mejor eso que quedarme afuera bajo el sol sofocante.

El interior del tráiler estaba perfectamente ordenado, como Lake misma: elegante, funcional y con un toque de glamour que no podía faltar. Me senté en una pequeña silla junto a un espejo iluminado, jugueteando con los dedos mientras esperaba.

—Hola, escritorcito —dijo una voz que me hizo saltar del asiento.

Me giré rápidamente y ahí estaba Lucas, apoyado contra el marco de la puerta, con su clásica chaqueta de cuero y esa mirada que siempre me descolocaba. Por un momento, me quedé congelado, sin saber qué decir.

—¿Qué haces aquí? —pregunté finalmente, tratando de sonar indiferente, aunque mi tono salió más nervioso de lo que esperaba.

Lucas se encogió de hombros y dio un paso hacia el interior del tráiler, cerrando la puerta detrás de él.

—Estaba buscando a Lake, pero parece que me encontré contigo primero. ¿Tú qué haces aquí?

—Ella me pidió que viniera. Dijo que quería darme algo —respondí, sintiendo cómo mi corazón comenzaba a latir más rápido.

—Un regalo, ¿eh? —Lucas sonrió ligeramente mientras se cruzaba de brazos—. Lake siempre sabe cómo sorprender.

El ambiente se sentía cargado, una mezcla de tensión y algo que no podía identificar del todo. Lo único que sabía era que estar a solas con Lucas, después de todo lo que había pasado, era lo último que necesitaba.

—Si no tienes nada más que decir, creo que voy a esperar afuera —dije, levantándome.

Antes de que pudiera dar un paso, Lucas habló nuevamente.

—Bastián, espera.

Me detuve, con la mano rozando la puerta, y me volví hacia él.

—¿Qué pasa?

Lucas respiró hondo, como si estuviera reuniendo valor

para decir algo importante.

—Sé que he sido un idiota. Sé que te lastimé, y lo último que quería era arruinar todo lo que teníamos.

No supe qué decir. Solo lo miré, esperando, con el corazón latiéndome en los oídos.

—No puedo pedirte que me perdones, pero... quiero que sepas que, incluso ahora, sigo pensando en ti. Todos los días.

Su confesión me tomó por sorpresa, y durante unos segundos, el tráiler pareció demasiado pequeño para los dos.

Antes de que pudiera responder, la puerta se abrió de golpe y Lake entró con una enorme sonrisa en el rostro y una caja envuelta en papel brillante en las manos.

—¡Aquí estás! —exclamó, deteniéndose al vernos a ambos parados en silencio, uno frente al otro. Su mirada pasó de Lucas a mí y luego sonrió aún más—. ¿Interrumpo algo?

—Nada en absoluto —respondí rápidamente, alejándome de Lucas y caminando hacia ella—. ¿Es para mí? —pregunté, señalando la caja en sus manos.

Lake asintió y me entregó el regalo mientras Lucas se apartaba hacia un lado con una expresión difícil de descifrar.

—Espero que te guste —dijo, ignorando la tensión en el aire.

Abrí la caja con cuidado, agradeciendo internamente la distracción. Dentro había un pequeño objeto: una pluma estilográfica grabada con mi nombre y un mensaje en letras elegantes: Nunca dejes de escribir. Lake.

—Es perfecta —dije con una sonrisa, mirando a Lake con gratitud.

—Lo sabía —respondió, dándome un abrazo rápido—. Ahora, chicos, debo despedirme. Me esperan para otro proyecto. Cuídense.

Lake salió del tráiler con la misma energía con la que había entrado, dejándonos nuevamente solos. Miré la pluma en mi mano y luego a Lucas, quien me observaba en silencio.

—Bueno, será mejor que me vaya también —dije, girándome hacia la puerta.

Pero antes de salir, sentí su mano rozar mi brazo.

—Bastián... —susurró, pero no me detuve.

"Te amo."

Esas dos palabras me detuvieron en seco justo cuando mi mano estaba a punto de girar la perilla de la puerta del tráiler. Mi corazón dio un vuelco y sentí cómo el aire se volvía más denso. Me giré lentamente para mirarlo, intentando procesar lo que acababa de escuchar.

—¿Qué dijiste? —pregunté, con la voz apenas audible, como si necesitara confirmación de que no lo había imaginado.

Lucas se pasó la mano por el cabello, visiblemente nervioso. Su mirada estaba fija en mí, y sus ojos brillaban con una mezcla de determinación y vulnerabilidad que nunca le había visto antes.

—Dije que te amo, Bastián. Y lo digo en serio.

Mis piernas parecían de gelatina, y mi corazón estaba desbocado. Nunca me había dicho eso. Nunca. Durante todo el tiempo que estuvimos juntos, esas palabras jamás habían salido de su boca. Pero ahí estaba, mirándome con una honestidad tan cruda que casi me dolía.

—Por favor, quédate —continuó, dando un paso hacia mí—. Necesito hablar contigo. Estos días sin ti han sido un infierno. Te he extrañado tanto que siento que me estoy volviendo loco. Extraño tu olor, tus abrazos... incluso esas tontas Converse que siempre usas en mi apartamento.

Quise reír ante su comentario sobre las Converse, pero mi garganta estaba demasiado apretada. En su lugar, solo lo miré, tratando de entender lo que estaba pasando.

—Lucas... —comencé, pero él me interrumpió.

—Sé que te he lastimado. Sé que no he hecho las cosas

bien y que no merezco ni un minuto más de tu tiempo, pero... no puedo seguir así. No puedo seguir fingiendo que no me importa, que no duele verte y no poder abrazarte, besarte o simplemente sentarme contigo a hablar como solíamos hacerlo.

Me quedé ahí, inmóvil, mientras él hablaba. Cada palabra suya golpeaba directamente en mi pecho, removiendo sentimientos que había tratado de enterrar en las últimas semanas.

—No sé cómo arreglar esto —admitió, su voz rompiéndose un poco—. Pero lo único que sé es que no quiero seguir adelante sin ti.

El silencio que siguió fue ensordecedor. Mi corazón estaba dividido entre la confusión, la sorpresa y un amor que, por más que intenté ignorar, seguía ahí, más fuerte de lo que quería admitir.

Finalmente, respiré hondo y di un paso hacia él.

—¿Por qué ahora, Lucas? —pregunté, mi voz saliendo más suave de lo que esperaba—. ¿Por qué decírmelo ahora, después de todo?

—Porque me di cuenta de que perderte es mucho peor que cualquier miedo que pueda tener. —Su respuesta fue inmediata, sin un atisbo de duda.

Sus palabras me destrozaron, y antes de que pudiera pensar en lo que hacía, me encontré acercándome a él. Nuestros ojos se encontraron, y en ese instante supe que había una parte de mí que siempre había estado esperando escucharlo decir esas palabras.

Me quedé ahí, en el tráiler, abrazándolo mientras sentía el peso de todas nuestras palabras no dichas flotando entre nosotros. Su respiración era pesada contra mi cuello, como si estuviera luchando por contener algo más. A pesar de lo complicado que había sido todo, no podía negar que seguía queriéndolo con una intensidad que me asustaba.

—Bastián... —murmuró Lucas, su voz apenas un susurro—. No quiero perderte otra vez.

Solté el abrazo lentamente y lo miré a los ojos. Había algo distinto en ellos, una mezcla de miedo y sinceridad que me golpeó en el pecho. Pero no respondí de inmediato. Había tantas cosas que necesitaba procesar, tantas heridas que aún no habían sanado.

—Lucas, yo también te extraño. Pero no sé cómo podemos arreglar esto si seguimos siendo los mismos de antes. Si todo sigue igual, ¿qué nos queda? —pregunté, con una mezcla de dolor y esperanza.

Él asintió, como si comprendiera perfectamente lo que quería decir. Dio un paso hacia atrás y se pasó una mano por el rostro, claramente nervioso.

Lucas se detuvo antes de abrir la puerta y se giró para mirarme con una mezcla de incredulidad y dolor.

—¿Crees que algún día te arrepentirás de esta decisión? —preguntó, su voz baja pero cargada de intención.

Lo miré directamente a los ojos, sintiendo el peso de su pregunta. Había tantas emociones enredadas en ese momento: amor, tristeza, frustración... pero también determinación.

Tomé aire y, con una pequeña sonrisa que no alcanzó mis ojos, le respondí:

—Me he arrepentido más de las cosas que he hecho sobrio que de las que he hecho borracho, Lucas. Pero esta no será una de ellas.

Él asintió lentamente, como si intentara procesar lo que acababa de escuchar. Sus labios se abrieron, como si quisiera decir algo más, pero al final no lo hizo. Solo se quedó ahí, mirándome, como si quisiera grabarse cada detalle de ese momento.

—Cuídate, Bastián —dijo finalmente, su voz apenas un susurro antes de salir por la puerta.

Cuando se fue, el silencio llenó el espacio, pesado y asfixiante. Me quedé en el mismo lugar, sintiendo cómo cada parte de mí quería correr tras él, pero algo más profundo, algo más fuerte, me mantuvo ahí. Sabía que, aunque doliera, había tomado la decisión correcta.

Cerré los ojos por un momento, dejando que el peso de lo que acababa de pasar se asentara. Luego, con un suspiro, me dirigí hacia la ventana. Afuera, el set seguía lleno de movimiento y ruido, como si nada hubiera cambiado. Pero para mí, todo era diferente.

Lo primero que hice al salir de ahí fue buscar el bar más cercano. Si iba a llorar, al menos lo haría con un shot de tequila en la mano y un bartender amable que fingiera que le importaban mis problemas. Entré al lugar como si fuera protagonista de una telenovela: abatido, despeinado y con una energía de *"acabo de arruinar mi vida amorosa"*.

—Dame algo fuerte, por favor —le dije al bartender con una voz que probablemente quería sonar seria, pero salió más como un gemido dramático.

—¿Día difícil? —preguntó él, mientras llenaba un vaso con un líquido que parecía gritar "decisiones cuestionables"

—Más que difícil... devastador —respondí, llevándome el primer trago como si fuera agua bendita.

Y así empezó la noche. Cada sorbo era una historia sobre Lucas, cada vaso vacío era una lágrima que no quería soltar frente a él. Para cuando iba por mi tercer tequila (o cuarto, honestamente ya había perdido la cuenta), ya le estaba contando al bartender toda mi vida amorosa, mis traumas y cómo mi relación con las Converse era lo más estable que había tenido últimamente.

—¿Sabes? Debería escribir una novela sobre esto. *"Amor y tequila"*, ¡bestseller seguro! —le dije, agitando el vaso vacío como si fuera un premio.

Lo siguiente que recuerdo es estar sentado en el suelo del baño del bar, marcando el número de Liza con una precisión milagrosa para mi estado etílico.

—Liza... necesito que vengas a buscarme... Estoy en un bar... el que tiene las luces verdes en la entrada... creo...

No sé cómo, pero Liza llegó en tiempo récord. Me

encontró tirado en una silla del bar, cantando a todo pulmón una canción que definitivamente no era para karaoke.

—Bastián, levántate. Esto es un espectáculo patético, incluso para ti.

Liza, siempre con su encanto brutal.

—Liiiizaaa, mi corazón está rotooo —le dije, abrazándola como si fuera mi salvavidas en un océano de alcohol.

Ella, con la paciencia de una santa y la fuerza de un luchador profesional, logró sacarme del bar y meterme en su auto. El viaje a casa fue una mezcla de sollozos, risas y un intento fallido de cantar *Scars to Your Beautiful.*

Una vez en mi apartamento, lo primero que hice fue sentarme en el suelo de la sala y empezar a llorar de nuevo, porque aparentemente aún tenía lágrimas para repartir.

—Déjalo salir, amigo.

Liza se sentó a mi lado, sosteniéndome la cabeza mientras el tequila hacía su parte y yo vomitaba todo lo que quedaba de mi dignidad en un balde.

—¿Sabes qué, Liza? —dije entre sollozos—. Nunca voy a volver a enamorarme. Nunca.

Ella solo suspiró y me pasó una botella de agua.

—Claro que sí, drama queen. Pero por ahora, vamos a hidratarte antes de que termines componiendo música sin sentido en el balcón.

Esa noche, después de todo el drama, me encontré solo en la oscuridad de mi habitación, mirando al techo como si de alguna manera las respuestas estuvieran escritas ahí. No podía dormir. Cada vez que cerraba los ojos, veía el rostro de Lucas, sus palabras resonando en mi cabeza una y otra vez:

"¿Crees que algún día te arrepentirás de esta decisión?"

Me giré de un lado a otro en la cama, incapaz de encontrar paz. Claro, había tomado una decisión, una que parecía correcta en el momento, pero ahora el peso de las dudas caía sobre mí como una tormenta.

¿Y si me había precipitado? ¿Y si había sido demasiado duro con él?

Después de todo, nadie nos enseña cómo manejar este tipo de situaciones. Nadie nos enseña cómo amar a alguien que todavía está aprendiendo a amarse a sí mismo.

Pero cada vez que mi mente intentaba justificarlo, algo en mi interior me detenía.

Recordé todo lo que había pasado, todo lo que me había costado reconstruirme. Cada lágrima, cada noche en vela, cada palabra que escribí para sanar las heridas que Noah dejó.

Había prometido no volver a traicionarme por nadie. Y eso incluía a Lucas. Porque, aunque lo amara, yo también merecía ser amado de una manera completa, sin sombras ni secretos.

Suspiré, dándome cuenta de que el insomnio sería mi compañero esa noche. A pesar de las dudas, una cosa era segura: no iba a volver a ser espectador de mi propia vida.

Había trabajado demasiado para recuperar mi valor, para aprender a elegir mi felicidad. Y aunque doliera, aunque el vacío en mi pecho me hiciera cuestionarlo todo, sabía que había tomado la decisión correcta. No iba a traicionarme otra vez. No por él. No por nadie.

Parte 3

Una estrella se apaga

Camelopardalis

EL ESPACIO ENTRE TÚ Y YO

Dicen que una estrella no desaparece de un día para otro. Cuando se apaga, su luz sigue viajando por el universo, engañándonos, haciéndonos creer que aún está ahí, brillando con la misma intensidad de siempre. Pero la verdad es otra: tarde o temprano, la oscuridad la alcanza, y el vacío que deja es imposible de ignorar. No es inmediato, no es súbito, pero cuando te das cuenta de que la luz ya no está, algo en ti cambia para siempre.

Así me sentí durante mucho tiempo. Como una estrella que había perdido su brillo, atrapada en un limbo donde todo lo que los demás veían en mí era una ilusión, un destello que ya no era real. A los ojos del mundo, mi vida parecía perfecta: éxito, libros que conquistaban a miles de lectores, entrevistas en las que sonreía como si no existiera peso alguno sobre mis hombros. Pero dentro de mí, todo estaba roto. Mi luz se había apagado, y la oscuridad que había estado acechando finalmente encontró la manera de reclamarme.

No fue de la noche a la mañana, por supuesto. Nadie se apaga de golpe. Primero son las pequeñas concesiones: ignoras una alarma, evitas una conversación, te convences de que los sacrificios que haces por los demás son por un bien mayor. Luego vienen las excusas, los silencios que llenan los espacios entre las palabras que no te atreves a decir. Y cuando menos lo esperas, todo lo que creías ser, todo lo que habías construido, está tan lejos de tu alcance que ni siquiera recuerdas cómo se sentía ser tú mismo.

Pasé años perdiéndome poco a poco. Dejé que las palabras de otros definieran mi valor. Me envolví en relaciones que prometían llenarme, pero que solo me dejaban más vacío. Creí que amaba y que era amado, pero lo que en realidad hacía era mendigar pedazos de luz en personas que también estaban rotas, que no podían darme lo que buscaba porque tampoco lo tenían para sí mismas.

Una estrella puede iluminar a quienes la miran, pero eso no significa que no esté muriendo por dentro.

Me tomó tiempo, demasiado tiempo, darme cuenta de que no se trata de quién apaga tu luz ni de cuánto tiempo te quedas en la penumbra. Se trata de elegir. De decidir si vas a dejar que la oscuridad te consuma o si vas a pelear con todo lo que tienes para encenderte de nuevo, para volver a brillar, incluso si eso significa arder y destruir todo lo que creías seguro, todo lo que una vez consideraste tu mundo.

Esta no es una historia sobre cómo me apagué. Es una historia sobre cómo encontré la fuerza para prenderme fuego de nuevo. Sobre los momentos en los que pensé que no lo lograría, sobre las cicatrices que aprendí a ver no como defectos, sino como mapas de los lugares que sobreviví. Es sobre el amor, sí, pero también sobre el amor que aprendí a darme a mí mismo, el único que puede sostenerte cuando todo lo demás se derrumba.

Hay algo hermoso en aceptar que una estrella que se apaga no está condenada para siempre. Puede arder de nuevo, más brillante y más fuerte, cuando finalmente entiende que no necesita depender de otra luz para brillar.

Hay personas que cruzan nuestra vida como estrellas fugaces. Aparecen de repente, iluminan todo con su presencia y, por un breve instante, te hacen creer que ese destello será eterno. Pero las estrellas fugaces no están hechas para quedarse. Su propósito no es acompañarte para siempre, sino enseñarte algo mientras caen, mientras desaparecen. Te dejan con recuerdos que arden como brasas, con cicatrices que brillan en la oscuridad. Y luego, te quedas mirando el cielo vacío, preguntándote si alguna vez volverás a sentir su luz.

Noah fue una estrella fugaz en mi vida. Llegó en un momento en el que yo no sabía cómo ser suficiente para mí mismo. Me envolvió con promesas y palabras bonitas, me hizo creer que podía ser feliz si tan solo me moldeaba a lo que él quería. Pero, como toda estrella fugaz, no tardó en desaparecer, dejando un vacío tan profundo que pensé que nunca volvería a llenarlo. Su partida me enseñó la lección más dolorosa: que a veces, amar a alguien significa perderte a ti mismo, y que recuperarte es un proceso que duele más que el amor que perdiste.

Luego estuvo Lucas. Si Noah fue una estrella fugaz, Lucas era como una estrella brillante que se consumía a sí misma. Su luz era deslumbrante, sí, pero también estaba llena de sombras, de inseguridades y de una lucha interna que no podía compartir conmigo. Con Lucas aprendí que no puedes salvar a alguien que no está listo para ser salvado y que, por mucho que quieras ser su refugio, el verdadero hogar de una persona siempre será el que construya dentro de sí misma.

Pero no todas las estrellas están destinadas a desaparecer. Algunas, con el tiempo, se convierten en constelaciones. Permanecen, conectándose entre sí para formar algo más grande, algo eterno.

Liza y Eli son mi constelación. Llegaron a mi vida en diferentes momentos, pero juntas han sido el mapa que me guía cuando me pierdo. Liza, con su humor irreverente y su capacidad para sostenerme incluso en mis peores momentos. Eli, con su sabiduría tranquila y su forma de hacerme sentir que, no importa cuán roto esté, siempre seré suficiente. Ellas son las que me recuerdan que no estoy solo, que no tengo que cargar con todo el peso yo mismo.

A veces, la vida te sorprende con constelaciones en los lugares más inesperados. No son perfectas, porque ninguna lo es. Pero son constantes, y eso es lo que importa.

Liza y Eli no son las personas que llegaron con promesas de amor eterno. No son las que me dijeron que siempre estarían ahí, pero lo están. Han estado en mis momentos más oscuros, sosteniendo las piezas que yo mismo no sabía cómo juntar.

Y quizás esa es la verdadera magia de las constelaciones. No son solo un recordatorio de lo que hemos perdido, sino también de lo que hemos encontrado. Son las conexiones que creamos, las personas que eligen quedarse incluso cuando sería más fácil marcharse.

Noah y Lucas fueron estrellas fugaces que dejaron cicatrices brillantes en mi vida, lecciones que aún estoy aprendiendo a aceptar. Pero Liza y Eli son las líneas que conectan esas cicatrices, que les dan forma y sentido, que me recuerdan que, aunque algunas luces se apaguen, siempre habrá otras que iluminen el camino.

No todas las estrellas están hechas para quedarse. Pero las que lo hacen, las que forman constelaciones, son las que realmente importan. Son las que te enseñan que, incluso en el cielo más oscuro, siempre hay algo por lo que vale la pena mirar hacia arriba.

Habían transcurrido cuatro meses desde que Lucas y yo nos dijimos adiós. No hubo mensajes, ni llamadas, ni siquiera un correo para despedirse una vez más. Habíamos perdido todo contacto. La única conexión que mantenía con él era a través de las redes sociales y los titulares de las revistas.

Supe que ganó el Globo de Oro y, poco después, el tan codiciado Oscar por la película que todo el mundo aclamó. Cuando vi su discurso, sentí una punzada en el pecho. No por resentimiento, sino por orgullo. Había logrado lo que siempre soñó y, aunque me dolía no haber estado ahí para celebrarlo como habíamos planeado, me sentía feliz por él.

Ahora me encuentro en Francia, en una de las tantas paradas de mi gira promocional para mi nuevo libro. Era curioso cómo la vida me había llevado a este punto. Después de tanto dolor, tantas lágrimas y tantos días en los que sentía que no podía más, estaba aquí, promocionando lo que se había convertido en uno de mis trabajos más personales.

El libro era un fan fiction disfrazado de novela romántica. Cada página, cada diálogo, era una ventana a lo que Lucas y yo habíamos vivido. No lo mencioné abiertamente, claro. Cuando los periodistas me preguntaban si el libro estaba basado en las especulaciones sobre mi relación con Lucas, siempre lo negaba con una sonrisa ensayada.

—Es solo una historia que surgió de mi imaginación —decía.

Pero, en mi interior, sabía que estaba mintiendo. Era nuestra historia, contada con otros nombres y un final diferente. Uno en el que el amor no se rendía tan fácilmente.

Las ventas estaban siendo un éxito. Cada evento estaba lleno de lectores emocionados que querían hablar sobre los personajes, sobre los momentos cargados de emoción y sobre ese amor tan complicado pero real. Me llenaba de orgullo, pero también de una tristeza silenciosa. Porque cada vez que alguien elogiaba la conexión entre los protagonistas, no podía evitar pensar en Lucas y en cómo, de alguna manera, aún estaba contando nuestra historia.

Había momentos en los que sentía que todo esto era surrealista. Estar en una ciudad como París, paseando por calles llenas de historia, comiendo croissants mientras la Torre Eiffel se alzaba a lo lejos, debería haber sido suficiente para sentirme pleno. Pero siempre había un vacío, una sensación de que algo faltaba. O alguien.

Al final del día, después de firmar cientos de libros y responder preguntas que siempre tocaban las mismas fibras, me encerraba en mi habitación de hotel con una copa de vino en la mano, mirando por la ventana. Me preguntaba si él también pensaba en mí. Si alguna vez había leído algún titular sobre mí o si había visto alguna entrevista donde mencionaban mi nombre. Me preguntaba si todavía escuchaba nuestras canciones o si recordaba las noches en las que hablábamos de nuestros sueños, como aquella en la que me prometió que me llevaría a la alfombra roja a su lado.

Suspiré, dejando la copa a un lado, y me senté frente a

mi laptop. Abrí un documento en blanco y empecé a escribir. Tal vez no podía hablar de él directamente, pero podía escribir. Podía transformar mi nostalgia en palabras, mi amor en historias y mi tristeza en algo bello. Porque si algo me había enseñado todo esto, era que las estrellas fugaces, aunque pasajeras, dejan un rastro que puede iluminarte mucho después de haberse ido.

El día después de la firma de libros en París, me dirigí a la famosa casa de moda Duval para grabar el comercial del perfume y, más tarde, participar en la sesión de fotos. Era un mundo completamente nuevo para mí, algo que jamás imaginé que estaría haciendo. ¿Un escritor convertido en modelo? Sonaba como algo sacado de una novela de ficción. Y aunque seguía sin creérmelo del todo, debo admitir que lo estaba disfrutando más de lo que esperaba.

Al llegar, me recibieron con la calidez profesional que uno esperaría de una casa de moda tan prestigiosa. Diseñadores corriendo de un lado a otro, maquilladores armados con brochas y productos que parecían sacados de un laboratorio futurista, y fotógrafos ajustando luces y cámaras. Todo era un caos organizado que, de alguna manera, funcionaba a la perfección.

—¡Ah, aquí está nuestro nuevo rostro! —exclamó el director creativo, un hombre elegante con gafas redondas que parecían demasiado pequeñas para su rostro. Me dio un apretón de manos y me analizó de pies a cabeza con un ojo crítico—. Sí, definitivamente tenemos algo especial contigo. Es esa combinación de misterio y vulnerabilidad... ¡Perfecto para la campaña!

No sabía si eso era un cumplido, pero asentí con una sonrisa nerviosa mientras me conducían a la sala de maquillaje. Me dejaron en manos de Claudine, una maquilladora con un acento parisino encantador y una risa contagiosa.

—No te preocupes, mon cher. Te haré ver aún más guapo de lo que ya eres —dijo mientras me aplicaba un poco de base.

—¿Aún más guapo? Eso suena a un reto complicado —respondí, intentando bromear para calmar mis nervios.

Claudine rio y negó con la cabeza.

—Confía en mí, tengo experiencia en hacer milagros.

El comercial fue lo primero. El concepto era simple pero elegante: yo caminaba por las calles de París, con el icónico perfume Duval en la mano, mientras una voz en off hablaba sobre el misterio y la pasión del aroma.

Lo complicado era mantener la expresión correcta durante las tomas. El director, que tenía una visión muy específica, no dejaba de repetir:

—¡No tan serio! ¡No tan relajado! ¡Encuentra el equilibrio perfecto!

Después de un sinfín de repeticiones, finalmente logramos capturar lo que querían.

Luego vino la sesión de fotos. Me vistieron con un traje negro impecable, tan perfectamente ajustado que parecía una segunda piel. Las cámaras disparaban mientras me pedían que girara la cabeza de cierta manera, que mirara al horizonte, que frunciera el ceño. Al principio me sentí ridículo, pero luego comencé a soltarme y, para mi sorpresa, hasta lo disfruté.

—¡C'est magnifique! —gritó el fotógrafo después de una toma particularmente buena—. ¡Eres un natural, Bastián!

Natural o no, el día fue agotador. Al final de la sesión, mientras me cambiaba de vuelta a mi ropa habitual, me sentí extrañamente realizado. Tal vez no era mi mundo, pero era un mundo al que, al menos por ahora, pertenecía.

Mientras terminaba de arreglarme después de la sesión, Alicia, mi publicista, entró en el camerino con alguien más. Desde el momento en que cruzó la puerta, fue imposible no notar su presencia.

Alto, de facciones marcadas que gritaban italiano desde cualquier ángulo, y con un aire de confianza tan natural que parecía hipnotizar la habitación. Llevaba uno de mis libros en la mano y, cuando sus ojos oscuros y profundos se encontraron con los míos, casi me quedé sin palabras.

—Bastián, te presento a Alessandro Bartolli —dijo Alicia con una sonrisa, ignorando completamente mi reacción—. Es uno de los modelos que participó en el comercial contigo. Y, bueno, es un gran admirador de tu trabajo.

Alessandro dio un paso hacia mí, extendiendo su mano con una sonrisa que desmoronaba cualquier resistencia.

—Es un honor conocerte, Bastián. He leído tus libros y debo decir que Te amo... idiota es una de las historias más sinceras y bellas que he leído en años.

Tuve que parpadear varias veces para procesar lo que estaba ocurriendo. Este hombre, que parecía sacado de una revista de moda (y, de hecho, probablemente lo estaba), me estaba halagando de una forma que no podía ignorar. Tragué saliva y le devolví la sonrisa, intentando parecer relajado.

—Gracias, eso significa mucho para mí —respondí mientras tomaba el libro que me extendía.

Sus manos eran grandes, cálidas, y por un instante demasiado breve, nuestras pieles se rozaron. Mientras buscaba el lugar para firmar, me obligué a concentrarme en el libro y no en el hecho de que estaba frente a un hombre que parecía salido directamente de mis sueños.

—¿Cómo quieres que lo dedique? —pregunté, tratando de mantener la compostura.

—Algo sencillo estará bien. Solo que mi nombre esté ahí ya es suficiente —respondió con ese acento italiano que hacía que cualquier palabra sonara como música.

Tomé el bolígrafo y escribí una dedicatoria rápida, sintiendo la presión de sus ojos sobre mí.

"Para Alessandro Bartolli, con gratitud y admiración. Espero que mis palabras sigan acompañándote siempre. —Bastián Allen."

Le devolví el libro y, cuando nuestras miradas se cruzaron de nuevo, sentí cómo me ruborizaba. No era normal que alguien tuviera ese efecto en mí tan fácilmente.

—Gracias —dijo, sosteniendo el libro como si fuera un

tesoro—. Esto significa más de lo que puedes imaginar.

Alicia, que había estado observando toda la escena con una sonrisa cómplice, intervino:

—Bueno, Alessandro, creo que ya tienes a tu autor favorito aquí. No lo atosigues demasiado.

Él rio suavemente y levantó las manos en señal de rendición.

—No me atrevería. Solo quería agradecerle personalmente por sus historias. Han significado mucho para mí.

Mientras se despedía y salía del camerino, no pude evitar seguirlo con la mirada. Alicia, al notar mi distracción, me dio un pequeño codazo.

—¿Qué fue eso? —preguntó, divertida.

—Nada... —mentí, aunque mi cabeza seguía reproduciendo cada detalle de nuestro encuentro.

—Nada, claro —Alicia se rio mientras organizaba unos papeles—. Déjame adivinar: te dejó sin palabras, ¿verdad?

No respondí. Solo me limité a sonreír mientras me preparaba para lo que seguía en el día. Pero en mi mente, una cosa era clara: Alessandro Bartolli acababa de dejar una impresión que sería difícil de olvidar.

Cuando salí del estudio, el sol comenzaba a caer, bañando la ciudad con un tono cálido que parecía sacado de una película. Caminé hacia la entrada principal, ajustándome el abrigo, cuando vi una figura alta y elegante esperándome.

Alessandro estaba ahí, con una sonrisa que parecía brillar más que cualquier luz en la calle. Su porte era impecable, como si estuviera hecho para llamar la atención sin esfuerzo.

Antes de que pudiera decir algo, sentí un codazo en el costado.

—Mira quién está esperándote —dijo Alicia con una sonrisa cómplice, inclinándose un poco hacia mí—. De nada.

La miré, frunciendo ligeramente el ceño, pero no pude

evitar sonreír. Cuando levanté la vista, Alessandro ya estaba acercándose. Su andar era seguro, como si cada paso estuviera calculado, pero su sonrisa dejaba atrás cualquier formalidad.

—Bastián —dijo al llegar a mi lado, su acento italiano envolviendo mi nombre como un suave susurro—. ¿Tienes planes para esta noche?

—Nada importante, solo... descansar, supongo —respondí, un poco desconcertado por su directa amabilidad.

—Perfecto. Entonces acompáñame a cenar. Quiero mostrarte un poco de la ciudad. Estoy seguro de que París tiene un encanto diferente cuando se ve con un buen guía.

Sus palabras eran simples, pero el tono y la mirada fija en mis ojos me dejaron sin palabras por un momento. Alicia, siempre atenta, intervino antes de que pudiera pensar demasiado.

—Ve. No puedes decir que no a una invitación como esa. Además, no todos los días tienes a un modelo italiano ofreciéndote un tour personalizado por París.

Me giré para mirarla, buscando alguna excusa para no parecer demasiado ansioso, pero ella solo me empujó suavemente hacia Alessandro con una sonrisa triunfal.

—Está bien —dije finalmente, volviendo a mirarlo—. Acepto. Pero solo si prometes que no me harás caminar kilómetros para ver todo.

Él rio suavemente, un sonido tan encantador como su sonrisa.

—Prometo que será una noche tranquila... aunque inolvidable.

Con eso, extendió su brazo, un gesto clásico pero encantador. Dudé por un segundo, pero finalmente lo tomé, dejando que me guiara hacia la noche parisina, mientras Alicia se despedía con un gesto de victoria en el fondo.

Esa sensación de espontaneidad, mezclada con el encanto de Alessandro y el telón de fondo de París, hizo que esa noche comenzara con una promesa: que sería diferente y, quizás, una que recordaría por mucho tiempo.

Mientras caminábamos por las calles empedradas de París, Alessandro y yo hablamos de cosas triviales: el clima, el caos del tráfico en la ciudad y cómo cada rincón parecía sacado de un libro o una película. La brisa era fresca, y el ambiente vibraba con esa energía única que tiene París por las noches.

Pero fue cuando nos detuvimos frente a un restaurante que mi corazón dio un pequeño salto. Reconocí el lugar al instante: los toldos, las luces cálidas, incluso la terraza con pequeñas mesas redondas. Era el restaurante donde se habían grabado algunas de las escenas más icónicas de Emily en París. No pude evitar sonreír, emocionado.

—¿Es en serio? —pregunté, mirándolo con los ojos ligeramente abiertos.

Alessandro sonrió, claramente satisfecho con mi reacción.

—He leído mucho sobre ti, Bastián. Sé que te encanta la serie, así que pensé que sería un buen lugar para cenar. Además —añadió, inclinándose ligeramente hacia mí—, pensé que te haría feliz.

La sinceridad en su tono me desarmó. Me crucé de brazos, fingiendo analizar la situación, aunque por dentro estaba emocionado como un niño pequeño.

—Bueno, es un buen movimiento, Bartolli. Aunque no esperaba que fueras tan detallista.

—Soy italiano, Bastián. Ser detallista es parte de nuestra naturaleza.

Ambos reímos mientras él me abría la puerta con un gesto elegante y entramos al restaurante.

Era aún más encantador por dentro: las paredes decoradas con fotografías, la música suave de fondo y el aroma a comida francesa recién preparada flotando en el aire.

Nos sentaron en una mesa junto a la ventana, desde donde se podía ver la calle iluminada por faroles. Alessandro me dejó elegir el vino, lo que me pareció un gesto sencillo pero significativo. Durante la cena, la conversación fluyó con facilidad. Hablamos de libros, de cine, de nuestras ciudades natales y de cómo ambos habíamos terminado en ese momento, compartiendo una cena juntos.

Cuando llegó el postre, no pude evitar preguntarle:

—¿Cómo supiste tanto sobre mí? ¿Me estás espiando o algo así?

Alessandro soltó una carcajada que atrajo algunas miradas curiosas de las otras mesas.

—No hace falta espiarte, Bastián. Eres un escritor famoso, ¿recuerdas? Tienes entrevistas, artículos y, claro, tus libros. Solo tuve que leer entre líneas.

Me quedé mirándolo, divertido, pero también impresionado.

—Eres bueno, Bartolli. Quizás demasiado bueno.

—Solo trato de impresionarte —admitió, encogiéndose de hombros con una sonrisa que hizo que mis mejillas se calentaran un poco.

La noche continuó llena de risas y pequeños momentos que parecían sacados de una película romántica.

Llegamos al hotel después de nuestra caminata nocturna por París. La entrada estaba tranquila, con apenas unas pocas personas cruzando el lobby. Alessandro se detuvo conmigo frente al ascensor y, por un momento, no dijo nada. Simplemente me miró con una intensidad que no esperaba.

—Bastián... —comenzó a decir, pero antes de terminar la frase, se inclinó hacia mí y me besó.

Fue un beso inesperado, suave al principio, como si me diera la oportunidad de detenerlo si quería. Pero no lo hice. Por un segundo me quedé inmóvil, en silencio, sintiendo cómo el mundo alrededor se desvanecía. Luego, casi sin darme cuenta, le devolví el beso con la misma intensidad.

Su mano se apoyó suavemente en mi rostro, mientras mis dedos se aferraban instintivamente a la solapa de su chaqueta. Fue un momento que parecía alargarse eternamente y, al mismo tiempo, pasar en un suspiro. Cuando finalmente nos separamos, ambos respiramos profundamente, como si hubiéramos olvidado cómo hacerlo durante esos segundos.

—Lo siento… —murmuró Alessandro, con una mezcla de timidez y valentía en la mirada—. No quería ser demasiado directo, pero sentí que, si no lo hacía, me arrepentiría.

Me quedé mirándolo, intentando procesar lo que acababa de pasar. Todavía podía sentir el calor de sus labios en los míos. Finalmente, esbocé una pequeña sonrisa.

—No tienes que disculparte —dije, mi voz más suave de lo que esperaba—. Fue… inesperado, pero no estuvo mal.

Alessandro soltó una pequeña risa nerviosa, como si se quitara un peso de encima.

—Espero que no me odies por esto.

—No creo que pueda odiarte, Bartolli —respondí, intentando aligerar el momento.

Nos quedamos ahí, frente al ascensor, sin decir nada más, simplemente mirándonos. Finalmente, la campanilla rompió el silencio. Entramos, y el trayecto hasta mi piso se sintió como un vacío lleno de mil cosas no dichas.

Cuando llegamos a mi puerta, Alessandro tomó mi mano con suavidad.

—Gracias por esta noche. Fue… especial.

—Lo fue —admití, sintiendo que mi corazón latía un poco más rápido de lo normal.

—Espero que podamos repetirlo.

—Tal vez. Ya veremos —respondí con una sonrisa que, incluso para mí, sonó coqueta.

Alessandro se inclinó ligeramente, como si fuera a besarme de nuevo, pero se detuvo, dejando el momento flotando en el aire. Luego, con una última sonrisa, se dio la vuelta y caminó hacia el ascensor.

Apenas crucé la puerta de mi habitación, Alicia salió de la suya como un torbellino, con una sonrisa traviesa y los ojos llenos de curiosidad.

—¡Necesito todos los detalles! —exclamó, tomándome del brazo y arrastrándome hasta el sofá—. ¿Qué pasó? ¿Cómo fue? ¡No te guardes nada!

No pude evitar reír ante su entusiasmo. Me dejé caer en el sofá, aún con la sensación del beso de Alessandro en mis labios, y respiré hondo antes de hablar.

—Fue... perfecto —le dije, dejando que una sonrisa involuntaria se dibujara en mi rostro.

Alicia casi dio un brinco de emoción, golpeando sus palmas juntas como si estuviera celebrando su propio logro.

—¡Sabía que ese italiano guapo iba a ser encantador! ¿Y luego qué pasó? ¿Dónde fueron? ¡Habla ya!

Comencé a relatar la noche desde el principio: el paseo por las calles de París, la sorpresa del restaurante de *Emily en París*, la conversación ligera que fluyó como si nos conociéramos desde siempre. Alicia escuchaba cada palabra con tanta intensidad que, por un momento, me pregunté si estaba más emocionada que yo.

—¡Eso es tan romántico! —dijo, llevándose una mano al pecho cuando le conté cómo Alessandro me había sorprendido con el beso frente al ascensor—. Por favor, dime que le correspondiste como en las películas.

—Lo hice —admití, sintiendo cómo el calor subía a mis mejillas.

Alicia me miró con los ojos bien abiertos, como si acabara de recibir la mejor noticia de su vida.

—¡Sabía que lo harías! ¿Y qué tal el beso? ¿Fue bueno? Porque ese hombre tiene toda la pinta de saber lo que hace.

Solté una carcajada, negando con la cabeza.

—Fue... muy bueno. Pero, Alicia, ¿puedes calmarte un poco? Parece que tú eres la que está enamorada.

—¿Cómo no voy a emocionarme? ¡Es un modelo italiano guapísimo que te lleva a restaurantes de ensueño y te besa como si estuvieras en una novela romántica! Además, tú no sales con cualquiera, y después de todo lo que has pasado, te mereces esto.

La escuché con una sonrisa, dejándola disfrutar del momento mientras yo repasaba la noche en mi mente. Tenía razón. Me lo merecía, pero también sabía que debía ir con cautela.

—Está bien, pero no te hagas demasiadas ilusiones todavía. Es solo el comienzo.

—¡El comienzo de algo épico! —gritó Alicia, levantándose del sofá y agitando los brazos en el aire como si estuviera narrando un gran drama—. *"El escritor y el modelo: una historia de amor en París"*. ¡Ya puedo verlo!

—Por favor, no lo conviertas en un drama —dije entre risas, lanzándole un cojín.

Alicia lo atrapó y me lanzó una mirada traviesa.

—Está bien, no lo haré. Pero solo si prometes que me contarás cada detalle de la próxima cita.

—Lo haré, lo prometo. Pero ahora necesito dormir. Ha sido un día largo.

Mientras me levantaba del sofá, Alicia me abrazó, un gesto breve pero lleno de cariño.

—Me alegra verte así, Bastián. De verdad.

—Gracias, Alicia. Y gracias por emocionarte más que yo. Es adorable.

A la mañana siguiente, me desperté con una mezcla de emociones. París había sido una experiencia inolvidable, pero era hora de seguir con la gira. Me quedaban dos paradas antes de regresar a casa: Italia y España. Me sentía emocionado por lo que venía, aunque una parte de mí no podía ignorar el nudo en el estómago al pensar en lo que me esperaba al final de todo esto.

Alessandro no dejaba de escribirme. Ya nos habíamos agregado en Instagram, y él compartía fotos mostrando cómo avanzaba con la lectura de mi libro. Aunque intentaba concentrarme en mi trabajo, terminaba stalkeando su perfil, deteniéndome demasiado tiempo en sus fotos en ropa interior. Su perfección era hipnotizante, tanto que a veces cerraba Instagram y tiraba el teléfono a un lado para no distraerme más. Era absurdo cuánto me atraía.

Madrid fue la siguiente parada, y la energía de la ciudad me atrapó desde el primer momento. Los lectores me recibieron con un entusiasmo que no esperaba. Cada firma de libros era un universo de emociones: risas, agradecimientos, historias compartidas. La gente me contaba cómo mis novelas los habían acompañado en momentos difíciles, y escuchar eso me llenaba de gratitud. España me hizo sentir en casa de una forma inesperada, con sus calles vibrantes, su comida y la calidez de su gente.

Luego llegó Italia y, si Madrid había sido increíble, Italia le superó. Ver mi libro traducido al italiano fue uno de esos momentos que quedarían grabados en mi memoria para siempre. Había algo especial en recorrer las calles de Roma, Florencia y la Toscana sabiendo que mi historia estaba siendo leída en otro idioma, en otro rincón del mundo.

Durante mis días en Italia, Alessandro decidió unirse a mí. Organizó un tour por la Toscana y me llevó a lugares que parecían sacados de una postal. Su compañía era más agradable de lo que estaba dispuesto a admitir, y cada momento que pasábamos juntos me hacía sentir más cómodo, más tranquilo. Me gustaba más de lo que debería, pero intentaba no pensar demasiado en ello. Alessandro era divertido, encantador y, de alguna manera, lograba hacerme reír justo cuando lo necesitaba.

Sin embargo, al finalizar mis días en la Toscana, el peso de lo que venía comenzó a hacerse presente. Era hora de regresar a Estados Unidos para empezar la gira de promoción de la película. Y aunque debería emocionarme, no podía ignorar la verdad: volver a ver a Lucas después de tanto tiempo no era algo que me hiciera feliz en este momento.

Mientras hacía mi equipaje para el vuelo, mi mente no dejaba de divagar. Por mucho que intentara concentrarme en los logros que estaba alcanzando, en las experiencias maravillosas que estaba viviendo, una parte de mí seguía buscando respuestas, cerrando heridas que no quería admitir que aún estaban abiertas. Volver a casa significaba enfrentar todo lo que había dejado atrás, y no estaba seguro de estar listo para ello.

Una vez en el aeropuerto, con las maletas listas y los ojos aún brillando por los últimos días en Italia, llegó el momento de despedirme de Alessandro.

Él, como todo un caballero italiano salido de un comercial de perfume, nos acompañó hasta la entrada, cargó mi equipaje como si fuera de algodón y se despidió de Alicia con un beso en la mejilla y un Encantado, bella donna, que a ella casi la hizo derretirse ahí mismo.

Cuando llegó mi turno, Alessandro me miró con esa sonrisa suya que parecía decir sí, sé que soy irresistible, y antes de que pudiera siquiera decir adiós, me tomó por la cintura y me plantó un beso que probablemente hizo que todos en la terminal 3 se detuvieran a mirar. Si existiera un premio al mejor romance fugaz del verano, Alessandro y yo habríamos ganado, sin duda.

—Prometo visitarte en Estados Unidos —dijo con su acento italiano que podría haberme convencido de cualquier cosa en ese momento.

—Claro, claro, solo avisa primero. No quiero que llegues de sorpresa y me encuentres en pijama comiendo helado —respondí, tratando de sonar casual, aunque mi cara probablemente estaba más roja que la salsa de un buen espagueti.

Alicia, que había estado viendo todo con una mezcla de incredulidad y diversión, esperó hasta que Alessandro se marchó para girarse hacia mí con una ceja levantada y un tono que solo se reserva para los mejores chismes.

—¿Así que un romance de verano a los treinta y cuatro

años, Bastián? ¡Bravo! —dijo, aplaudiendo como si acabara de ganar un premio.

—¡No lo llames así! —repliqué, aunque no pude evitar reírme—. Pero sí, supongo que... bueno, lo fue. Un romance de verano. ¡Y en Italia, nada menos! ¿Quién lo hubiera pensado?

—Oh, por favor, lo mejor de todo es que ahora tienes a alguien guapo que promete visitarte. Si eso no es un final feliz, no sé qué lo es.

Entramos al aeropuerto con nuestras maletas, mientras yo todavía procesaba el hecho de que, efectivamente, había tenido un romance de verano como si estuviera en una película romántica, pero con un toque de comedia que solo mi vida podía ofrecer.

Y aunque sabía que Alessandro y yo éramos más un capítulo corto que una novela completa, no podía negar que había sido una experiencia que recordaría con una sonrisa... y tal vez con un poco de orgullo.

Estela

UN ADIÓS... TAL VEZ

La primera rueda de prensa se llevó a cabo en el Festival Internacional de Tribeca, en Los Ángeles. Como ya se estaba volviendo costumbre, dejé que Liza eligiera mi atuendo para la ocasión. No paraba de decirme que me veía espectacular y, aunque al principio me reí de sus exageraciones, al verme en el espejo tuve que admitir que tenía razón.

El traje negro, perfectamente ajustado, y la camisa blanca sin corbata me daban un aire relajado pero elegante. Liza incluso insistió en que agregara un reloj que, según ella, *"gritaba éxito"*. No discutí.

Nunca había estado rodeado de tantos periodistas en mi vida. Era abrumador, pero al mismo tiempo emocionante. El salón estaba decorado con luces brillantes y pancartas gigantes con el nombre de la película. En el centro, una mesa larga con los nombres de todos los actores, el director y, para mi sorpresa, el mío.

Cuando vi mi lugar en el centro, justo entre Lucas y Lake, me detuve en seco.

—¿Es una broma? —le dije a Alicia, mi publicista, señalando el cartel con mi nombre.

—¿Qué pasa? —preguntó ella, levantando una ceja.

—Estoy sentado junto a Lucas —respondí, intentando sonar casual, pero mi voz tembló un poco.

—No puedo hacer nada, Bastián. Ya está todo organizado. Solo… respira. Lo harás genial.

Me mordí el interior de la mejilla, intentando calmarme, pero la ansiedad me quemaba por dentro. No había visto a Lucas desde aquella despedida dolorosa en el tráiler, y el simple pensamiento de sentarme a su lado, frente a cientos de cámaras, me hacía querer desaparecer.

El momento llegó. Comenzaron a llamar a cada persona por su nombre, uno por uno, para que tomáramos nuestros lugares.

Mi nombre fue el primero. Respiré hondo, fingí una sonrisa y caminé hacia la mesa. Los flashes de las cámaras me cegaron por un instante, y me forcé a no mirar a nadie directamente mientras me sentaba.

Luego llamaron a Lake. Ella entró con una gracia que solo alguien como ella podía tener. Llevaba un vestido corto y brillante que la hacía parecer una Barbie viviente. Cuando se sentó a mi otro lado, me guiñó un ojo y susurró:

—Relájate. Esto será divertido.

Pero la tranquilidad que me daba Lake duró poco.

El siguiente nombre fue el de Lucas.

En cuanto lo escuché, sentí cómo la piel se me erizaba. No pude evitar girar la cabeza y verlo entrar. Siempre había tenido esa capacidad de llenar cualquier habitación, como si el aire cambiara al instante. Llevaba un traje negro con una camisa gris sin corbata, un look que mezclaba elegancia con su clásica vibra de chico malo de Hollywood.

Había cambiado su corte de cabello y, aunque intenté no mirarlo demasiado, fue inevitable notar lo bien que le quedaba.

Cuando se acercó para tomar su asiento a mi lado, el aroma de su perfume me envolvió. Era embriagador, y por un momento casi olvidé dónde estaba. Me enderecé en mi asiento, tratando de mantener la compostura, pero mis manos se aferraban a los bordes de la mesa como si fueran mi ancla.

—Hola, escritorcito —murmuró Lucas, apenas audible para los demás, mientras se acomodaba en su lugar.

Su tono era casual, pero había algo en su voz que me hizo tensarme aún más.

No respondí. No podía.

Mi corazón golpeaba mi pecho como si intentara salir, y lo último que necesitaba era que alguien notara mi nerviosismo. Me limité a mirar hacia adelante, esperando que las preguntas comenzaran y que la atención se desviara hacia cualquier otra cosa que no fuera lo que estaba sintiendo en ese momento.

Los flashes continuaban. Las cámaras grababan cada movimiento. Y aunque intenté mantener una sonrisa profesional, no podía evitar sentirme atrapado entre dos mundos: el profesional y el personal. Y Lucas, como siempre, estaba justo en el centro de ambos.

Las primeras preguntas se centraron en la película, en cómo se había desarrollado el proceso creativo y en los desafíos de llevar la historia de las páginas de un libro a la pantalla grande.

Me preguntaron sobre mi inspiración para escribir la novela, cómo fue trabajar junto al equipo de guionistas y mi experiencia viendo a los personajes cobrar vida en el set. Respondí con calma, tratando de enfocarme en los aspectos técnicos, aunque por dentro no podía dejar de sentirme consciente de la presencia de Lucas a mi lado.

El ambiente era relajado. Las risas suaves y los comentarios entre el elenco y el director aligeraban la formalidad del evento.

Cuando llegó el turno de Lucas, los periodistas le preguntaron sobre su relación con Lake en el set, cómo fue construir la química entre sus personajes y qué había significado para él interpretar este papel.

Lucas respondió con esa seguridad característica, entrelazando anécdotas divertidas y reflexiones personales. Sus palabras fluían con naturalidad y, cada tanto, lograba arrancar risas de los periodistas y hasta de Lake, que asentía con una sonrisa mientras lo escuchaba.

Yo, en cambio, apenas podía respirar.

—Trabajar con Lake fue increíble —dijo Lucas, mirándola con una sonrisa de complicidad—. Tiene una habilidad única para conectar con cualquier persona y transmitir emociones auténticas. Eso hizo que construir la relación entre nuestros personajes fuera mucho más fácil. Creo que todos los días aprendí algo de ella en el set.

Lake, siempre elegante, respondió rápidamente:

—Y yo aprendí que trabajar con Lucas significa que nunca dejarás de escuchar música de los 80 en los descansos.

Las risas llenaron la sala, y por un momento me decidí a relajarme, disfrutando del intercambio entre ellos. Todo iba bien, al menos hasta ahora. La conversación fluía y las preguntas eran amenas, enfocadas en la película y en el trabajo en equipo.

Yo seguía en mi lugar, sonriendo cuando correspondía y aportando algún comentario breve cuando me dirigían una pregunta. Sin embargo, a pesar de la aparente calma, no podía ignorar la ligera tensión que sentía cada vez que Lucas hablaba. Había algo en su voz, en su forma de gesticular, que me hacía recordar momentos que había tratado de dejar atrás.

Mientras las preguntas continuaban, intenté enfocarme en las palabras de los demás y no en los pensamientos que rondaban mi cabeza. Me repetí que este evento era profesional, que el público estaba ahí por la película. Todo iba tranquilo, y esperaba que siguiera así.

Pero en el fondo, una pequeña parte de mí sabía que, en cualquier momento, alguien haría la pregunta equivocada.

Cuando la reportera habló, sentí que el aire en la sala se volvía denso de repente.

—¿Cómo manejan los rumores de una relación entre ustedes?

La habitación entera pareció inclinarse hacia mí, esperando una respuesta.

Me quedé congelado, intentando procesar qué decir.

Justo cuando Alicia salió detrás de escena para pedir que no se permitieran ese tipo de preguntas, levanté la mano y le hice un gesto para que se detuviera.

—Está bien. Yo responderé.

Lucas, a mi lado, tenía la mandíbula apretada y esa mirada que reservaba para escenas en las que tenía que parecer listo para pelear con cinco tipos a la vez. Si pudiera golpear a alguien con solo mirar, la reportera habría salido disparada hasta la otra punta de la sala.

Respiré hondo y sonreí.

—No, Lucas y yo nunca estuvimos involucrados sentimentalmente —dije, aunque una parte de mí quería gritarle al mundo que sí nos habíamos amado—. Solo fuimos compañeros de trabajo con una amistad sincera que, lamentablemente, las noticias falsas arruinaron. Pero siempre estaré agradecido con Lucas por todo lo que ha hecho por mí.

De repente, Lucas levantó la mano y tomó el micrófono, interrumpiéndome. El gesto fue tan inesperado que casi derramé mi vaso de agua.

—Quiero aclarar algo —dijo, y los periodistas se inclinaron hacia adelante, como si estuvieran a punto de escuchar el escándalo del año—. Sé que muchos se han preguntado si soy o no... bueno, quiero ser claro.

El corazón me dio un vuelco.

¿Lucas iba a salir del clóset en este momento? ¿Frente a todo el mundo? ¿Aquí, conmigo sentado a su lado?

—No soy gay.

La frase cayó como una bomba en mi pecho, y aunque intenté no mostrarlo, estoy seguro de que mi sonrisa se tambaleó.

Lucas continuó, ajeno a mi incomodidad:

—El hecho de tener un amigo abiertamente gay como Bastián no significa que yo lo sea. Estoy en un momento pleno y feliz de mi carrera. Y, por cierto, no tan soltero como algunos piensan.

Los periodistas comenzaron a murmurar, claramente esperando que Lucas revelara el nombre de su no tan secreta pareja. Incluso yo quería saber quién era.

Una punzada de celos se instaló en mi estómago.

¿Quién era? ¿Desde cuándo salía con alguien? ¿Cómo no me había enterado?

Lucas miró a la sala con una sonrisa triunfal y luego, sin venir a cuento, me lanzó una bomba.

—Además, mi amigo el escritorcito aquí presente está saliendo con alguien. Un modelo italiano, si no me equivoco. Alessandro Bartolli, ¿cierto? Lo sé porque seguimos siendo amigos y nos escribimos muy a menudo.

Casi me ahogué con mi propia respiración.

¿Cómo demonios sabía Lucas eso?

Lo miré, completamente sorprendido, mientras la sala estallaba en murmullos.

Lucas tenía una sonrisa que mezclaba celos, orgullo y algo de malicia, como si hubiera soltado ese comentario solo para asegurarse de que nadie lo cuestionara más a él.

—¿Alessandro Bartolli? —preguntó una periodista desde la primera fila, claramente emocionada—. ¿Es cierto, Bastián?

Me aclaré la garganta, intentando recuperar el control.

—Bueno... Alessandro y yo nos conocimos durante mi gira. Es un gran lector y una persona increíble.

Lucas carraspeó, llamando la atención nuevamente.

—Un gran lector, claro. Pero si siguen su Instagram, saben que es un modelo increíble también, ¿no es así, Bastián? —dijo, con una sonrisa tan falsa que me dieron ganas de lanzarle mi vaso de agua.

Lo miré de reojo, tratando de mantener la calma.

Lucas parecía disfrutar el caos que había desatado,

mientras yo intentaba no tirarle el micrófono en la cara.

—Sí, Alessandro es un modelo increíble, pero esta conferencia es sobre la película, no sobre mi vida personal —respondí, tratando de desviar el tema.

Lucas solo se encogió de hombros y añadió, como si nada:

—Solo quería asegurarme de que el crédito se lo llevara quien lo merece.

El resto de la conferencia fue un borrón.

Mi mente estaba dividida entre intentar mantener la compostura y entender cómo Lucas sabía tanto sobre mi vida. Cuando finalmente terminó, salí de la sala con un nudo en el estómago y la certeza de que él seguía teniendo un talento único para meterse en mi cabeza... y quedarse ahí.

Después de la rueda de prensa, sentía como si el aire se me escapara. Necesitaba un momento para mí, alejado de las luces, las preguntas, los murmullos. Todo lo que quería era un minuto para respirar y ordenar mis pensamientos.

Mis pies casi me llevaron automáticamente al baño más cercano. Siempre había sido mi refugio en momentos como estos, ya fuera para reírme solo o, como en este caso, simplemente para escapar.

Entré corriendo al baño, agradeciendo que estuviera vacío. Cerré la puerta detrás de mí y me apoyé contra el lavamanos, mirando mi reflejo en el espejo. Mi cabello estaba un poco alborotado, mi rostro mostraba las marcas del estrés de las últimas semanas, pero lo ignoré. Necesitaba centrarme en algo más.

Me incliné hacia adelante, dejando que el agua fría del grifo mojara mis manos antes de llevármelas al rostro. Esa simple acción me ayudó a calmarme un poco.

Justo cuando estaba a punto de darme la vuelta para salir, la puerta del baño se abrió.

Levanté la vista, y mi corazón se detuvo un segundo cuando vi quién era.

Noah.

Estaba parado ahí, con un aspecto desaliñado que no dejaba dudas sobre cómo había estado manejando su vida últimamente.

—¿Qué haces aquí, Noah? —pregunté, intentando que mi tono no mostrara la mezcla de incredulidad y enojo que sentía.

Él dio un paso adelante, cerrando la puerta detrás de él.

—He estado esperándote, Bastián. Necesitaba verte.

—¿Esperándome? Noah, esto no es normal. No puedes aparecerte así. —Intenté mantener la calma, pero mi corazón latía con fuerza.

Noah dejó escapar una risa amarga, y me di cuenta de que su mirada estaba perdida, como si no estuviera realmente presente.

—No tengo a dónde ir, Bastián. No tengo dinero, no tengo nada. Necesito tu ayuda.

Sus palabras me golpearon como una ráfaga de viento helado, pero no podía permitirme flaquear. Inspiré profundamente antes de responder:

—Noah, lo siento, pero no puedo ayudarte. Ya no es mi responsabilidad.

—¿No es tu responsabilidad? —repitió, su tono subiendo de golpe. Dio un paso más cerca, y el instinto me hizo retroceder un poco—. ¡Yo fui todo para ti! ¡Y ahora, cuando te necesito, me das la espalda!

—Noah, por favor, vete. Esto no está bien. —Intenté mantener mi tono firme, pero no agresivo. No quería empeorar las cosas.

Él sacudió la cabeza, con una mezcla de frustración y desesperación.

—No quiero dinero, Bastián. Quiero lo que teníamos. Te quiero a ti.

El pánico se apoderó de mí.

Sus palabras, su postura... todo indicaba que esto no iba a terminar bien.

Antes de que pudiera reaccionar, Noah se lanzó hacia mí y sujetó mi rostro con ambas manos, intentando besarme.

Su aliento apestaba a alcohol y desesperación, y el contacto me provocó un escalofrío.

—¡Noah, suéltame! —grité, empujándolo con todas mis fuerzas.

Él tropezó hacia atrás, golpeándose contra la puerta, pero no pareció detenerse. Volvió a cargar contra mí, esta vez empujándome con tanta fuerza que caí al suelo.

Mi cabeza golpeó el borde del lavamanos, y un dolor agudo se expandió desde mi muñeca cuando intenté amortiguar la caída.

—¡Bastián!

Una voz resonó desde la entrada del baño y, por un instante, creí haberla imaginado.

Pero cuando levanté la vista, vi a Lucas parado en la puerta, su rostro una mezcla de ira y preocupación.

—¿Qué demonios estás haciendo? —gritó, avanzando rápidamente hacia nosotros.

Noah retrocedió de inmediato, su expresión cambiando de agresión a nerviosismo.

Lucas se interpuso entre los dos, bloqueándolo completamente de mi vista.

—¿Estás bien? —preguntó, sin apartar los ojos de Noah.

—Creo que sí... —murmuré, llevándome una mano a la cabeza. El dolor en mi muñeca y mi cabeza me hacía ver todo un poco borroso.

—Sal de aquí. Ahora. —ordenó Lucas, su tono cargado de una autoridad que nunca le había escuchado antes.

—Esto no es asunto tuyo —replicó Noah, pero su voz

carecía de fuerza.

—Lo es cuando estás lastimando a alguien que me importa.

Lucas dio un paso hacia él, y Noah finalmente entendió que no tenía oportunidad.

Con una última mirada hacia mí, se dio la vuelta y salió corriendo del baño.

Lucas se giró de inmediato hacia mí, agachándose para examinar mi rostro.

—¿Dónde te duele? ¿Puedes moverte? —preguntó, su voz suave pero llena de urgencia.

—Estoy bien, solo... mi muñeca y la cabeza. —Intenté sentarme, pero el mareo me obligó a detenerme.

—Te llevaré al hospital.

Su tono no dejaba lugar a discusión.

Lucas me ayudó a levantarme con cuidado, sosteniéndome como si fuera a romperme en cualquier momento. Y aunque todo dolía, su presencia hacía que me sintiera un poco más seguro.

—No, Lucas, gracias. Estoy bien. Yo puedo ir solo. —Intenté sonar firme, aunque mi voz temblaba un poco por el dolor y el impacto de lo que acababa de pasar.

—Bastián... —insistió, su tono con una mezcla de preocupación y frustración.

—He dicho que no, Lucas. Puedo solo. —Di un paso hacia atrás, apartando mi mano de la suya. No quería mirarlo a los ojos; sabía que si lo hacía, podría ceder.

Lucas apretó la mandíbula.

—Esto no tiene nada que ver con lo que pasó entre nosotros. Se trata de ti, de lo que acabas de vivir. Noah te está acosando, te ha hecho daño, y tienes que hacer algo al respecto.

—Lucas... —susurré, sin fuerzas para seguir discutiendo.

—No quiero que te pase nada más.

Su voz tembló ligeramente al final.

Los guardias de seguridad llegaron en ese momento, alertados por el ruido. Les expliqué brevemente lo que había sucedido y ellos se apresuraron a buscar a Noah, aunque ya se había marchado.

Mientras hablaba con ellos, podía sentir la mirada de Lucas sobre mí, fija, intensa.

Cuando terminé de hablar con seguridad, me giré hacia él.

—Cuídate, Lucas. Y gracias por preocuparte.

Intenté sonreír, pero el gesto se quedó a medio camino.

Antes de que pudiera responder, me di la vuelta y empecé a caminar hacia la salida.

Podía sentir sus ojos siguiéndome mientras me alejaba, con la muñeca vendada y la cabeza todavía palpitando por el golpe.

Sabía que estaba preocupado, pero no quería que esto volviera a entrelazar nuestras vidas de una manera que no estaba listo para manejar.

Mientras cruzaba la puerta principal, una parte de mí deseaba haberlo dejado acompañarme.

Pero la otra, la que había aprendido a priorizar mi bienestar y mi independencia, sabía que esta era una batalla que necesitaba enfrentar por mí mismo.

Después de dejar el edificio del festival, me dirigí directamente al hospital.

El dolor en mi muñeca era constante, y mi cabeza seguía punzando con cada latido.

Mientras esperaba en la sala de emergencias, intenté distraerme revisando mi teléfono, pero las notificaciones de las redes sociales, llenas de rumores y especulaciones sobre la rueda de prensa, solo me ponían más ansioso.

Finalmente, el médico me atendió, revisó mi muñeca y

confirmó que estaba torcida, pero nada grave. Me vendaron la mano y me dieron algunos analgésicos para el dolor.

Mi cabeza, por suerte, solo tenía un golpe superficial, pero me recomendaron descansar y evitar el estrés.

Solté una risa amarga al escuchar esa última recomendación.

¿Cómo se suponía que evitaría el estrés cuando mi vida parecía un drama constante?

Desde el hospital, tomé un taxi al departamento de policía.

Entrar allí y contarle a un oficial lo que había pasado fue como revivir el incidente. Describir a Noah, recordar su comportamiento errático y cómo me había empujado fue más difícil de lo que esperaba.

Pero sabía que era necesario.

Necesitaba protegerme.

Después de completar los formularios y presentar mi declaración, el oficial me aseguró que se tramitaría una orden de alejamiento y que Noah sería notificado.

Al salir de la estación, me sentí agotado, como si el peso del día finalmente estuviera cayendo sobre mí.

Mientras el taxi me llevaba de regreso a mi apartamento, decidí que necesitaba hablar con alguien.

Saqué mi teléfono y marqué el número de Alessandro.

—Ciao, Bastián. ¿Cómo estás? —dijo Alessandro, su tono cálido y familiar al contestar.

—Hola, Alessandro. —Mi voz tembló un poco, pero me esforcé por mantenerme firme—. Quería contarte algo que pasó hoy. No quiero preocuparte, pero necesito sacarlo de mi sistema.

Él guardó silencio por un momento, pero su preocupación era palpable incluso a través del teléfono.

—Dime qué pasó. Estoy aquí para escucharte.

Le conté todo: desde el incidente con Noah hasta la orden de alejamiento.

Su reacción fue una mezcla de preocupación y enojo.

—No puedo creer que tengas que lidiar con algo así. Me alegra que hayas tomado medidas, pero, Bastián, ¿estás bien? ¿Estás seguro de que estás a salvo?

—Estoy bien ahora. —Suspiré, sintiéndome un poco más ligero al compartirlo con alguien que no me juzgaría—. Y sí, estoy tomando medidas para asegurarme de que no vuelva a pasar. Pero no voy a mentirte, Alessandro, esto me ha dejado un poco... desorientado.

—Quisiera estar ahí contigo, abrazarte y asegurarme de que te sientas mejor.

Su voz sonó genuina, y pude imaginarlo frunciendo el ceño con preocupación.

—Eso significa mucho para mí. —Sonreí ligeramente, aunque sabía que no podía verlo—. Gracias por escucharme y por preocuparte.

—Siempre, Bastián. Tú no mereces pasar por esto solo.

Hubo una pausa, y luego su tono se volvió un poco más ligero.

—Cuando todo esto pase, quiero que vengas a Italia de nuevo. Prometo hacerte olvidar todo esto con buenos vinos y mejor compañía.

Solté una pequeña risa, agradecido por su esfuerzo por animarme.

—Te tomaré la palabra. Y gracias, de verdad. Hablar contigo me ayuda más de lo que imaginas.

—Lo sé. Y recuerda, no estás solo. Estoy aquí para ti.

Después de colgar, me dejé caer en el sofá de mi apartamento.

Aunque el día había sido una montaña rusa emocional, sentí un pequeño destello de esperanza.

Tenía personas que se preocupaban por mí, y aunque el camino no era fácil, estaba aprendiendo a priorizarme y a protegerme.

Hale-Bop

TE ESPERABA

La noche del estreno había llegado, y todo era un espectáculo. El teatro, uno de los más icónicos de Los Ángeles, brillaba bajo las luces de los flashes y el bullicio de las figuras del cine que desfilaban elegantemente. Era una noche que había esperado por tanto tiempo que no podía evitar sentir los nervios mezclados con una emoción latente.

Liza y Eli, como de costumbre, habían trabajado juntas para elegir mi atuendo, y no podían haber acertado más. Un traje de alta costura italiana en un tono azul profundo que parecía hecho a medida—porque lo era. Cuando me lo probé por primera vez, incluso yo tuve que admitir que me veía increíble.

La alfombra roja estaba abarrotada de cámaras y fotógrafos que gritaban nombres a diestra y siniestra. Esta vez, no estaba solo. Alessandro había viajado desde Francia para acompañarme, y ambos lucíamos impecables. Su porte italiano y su elegancia natural hacían que todas las miradas se posaran en nosotros mientras avanzábamos. Podía sentir los destellos de las cámaras, los murmullos y las fotos tomadas a nuestro paso.

Mis padres, Liza, Eli y Alicia también estaban ahí, apoyándome en una de las noches más importantes de mi carrera. Su presencia era un ancla en medio del caos de la alfombra roja, y no podía estar más agradecido. Pero, por más que intentara enfocarme en disfrutar el momento, mi atención no tardó en desviarse.

Lucas había llegado.

Y, como siempre, lo hacía de una manera imposible de ignorar. De la mano de una modelo rubia impresionante, caminaba con esa confianza arrolladora que lo caracterizaba. Ambos parecían la pareja perfecta de Hollywood: él, impecable en su traje negro; ella, con un vestido rojo que parecía diseñado para destacar a su lado. Pero, aunque la imagen era impecable, lo único que sentí fue un nudo en el estómago.

No había tiempo para pensar en ello. En un instante, un fotógrafo nos pidió a Lucas, a Lake y a mí que posáramos juntos. La idea de una foto conjunta me resultaba incómoda, pero no podía negarme. Lake, siempre profesional, sonrió radiante mientras se colocaba a mi izquierda. Lucas, por supuesto, tomó su lugar a mi derecha y, para mi sorpresa, fue él quien me susurró al oído primero.

—Así que traje italiano a la medida... Veo que has entrenado. Se te ve el culo más grande.

Me tomó desprevenido y, aunque intenté no reaccionar, solté una risa que no pude contener. Sabía que tenía razón. Los últimos meses de entrenamiento habían cambiado mi cuerpo y, aunque no buscaba atención por ello, era evidente que Lucas lo había notado.

Cuando las cámaras dejaron de disparar y terminamos con la sesión, Lucas no se detuvo ahí. Se inclinó nuevamente hacia mi oído, aprovechando lo cerca que estábamos.

—Nos veíamos mejor tú y yo... que tú con el modelito.

La forma en que lo dijo, con ese tono burlón y al mismo tiempo íntimo, hizo que un escalofrío recorriera mi cuerpo. Por un momento, todo el ruido a nuestro alrededor desapareció, como si solo existiéramos él y yo. No sabía si responderle o ignorarlo, así que simplemente sonreí, fingiendo que el comentario no me había afectado.

Pero mientras nos separábamos y volvíamos con nuestras respectivas parejas, no pude evitar pensar en sus palabras. ¿Por qué seguía teniendo ese efecto en mí? ¿Por qué, después de todo lo que habíamos pasado, seguía encontrando maneras de acercarse así?

Alessandro, siempre atento, se acercó y tomó mi mano mientras caminábamos hacia nuestros asientos. Su presencia me devolvió a la realidad, recordándome que estaba viviendo un momento increíble, y no iba a permitir que nada—ni siquiera Lucas—lo opacara.

La película comenzó, y el teatro quedó en absoluto silencio, como si todos contuvieran la respiración al mismo tiempo. Era un instante solemne, pero también emocionante. Mi novela, mi historia, ahora estaba en la pantalla grande, y el peso de lo que significaba me envolvía por completo. Todo parecía perfecto... hasta que Lucas decidió arruinar mi paz.

Por alguna razón que solo él sabría, se había sentado a mi lado, a pesar de que había muchos otros asientos disponibles. Al principio intenté ignorarlo, concentrarme en la película, en las actuaciones, en cada detalle que alguna vez imaginé y escribí. Pero Lucas tenía otros planes.

De manera sutil, como si fuera un adolescente en el cine por primera vez, comenzó a intentar tomar mi mano. Al principio pensé que era accidental, pero no. La primera vez, simplemente la retiré con discreción. La segunda, le lancé una mirada de advertencia. Pero Lucas, con esa sonrisa traviesa que conocía demasiado bien, volvió a intentarlo.

Cuando vio que no cedería, cambió de estrategia. En un movimiento tan discreto como molesto, empezó a hacerme cosquillas en el costado. Di un pequeño brinco, lo suficientemente contenido para no llamar la atención, pero suficiente para que él reprimiera una risa. Lo miré de reojo y susurré entre dientes:

—¿Puedes comportarte por una vez?

—¿Yo? —respondió en un susurro, con una expresión de falsa inocencia—. Solo intento relajarme. ¿No te parece relajante?

Rodé los ojos, sintiendo cómo mi paciencia se agotaba... pero también cómo una parte de mí quería reír. Era tan Lucas: incapaz de tomarse nada en serio, ni siquiera en un momento como este.

Alessandro, sentado a mi otro lado, parecía completamente absorto en la película. Su atención estaba fija en la pantalla, con una expresión concentrada que me hizo sentir un poco culpable por lo que ocurría a mi derecha. Decidí enfocarme también en la película, dejando que Lucas siguiera con su juego. Pero cuando pensé que se había rendido, sentí su mano rozando la mía otra vez.

Esta vez, no lo dejé pasar.

—Lucas, basta —susurré lo suficientemente bajo para que Alessandro no escuchara.

—¿Por qué? —replicó con una sonrisa—. Solo quiero estar cerca de ti, escritorcito.

—Ya no somos "nosotros", recuerda. Compórtate —le respondí con firmeza, aunque por dentro sentí cómo esas palabras me desgarraban un poco.

Él simplemente sonrió, pero finalmente dejó de insistir. No sabía si era porque había entendido el mensaje o porque tenía algo peor planeado para más tarde. De cualquier manera, me obligué a ignorarlo, al menos por esa noche.

La película terminó, y el sonido de los aplausos llenó la sala como una ola que se extendía por cada rincón. Pero lo que más me impactó fue el sonido de las personas llorando. Esa mezcla de sollozos contenidos y narices sonándose, tan íntima y tan vulnerable, me dio una satisfacción imposible de describir con palabras.

Había logrado lo que siempre soñé: conectar con las personas a través de mis palabras, mis historias, mis personajes. Ver tantos rostros emocionados, limpiándose las lágrimas mientras los créditos rodaban, me hizo sentir pleno. Había puesto mi corazón en ese libro, en el guion, en la película. Había compartido una parte de mí que alguna vez pensé que nadie entendería. Y ahí estaban, todos ellos, sintiéndolo conmigo.

Me recosté contra el respaldo de mi asiento y cerré los ojos por un momento, dejando que la emoción me inundara.

Había soñado con este momento desde que era un adolescente, escribiendo en cuadernos viejos y fantaseando con que algún día mis palabras llegarían más allá de las páginas.

Y ahora, aquí estaba. En un teatro abarrotado, viendo cómo todo aquello se hacía realidad. Alessandro me dio un apretón suave en la pierna, sacándome de mis pensamientos. Lo miré y él me dedicó una sonrisa cálida.

—Lo lograste, Bastián. Fue increíble.

Le devolví la sonrisa, pero antes de que pudiera responder, sentí la mirada de Lucas desde el otro lado. Giré la cabeza y lo vi con esa mezcla de orgullo y melancolía en los ojos. Me dio un leve asentimiento, como si también reconociera lo que habíamos construido juntos, aunque ahora nuestras vidas fueran por caminos distintos.

La sala comenzó a vaciarse poco a poco, pero yo me quedé sentado, disfrutando el momento, grabándolo en mi memoria como uno de los más importantes de mi vida. Porque, aunque todo había cambiado, aunque mi vida personal había dado giros inesperados, en ese instante todo parecía encajar perfectamente.

Había logrado cumplir mi sueño y, me sentí completo.

—Estoy orgulloso de ti, escritorcito —dijo su voz clara en medio del bullicio.

Esas palabras, tan simples y tan cargadas de significado, me atravesaron como una flecha. Me quedé quieto, como si el tiempo se hubiera detenido, y giré lentamente hacia donde estaba Lucas. Su rostro reflejaba sinceridad, y esa sonrisa ladeada que conocía tan bien hizo que algo en mi interior se estremeciera.

En ese momento, el peso de lo que sentía por él—algo que había tratado de enterrar durante meses—volvió a la superficie con toda su intensidad. Nunca se había ido realmente, y en el fondo, lo sabía. Había intentado convencerme de que lo había superado, de que podía seguir adelante sin él, pero con una sola frase había derrumbado toda esa fachada.

No respondí de inmediato. Mi corazón latía con fuerza, como si quisiera gritar todo lo que había callado desde que nos separamos. Pero las palabras se atascaron en mi garganta. Solo pude asentir, tratando de no dejar que mi mirada me delatara.

—Gracias —murmuré finalmente, con un hilo de voz, antes de girarme hacia Alessandro, quien seguía a mi lado, ajeno a lo que acababa de pasar.

Intenté concentrarme en él, en lo que habíamos estado construyendo durante las últimas semanas, pero la voz de Lucas seguía resonando en mi cabeza. Estoy orgulloso de ti, escritorcito. No era justo. No ahora. No cuando había trabajado tanto para seguir adelante.

Miré a Alessandro con una sonrisa nerviosa y me dirigí hacia la salida, con la excusa de necesitar aire fresco. Pero en realidad, lo único que necesitaba era un momento para recomponerme. Para recordar por qué había decidido seguir adelante sin Lucas, aunque en ese instante, todo lo que quería era volver a sus brazos.

El lugar donde cerrábamos la noche era una obra de arte en sí mismo. Una finca alejada de la ciudad, con luces cálidas colgando de los árboles, música suave llenando el aire y mesas elegantemente decoradas en un jardín impecable. Alessandro permanecía a mi lado, siempre atento y encantador, mientras cenábamos junto al elenco y el equipo de la película. Todo parecía sacado de un sueño: la culminación perfecta de un proyecto que había transformado mi vida.

Mis padres se despidieron temprano, aún emocionados por todo lo que había sucedido durante la premier. Liza y Eli también se fueron poco después, con los ojos un poco hinchados tras tantas lágrimas derramadas durante la película. Alessandro y yo seguimos disfrutando de la cena, hablando de nuestros planes, riendo y compartiendo pequeños momentos de complicidad.

Todo iba perfectamente... hasta que Lucas se levantó de la mesa. Lo observé mientras caminaba hacia el interior del lugar, directo al baño. Una parte de mí sabía que no debía hacerlo, pero no pude evitarlo. Me disculpé con Alessandro, diciendo que necesitaba un momento, y me levanté para seguir a Lucas.

Caminé por el pasillo que llevaba a los baños, mis

pasos amortiguados por la alfombra de terciopelo. Cuando lo vi detenerse frente al espejo, tomé aire profundamente. No sabía qué iba a decirle, pero las palabras parecían quemarme en la garganta, listas para salir. Antes de que pudiera llamarlo, él levantó la mirada y me vio reflejado en el espejo.

—¿Me seguiste? —preguntó, arqueando una ceja con una mezcla de sorpresa y algo que no pude identificar.

—Necesitaba hablar contigo —admití, con la voz más firme de lo que esperaba.

Lucas se giró lentamente, apoyándose contra el lavabo, con los brazos cruzados sobre el pecho. Su mirada era intensa, como siempre, pero había algo diferente esta vez: un atisbo de vulnerabilidad.

—¿Y qué necesitas decirme, escritorcito? —preguntó con una leve sonrisa que no alcanzaba sus ojos.

Tragué saliva, sintiendo cómo las palabras se acumulaban en mi mente, luchando por salir.

Lo empujé contra la pared y, antes de darme cuenta, mis labios ya estaban sobre los suyos. Fue un beso que hizo que todos los recuerdos de lo que sentíamos volvieran como una avalancha. Al principio, Lucas parecía en shock, sus ojos abiertos como platos, pero luego se dejó llevar. Claro, hasta que me apartó, mirándome con una mezcla de sorpresa e incredulidad.

—¿Qué demonios estás haciendo? —preguntó, aunque su voz sonaba más divertida que molesta.

—No lo sé —respondí, respirando con dificultad—. Supongo que me dejé llevar por... ya sabes, tus ojos, tu cara, ese perfume que siempre huele tan bien.

Lucas me miró como si intentara decidir si estaba loco o simplemente desesperado. Luego, sin previo aviso, me agarró por la cintura y, con esa fuerza de película de acción, me subió al lavabo del baño.

—Si nos descubren, te mato —susurró, aunque su sonrisa delataba que le importaba poco y nada.

—Si nos descubren, no creo que los titulares hablen de ti —repliqué, intentando sonar seguro, aunque mi corazón latía a mil.

Y ahí estábamos, en un baño de lujo, besándonos como si el mundo se fuera a acabar. Claro, hasta que accidentalmente tiré una botella de jabón al suelo, haciendo un estruendo que me hizo saltar en el lavabo.

—¿Puedes ser menos torpe? —murmuró Lucas entre risas.

—Perdón, no estoy acostumbrado a hacer esto encima de un lavabo —repliqué, rodando los ojos mientras él intentaba no reírse.

Entre susurros y risas, Lucas apoyó su frente contra la mía. Por un momento, el mundo exterior dejó de existir. Pero la magia se rompió cuando alguien intentó abrir la puerta.

—¿Está ocupado? —preguntó una voz desde el otro lado.

Lucas y yo nos congelamos, mirándonos con los ojos como platos. Sin saber qué hacer, grité:

—¡Sí, está ocupado! ¡Problemas estomacales!

Lucas soltó una carcajada, bajándome del lavabo rápidamente mientras intentaba recuperar la compostura.

—Definitivamente, eres único, escritorcito —susurró con una sonrisa antes de arreglarse la camisa.

Mientras salíamos del baño, cada uno por su lado, no pude evitar pensar que, aunque todo con Lucas siempre era un caos, era un caos del que no me importaría formar parte una y otra vez.

Lo que restaba de la noche fue un desfile de miradas furtivas y sonrisas que decían más de lo que deberían. Lucas y yo no podíamos evitar buscarnos entre la multitud, como si el resto del mundo se hubiera difuminado en el fondo. Alessandro, siempre atento y cariñoso, me tomaba de la mano, ajeno a los pensamientos que cruzaban mi mente. Cada vez que nuestras manos se entrelazaban, un pequeño nudo de culpa se formaba en mi pecho.

Intenté concentrarme en Alessandro, en su sonrisa cálida y en lo perfecto que era conmigo. Pero cuando Lucas pasaba cerca, el aire cambiaba. No podía evitarlo. Mi corazón, ese traidor, se empeñaba en latir más rápido cada vez que lo veía. Cuando nuestras miradas se encontraban, sentía una mezcla de euforia y desesperación. Y esas sonrisas... esas malditas sonrisas tontas que nos lanzábamos, como si todo estuviera bien entre nosotros, cuando en realidad todo era un desastre.

Alessandro, por su parte, estaba completamente encantador, como siempre. Me hablaba de su próximo proyecto, de cómo planeaba venir a visitarme más seguido, y aunque le sonreía y asentía, no podía evitar sentirme mal. Alessandro no se merecía estar con alguien que tenía el corazón dividido. Y por más que lo intentara, no podía ignorar la verdad: mi corazón seguía siendo de Lucas Hamilton.

Cuando la cena llegó a su fin y todos empezaron a despedirse, Lucas se acercó a mí una última vez. Con Alessandro a mi lado, me lanzó una mirada que me dejó sin aliento. No dijo nada, pero sus ojos lo dijeron todo: "Esto no ha terminado". Alessandro, siempre educado, lo saludó cortésmente, sin sospechar nada.

Mientras salíamos del lugar, Alessandro me tomó de la cintura y me dio un beso en la mejilla, diciéndome lo mucho que había disfrutado de la noche. Yo le sonreí, intentando ignorar la tormenta de emociones que Lucas había dejado en su camino. Esa noche, mientras Alessandro dormía profundamente en la habitación de un hotel, yo miraba al techo, preguntándome cómo podía querer a alguien tan perfecto como Alessandro y, al mismo tiempo, desear tanto a alguien tan complicado como Lucas.

El corazón, definitivamente, no se manda.

Pasadas las tres de la mañana, mi teléfono comenzó a sonar como si fuera la alarma de un apocalipsis. No me gustaba ni un poco levantarme a esa hora, especialmente porque mi mente siempre divagaba hacia lo paranormal. ¿Y si era un fantasma llamándome? ¿Un espíritu arrepentido buscando cerrar ciclos? Pero el sueño y la curiosidad vencieron mi miedo, y con un ojo entreabierto, respondí.

—¿Hola...? —murmuré, con la voz más rasposa que un disco rayado.

Al otro lado, escuché la voz inconfundible de Lucas, baja, pero con ese tono fuerte y decidido que tanto me gustaba.

—Ábreme. Te dije que esto no había acabado.

¿Abrirle? ¿A esa hora? Mi corazón latía a mil, y no precisamente por amor, sino porque no estaba preparado para lidiar con esto a las tres de la madrugada. Pero, como siempre, Lucas tenía un poder extraño sobre mí. Me levanté de la cama, tropecé con una pila de libros y casi me mato en el proceso antes de correr hacia la puerta de mi apartamento.

Cuando abrí, ahí estaba él, con el cabello despeinado, la chaqueta colgándole de un lado y ese brillo en los ojos que siempre significaba problemas. Antes de que pudiera preguntarle qué demonios hacía ahí, Lucas se inclinó hacia mí con una precisión que habría envidiado un francotirador y, de pronto, sus labios estaban sobre los míos.

—¡Espera, espera, espera! —intenté detenerlo, alejándome apenas unos centímetros—. ¿Sabes qué hora es? ¡Son las tres de la mañana! ¡Es la hora de los fantasmas, Lucas!

Él rio, esa risa que siempre lograba que me olvidara de cualquier argumento lógico.

—Pues entonces, déjame ser tu fantasma esta noche.

Y antes de que pudiera pensar en una respuesta ingeniosa, volvió a besarme, esta vez con más intensidad. No tuve opción; era hora de terminar lo que habíamos empezado... o al menos, eso me repetí mientras lo dejaba entrar y cerraba la puerta detrás de él.

Fue en ese momento cuando me di cuenta de que mi pijama era ridícula: una camiseta vieja con un estampado de ***"Soy escritor, no mago, pero casi"***, y unos pantalones de cuadros que habían visto días mejores. Pero a Lucas no parecía importarle. En segundos, me tenía contra la pared, y aunque intenté mantenerme firme, todo se vino abajo cuando me susurró:

—¿Aún sigues usando esas Converse horribles?

—¡No te metas con mis Converse! —alcancé a decir antes de que me interrumpiera con otro beso.

Entre risas y besos, tropezamos camino al sofá, enredándonos el uno con el otro.

Desnudos sobre el sofá, con las luces tenues del apartamento envolviéndonos en una atmósfera íntima, mis dedos recorrieron suavemente su espalda, deteniéndose en las pequeñas pecas que decoraban su piel como un mapa estelar.

—¿Sabes? Podría contar las pecas de tu espalda —susurré, más para mí que para él.

Lucas dejó escapar una pequeña risa, esa risa que parecía derretir cualquier barrera entre nosotros.

—Tendrás mucho tiempo para hacerlo —respondió, girando ligeramente la cabeza para mirarme con una media sonrisa que me desarmó por completo.

Pero no pude quedarme en silencio. Había algo que necesitaba aclarar, algo que no podía ignorar, incluso en ese momento.

—¿Y ahora qué vamos a hacer con lo nuestro? —pregunté, mi voz apenas audible, como si temiera romper el momento.

Lucas se quedó en silencio por unos segundos y, por un instante, pensé que tal vez no quería responder. Finalmente, dejó escapar un suspiro y se acomodó un poco más cerca de mí.

—No lo sé. Pero no pensemos en eso hoy. Hoy solo quiero estar aquí, a tu lado. ¿Podemos hacer eso?

Asentí, aunque mi mente seguía llena de preguntas y dudas. Pero lo miré, y vi en sus ojos algo que me pedía vivir el presente, aunque fuera solo por esa noche.

—¿Puedo preguntarte algo? —rompí el silencio que nos

envolvía.

—Claro —respondió, su voz baja pero llena de curiosidad.

—¿Por qué yo? —pregunté, sintiendo que mi corazón latía con fuerza mientras las palabras salían de mi boca—. ¿Por qué, de todas las personas que podrías elegir, yo?

Lucas se giró por completo, apoyándose en un codo para mirarme directamente a los ojos. Sus dedos rozaron mi mejilla, y en su mirada no había duda, solo sinceridad.

—Porque tú sanaste lo que no dañaste, Bastián —dijo con una ternura que me dejó sin aliento—. Cuando todo estaba roto en mí, tú no intentaste arreglarme, solo estuviste ahí, y eso fue suficiente. Eres suficiente.

Sus palabras resonaron en mi pecho como un eco, llenando cada rincón vacío que alguna vez existió. No dije nada más. En ese momento, no había palabras que pudieran igualar lo que acababa de escuchar. Solo lo abracé, dejando que el silencio hablara por nosotros.

El sonido de golpes en la puerta me sacó de un sueño profundo. Pero no fue lo único. El caos que sentí al darme cuenta de quién estaba al otro lado era suficiente para despertarme por completo.

Alessandro.

¡Había olvidado que lo llevaría a desayunar!

Me levanté de la cama con el corazón latiendo a mil y miré a Lucas, quien aún dormía plácidamente a mi lado. Lo empujé suavemente para despertarlo, pero al no obtener respuesta, opté por un método más efectivo: le tiré la almohada a la cara.

—¡Lucas, despierta! Alessandro está afuera —susurré, desesperado.

Abrió los ojos lentamente, con la calma de quien no tenía ni idea del desastre en puerta.

—¿Quién es Alessandro? —preguntó, con la voz ronca y una ceja arqueada.

—El modelo italiano. ¿Recuerdas? Guapo, perfecto, me acompañó a la premier. ¡Está en la puerta ahora mismo!

Lucas me miró con diversión mientras empezaba a recoger su ropa del suelo.

—Tranquilo, escritorcito. Es como si nunca hubiera estado aquí.

—¡Ya voy! —grité hacia la puerta, esperando que Alessandro no sospechara mientras Lucas se abotonaba la camisa apresuradamente. Pero justo cuando estaba por salir del cuarto, me lanzó una mirada peligrosa.

—¿Puedo preguntarte algo? —dijo con tono inocente, aunque su sonrisa era de todo menos eso.

—¿En serio quieres hacer esto ahora? —bufé, tratando de alisar mi cabello.

—¿Te acostaste con él?

Lo miré con una mezcla de incredulidad y exasperación.

—¿Qué clase de pregunta es esa?

—Solo quiero saber. —Se encogió de hombros, como si fuera algo sin importancia, pero su sonrisa mal disimulada lo delataba.

—¡No, nunca me acosté con él! —dije, mirándolo como si estuviera loco.

Lucas sonrió, claramente satisfecho con mi respuesta, y se encaminó hacia el baño. Antes de cerrar la puerta detrás de él, lanzó una última frase:

—No te preocupes, me esconderé como todo un caballero.

Con un suspiro profundo y sintiendo el calor de la vergüenza subiéndome por el cuello, me dirigí hacia la puerta. Al abrirla, Alessandro estaba ahí, luciendo perfecto como siempre, con una sonrisa impecable y ni una sola arruga en su ropa.

—Bastián, espero no haberte despertado demasiado temprano —dijo, con esa voz melodiosa que tenía.

—No, no, para nada —mentí descaradamente, intentando no imaginar a Lucas escuchando todo desde el baño.

Mientras Alessandro entraba al apartamento y se acomodaba en el sofá, mi mente estaba dividida entre la conversación casual y la presencia explosiva de Lucas escondido a solo unos metros.

—Voy a tomar una ducha —le dije a Alessandro, buscando cualquier excusa para salir de la tensa escena. Lo último que quería era que sospechara algo... y lo último que necesitaba era que Lucas hiciera alguna locura desde su escondite.

Entré al baño y cerré la puerta con seguro, tratando de tomar un momento para recomponerme. Abrí el agua y dejé que el calor me relajara un poco. Solo unos minutos para calmarme, pensé. Pero, claro, eso no iba a pasar.

De repente, la puerta del baño se abrió con un ligero clic. Mi corazón casi se detuvo. Antes de que pudiera siquiera asomarme, sentí cómo alguien más entraba a la ducha.

—¡Lucas! ¿Qué haces? —susurré en pánico, tratando de mantener mi voz baja.

—¿Qué parece que estoy haciendo? Estoy asegurándome de que el modelito no tenga una oportunidad contigo antes que yo —respondió con esa sonrisa burlona que siempre lograba que quisiera ahorcarlo... o besarlo.

—¡Estás loco! Alessandro está en la sala. ¡Podría entrar en cualquier momento!

—Pues más vale que te duches rápido, escritorcito —dijo con un guiño mientras dejaba que el agua le cayera encima como si tuviera todo el tiempo del mundo.

Intenté empujarlo fuera de la ducha, pero Lucas era como una roca: no se movía ni un centímetro.

—No puedo creer esto... —murmuré mientras intentaba terminar lo más rápido posible. Me jaboné, me aclaré y prácticamente salté fuera de la ducha, dejando a Lucas allí, riéndose de mí.

—Tienes tres minutos para salir antes de que arme un escándalo —le advertí mientras me envolvía en una toalla y salía a toda prisa para vestirme.

Me puse lo primero que encontré, rezando para que Alessandro no notara mi prisa ni mi evidente incomodidad. Al salir de la habitación, Lucas aún no había salido, y Alessandro me miraba desde el sofá con su sonrisa amable.

—¿Listo para desayunar? —preguntó, completamente ajeno al caos que acababa de ocurrir.

—Claro, vamos —respondí rápidamente, tomando mis llaves. Necesitaba salir del apartamento antes de que algo más sucediera.

Justo cuando cerraba la puerta detrás de nosotros, mi teléfono vibró. Saqué el celular del bolsillo y leí el mensaje que acababa de llegar.

"Nada de besos con el modelito, escritorcito."

Solté un suspiro frustrado y guardé el teléfono, fingiendo que nada había pasado. Mientras caminábamos hacia el auto, Alessandro me miró con curiosidad.

—¿Todo bien?

—Sí, claro —mentí, poniendo mi mejor sonrisa. Pero en mi cabeza solo podía pensar: Lucas Hamilton, algún día me vas a volver loco. Literalmente.

El desayuno parecía el escenario perfecto. El aroma del café recién hecho y el pan horneado llenaba el lugar, y Alessandro, siempre encantador, se encargó de que nos dieran la mejor mesa. La comida era deliciosa y, después del caos de la mañana, finalmente sentí que podía relajarme un poco.

Entre bocados y risas, Alessandro tomó su teléfono y lo colocó frente a mí.

—Quiero mostrarte algo —dijo con una sonrisa de complicidad.

—¿Qué es? —pregunté, inclinándome para mirar la pantalla.

Le dio play a un video, y en cuanto comenzó, mi boca se abrió de par en par. Ahí estaba yo, en todo mi esplendor, protagonizando el comercial del perfume que había filmado hacía semanas. La música, la iluminación, cada toma... todo se veía increíblemente profesional y elegante. Pero lo más impactante de todo era que yo era la cara de ese anuncio.

—¡Soy yo! —exclamé, incapaz de contener la emoción.

El restaurante entero se detuvo por un instante. Todos los ojos se posaron en mí mientras Alessandro reía a carcajadas.

—Sí, eres tú, y estás increíble —dijo, disfrutando mi reacción.

Me llevé las manos a la cara, sintiéndome como un niño que acaba de recibir el mejor regalo de su vida.

—Nunca pensé que me vería en algo así. ¡Es un comercial de perfume, por el amor de Dios! —exclamé, sin importar que todos seguían mirando.

Un par de personas en las mesas cercanas comenzaron a susurrar y a mirarme con curiosidad, probablemente tratando de descifrar si yo era alguien famoso. Alessandro no podía dejar de reír mientras yo seguía reaccionando, casi saltando en mi asiento.

—Bueno, prepárate para que todos te reconozcan por esto —dijo Alessandro, tomando un sorbo de su café—. Eres oficialmente el escritor más guapo del año.

—¡Ya basta! —respondí, riendo nervioso, aunque en el fondo no podía negar que me encantaba el título.

Cuando finalmente me calmé, me senté derecho, tratando de recuperar la compostura. Pero dentro de mí, una pequeña parte seguía gritando: ¡Lo logré!

Verme en ese comercial me recordó lo lejos que había llegado, desde los días en los que apenas podía mantenerme a flote escribiendo, hasta ahora, protagonizando un comercial de lujo.

—Gracias por mostrarme esto, Alessandro. En serio, significa mucho —dije, mirándolo con gratitud.

—No tienes que agradecerme nada —respondió con una sonrisa cálida—. Solo estoy aquí para recordarte lo increíble que eres.

Alessandro guardó su teléfono y me miró con una intensidad diferente, una que me desconcertó un poco.

—Bastián, quiero hablarte de algo —dijo con firmeza, dejando su taza de café a un lado.

—Claro, dime —respondí, receptivo, pero con una extraña inquietud comenzando a formarse en mi pecho.

Tomó aire antes de continuar, y lo que dijo a continuación me tomó completamente por sorpresa.

—Me gustas mucho. Eres una persona especial y, desde que te conocí, he comenzado a sentir muchas cosas por ti. Pero anoche... no pude evitar notar cómo te perdías en la mirada de Lucas, y entendí algo muy claro: mi lugar no está aquí. Tu corazón ya tiene dueño, y ese es Lucas Hamilton.

Sentí un nudo formarse en mi garganta mientras lo escuchaba. Alessandro continuó, sin darme tiempo a reaccionar.

—Solo acepté venir al desayuno porque quería enseñarte el video y decirte lo que siento por ti. Pero no voy a quedarme esperando a que, algún día, decidas estar conmigo. —Su voz era tranquila, pero en sus palabras se escondía una mezcla de tristeza y resolución.

—Alessandro, lo siento. No quise hacerte sentir así —dije con sinceridad, buscando las palabras correctas.

—Lo sé, Bastián. Y créeme, no te culpo. Eres muy especial para mí, y siempre lo serás —me interrumpió, con una pequeña sonrisa que parecía esconder un adiós—. Pero seguiremos siendo amigos. Y, por supuesto, seguiré comprando tus libros... a menos que me envíes uno autografiado, claro.

No pude evitar reír suavemente, a pesar de lo incómodo del momento.

—Lo haré, Alessandro. Te lo prometo.

Él asintió, satisfecho, y luego su tono cambió, volviéndose más cálido, pero también directo.

—Bastián, si me permites darte un consejo, es este: la vida es demasiado corta para preocuparse por el qué dirán. Anda y busca a Lucas. Dile lo que realmente sientes por él. Porque si algo he aprendido en este tiempo, es que el amor verdadero no debe desperdiciarse.

Me quedé en silencio, incapaz de articular una respuesta inmediata. Alessandro me miró con una ceja levantada y una sonrisa traviesa.

—Aunque... un presentimiento me dice que él estaba esta mañana en tu apartamento —añadió con un tono juguetón que me hizo sonrojar al instante.

Asentí, avergonzado, y Alessandro soltó una ligera carcajada.

—Bueno, Bastián, fue un honor haber coincidido contigo este tiempo —dijo, poniéndose de pie con una elegancia que solo él podía tener.

Se inclinó ligeramente hacia mí y me dio un pequeño beso en los labios, un gesto breve, pero lleno de significado.

—Cuídate mucho y sé feliz —fueron sus últimas palabras antes de girarse y dirigirse hacia la salida.

Lo vi alejarse, sintiendo una mezcla de alivio, tristeza y algo que no podía identificar del todo. Alessandro había sido un destello brillante en mi vida, pero, como todas las estrellas fugaces, su paso había sido breve.

Y ahora, lo único que resonaba en mi mente era su consejo: Anda y busca a Lucas.

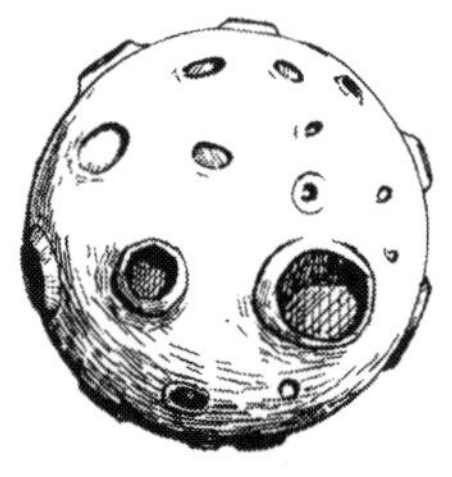

UN AMOR A ESCONDIDAS

Dicen que el amor tiene maneras extrañas de manifestarse. En mi caso, el amor clandestino con Lucas Hamilton parecía una comedia romántica escrita por alguien con demasiada imaginación y cero sentido de la privacidad.

Ahí estábamos, tumbados en mi sofá, viendo una película que ninguno de los dos estaba siguiendo realmente, porque Lucas tenía la manía constante de poner pausa para besarme cada cinco minutos.

—¿Sabes que esto de escondernos es como vivir en una película de espías, verdad? —le dije, intentando apartarlo un poco para tomar un sorbo de mi café.

—No sé si llamarlo película de espías... pero definitivamente es algo emocionante —respondió, sonriendo perfectamente, como siempre lo hacía.

—Emocionante para ti, porque no tienes que lidiar con las llamadas de Liza cada vez que ve una foto mía solo y empieza a especular que estoy deprimido.

Lucas rio, dejando caer la cabeza en mi regazo.

—Dile que no estás deprimido, que estás ocupado siendo feliz conmigo... aunque nadie pueda saberlo.

Le di un pequeño golpe en el hombro, pero no pude evitar sonreír. La verdad era que esos momentos a escondidas tenían su magia, aunque también fueran un poco caóticos. Como cuando Lucas se había colado por la puerta trasera de mi edificio la semana pasada y casi lo pilla el portero mientras yo lo empujaba a un armario lleno de escobas.

—Bastián… —dijo Lucas, rompiendo mi tren de pensamientos.

—¿Sí?

—¿Cuántos tipos de café tienes en esa alacena? Porque me hiciste probar uno distinto cada vez que he venido.

—Es parte de mi estrategia. Mantenerte enganchado con las novedades —respondí con una falsa seriedad que lo hizo reír.

—¿Tu estrategia? Pensé que era mi sonrisa lo que te tenía enganchado —soltó, guiñándome un ojo.

—También ayuda —admití, aunque traté de no darle demasiada importancia. Últimamente, Lucas parecía disfrutar más de verme incómodo que de cualquier otra cosa.

Estábamos en medio de nuestra broma habitual cuando escuché un ruido afuera. Mi corazón dio un brinco, y Lucas automáticamente se levantó como si fuera un agente secreto en plena misión.

—¿Crees que es Alessandro? —preguntó con una mezcla de sarcasmo y celos que ya le conocía demasiado bien.

—Lucas, Alessandro está en Italia. Relájate.

—¿Y si es Liza?

—¿Y qué si es? Ella ya sospecha todo, y lo único que hará será pedirme que la deje entrevistarme sobre nuestra relación secreta.

Lucas rodó los ojos, pero se relajó cuando la única persona que entró fue el repartidor de comida que habíamos pedido hace una hora.

—Te dije que no era nadie —le dije, cruzándome de brazos mientras él abría la puerta.

—Nunca está de más ser precavido, escritorcito —

respondió, agarrando las bolsas de comida.

Esa era nuestra vida ahora: besos en la oscuridad, discusiones sobre Alessandro (que ni siquiera estaba presente) y cenas clandestinas en el sofá de mi apartamento. Era un caos, sí, pero era nuestro caos, y yo no lo cambiaría por nada... al menos por ahora.

Había aceptado darle tiempo a Lucas para que decidiera salir del clóset por sí mismo. Era una decisión que debía tomar sin presiones, a su ritmo y bajo sus términos. Y aunque al principio me costó aceptarlo, terminé entendiendo que no se trataba solo de mí, sino de su propio proceso. Mientras tanto, las especulaciones en los medios sobre nuestra supuesta relación seguían a la orden del día. Cada fotografía nuestra, cada interacción que parecía "sospechosa", alimentaba los titulares y los rumores.

Pero ya no nos importaba. Habíamos aprendido a reírnos de ello. Si algo se publicaba, Lucas me enviaba un mensaje con el enlace y algún comentario sarcástico, como:

"Mira, escritorcito, ahora somos la pareja del año según esta revista. ¿Crees que deberían enviarnos un trofeo?"

Y yo siempre respondía con algo igual de irónico, aunque en el fondo me hacía feliz que, al menos de esa manera, nuestra relación tuviera su espacio en el mundo, aunque fuera entre líneas.

Lo curioso es que, a medida que el tiempo pasaba, dejamos de preocuparnos tanto por el qué dirán. Salíamos a cenar a restaurantes un poco más concurridos, tomábamos café en lugares donde sabíamos que alguien podría reconocernos y, algunas veces, incluso compartíamos momentos en público que antes habríamos evitado.

Había una tranquilidad en saber que, aunque los rumores estuvieran ahí, no teníamos que confirmarlos ni desmentirlos. La gente podía hablar, pero nosotros vivíamos nuestra verdad, a nuestra manera.

Claro, eso no significaba que todo fuera perfecto. A veces me frustraba no poder tomar su mano en público o no poder besarlo si me daba la gana. Pero cada vez que lo veía, cada vez que me sonreía de esa manera que me hacía sentir como si el mundo entero desapareciera, recordaba por qué estaba dispuesto a esperar. Porque valía la pena. Lucas me había prometido que, cuando estuviera listo, lo haríamos bien. Juntos. Y yo le creía.

La luz tenue del atardecer entraba por las ventanas del apartamento de Lucas, iluminando de forma suave la sala mientras ambos estábamos tirados en el sofá, riéndonos sin control.

Lucas acababa de contar una historia ridícula sobre una escena que tuvo que filmar en la que se resbaló y cayó de una manera tan poco heroica que el director detuvo todo porque no podía dejar de reír.

—¡Y lo peor es que todavía tenía el arnés puesto! —decía entre risas, tratando de recuperar el aliento—. Así que no solo caí, sino que quedé colgando en el aire como un pez atrapado.

Yo estaba tan doblado de la risa que las lágrimas corrían por mis mejillas.

—Por favor, dime que hay un video de eso en alguna parte —logré decir entre carcajadas.

Lucas me miró con una sonrisa maliciosa y sacó su teléfono.

—Lo guardé como recordatorio de mi heroicidad. Pero, escritorcito, si te ríes demasiado, no descarto hacerte algo parecido un día.

—¿Algo como qué? —pregunté, aun riendo.

De repente, Lucas se levantó y corrió hacia mí con una almohada. No tuve tiempo de reaccionar; el golpe suave en mi cara me tomó completamente desprevenido.

—¡¿Qué demonios, Lucas?! —grité, agarrando otra almohada para defenderme.

Lo que siguió fue una batalla épica de almohadas, en la

que ambos terminamos cayendo al suelo, cubiertos de risas y cojines por todas partes. En algún momento, él logró atraparme, sujetándome por la cintura mientras intentaba quitarme la almohada.

—¡Ríndete, escritorcito! —dijo con esa sonrisa traviesa que tanto me volvía loco.

—¡Jamás! —respondí, empujándolo para intentar liberarme.

Pero en lugar de soltarme, Lucas me levantó en el aire como si no pesara nada y empezó a girar en círculos conmigo, mientras yo gritaba y me reía al mismo tiempo.

—¡Lucas, bájame! —protesté, pero no podía dejar de reír.

Finalmente, ambos caímos al sofá, exhaustos y todavía riendo como niños. Lucas me miró, su rostro relajado y feliz, y de repente, el momento pareció detenerse.

—¿Sabes? Me gusta esto —dijo de repente.

—¿Te gusta qué? ¿Aplastarme contra el sofá después de girarme como si fuera un juguete?

Él sonrió y negó con la cabeza.

—No, me gusta... esto. Nosotros. Aquí. Sin cámaras, sin rumores, solo tú y yo.

Su confesión me tomó por sorpresa. Sentí mi corazón acelerarse, pero lo escondí detrás de una sonrisa.

—Bueno, si esto implica que puedo ganarte en la próxima pelea de almohadas, creo que también me gusta.

Lucas rodó los ojos y me empujó suavemente.

—Sueña, escritorcito.

La noche continuó entre risas, bromas y charlas sin sentido. Por un rato, nada más importaba. Ni los titulares, ni los secretos, ni las promesas que aún estaban por cumplirse. Éramos solo Lucas y yo, disfrutándonos el uno al otro, creando un pequeño refugio en medio del caos del mundo exterior.

Una llamada interrumpió nuestra noche justo cuando ambos estábamos recostados en el sofá, disfrutando de ese raro momento de paz. El tono de su teléfono resonó en la sala, y Lucas, con un bufido de queja, se levantó para contestar.

—Es mi representante —dijo al mirar la pantalla—. Seguro es algo rápido.

Lo observé mientras atendía la llamada, y su expresión cambió casi al instante. Primero, sus ojos se abrieron con sorpresa; luego, una sonrisa lenta, llena de orgullo, se extendió por su rostro.

—¿En serio? —preguntó, y luego soltó una carcajada breve—. ¡Eso es increíble! Claro, claro... sí, estaré allí.

Colgó la llamada y se quedó de pie por un segundo, mirando el teléfono como si aún procesara la noticia. Luego me miró, y esa sonrisa deslumbrante que siempre me dejaba sin aliento apareció de nuevo.

—¿Qué pasó? —pregunté, sentándome.

—Me nominaron —dijo, casi sin aliento—. A los *MTV Movie Awards.*

—¿Qué? —exclamé, sintiendo la emoción crecer en mi pecho—. ¿Por qué categorías?

Lucas levantó tres dedos y comenzó a enumerar:

—Mejor actor, mejor dúo... y mejor beso.

Dijo la última parte con una sonrisa ladina que me hizo rodar los ojos.

—Déjame adivinar, ¿el beso fue con Lake? —pregunté, aunque ya sabía la respuesta.

—Por supuesto.

Lucas dejó escapar una risa y luego se sentó a mi lado, aún con esa expresión de entusiasmo.

—¿Puedes creerlo? Tres nominaciones. Esto es enorme.

Su mirada se dirigió hacia los estantes donde estaban

sus premios anteriores, incluyendo el Globo de Oro y el Oscar que había ganado meses atrás. Podía ver en sus ojos cuánto significaba esto para él, lo mucho que valoraba su carrera y cada reconocimiento que venía con ella.

—¿Sabes qué significa esto, verdad? —dijo, volviendo su atención hacia mí. Antes de que pudiera responder, continuó—: Tenemos que ir juntos a la premiación.

—¿Qué? —pregunté, casi riendo—. Lucas, sabes que no podemos hacer eso.

Él se inclinó hacia mí, tomó mi rostro entre sus manos y me plantó un beso suave.

—No oficialmente, claro —dijo con esa sonrisa traviesa que conocía tan bien—. Pero no puedo imaginar esa noche sin ti. Aunque sea en secreto, quiero que estés allí. ¿Qué dices?

Miré sus ojos llenos de entusiasmo y determinación y, aunque sabía que asistir con él significaba caminar por una cuerda floja, también sabía que no podía negarle eso. No después de ver lo feliz que estaba.

—Está bien —dije finalmente, con una sonrisa—. Pero nada de intentar tomarte mi mano en público.

Lucas rio y me abrazó con fuerza, como si acabara de darle el mejor regalo del mundo.

—Gracias, escritorcito. Prometo portarme bien... más o menos.

Mientras él seguía hablando emocionado sobre la premiación, yo me permití disfrutar del momento. Lucas estaba logrando cosas increíbles y, aunque nuestra relación aún era complicada, sabía que no podía estar más orgulloso de él.

—Necesito verme perfecto esa noche —dijo Lucas mientras paseaba por la sala, con las manos en el cabello, como si intentara organizar algo en su mente que solo él entendía.

Lo observé desde el sofá, cruzado de brazos y con una

sonrisa tranquila en los labios. Era gracioso verlo tan agitado por algo así cuando, para mí, siempre lucía perfecto sin importar lo que hiciera.

—No tienes que ser perfecto siempre —le dije, interrumpiendo su monólogo interno.

Se detuvo, girándose hacia mí con el ceño ligeramente fruncido.

—¿Qué quieres decir? Claro que tengo que serlo. Es la alfombra roja, Bastián. Todo el mundo estará mirando.

Me encogí de hombros, poniéndome de pie para acercarme a él.

—A veces, lo más imperfecto puede ser lo más hermoso del mundo. La perfección es aburrida, Lucas. Y, además... ya eres perfecto para mí, así que no entiendo por qué te preocupas tanto.

Lucas me miró por un momento, en silencio, como si procesara mis palabras. Luego dejó escapar una risa suave, un sonido que siempre lograba calmar cualquier tensión.

—¿Perfecto para ti, eh? —preguntó con una ceja levantada, esa sonrisa traviesa apareciendo en sus labios.

—Exacto —respondí, cruzándome de brazos, decidido a mantenerme firme en mi declaración—. Aunque, si lo arruinas con ese peinado que llevaste a los premios el año pasado, tal vez cambie de opinión.

Lucas soltó una carcajada y negó con la cabeza, acercándose hasta que nuestros rostros quedaron a pocos centímetros de distancia.

—Eres imposible, ¿lo sabías?

—Y tú te preocupas demasiado —le respondí, dándole un beso rápido antes de alejarme.

Lucas me observó con una mezcla de diversión y algo más profundo en su mirada, y en ese momento, su ansiedad pareció desvanecerse.

Las semanas siguientes fueron una montaña rusa de

emociones y agotamiento. La promoción de la película nos llevaba de ciudad en ciudad y, aunque era emocionante ver cómo el público reaccionaba con entusiasmo, el cansancio comenzaba a acumularse.

Pero lo más agotador no eran los viajes ni las entrevistas, sino el constante juego de escondernos de los paparazis. Cada movimiento debía ser calculado, cada encuentro, cuidadosamente planeado, como si estuviéramos protagonizando nuestra propia película de espías.

En cada hotel, nos asignaban habitaciones separadas, pero eso nunca nos detenía. Siempre había una excusa, una manera de escabullirse. Algunas noches era él quien aparecía en mi puerta con esa sonrisa cómplice; otras, era yo quien, con el corazón latiendo a mil, recorría los pasillos del hotel para encontrar su habitación.

Pero esa noche en particular, las cosas no salieron como esperaba.

Había memorizado mal el número de su habitación y terminé dando vueltas por todo el piso. Cada vez que veía a algún miembro del personal del hotel, fingía estar admirando la decoración, como si mi presencia errante tuviera algún sentido.

Cuarenta y cinco minutos después, con los pies adoloridos y la paciencia agotada, finalmente encontré su habitación.

Lucas ya estaba dormido.

Estaba acostado de lado, con el cabello revuelto y una respiración tranquila que me hizo olvidar, por un momento, todo el caos que habíamos vivido en esas semanas. Cerré la puerta con cuidado y me quité los zapatos en silencio, tratando de no hacer ruido mientras me acercaba a la cama. Me metí bajo las sábanas con suavidad y lo abracé desde atrás.

Sentí cómo su cuerpo se relajaba aún más al percibirme cerca, aunque seguía profundamente dormido.

Cerré los ojos, dejándome llevar por la tranquilidad de ese instante.

En medio de toda la locura que nos rodeaba, esos momentos a solas eran mi refugio, mi lugar seguro.

Y mientras lo abrazaba, con el sonido de su respiración acompasada llenando la habitación, supe que, a pesar de todo, valía la pena. Cada paso furtivo, cada mirada escondida, cada mentira piadosa para mantenernos ocultos... todo valía la pena por estar a su lado, aunque solo fuera en la quietud de la noche.

El último día de promoción fue un torbellino de emociones para todos. Había una mezcla de cansancio, nostalgia y orgullo en el aire, pero lo que debía haber sido un cierre perfecto terminó marcado por un evento que lo cambió todo.

Esa mañana, mientras me preparaba para el día, el teléfono de mi habitación sonó. Era el asistente de Lucas, desesperado, pidiéndome que fuera a su habitación de inmediato. Algo en su tono me puso en alerta, así que dejé todo y corrí hacia allá.

Cuando llegué, encontré a Lucas sentado en el suelo junto a la cama, con la cabeza enterrada entre las manos y la mirada perdida.

—¿Qué pasa? —pregunté, acercándome a él con cautela.

No me respondió de inmediato. Solo señaló el espejo del armario, que estaba completamente cubierto con una sábana.

—No puedo hacerlo, Bastián —dijo finalmente, con la voz quebrada—. No puedo salir ahí afuera hoy. No puedo enfrentar a todos viéndome así.

—¿Viéndote cómo? —pregunté, aunque ya sabía a qué se refería.

—Como... esto.

Se señaló a sí mismo con frustración, sus manos temblando.

—No sé cómo lo soportas. Yo no puedo. Me vi en el espejo y... odio lo que veo. No puedo salir y fingir que estoy bien.

Mi corazón se rompió al escucharlo. Sabía que Lucas

había estado luchando con su dismorfia corporal durante años, pero verlo así, tan vulnerable y perdido, era devastador.

Me senté a su lado sin decir nada al principio. Solo puse mi mano sobre la suya, esperando que el gesto le diera algo de calma.

—Lucas, sé que es difícil. Sé que lo que ves no siempre coincide con lo que sentimos. Pero lo que tú ves en ese espejo no es lo que el resto del mundo ve.

Él no reaccionó, así que continué:

—Ellos ven a un hombre increíblemente talentoso, alguien que inspira y que, sin saberlo, salva vidas con su trabajo.

Apreté suavemente su mano.

—Yo... yo veo al hombre del que estoy enamorado, al que no cambiaría por nada.

Sus ojos finalmente se encontraron con los míos, llenos de lágrimas que se resistían a caer.

—No sé cómo lo haces, Bastián. ¿Cómo puedes verme así y todavía... amarme?

—Porque te veo, Lucas.

Hice una pausa, asegurándome de que entendiera cada palabra.

—Te veo de verdad. No lo que tú piensas que los demás ven. Y no voy a dejar que esto te detenga hoy. No cuando has trabajado tanto para llegar aquí.

Pasé la siguiente hora ayudándolo a tranquilizarse, hablándole con paciencia y recordándole todo lo que había logrado. Poco a poco, comenzó a respirar con más calma.

Le di espacio cuando lo necesitó, pero no lo dejé solo. Lo ayudé a elegir su ropa, asegurándome de que se sintiera cómodo y confiado. Cuando estuvo listo, lo miré directamente a los ojos y le dije:

—Hoy es el último día de promoción. Y vamos a salir ahí y mostrarle al mundo lo que hemos logrado. Pero, sobre todo, quiero que lo hagas por ti. Porque mereces este momento.

Lucas asintió, aunque aún había algo de miedo en sus ojos. Lo tomé de la mano por un instante, un gesto que ambos necesitábamos antes de enfrentar el caos del día.

La rueda de prensa transcurría con fluidez. Las preguntas habían sido, en su mayoría, estándar: sobre la película, los personajes y los retos del rodaje. Lucas y yo habíamos mantenido la compostura, incluso entre miradas furtivas y comentarios que solo nosotros entendíamos.

Todo iba bien. Hasta que llegó el turno de un reportero al fondo de la sala.

—Lucas, mi pregunta es la siguiente —comenzó el hombre, con un tono incisivo que no prometía nada bueno—: ¿Crees que tu carrera va a llegar al próximo nivel ahora que estás saliendo con el escritor Bastián? ¿O sientes que terminarás convirtiéndote en una sombra de Hollywood?

El aire en la sala se volvió denso en un instante. Sentí como si el tiempo se detuviera. Lucas, que había estado inclinado hacia el micrófono con una expresión neutral, se quedó completamente inmóvil, como si su cerebro estuviera procesando cada palabra lentamente.

—Perdona… ¿qué dijiste? —preguntó Lucas, su tono bajo, pero cargado de peligro. El reportero pareció dudar un momento, pero, tal vez por la presión de estar frente a tantos colegas, se aclaró la garganta y repitió:

—Pregunté si crees que tu relación con Bastián podría afectar negativamente tu carrera…

No terminó de hablar. Lucas levantó la mano, deteniéndolo, y su mirada se oscureció en cuestión de segundos.

La ira se apoderó de él, como una tormenta que llevaba demasiado tiempo acumulándose. Antes de que nadie pudiera reaccionar, Lucas se levantó de su asiento con una velocidad que dejó a todos boquiabiertos. Bajó del escenario, cruzó el espacio entre nosotros y el reportero en segundos, y lo agarró del cuello de la camisa.

—¿Quién demonios te crees para venir aquí y hablar de esa manera? —espetó Lucas, con la mandíbula apretada y los ojos ardiendo de furia. Su voz resonó en la sala, firme, clara, y aterradora.

El reportero, completamente atónito, levantó las manos en señal de rendición, pero Lucas no lo soltaba.

—¿Tienes idea de lo que dices? ¿De lo insultante que es siquiera insinuar algo así? —continuó Lucas, su tono subiendo un par de octavas. —He trabajado toda mi vida para llegar a donde estoy. He dado todo por esta carrera, y tú crees que tienes el derecho de reducirlo todo a un comentario sensacionalista y ofensivo. ¿Por qué? ¿Por una pregunta que ni siquiera tiene fundamento?

Los flashes de las cámaras comenzaron a dispararse, los murmullos se convirtieron en gritos y, antes de que las cosas pudieran ir a peor, la seguridad intervino. Dos guardias tomaron a Lucas suavemente por los brazos, intentando calmarlo. Mientras tanto, yo me levanté de mi asiento, sin saber si debía intervenir o quedarme en mi lugar.

Lucas, aunque visiblemente alterado, soltó al reportero y se apartó, respirando profundamente

—He trabajado toda mi vida para llegar a donde estoy —dijo, su voz firme y controlada—. Y no voy a tolerar que nadie cuestione mi carrera o a las personas que son importantes para mí de esa manera.

Las cámaras comenzaron a dispararse. Los murmullos se convirtieron en gritos.

—Si quieren hablar de mi trabajo, estoy aquí —continuó, mirando directamente al reportero—. Pero si vienen a armar un circo, entonces no tengo nada más que decir.

Y en ese instante, supe que algo había cambiado. Lucas había dejado de esconderse. Con eso, Lucas subió nuevamente al escenario y se sentó, cruzando los brazos y mirando fijamente al frente.

Yo, que aún no había procesado todo lo que acababa de ocurrir, sentí una mezcla de orgullo, preocupación y, lo admito, un poco de miedo por lo que aquello significaría para él.

El resto de la rueda de prensa transcurrió bajo un silencio incómodo, con preguntas cuidadosamente formuladas para evitar otro momento explosivo. Pero mientras miraba a Lucas desde mi asiento, supe que, aunque tal vez se había excedido, su reacción también era un recordatorio de cuánto le importaba lo que teníamos, incluso si aún no lo decía con todas sus palabras.

La noticia no tardó en convertirse en el tema más comentado en redes sociales. Los titulares se dividían entre quienes alababan la pasión de Lucas y quienes criticaban su temperamento.

"El hombre que defendió su carrera y su privacidad" versus "Lucas Hamilton pierde los estribos en rueda de prensa".

Las opiniones estaban tan polarizadas como los comentarios en X. Lucas, fiel a su estilo, decidió apagar su teléfono apenas salió del lugar. Lo conocía lo suficiente para saber que no quería enfrentarse a los comentarios ni a las críticas, al menos no en ese momento.

Se encerró en su apartamento y se desconectó del mundo, mientras yo me quedé lidiando con el aluvión de mensajes que no dejaban de llegar.

Liza y Eli, como siempre, eran mis informantes no solicitados.

—¡Mira esto! —me escribió Liza, adjuntando un enlace de un video que ya tenía millones de reproducciones.

El video mostraba a Lucas bajando del escenario, su mirada de fuego, y luego el momento en que enfrentaba al reportero. Cada segundo había sido grabado desde diferentes ángulos y editado con música dramática. En algunos comentarios, lo llamaban "un héroe", mientras que otros lo etiquetaban como ***"una bomba a punto de explotar".***

Eli, por su parte, tenía un enfoque diferente.

—Espero que no te sientas mal, pero esto está poniendo tu libro en el radar de más personas. Literalmente todos están hablando de la conexión entre ustedes —escribió, con un meme incluido para intentar aliviar la tensión.

No sabía cómo sentirme al respecto. Por un lado, estaba preocupado por Lucas. Sabía que, aunque intentara mostrarse fuerte, los comentarios negativos le afectaban más de lo que admitía.

Por otro lado, no podía evitar sentir una mezcla de frustración y tristeza. Toda esta situación volvía a recordarme lo complicado que era tener algo con él, incluso cuando ambos sabíamos lo que sentíamos.

Apoyé mi teléfono en la mesa y miré por la ventana de mi apartamento, preguntándome cómo estaría Lucas en ese momento. ¿Estaría bien? ¿Se arrepentiría de lo que hizo? ¿O estaría más decidido que nunca a mantener todo como estaba?

Las notificaciones seguían llegando, pero yo necesitaba un momento para procesarlo todo. Sabía que, tarde o temprano, tendría que hablar con Lucas sobre lo que había pasado.

Pero, por ahora, solo podía esperar que él estuviera bien y que, de alguna manera, encontráramos un camino a través de este caos. Apoyé mi frente contra el frío vidrio de la ventana, dejando que el bullicio de la ciudad se filtrara en mis pensamientos.

El eco de las noticias, los comentarios en las redes y la imagen de Lucas perdiendo el control seguían rondando mi mente. A pesar de todo, una parte de mí quería creer que esto era solo una tormenta pasajera, que con el tiempo las aguas se calmarían.

Pero había algo en el aire, un presentimiento que no podía ignorar. Era como el silencio antes de una gran tormenta, esa pausa incómoda donde todo parece estar bien, pero sabes que el caos está a punto de desatarse. Quizás era la mirada de Lucas esa mañana, cargada de tantas emociones reprimidas. O tal vez era mi propia inquietud, ese nudo en el estómago que no desaparecía.

Respiré hondo, intentando calmarme, pero una sensación de inevitabilidad me invadió. Sabía que los próximos días no serían fáciles. Las decisiones que tomáramos, las palabras que dijéramos y los secretos que todavía ocultábamos… todo estaba a punto de ponerse a prueba.

Cerré los ojos por un momento, deseando, por primera vez en mucho tiempo, que mi vida fuera un poco menos complicada. Pero sabía que eso no iba a suceder. El caos estaba en camino.

Tabby

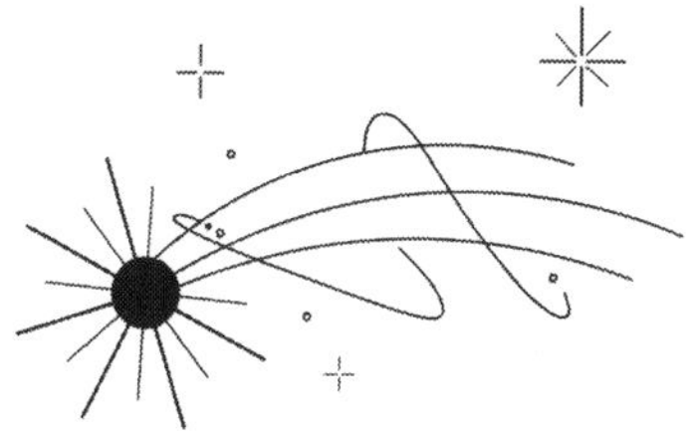

SIEMPRE TE AMARÉ

La noche de los *MTV Movie Awards* era un espectáculo por sí sola, y el nivel de emoción que flotaba en el aire era imposible de ignorar. Lucas estaba especialmente entusiasmado, aunque intentaba mantener su típica actitud relajada y segura. Habíamos decidido llegar por separado, como siempre, para mantener las apariencias, pero sabíamos que, una vez dentro, la noche sería nuestra, junto a Lake y Martin, celebrando todo lo que habíamos logrado con la película.

Lucas fue el primero en llegar. En cuanto bajó de su auto, los gritos fueron ensordecedores. Los fans enloquecían al verlo y sostenían carteles con su nombre, mientras los flashes de las cámaras iluminaban cada uno de sus movimientos. Su look, casual pero impecable, parecía hecho a medida para alguien con su porte. Llevaba esa sonrisa que siempre parecía decir: Soy el rey de esta noche, mientras firmaba autógrafos y posaba con la naturalidad de alguien que había nacido para esto.

Luego llegó mi turno. Apenas el auto se detuvo y abrí la puerta, una mezcla de nervios y emoción me invadió. Los flashes comenzaron a disparar, me sentí como un extraño en mi propia piel. Pero al dar los primeros pasos, algo cambió. Vi a algunas personas sosteniendo mis libros, con las portadas de mis historias que ahora habían cobrado vida en la pantalla grande. Eso me llenó de confianza.

Sonreí, me acerqué al público y firmé algunos ejemplares

mientras agradecía a quienes me felicitaban. Fue un momento que jamás pensé vivir. Pasar de ser el tipo que escribía en pijama, con café frío en su mesa, a alguien que tenía fans sosteniendo su trabajo y gritándole con emoción, era surrealista.

Mi atuendo relajado parecía haber causado una pequeña revolución. Mis jeans oscuros, mis tenis blancos impecables y mi camisa de crochet, que dejaba entrever parte de mi pecho, habían llamado la atención. Nunca imaginé que sentirme cómodo en mi propia piel pudiera generar tanto revuelo, pero ahí estaba, disfrutando cada segundo de la experiencia.

Cuando finalmente me uní a Lucas, Lake y Martin en la alfombra, Lucas se inclinó hacia mí con esa sonrisa traviesa que solo yo conocía.

—Escritorcito, tengo que decirte... esos jeans están robando toda mi atención. ¿Sabías que también hay un premio al mejor trasero? —murmuró.

Solté una risa contenida, empujándolo suavemente mientras trataba de mantener la compostura frente a las cámaras.

—Gracias por el halago, pero creo que tú ya estás en la categoría de *"todo el paquete"* —le respondí en un susurro.

Mientras los flashes seguían disparándose, me di cuenta de lo increíble que era estar ahí, compartiendo este momento. Había aprendido a amar mi cuerpo, a aceptar quién era y a disfrutar de cada logro. Y aunque sabía que esa noche sería intensa, en ese instante todo se sentía exactamente como debía ser.

Cuando la reportera se acercó con su micrófono y esa sonrisa profesional que parecía diseñada para calmar nervios, sentí que mi corazón daba un pequeño salto. A pesar de todo, todavía no estaba acostumbrado a este tipo de atención.

—Bastián, sin duda eres uno de los invitados más especiales de la noche —comenzó diciendo, y las cámaras parecieron acercarse aún más—. Tú escribiste el libro en el que se basa la película de Lucas y Lake. ¿Qué se siente saber que la película tiene varias nominaciones esta noche?

Tragué saliva y sonreí, intentando parecer más relajado de lo que realmente estaba.

—Es... increíble, la verdad. Jamás imaginé que algo que escribí en las noches, con una taza de café y en pijama, podría llegar a este nivel. Ver mi historia cobrar vida en la pantalla fue un sueño hecho realidad, pero estar aquí, viendo cómo la película recibe tanto amor, es más de lo que podría haber pedido.

La reportera asintió, claramente satisfecha con mi respuesta, pero no iba a dejarme escapar tan fácilmente.

—¿Cómo fue trabajar con Lucas Hamilton y Lake Dawson en esta adaptación? Muchos dicen que las actuaciones son excepcionales.

Solté una risa suave y asentí.

—Lucas y Lake son... impresionantes, no hay otra palabra para describirlos. Ver cómo tomaron a mis personajes y les dieron vida fue una experiencia surrealista. Ambos aportaron algo único a sus papeles, algo que ni siquiera yo podía haber imaginado cuando escribí el libro. Fue un honor trabajar con ellos y con todo el equipo de la película.

—Y dime, Bastián, ¿cómo manejas esto de estar en el ojo público ahora? Eres conocido por ser un escritor más reservado.

Reí un poco más nervioso esta vez, pero traté de mantenerme firme.

—Bueno, definitivamente ha sido un cambio. Estoy acostumbrado a estar detrás de las palabras, no frente a las cámaras, pero he aprendido a disfrutarlo. Al final, todo esto es por mi trabajo, por las historias que quiero contar, y eso lo hace emocionante.

La reportera asintió con entusiasmo antes de hacer una última pregunta.

—Y, por supuesto, todos quieren saber... ¿hay algo en camino? ¿Una nueva novela, tal vez?

Sonreí ampliamente, ahora sí, más cómodo con la pregunta.

—No puedo revelar mucho todavía, pero sí, estoy trabajando en algo nuevo. Espero que los lectores lo disfruten tanto como disfrutaron *"Te amo... Idiota!"*. Pero por ahora, todo mi enfoque está en esta película y en celebrar este momento con todos los que hicieron esto posible.

—Gracias, Bastián. Te deseamos la mejor de las suertes esta noche —dijo la reportera antes de girarse hacia la cámara.

Respiré hondo mientras ella se alejaba. Aún me sentía un poco fuera de lugar en este mundo de flashes y preguntas rápidas, pero había algo gratificante en saber que mi historia había llegado tan lejos. En ese momento, mis ojos se encontraron con los de Lucas al otro lado de la alfombra. Él sonrió y levantó el pulgar en mi dirección, y no pude evitar devolverle la sonrisa. A pesar de todo, estar aquí valía la pena.

La entrega comenzó con un número musical que dejó a todos sin aliento. Un medley de canciones icónicas de las películas nominadas llenó el teatro con energía, luces y coreografías que hicieron que incluso los más serios en el público se movieran al ritmo. La emoción era palpable en el aire, y cada premio entregado parecía elevar aún más la tensión de la noche.

Cuando llegó el momento de anunciar la categoría de Mejor Interpretación Masculina, el presentador hizo una pausa dramática que pareció durar una eternidad. Finalmente, su voz resonó en el micrófono:

—Y el ganador es... ¡Lucas Hamilton, por *"Te amo... Idiota!"*

El teatro estalló en aplausos mientras Lucas se levantaba de su asiento, claramente emocionado. Se ajustó el saco y caminó hacia el escenario con esa confianza característica, pero si uno lo miraba de cerca, podía notar el brillo de emoción en sus ojos.

—Gracias, muchas gracias —comenzó diciendo mientras sostenía la icónica palomita dorada—. Este premio significa mucho para mí, no solo porque amé interpretar este papel, sino porque esta película y esta historia me cambiaron la vida de formas que no puedo explicar. Quiero agradecer al increíble equipo detrás de esto: a Martin, a Lake y, por supuesto, a Bastián

Allen, por escribir esta hermosa historia que nos permitió a todos soñar un poco más. Gracias.

Lucas levantó la palomita en el aire mientras el público aplaudía con fuerza y luego regresó a su asiento, pasando cerca de donde yo estaba. Me lanzó una sonrisa rápida que me hizo sentir una mezcla de orgullo... y algo más que preferí ignorar.

Poco después, se anunció la categoría de *"Mejor Interpretación Femenina"*, y, como si fuera un sueño coordinado, el nombre de Lake Dawson resonó por todo el teatro. La actriz se llevó las manos al rostro, claramente sorprendida y emocionada. Su vestido brillante captaba cada reflejo de luz mientras subía al escenario.

—No puedo creerlo —dijo con una risa nerviosa mientras sostenía su premio—. Esto es surrealista. Gracias a todos los que hicieron esto posible: al equipo, al director y, por supuesto, a Lucas, por ser un compañero de escena excepcional. Y a Bastián, por crear un personaje tan complejo y hermoso. Gracias por darme este regalo.

El público aplaudió con entusiasmo mientras Lake dejaba el escenario. Al regresar a su asiento, ella y Lucas levantaron sus premios como si fueran campeones en una final deportiva.

—Nos llevamos nuestras palomitas a casa —bromeó Lucas mientras ambos posaban para las cámaras.

La energía en el teatro era contagiosa, y yo no podía evitar sentir una profunda satisfacción al ver cómo mi historia había tocado tantas vidas y generado momentos como este. Aunque no era mi noche, en el fondo, se sentía como si lo fuera.

Cuando comenzó la categoría de *"Mejor Beso"*, sentí cómo mi corazón comenzaba a latir con fuerza. Las luces se atenuaron ligeramente y un video empezó a reproducirse en la enorme pantalla del teatro. Las parejas nominadas aparecían una por una, con clips de sus escenas más icónicas. Cada beso arrancaba gritos del público, pero cuando la escena de la piscina de *"Te amo... Idiota!"* apareció en la pantalla, los gritos alcanzaron un nuevo nivel.

Vi a Lucas en la pantalla, su personaje acercándose al de Lake en ese momento lleno de tensión y emoción. Era una mezcla perfecta de vulnerabilidad y pasión.

Los presentadores comenzaron a hablar.

—Y los nominados son... —anunciaron, dejando un pequeño espacio entre cada pareja. El público rugía con cada nombre.

Cuando finalmente dijeron: "*Lucas Hamilton y Lake Dawson, por Te amo, idiota*", la sala estalló en aplausos. A mi lado, Lucas sonrió ligeramente, mientras yo intentaba mantener la compostura.

—Y el ganador es... —hicieron una pausa dramática, como si quisieran alargar mi agonía. Todo el teatro contuvo la respiración.

—¡Lucas Hamilton y Lake Dawson, por "*Te amo... Idiota!*"

La sala explotó en vítores y aplausos. Lucas y Lake se levantaron de sus asientos, intercambiaron una rápida sonrisa y caminaron hacia el escenario para aceptar el premio. Yo aplaudí como los demás, tratando de ignorar la punzada que sentía en el pecho. Era un reconocimiento merecido, pero no podía evitar pensar en todo lo que significaba para nosotros.

Lake fue la primera en hablar, con su carisma natural.

—¡Wow! Muchas gracias por este reconocimiento. Lucas, no cabe duda de que fue un placer compartir este momento contigo en pantalla.

El público gritó, y alguien desde el fondo pidió que se besaran. Lake, sin perder el ritmo, se giró hacia Lucas con una ceja arqueada.

—¿Qué opinas, Lucas? ¿Deberíamos darle al público lo que quiere? —preguntó con una sonrisa juguetona, acercándose un poco a él.

Lucas tomó el micrófono y levantó una mano para pedir silencio. Su expresión cambió, y su mirada se dirigió directamente a donde yo estaba sentado.

—Lake, gracias por ser la mejor compañera de escena que alguien podría pedir. Y claro que me encantaría besarte. Pero esta noche hay alguien más a quien quiero besar.

Hizo una pausa, dejando que sus palabras calaran en el público.

La sala entera quedó en un estado de euforia colectiva que casi podía sentirse en el aire. Mi mente, en cambio, estaba en blanco. Apenas podía procesar lo que acababa de suceder. Lucas Hamilton, frente a todo el mundo, acababa de declararme su amor. No en privado, no en un susurro, sino en un escenario, frente a miles de personas y millones de espectadores que seguramente estaban viendo la transmisión en vivo.

Era una locura.

Cuando lo vi bajar las escaleras del escenario y correr hacia mí, sentí que el tiempo se detenía. Mi corazón latía tan fuerte que pensé que todos podían escucharlo. Cuando llegó hasta donde yo estaba, su sonrisa se mezclaba con una expresión de determinación que nunca antes le había visto. No dijo nada más, simplemente tomó mi rostro entre sus manos y me besó.

Fue un beso lleno de emociones, de todas las palabras que nunca habíamos dicho, de todo lo que habíamos callado durante tanto tiempo.

El público enloqueció. Los aplausos y gritos eran ensordecedores, pero yo solo podía concentrarme en él, en sus labios, en la forma en que sus manos temblaban ligeramente mientras me sostenía. Fue como si el mundo se desvaneciera y solo existiéramos nosotros dos.

Cuando finalmente nos separamos, Lucas me miró con una sonrisa pequeña pero sincera y, antes de que pudiera decir algo, tomó el micrófono nuevamente.

—Desde el primer día en que te conocí, supe que había algo en ti que cambiaría mi vida. Hoy quiero decirle al mundo que ya no tengo miedo, que estoy listo para ser quien soy... y que te amo, Bastián.

Su voz temblaba un poco, pero sus palabras eran claras y

firmes.

El público volvió a aplaudir y, cuando me di cuenta, todos en la sala estaban de pie, ovacionándonos. Mi cuerpo seguía paralizado por la sorpresa, pero mi corazón, se sentía ligero.

Lucas me tomó de la mano y me ayudó a levantarme. Caminamos juntos hacia el escenario, bajo una lluvia de aplausos y flashes de cámaras. Me dieron un micrófono, pero las palabras no salían. Miré a Lucas y luego al público, y lo único que logré decir fue:

—Bueno… creo que nadie esperaba esto… ni siquiera yo.

El público rio, y Lucas me apretó la mano con fuerza.

—Pero lo único que puedo decir ahora es… gracias. Gracias por aceptar nuestra historia y por darnos el espacio para ser nosotros mismos.

Lucas me miró con una mezcla de orgullo y alivio, como si se hubiera quitado un peso enorme de encima. Me devolvió el micrófono y tomó la palabra una vez más.

—Y bueno, ya que estamos aquí… creo que este beso merece una segunda ronda, ¿no creen? —dijo, guiñándole un ojo al público.

Los aplausos y los gritos aumentaron de nuevo mientras Lucas se inclinaba hacia mí para besarme otra vez, esta vez con más calma, como si quisiéramos saborear el momento.

Cuando la ceremonia terminó y las luces comenzaron a apagarse, sentí que había vivido una noche que nunca podría olvidar. Habíamos pasado por tanto, Lucas y yo, y aunque aún había mucho por resolver, esa noche marcaba un nuevo comienzo. Uno en el que, finalmente, podíamos ser libres.

Llegamos al apartamento con la euforia aun corriendo por nuestras venas. Lucas y yo habíamos pasado toda la noche rodeados de luces, aplausos y una atmósfera cargada de emociones. Pero ahora, estábamos solos, y ese contraste siempre me hacía sentir como si el mundo por fin se detuviera.

Mientras yo buscaba un par de copas, Lucas se quitaba la

chaqueta y se desabrochaba un par de botones de su camisa. Su sonrisa, esa que me hacía olvidar todo lo malo, seguía iluminando su rostro.

—¿Te acuerdas de este vino? —pregunté mientras servía—. Es el que traje de Francia.

Lucas asintió, tomando una copa de mis manos.

—Claro que me acuerdo. Dijiste que lo guardarías para una ocasión especial.

—Y esta lo es, ¿no crees? —respondí, chocando mi copa con la suya.

Nos sentamos en el sofá, hablando de la noche, de los premios, de los momentos divertidos. Lucas me contó lo nervioso que había estado antes de la ceremonia, algo que jamás habría adivinado viéndolo caminar por la alfombra roja con tanta confianza. Yo le confesé que aún no terminaba de creer que hubiéramos llegado tan lejos.

—¿Sabes algo, escritorcito? —dijo Lucas después de un sorbo de vino—. Estoy orgulloso de nosotros.

Lo miré, dejando que sus palabras se asentaran en mi pecho.

—Yo también, Lucas. Yo también.

Después de terminar la botella, Lucas se levantó para irse.

—Deberías quedarte a dormir —le dije, pero él negó con la cabeza.

—No quiero que tengamos problemas con los paparazzi mañana temprano. Es mejor que me vaya.

Lo acompañé a la puerta y, antes de irse, me dio un beso lento, lleno de todo lo que no podíamos decir en palabras.

—Buenas noches, escritorcito. —Y se fue.

Me quedé unos minutos en la sala, dejando que el silencio me envolviera. Después de recoger las copas y apagar las luces, me dirigí a mi habitación, agotado pero satisfecho. Me dejé caer en la cama y, antes de darme cuenta, ya estaba profundamente dormido.

Cuando abrí los ojos, el sol ya se filtraba por las cortinas. El cansancio aún pesaba sobre mí, pero algo más llamó mi atención. Sentí una presencia y, al girar la cabeza, lo vi.

Noah estaba sentado en el borde de mi cama, con la misma expresión que solía tener cuando quería manipularme: una mezcla de falsa vulnerabilidad y algo oscuro en su mirada.

Mi corazón se aceleró y me incorporé rápidamente.

—¿Qué demonios haces aquí, Noah? ¿Cómo entraste?

Él me miró con una sonrisa ligera, como si nada fuera extraño.

—Tenías la puerta abierta —mintió—. Solo quería verte.

Me pasé una mano por el rostro, tratando de despejar la niebla del sueño y la incredulidad.

—No puedes seguir haciendo esto, Noah. No puedes aparecerte en mi vida cada vez que te da la gana. Tienes que irte.

—¿Por qué estás tan tenso, Bastián? —preguntó, ignorando por completo mis palabras—. ¿No te alegra verme?

Su tono era casi burlón, y me di cuenta de que algo en él estaba diferente. Su aspecto era desaliñado, su cabello más largo y descuidado, y sus ojos tenían un brillo extraño, como si estuviera bajo el efecto de algo.

—No, Noah. No me alegra verte. Y necesito que te vayas. Ahora.

Él se levantó lentamente, dando un par de pasos hacia mí.

—¿Por qué estás tan enojado? ¿Es por Lucas? —preguntó, su voz ahora cargada de resentimiento—. Sabes que él no es suficiente para ti. Nadie te va a querer como yo lo hice.

Lo miré fijamente, sintiendo cómo la rabia empezaba a burbujear dentro de mí.

—Noah, lo que tuvimos se terminó hace mucho tiempo. Tú lo destruiste, y yo seguí adelante. Ahora, por favor, vete.

Pero en lugar de irse, se acercó aún más. Antes de que pudiera reaccionar, sujetó mi rostro con ambas manos e intentó besarme. Su aliento era desagradable, una mezcla de alcohol y algo más. El asco me recorrió por completo.

—¡Noah, basta! —lo empujé con todas mis fuerzas, haciéndolo tropezar hacia atrás.

Él recuperó el equilibrio y me miró, su rostro transformándose en una máscara de furia. En un segundo, se lanzó hacia mí, empujándome con tanta fuerza que caí al suelo. Mi cabeza golpeó el borde de la mesita de noche, y un dolor agudo me atravesó el cráneo.

—¡¿Qué te pasa?! —grité, sujetándome la cabeza mientras el pánico se apoderaba de mí.

Tomé mi teléfono con las manos temblorosas, los dedos apenas lograban marcar el número de Lucas mientras mi mente luchaba por no entrar en pánico. Noah continuaba diciendo cosas sin sentido, palabras entrecortadas que parecían venir de alguien que ya no estaba conectado con la realidad.

Al escuchar la voz de Lucas al otro lado del teléfono, sentí un leve alivio, pero la situación empeoró rápidamente.

De pronto, Noah sacó un cuchillo que llevaba escondido en su pantalón.

Mi corazón se aceleró, un tamborileo incesante que me hacía difícil pensar con claridad. El filo del cuchillo brillaba bajo la luz tenue de la habitación, y su mirada perdida pero intensa me paralizó por completo.

Lucas gritaba desesperado desde el otro lado de la línea.

—¡Bastián! ¡¿Qué está pasando?! ¡Dime dónde estás!

Noah dio un paso hacia mí, y todo dentro de mí gritaba que debía mantener la calma.

—Noah, por favor, escucha —dije con la voz temblorosa,

intentando controlar mi miedo—. Esto no tiene que acabar mal. No quiero que nadie salga herido.

Los gritos de Lucas se intensificaban, pidiendo detalles, queriendo saber qué estaba pasando. Yo intentaba ignorar el teléfono, que ahora estaba sobre la mesa con la llamada activa. Mi mente trabajaba a toda velocidad buscando algo, cualquier cosa que pudiera calmar a Noah.

—Yo todavía te amo, Noah —dije, aunque sabía que era una mentira. No me quedaba otra opción.

Mis palabras parecieron desconcertarlo; su mirada se suavizó por un momento. Aproveché ese segundo para continuar.

—Podemos hablar, arreglar esto, pero solo si bajas el cuchillo. ¿De acuerdo?

Él me miró fijamente, su respiración agitada, el cuchillo aún en su mano. Lucas seguía gritando en el teléfono, su desesperación evidente.

Yo sabía que no tenía mucho tiempo, pero cada segundo que lograba mantener a Noah distraído era una pequeña victoria.

—Por favor, Noah. Solo quiero hablar. No hay necesidad de que esto termine así.

El tiempo parecía alargarse, cada segundo convertido en una eternidad. No podía prever cuál sería su próximo movimiento.

En el instante en que Noah cerró los ojos, tal vez distraído por sus propios pensamientos o por lo que acababa de decir, me lancé hacia él con todo lo que tenía. Intenté arrebatarle el cuchillo, pero fue en vano. Su fuerza, combinada con mi propia desesperación, hizo que todo terminara mal. Me empujó con violencia contra la pared, y el impacto me dejó sin aliento.

Antes de que pudiera reaccionar, sentí un frío punzante atravesando mi abdomen. El primer golpe del cuchillo fue como una ráfaga de hielo que paralizó mi cuerpo. Pero el segundo... el segundo fue diferente. Más caliente, más real.

El tercero apenas lo sentí. Un roce, un ardor lejano.

Para entonces, mi mente ya no podía distinguir entre el dolor y el entumecimiento. Mi cuerpo se tambaleó y, antes de darme cuenta, caí al suelo.

Instintivamente, mi mano se movió hacia la herida, sintiendo la sangre empapar mi camisa. Todo a mi alrededor se convirtió en un eco distante: la respiración entrecortada de Noah, sus pasos inseguros y, luego, su voz temblorosa y rota.

—Bastián... lo siento. No quería hacerlo... no quería hacerlo —susurró, dejando caer el cuchillo con un sonido metálico contra el suelo.

Mis ojos luchaban por enfocarse en su figura, pero todo se volvía más borroso con cada segundo que pasaba. Intenté moverme, levantarme, pero mi cuerpo no respondía. La única sensación clara era la calidez que se esparcía por mi abdomen, una calidez que no debía estar ahí.

Noah se arrodilló junto a mí, murmurando disculpas que apenas lograba entender. Todo dentro de mí quería gritar, exigirle que se alejara, que me dejara en paz, pero las palabras no salían.

Mi mente comenzó a nublarse. Los sonidos se apagaban poco a poco. Mi visión se redujo a un túnel. Y entonces, entre la confusión, escuché un grito distante. Una voz que reconocería en cualquier lugar. Era Lucas. Su desesperación perforó la niebla que cubría mi mente.

Su rostro apareció frente al mío, lleno de terror, mientras sus manos intentaban detener la sangre que brotaba de mi abdomen.

—¡Bastián, mírame! ¡Quédate conmigo, por favor! —gritó, su voz quebrándose.

Intenté sonreír. Quería decirle que estaba bien. Que todo estaría bien. Pero todo se desvanecía demasiado rápido. Mi mano alcanzó la suya, aferrándome a su presencia.

—Lucas... —susurré.

Y la oscuridad me envolvió por completo.

Una Galaxia

LUCAS

Llegué al apartamento de Bastián tan rápido como pude, con el corazón latiéndome en las sienes y las manos temblorosas al sujetar el volante. Algo dentro de mí gritaba que algo andaba terriblemente mal, pero jamás imaginé lo que estaba a punto de encontrar. Al abrir la puerta, lo vi. Bastián estaba en el suelo, su camisa empapada de sangre. Y Noah, ese maldito, de pie junto a él, con el cuchillo en el suelo y los ojos desorbitados.

Mis piernas reaccionaron antes de que mi cerebro procesara lo que veía. Corrí hacia Noah, pero él salió disparado por la puerta antes de que pudiera alcanzarlo. En ese instante, todo mi enfoque volvió a Bastián.

—¡Bastián! Mi amor, por favor, mírame. Quédate conmigo, por favor... —me arrodillé a su lado, sosteniendo su rostro entre mis manos mientras mis dedos temblorosos intentaban presionar las heridas para detener la sangre.

Su piel estaba fría, y su respiración era apenas un susurro. La desesperación me invadió de una manera que nunca antes había sentido. Con manos trémulas, saqué mi teléfono y marqué el número de emergencias, rogando que contestaran rápido.

—¡Necesito una ambulancia, ahora! Mi pareja está gravemente herido, ha sido apuñalado. Por favor, envíen a alguien rápido. ¡Rápido! —grité, mi voz quebrándose mientras miraba a Bastián, cuyo rostro perdía color con cada segundo que pasaba.

—Lucas... —susurró débilmente, y su voz apenas audible rompió lo que quedaba de mi autocontrol.

—No hables, mi amor. Quédate conmigo. La ambulancia está en camino, todo estará bien, te lo prometo —dije, aunque no podía estar seguro de que fuera verdad.

Los minutos que siguieron fueron eternos, aunque, al mismo tiempo, la ambulancia pareció llegar en un abrir y cerrar de ojos. Cuando los paramédicos entraron al apartamento, vieron cómo sostenía a Bastián, cubierto de su sangre.

—Señor, necesitamos que se aparte, ahora —ordenó uno de ellos con firmeza, mientras otro se inclinaba para examinarlo.

No, no puedo dejarlo. Necesito estar con él. Por favor, ayúdenlo. Suplicaba mientras me apartaban con cuidado pero con determinación. Uno de los paramédicos revisó su pulso y miró a su compañero con preocupación.

—El pulso es muy bajo. Hay que llevarlo de inmediato al hospital.

Colocaron a Bastián en una camilla con rapidez, y yo los seguí, casi tropezándome con los muebles. Con cada segundo que pasaba, sentía que algo dentro de mí se rompía un poco más.

—Voy con ustedes —dije, con voz cargada de determinación.

—Puede seguirnos en su auto, señor —respondió uno de los paramédicos con tono profesional, pero al ver mi expresión, cedió—. Está bien, pero manténgase fuera de nuestro camino.

Subí a la ambulancia y me acurruqué en una esquina, observando cómo trabajaban frenéticamente para estabilizarlo. Mi mente repetía una y otra vez: *"No puedes perderlo. No puedes perderlo."*

Mientras el sonido de las sirenas perforaba mis oídos, lo único que realmente escuchaba era la débil respiración de Bastián y los rápidos movimientos de los paramédicos luchando por mantenerlo con vida.

Uno de ellos miró el monitor y luego a su compañero.

—La presión sigue bajando. Necesitamos acelerar.

—¡Vamos a estabilizarlo aquí! —respondió el otro, colocándole una vía intravenosa en el brazo, mientras yo no podía apartar la vista de Bastián.

Lo veía ahí, tan pálido, tan frágil. Este no era el hombre fuerte, decidido y testarudo que conocía. Este era alguien que estaba luchando, aferrándose a la vida con todo lo que tenía. Y yo no podía hacer nada para ayudarlo. Esa impotencia me estaba destruyendo.

—Bastián... —murmuré, inclinándome un poco hacia él, aunque sabía que los paramédicos me lanzarían una mirada de advertencia si me acercaba demasiado—. Por favor, quédate conmigo. No puedes dejarme ahora. No después de todo lo que hemos pasado.

Uno de los paramédicos giró ligeramente la cabeza hacia mí, como si entendiera mi dolor, pero no podía permitirse el lujo de detenerse ni por un segundo para consolarme.

—Está haciendo lo mejor que puede. Pero necesitamos llegar al hospital rápido. Aguante, señor.

Sus palabras no me tranquilizaron; solo aumentaron mi ansiedad. Todo mi cuerpo temblaba, y mis manos apretaban mis rodillas con tanta fuerza que sentía que las uñas podían atravesar la piel.

Miré a Bastián de nuevo, notando cómo su pecho subía y bajaba apenas perceptiblemente. Cada respiración que tomaba era una pequeña victoria, pero cada segundo que pasaba sin que despertara se sentía como una derrota.

—¿Sabes? —susurré, sin saber si podía escucharme o no—. Siempre me dijiste que era un cobarde, que tenía miedo de enfrentar la verdad. Pero tú... tú siempre has sido mi verdad. Eres lo mejor que me ha pasado, Bastián. Así que, por favor, no me dejes. No ahora, no cuando finalmente entendí lo que realmente importa.

El paramédico me miró de nuevo, esta vez con algo que parecía empatía.

—Estamos cerca. Manténgase fuerte, señor.

Cerca. Esa palabra resonó en mi cabeza como un mantra. Cerca de salvarlo. Cerca de perderlo. No podía decidir cuál pensamiento era más fuerte en mi mente.

Finalmente, la ambulancia se detuvo de golpe frente al hospital. Las puertas se abrieron con un estruendo y, en cuestión de segundos, los paramédicos sacaron la camilla. Yo los seguí de cerca, tropezando con mis propios pies mientras mi mente seguía atrapada en el miedo y desesperación.

—¡Trauma nivel uno! Paciente masculino, múltiples heridas por arma blanca, presión arterial extremadamente baja —gritó uno de los paramédicos mientras corrían hacia la sala de emergencias.

Me detuve en seco cuando un enfermero extendió la mano frente a mí.

—Señor, no puede entrar más allá de este punto.

—¡Pero tengo que estar con él! —grité, la desesperación rasgando mi voz.

—Lo sé, pero tenemos que trabajar en él ahora. Le mantendremos informado.

Los vi empujar la camilla por las puertas dobles y, el mundo pareció detenerse. No podía respirar, no podía pensar. Todo lo que podía hacer era mirar esas puertas cerrarse detrás de él, llevándose con ellas la mitad de mi alma.

Me dejé caer en una de las sillas de la sala de espera, con la cabeza entre las manos, intentando contener las lágrimas que amenazaban con desbordarse. Mi corazón estaba roto, y lo único que podía hacer era esperar... y rogarle al universo que no me arrebatara a la única persona que me había enseñado lo que realmente significaba amar.

Las siguientes horas en el hospital fueron un borrón de rostros desconocidos, pasos apresurados y la constante sensación de estar atrapado en una pesadilla de la que no podía despertar. Me quedé en la sala de espera, con la vista fija en la puerta por donde habían llevado a Bastián, esperando alguna noticia. Cualquier noticia.

Mi camisa estaba empapada de sangre, pegándose incómodamente a mi piel, pero no podía pensar en eso. No podía pensar en nada más que en él.

¿Estaría bien?

¿Estaría sufriendo?

¿Estaría...? No. No podía permitirme pensar en esa posibilidad.

Unos pasos apresurados rompieron mi trance y, al levantar la vista, vi a Eli y Liza entrar a la sala de espera, ambos con el rostro lleno de preocupación. Liza fue la primera en acercarse, arrodillándose frente a mí.

—Lucas... —su voz era suave, como si temiera romperme aún más de lo que ya estaba.

Eli, siempre práctica, extendió una camisa limpia que había traído.

—Ponte esto. No puedes quedarte así.

Asentí lentamente, pero mis manos temblaban tanto que no podía moverme. Liza notó mi estado y me tomó del brazo, ayudándome a ponerme de pie.

—Vamos al baño. Cámbiate, respira un poco. No puedes hacer nada por él ahora, pero necesitas mantenerte fuerte.

Sus palabras eran razonables, pero me sentía en piloto automático, incapaz de procesar nada. La seguí hasta el baño, con la camisa limpia en la mano, y me encerré en un cubículo.

Mientras me quitaba la camisa manchada, el olor a sangre volvió a golpearme. Y fue como si todo el peso de las últimas horas cayera sobre mí de golpe.

Mis piernas cedieron, y me dejé caer al suelo, abrazando mis rodillas, mientras las lágrimas comenzaron a brotar sin control.

No quería llorar. No quería sentirme tan impotente.

Pero todo lo que había estado reprimiendo salió a la superficie. Sollozaba en silencio, tratando de no hacer ruido, pero supe que no estaba solo en cuanto escuché la puerta abrirse.

—Lucas... —Era Liza. Su voz era suave, llena de preocupación.

No respondí. No podía. Ella se acercó y se sentó en el suelo a mi lado, colocando una mano en mi hombro.

—Déjalo salir, Lucas. Está bien no ser fuerte todo el tiempo.

Eso fue todo lo que necesitaba para desmoronarme por completo. Apoyé la frente en mis rodillas mientras las lágrimas seguían cayendo, y Liza se acercó más, envolviéndome en un abrazo firme.

—Él es fuerte, ¿sabes? —susurró, tratando de calmarme—. Bastián es más fuerte de lo que cualquiera de nosotros podría imaginar. Y sé que está luchando con todas sus fuerzas ahora mismo. Pero tú también tienes que ser fuerte por él.

—No sé cómo hacerlo, Liza... —murmuré entre sollozos—. Lo amo, y la idea de perderlo me está matando.

—Entonces no lo pierdas, Lucas. No en tu mente, no en tu corazón. Bastián necesita saber que estás aquí para él, y lo sabrá. Pero necesitas recomponerte. Por él.

Asentí lentamente, aunque las lágrimas seguían cayendo. Me quedé en el suelo con Liza un rato más, hasta que finalmente sentí que podía levantarme. Me dirigí al baño y me puse la camisa limpia que Eli había traído y me miré en el espejo. Mis ojos estaban hinchados y enrojecidos, pero había algo más en mi reflejo: fe.

Cuando salí del baño con Liza a mi lado, me senté en la sala de espera junto a Eli. Ahora solo quedaba esperar, con la esperanza de que las palabras de Liza fueran ciertas. Que Bastián era fuerte. Que lucharía. Que volvería.

La noticia del incidente no tardó en expandirse como pólvora. Las redes sociales estaban inundadas de mensajes, hashtags y oraciones. Para cuando regresé a la sala de espera, Eli miraba su teléfono con el ceño fruncido.

—Esto está fuera de control —murmuró, mostrándome la pantalla.

Los titulares no paraban:

"El escritor Bastián Allen, hospitalizado tras un altercado violento"

"¿Qué sucedió con el autor detrás del éxito 'Te amo, idiota'?"

"Fans se reúnen para pedir por la recuperación de Bastián Allen"

Sentí un nudo en el estómago. Era como si toda nuestra vida privada estuviera en exposición, una vez más.

Cuando miré hacia las ventanas del pasillo, algo me dejó sin aliento: una multitud se había congregado afuera del hospital. Reporteros con cámaras, micrófonos y luces luchaban por obtener una declaración de cualquiera que entrara o saliera del edificio. Pero lo que más me conmovió fueron los fans. Personas sosteniendo pancartas con mensajes como *"Fuerza, Bastián" y "Te amamos, escritorcito"*. Algunos llevaban libros en las manos, otros velas encendidas. Algunos simplemente estaban allí, mirando las puertas del hospital con expresiones llenas de esperanza.

Liza se acercó a la ventana, sacudiendo la cabeza con incredulidad.

—Esto es una locura. Nunca había visto algo así.

Eli suspiró, cruzándose de brazos.

—Bastián tiene un impacto más grande del que él mismo imagina. La gente realmente lo quiere.

Me quedé mirando hacia afuera, con el pecho apretado. Por un lado, sentía una gratitud infinita por toda esa gente que se preocupaba por él, que había venido a mostrar su apoyo. Pero por otro, no podía evitar sentirme abrumado por la presión de todo lo que eso significaba. Bastián no era solo mío. Era de ellos, de sus lectores, de las personas que había tocado con sus palabras.

Un guardia del hospital se acercó, luciendo tenso.

—Señor Hamilton, los medios están preguntando por usted. Quieren saber si puede hacer una declaración sobre el estado del señor Allen.

Negué rápidamente con la cabeza.

—No. No voy a hablar con nadie hasta que sepa que Bastián está bien.

El guardia asintió, comprendiendo.

—Vamos a reforzar la seguridad en esta ala. Haremos todo lo posible para mantener la privacidad.

—Gracias —respondí, con la voz ronca.

Me senté nuevamente, pasando las manos por mi rostro. Cada segundo que pasaba sin noticias sobre Bastián era una tortura lenta.

Miré a Liza, que enviaba mensajes frenéticamente en su teléfono.

—¿Qué estás haciendo? —pregunté.

—Actualizando a sus padres. Están en camino, pero ya sabes cómo son los vuelos domésticos.

Asentí en silencio, sintiendo el peso de todo lo que estaba ocurriendo. Afuera, los reporteros seguían gritando preguntas, y los flashes de las cámaras iluminaban la entrada como si fuera de día. En medio de todo ese caos, solo podía pensar en una cosa: Bastián tenía que salir de esta. No solo por mí, sino por toda esa gente que lo amaba y lo necesitaba.

Mientras los minutos se alargaban como horas, cerré los ojos y murmuré una plegaria silenciosa. No era alguien particularmente religioso, pero en ese momento estaba dispuesto a pedirle a cualquier fuerza que pudiera escucharme.

El doctor salió por las puertas de la sala de emergencias con un rostro que no transmitía ni alivio ni desesperación. Su expresión neutra fue suficiente para que mi corazón dejara de latir por un segundo. Me levanté casi de un salto, seguido de Liza y Eli, quienes no se atrevían a respirar.

—¿Familiares de Bastián Allen? —preguntó el doctor con voz firme, pero contenida.

—Sí, somos nosotros —dije rápidamente, sintiendo cómo las palabras apenas podían salir de mi boca.

Liza se aferró a mi brazo, como si buscara algún tipo de anclaje para no desmoronarse.

El doctor suspiró, bajando la mirada un instante antes de volver a enfrentarnos.

—Hemos hecho todo lo posible. Las heridas fueron muy profundas y comprometieron varios órganos. La cirugía fue extremadamente complicada.

Mi garganta se cerró. Las palabras resonaban como si no pudieran atravesar el aire. Eli dejó escapar un sollozo, y Liza simplemente se cubrió la boca con ambas manos, ahogando cualquier sonido que intentara salir. Mi visión se nubló, y sentí que el suelo bajo mis pies se desmoronaba.

No podía ser. No podía acabar así.

El doctor esperó un momento antes de continuar, observando nuestras reacciones con una mezcla de profesionalismo y compasión.

—Su estado es crítico. Pero sigue con vida.

Un jadeo colectivo escapó de todos nosotros, como si, de repente, hubiéramos recuperado el aire que creíamos haber perdido para siempre.

—Está sedado y conectado a un ventilador. Las siguientes horas serán cruciales —agregó, mirándonos con seriedad—. Si logra superar esta noche, hay esperanza.

Las palabras *"si logra"* hicieron que mi pecho se comprimiera aún más, pero el pequeño rayo de esperanza que nos ofreció fue suficiente para mantenerme en pie. Eli dejó caer la cabeza entre sus manos, mientras Liza empezaba a murmurar algo entre lágrimas, probablemente una oración que ni siquiera sabía que conocía.

—¿Podemos verlo? —pregunté, con la voz apenas un susurro.

El doctor asintió lentamente.

—Uno por uno, pero solo por unos minutos. Por favor, mantengan la calma. Necesitamos que todo esté tranquilo para él.

Cuando el doctor se fue, los tres nos quedamos de pie, inmóviles, procesando lo que acabábamos de escuchar. Finalmente, Eli me dio un ligero empujón en el brazo.

—Ve tú primero —dijo con la voz quebrada.

Asentí, aunque mis piernas apenas podían moverse. Caminé hacia las puertas dobles, sintiendo que cada paso era más pesado que el anterior. No sabía qué iba a encontrar al otro lado, pero sabía que no estaba preparado. Nadie lo estaría.

Al abrir la puerta de la habitación, el sonido de los monitores fue lo primero que me golpeó, un constante pitido que marcaba los latidos de su corazón. Pero lo que realmente me destrozó fue verlo ahí, acostado en esa cama, tan frágil, tan vulnerable. Tubos y cables conectados a su cuerpo, luchando por mantenerlo aquí, aferrándolo a la vida.

Mi Bastián. Mi escritorcito.

Me acerqué lentamente, como si cualquier movimiento brusco pudiera romper el frágil hilo que lo mantenía aquí. Su piel estaba pálida, su rostro tranquilo, pero no era el Bastián que conocía. Él siempre estaba lleno de vida, de pasión, de esas pequeñas sonrisas que iluminaban cualquier habitación. Ahora estaba quieto, atrapado en una lucha que no podía librar solo.

Tomé su mano, fría al tacto, y la sostuve con fuerza entre las mías, como si mi calor pudiera llegar a él, como si mi presencia pudiera recordarle que aquí había alguien esperándolo. Las lágrimas comenzaron a rodar por mi rostro, silenciosas al principio, hasta que se convirtieron en sollozos que no podía contener.

—Bastián... —murmuré, mi voz quebrándose—. Tienes

que quedarte conmigo, ¿me oyes? No puedes dejarme... no puedes.

El peso de lo que estaba viendo me aplastó. Sentí como si una parte de mí ya no estuviera. Era como si estuviera perdiendo no solo a él, sino todo lo que éramos, todo lo que habíamos compartido.

La primera vez que lo vi en ese set, con sus Converse desgastados y su sonrisa torpe. Las noches escondidos, riendo en su apartamento, compartiendo secretos que nunca le había contado a nadie. Cada momento con él era un recuerdo que ahora parecía desmoronarse frente a mis ojos.

—Tú eres mi constelación, ¿recuerdas? Tú eres el que me da sentido cuando todo lo demás se apaga. No puedo... no puedo perderte.

Apreté su mano, como si con ese gesto pudiera transmitirle todas las palabras que no podía decir. El dolor en mi pecho era insoportable, una mezcla de miedo, amor y culpa. Me odiaba por todas las veces que no lo había priorizado, por cada momento en el que mi miedo había ganado. Y ahora, al verlo así, me di cuenta de que nunca había dejado de ser lo más importante en mi vida.

Incliné la cabeza, apoyándola suavemente sobre su mano, y dejé que las lágrimas siguieran cayendo. No podía imaginar un mundo sin él. Era como si, si lo perdía, una parte de mí se iría con él para siempre.

—Por favor, Bastián... lucha. Quédate. Te necesito.

Mi voz era apenas un susurro, pero en ese momento era todo lo que tenía. Todo lo que podía ofrecerle.

El sonido de los monitores, ese constante pitido que marcaba la lucha de Bastián por mantenerse aquí, comenzó a cambiar. Primero fue sutil, casi imperceptible, pero luego se intensificó. Los pitidos se hicieron más erráticos, más rápidos, como si el monitor estuviera gritando por ayuda.

Me congelé, sintiendo cómo mi corazón se detuvo por un instante junto con el ritmo irregular que veía en la pantalla.

—No, no, no... —susurré, mi voz ahogada por el miedo.

De pronto, la puerta se abrió de golpe y un equipo de doctores y enfermeras entró apresuradamente en la habitación. Sus voces eran rápidas, directas, llenas de urgencia.

—¡Lo estamos perdiendo! —gritó uno de los doctores, mientras otro tomaba un desfibrilador del carrito que empujaron al interior.

—¡Lucas, tienes que salir! —me dijo una enfermera, colocando una mano firme en mi hombro.

—No, no me voy a ir —dije, sujetando con más fuerza la mano de Bastián—. ¡Por favor, déjenme quedarme!

—No puedes estar aquí, lo necesitamos estable. Por favor, sal ahora —insistió, su tono urgente y firme.

La mano de Bastián, que antes había estado fría pero presente, parecía perder la poca fuerza que le quedaba. Sentí cómo se deslizaba entre mis dedos mientras los doctores me separaban de él. Mi corazón gritaba por quedarme, pero mis pies, débiles y sin fuerzas, se movieron automáticamente hacia la puerta.

Desde el pasillo, observé con terror cómo los médicos trabajaban frenéticamente. Uno de ellos colocó las palas del desfibrilador sobre su pecho y gritó:

—¡Cargando! ¡Despejen!

El cuerpo de Bastián se estremeció con el choque eléctrico, y yo apenas podía mantenerme en pie. Mis manos temblaban, y el sonido de los monitores seguía resonando en mis oídos, cada pitido como un cuchillo en el pecho.

—Vamos, no nos dejes... —dijo uno de los doctores, con el rostro tenso mientras miraba el monitor.

Mi vista se nubló con las lágrimas. Lo único que pude hacer fue apoyarme contra la pared del pasillo, con la frente pegada al frío cristal de la ventana, suplicando en silencio.

—Bastián... no te vayas... —susurré, sintiendo cómo mi mundo se desmoronaba.

Aquila

EL BESO DEL FINAL

Tres días después del incidente, el mundo volvió a girar. Abrí los ojos lentamente, sintiendo una presión en el pecho y un dolor punzante en el abdomen. El techo blanco del hospital me dio la bienvenida junto con el sonido familiar de los monitores. Intenté moverme, pero mi cuerpo estaba demasiado débil. Todo se sentía como un sueño, hasta que escuché una voz quebrada a mi lado.

—Bastián... estás despierto.

Era Lucas. Estaba sentado junto a la cama, con los ojos rojos e hinchados, como si no hubiera dormido en días. En cuanto nuestras miradas se cruzaron, se inclinó hacia adelante, tomando mi mano con tanto cuidado que parecía temer romperme.

—¿Qué... qué pasó? —mi voz era apenas un susurro, débil y ronca.

Lucas apretó los labios, luchando por mantener la compostura, pero su mirada reflejaba el dolor que sentía.

—Noah... tú... —Se detuvo, respiró hondo y continuó con voz temblorosa—. Estás a salvo ahora. Eso es lo único que importa.

Los recuerdos volvieron como una avalancha: la confrontación, el cuchillo, la sangre, el suelo frío... Me estremecí al evocarlos, cerrando los ojos con fuerza en un intento de apartar esas imágenes de mi mente. Sentí un nudo en la garganta y una mezcla de rabia y tristeza que me quemaba por dentro.

—Esto es mi culpa... todo esto es mi culpa —murmuré, sintiendo cómo las lágrimas comenzaban a acumularse en mis ojos.

—No, Bastián. No digas eso —replicó Lucas de inmediato, con una firmeza que no esperaba. Se inclinó más cerca, sujetándome con cuidado, como si sus palabras pudieran mantenerme entero—. No fue tu culpa. Noah es el único responsable de lo que pasó.

—Si no le hubiera permitido entrar en mi vida de nuevo... si hubiera sido más fuerte para detenerlo... —Mi voz se quebró, y sentí las lágrimas caer libremente—. Noah casi me mata, Lucas. Y yo... yo lo dejé entrar. Yo lo permití.

Lucas negó con fuerza y apretó mi mano con más firmeza.

—No. Tú no hiciste nada malo, ¿entiendes? Noah es un hombre roto que decidió culparte por su propia miseria. Tú no puedes cargar con eso. No después de todo lo que has pasado.

—Pero mírame, Lucas... mírame —dije, señalándome débilmente—. Estoy aquí, herido, roto... y siento que no merezco nada bueno. Ni siquiera a ti.

Lucas se inclinó aún más, su rostro apenas a unos centímetros del mío. Su mirada estaba cargada de una mezcla de determinación y ternura.

—Bastián, escucha esto y grábalo en tu mente: tú eres lo mejor que me ha pasado. Nada de lo que Noah te hizo cambia eso. Eres fuerte, mucho más de lo que crees. Pero no tienes que serlo solo. Estoy aquí, contigo. Voy a ayudarte a sanar. Voy a estar aquí para recordarte lo increíble que eres, incluso cuando no lo veas tú mismo.

Su voz tembló al final, pero sus palabras tenían un peso que atravesó la nube de autodesprecio que me envolvía. Cerré los ojos, dejando que las lágrimas continuaran cayendo, pero esta vez no eran solo de dolor. Eran una mezcla de alivio y la tenue esperanza de que, tal vez, Lucas tenía razón.

—Gracias —murmuré, con la voz apenas audible.

Lucas sonrió débilmente y, por primera vez en días, sentí que el peso en mi pecho era un poco más ligero.

Los días siguientes fueron los más difíciles que jamás había enfrentado. Cada vez que cerraba los ojos, las imágenes de ese fatídico día volvían a mi mente, golpeándome como una ola imparable. Revivía cada detalle: el sonido de su voz, la frialdad del cuchillo, la sensación de caer al suelo mientras la vida parecía escaparse de mí. Era como si mi mente se negara a dejarme en paz, atrapándome en un bucle eterno de terror y culpa.

Intentaba dormir, pero cuando finalmente lo lograba, las pesadillas me atormentaban. Despertaba sudando, con el corazón latiendo tan rápido que parecía querer salirse de mi pecho. Cada sombra en la habitación me hacía saltar, y cualquier ruido inesperado me dejaba con los nervios de punta. Me sentía prisionero de mi propia mente, incapaz de encontrar un momento de paz.

Lucas no se apartaba de mi lado. Dormía en el sillón de la habitación del hospital, aunque insistía en que fuera a casa a descansar. Pero él no cedía.

—No me voy a ir hasta que estés bien —me decía, con esa mezcla de terquedad y amor que solo él podía tener.

A veces lo veía sentado junto a mí, sosteniendo un libro que fingía leer, pero sabía que no estaba concentrado. Sus ojos constantemente iban hacia mí, como si se asegurara de que todavía respiraba, de que todavía estaba ahí.

—No puedo seguir así, Lucas —le dije una noche, rompiendo el silencio que nos envolvía.

Él dejó el libro a un lado y se inclinó hacia mí.

—Lo sé, Bastián. Pero estás aquí, y eso es lo único que importa. Esto no va a ser fácil, pero no tienes que hacerlo solo. Estoy contigo.

Sus palabras eran reconfortantes, pero el peso de las pesadillas y los recuerdos seguía aplastándome. Cada día era una lucha por mantenerme a flote, por convencerme de que el peligro había pasado, aunque mi mente insistiera en lo contrario.

Quince días después, finalmente me dieron de alta. Aunque físicamente me sentía más fuerte, emocionalmente aún estaba lejos de estar bien. Mis padres llegaron al hospital para recogerme, sus rostros llenos de alivio y preocupación. Mi madre no paraba de sujetarme la mano, mientras mi padre, con esa mezcla de firmeza y ternura que siempre lo caracterizaba, me ayudaba con el bolso.

El trayecto hacia mi apartamento fue tranquilo, aunque por dentro sentía una mezcla de nervios y agotamiento. Mis padres intentaban mantener la conversación ligera, hablándome de cosas cotidianas, pero yo apenas podía concentrarme. Estar fuera del hospital después de todo lo que había pasado se sentía extraño, como si el mundo hubiera seguido avanzando mientras yo estaba atrapado en mi propio caos.

Cuando llegamos al edificio, mi madre se adelantó para abrir la puerta mientras mi padre me sostenía del brazo. Al entrar, la primera sensación fue de calidez: luces suaves, un aroma dulce en el aire y una decoración que no recordaba haber dejado así.

—¡Sorpresa! —gritaron varias voces al unísono.

Me quedé inmóvil por un segundo, procesando la escena frente a mí. Lucas, Eli y Liza estaban ahí, junto a un pequeño cartel que decía "Bienvenido a casa" y una mesa llena de comida y flores. Liza tenía lágrimas en los ojos, pero una sonrisa radiante en el rostro. Eli me miraba con esa expresión que siempre mezclaba humor y cariño.

Lucas estaba al final, con una sonrisa tímida, sosteniendo un pequeño ramo de flores blancas. Me miró con una mezcla de alivio y amor y, aunque no dijo nada, sus ojos lo expresaban todo: estaba feliz de que estuviera allí, de que estuviera vivo.

—¿Qué es todo esto? —pregunté, mi voz más débil de lo que esperaba.

—Es tu bienvenida —dijo Liza, corriendo hacia mí para abrazarme con cuidado—. No íbamos a dejar que volvieras a casa sin algo especial.

Eli se unió al abrazo y luego me empujó suavemente hacia la mesa.

—Y antes de que digas algo, sí, todo esto es para ti. Y no, no puedes decir que no te lo mereces.

Lucas se acercó lentamente, como si esperara mi aprobación. Me ofreció las flores y, cuando las tomé, dejó escapar un suspiro.

—Bienvenido a casa, Bastián.

Mis ojos comenzaron a llenarse de lágrimas.

—Gracias a todos —dije, con la voz quebrada.

Liza me empujó suavemente hacia el sofá.

—Ahora siéntate. No queremos que te agotes. Pero prepárate, porque vamos a estar encima de ti hasta que estés completamente bien.

Eli asintió, bromeando:

—Y ni se te ocurra desobedecer a Liza. Es peor que cualquier doctor.

Todos rieron, incluso yo.

Fui al cuarto a cambiarme y ponerme algo más cómodo, pero apenas crucé la puerta, una oleada de recuerdos me golpeó como un muro. Cada rincón del lugar parecía estar lleno de las sombras de lo que había pasado. El sonido del cuchillo, mi propia respiración jadeante, la sensación del suelo frío bajo mí... Todo regresó de golpe, aplastándome.

Me quedé de pie en el centro del cuarto, temblando, incapaz de moverme. Y entonces, grité. Grité como si mi cuerpo necesitara expulsar todo el dolor, el miedo y la rabia que llevaba acumulados. Mi voz llenó el espacio, quebrándose, pero sin detenerse. Hasta que, finalmente, escuché pasos apresurados detrás de mí.

Lucas fue el primero en llegar. Sin decir nada, me rodeó con sus brazos, sosteniéndome con fuerza, como si pudiera mantenerme entero. Liza y Eli aparecieron detrás de él, pero se quedaron en silencio, entendiendo que, en ese momento, solo Lucas podía alcanzarme.

—Estoy aquí, Bastián. Estoy aquí contigo —susurró Lucas, su voz temblando con la misma intensidad que la mía.

Pero no era suficiente. Lo sabía en mi interior. Por más que Lucas quisiera protegerme, no podía borrar lo que había pasado en ese cuarto. Necesitaba salir, necesitaba aire, necesitaba algo que me ayudara a sentirme seguro otra vez.

—No puedo quedarme aquí... No puedo, Lucas —dije finalmente, apartándome de su abrazo.

Lucas asintió, aunque en su mirada había una mezcla de dolor y preocupación.

—Está bien. Vamos a donde te sientas mejor.

Esa noche me quedé en su apartamento. Intenté descansar, pero mi mente no me lo permitió. Observé a Lucas mientras dormía, su respiración tranquila y su rostro relajado. Por un instante, sentí algo parecido a la paz, pero sabía que era momentáneo. Por mucho que quisiera quedarme con él, sabía que no podía. No mientras Noah estuviera ahí afuera. No mientras el miedo siguiera siendo parte de nuestra historia.

Cuando Lucas ya estaba profundamente dormido, me levanté de la cama con cuidado. Caminé hacia el armario, saqué mi maleta y empecé a llenarla con lo esencial. Cada movimiento me dolía, pero sabía que era lo correcto.

Antes de irme, me acerqué a él, incliné la cabeza y besé suavemente su frente.

—Lo siento, Lucas —murmuré en un susurro, sintiendo cómo mi corazón se rompía un poco más.

Dejé una carta sobre su mesa de noche, con palabras que nunca podría decirle en persona. Luego, con la maleta en la mano y el peso de mi decisión en el pecho, salí del apartamento, cerrando la puerta con cuidado detrás de mí. Sabía que era la única manera de protegernos a ambos, aunque eso significara alejarme de la persona que más amaba en el mundo.

Llegué al aeropuerto con el corazón pesado y la mente llena de dudas. Cada paso que daba se sentía más difícil que el anterior, pero sabía que no podía volver atrás. Había tomado la decisión de irme, de buscar un espacio lejos del caos, de encontrar algo de paz dentro de todo el ruido que había consumido mi vida.

Cuando llegué al mostrador de la aerolínea, entregué mi pasaporte y el boleto con destino a Italia. La mujer detrás del mostrador me sonrió cortésmente mientras procesaba mis documentos, pero yo apenas pude corresponderle. Mi mente estaba atrapada en todo lo que dejaba atrás: a Lucas, a mis amigos, a mi vida.

Mientras esperaba para abordar, mi teléfono vibró en el bolsillo. Lo saqué lentamente, temiendo lo que podría encontrar. Era un mensaje de Lucas. No me atreví a abrirlo. Guardé el teléfono en mi chaqueta y respiré profundamente, tratando de concentrarme en lo que venía.

El anuncio de embarque sonó por los altavoces y, con un suspiro pesado, me levanté de la silla y caminé hacia la puerta de embarque. Mis pasos eran lentos, como si cada uno de ellos estuviera cargado con el peso de mis decisiones. Mientras pasaba por el puente de embarque, no pude evitar echar una última mirada al teléfono. Pero no lo desbloqueé. No podía permitirme volver a dudar.

Una vez en el avión, me senté junto a la ventana, observando cómo las luces de la pista brillaban en la noche. Cuando el avión despegó, apoyé la cabeza contra el frío vidrio. Italia me esperaba. Tal vez allí encontraría la claridad que tanto necesitaba, lejos del caos que había dejado atrás. Pero, incluso mientras me alejaba físicamente, no podía negar que una parte de mí seguía anclada en el lugar que había dejado.

Con los ojos cerrados y el ruido del avión llenando mis

oídos, me prometí a mí mismo una cosa: iba a reconstruirme, aunque no tuviera claro cómo. Era hora de enfrentar mi vida de una manera nueva, aunque eso significara empezar desde cero.

Epílogo

Querido Lucas:

No sé si alguna vez encontraré las palabras correctas para explicarte lo que siento en este momento. Pero si algo sé, es que te debo esta despedida, aunque me esté rompiendo en mil pedazos mientras escribo esto.

Te amé desde el primer momento en que nuestras miradas se cruzaron. Lo supe en el instante en que tu sonrisa derribó todas mis defensas y me hizo sentir cosas que nunca había sentido antes. Fuiste mi refugio, mi alegría y mi fuerza, incluso en los días más oscuros. Pero ahora, en este punto, también sé que quedarme sería como caminar por un campo de espinas, una herida que nunca terminaría de sanar.

No me voy porque haya dejado de amarte, Lucas. Me voy porque todavía te amo demasiado. Tanto, que no puedo soportar la idea de que algo más nos destruya. Cada vez que cierro los ojos, revivo aquel momento. Siento el frío del cuchillo, el calor de mi sangre y el eco de tus gritos desesperados. Sé que intentaste salvarme, y sé que lo habrías dado todo por cambiar ese final. Pero esa noche no solo perdí una parte de mí; también perdí la tranquilidad, la capacidad de respirar sin miedo, de dormir sin revivirlo todo.

No puedo seguir viviendo con el miedo de que algo vuelva a pasarnos, de que un día, mientras esté contigo, el pasado regrese y nos arrebate lo poco que nos queda. No hasta que sienta que soy fuerte, que estoy completo, que puedo enfrentarlo todo sin temor.

Te dejo esta carta porque no fui lo suficientemente valiente para decírtelo en persona. No quería ver tus ojos, porque sé que en el momento en que lo hiciera, me faltaría el valor para marcharme. Y tenía que hacerlo, Lucas. Por mí. Por ti. Porque merecemos algo mejor que vivir con el peso de este dolor.

Eres el amor de mi vida y siempre lo serás. Pero, a veces, incluso el amor más grande no puede sanar las heridas más profundas... al menos no en este momento.

Prometo cuidarme. Prometo luchar por volver a ser la persona que conociste, esa que se ríe con facilidad, que cree en el futuro. Pero, para hacerlo, necesito distancia. Espacio para reconstruirme sin arrastrarte conmigo en este caos que he llegado a ser.

No me busques, Lucas. Déjame encontrar mi camino de regreso a mí mismo. Y si algún día, cuando todo sea menos oscuro, nuestros caminos vuelven a cruzarse, quizás podamos comenzar de nuevo. O quizás no. Pero, pase lo que pase, siempre llevaré tu amor conmigo.

Siempre tuyo,

Bastián.

Han pasado seis meses desde que Bastián se fue, y la vida desde entonces ha sido una sucesión de días grises y noches interminables. Cada día empieza y termina igual: con esa carta en mis manos, mi única conexión con él. La leo tantas veces que las palabras están grabadas en mi memoria, pero eso no me impide recorrer cada línea con los dedos, como si pudiera sentirlo a través del papel. La abrazo contra mi pecho, como si al hacerlo pudiera llenar el vacío que dejó su partida.

Nadie sabe dónde está. Sus padres, Eli y Liza... todos estamos igual: perdidos en el silencio que dejó. Cada vez que su nombre surge en una conversación, el ambiente se enfría y los rostros reflejan la misma preocupación que yo siento. Pero nadie tiene respuestas.

He querido salir corriendo a buscarlo, tomar un avión a cualquier lugar del mundo y no detenerme hasta encontrarlo, pero... ¿por dónde empiezo? Ni siquiera sé si él quiere que lo encuentre.

Vivo con un miedo constante, una ansiedad que me carcome desde adentro. ¿Está bien? ¿Está a salvo? ¿Sonríe, aunque sea un poco? Y lo peor de todo... ¿me ha olvidado? Esa última pregunta me atormenta más que ninguna otra. La idea de que esté construyendo una vida nueva, lejos de todo lo que fuimos, me consume. Pero intento consolarme pensando que lo hizo por su bien, que necesitaba esto para sanar.

A veces, cuando el dolor es demasiado, me imagino que lo encuentro. Que lo veo sentado en algún café de una ciudad europea, escribiendo en su computadora, como siempre. Que me acerco, lo llamo por su nombre y él levanta la mirada, con esa mezcla de sorpresa y ternura que siempre tuvo. Me imagino que todo lo que ha pasado desaparece, que volvemos a ser nosotros, sin miedo, sin heridas.

Pero luego la realidad me golpea, y me quedo aquí, solo, con esta carta como mi único consuelo.

El mundo sigue girando a mi alrededor, pero siento que mi vida está en pausa, congelada en ese momento en que lo vi por última vez. He intentado distraerme, seguir adelante, pero todo me lleva de vuelta a él. Sus palabras, su risa... incluso sus malditas Converse, que siempre odié, pero que ahora daría lo que fuera por volver a ver.

Han pasado seis meses, pero para mí es como si el tiempo se hubiera detenido. Y en este limbo, solo hay una certeza que me mantiene en pie: sigo amándolo, con cada fibra de mi ser. Y lo único que espero es que, donde sea que esté, él también me lleve en su corazón.

Estoy en el set de mi nueva película, y la atmósfera está impregnada de expectativas. Todos en el equipo están convencidos de que esta será mi próxima nominación al Oscar. Es un proyecto lleno de drama, del tipo que cala hondo en las emociones de la audiencia. Inevitablemente, pienso en todo lo que he vivido en los últimos dos años y me pregunto si realmente necesito más drama en mi vida... pero al menos esta vez tiene un mensaje positivo. Quizás, de alguna manera, esta película también sea parte de mi proceso de sanación.

Me encuentro en el centro del set, en posición, preparándome para la primera escena del día. Respiro hondo, dejo que el personaje me consuma y, cuando escucho la palabra "acción", todo desaparece: las cámaras, el ruido, las luces. Solo existo yo, en este momento, viviendo la verdad de alguien más.

Cada palabra, cada gesto, se siente real, como si estuviera entregando algo de mi propia alma a esta historia.

Cuando la escena termina, hay un breve silencio. Miro alrededor, pensando que quizás algo salió mal, que tal vez no di lo suficiente. Pero entonces, como una ola, empiezan los aplausos. Primero tímidos, luego más fuertes. Todo el set está de pie, aplaudiendo, algunos incluso silbando con entusiasmo.

Siento cómo mi pecho se llena de orgullo y, al mismo tiempo, un leve rubor cubre mis mejillas. Nunca me acostumbraré a esto.

El director se acerca con una sonrisa que ocupa todo su rostro.

—Eso fue impresionante, Lucas. Exactamente lo que necesitábamos para esta escena. No... mejor aún. Fue más de lo que esperaba.

Asiento con una sonrisa agradecida, tratando de mantener la compostura, pero por dentro siento que estoy flotando. Este momento me recuerda por qué hago lo que hago. Porque, a pesar de todo, el arte tiene la capacidad de transformar y conectar. Y, aunque mi vida personal sea un desastre, al menos aquí, frente a la cámara, tengo el control.

Mientras me alejo del set para prepararme para la siguiente escena, el eco de los aplausos sigue resonando en mi cabeza. Quizás no todo en mi vida esté arreglado, pero en este instante, siento que estoy haciendo algo bien. Y eso, por ahora, es suficiente.

Mi nueva asistente, Eli, se acerca con un paquete entre las manos, su sonrisa cargada de curiosidad.

—Es para ti, jefe. —Lo deja sobre la mesa frente a mí, mientras yo le lanzo una mirada burlona.

—Espero que no sea una bomba... No soy tan odiado, ¿o sí? —bromeo.

Eli suelta una carcajada, rodando los ojos.

—Deberías abrirlo antes de que empiece a imaginar cosas.

Tomo el paquete con cierta reticencia, mis dedos deslizándose por el envoltorio con lentitud. Mi mirada cae sobre el remitente: Roma, Italia.

Me quedo paralizado un instante. Mi corazón se acelera. Han pasado seis meses... ¿podría ser él?

Respiro hondo y rompo el papel con cuidado, revelando primero una tarjeta. Las palabras escritas con su inconfundible letra me golpean como una ráfaga de emociones:

"Espero que algún día me llegues a perdonar. Espero que esto ayude."

Es Bastián. Después de todo este tiempo, es él. Mi garganta se cierra mientras paso los dedos sobre las palabras, casi como si al tocarlas pudiera sentirlo otra vez cerca.

Abro el resto del paquete con más prisa, rompiendo el papel sin cuidado. Lo que veo me deja sin aliento: un libro.

En la portada, en letras grandes y claras, está escrito el título:

"A un milímetro de mí."

Mis ojos comienzan a llenarse de lágrimas. Es su título. Su promesa. Su tatuaje. Lo abrazo contra mi pecho como si fuera un pedazo de él que finalmente regresa a mí. Una lágrima solitaria se desliza por mi mejilla y, de pie, Eli me observa con una mezcla de curiosidad y preocupación.

—¿Estás bien? —pregunta con suavidad.

No respondo de inmediato, simplemente asiento mientras intento recuperar el aliento.

He pasado tanto tiempo preguntándome ¿dónde está, si está bien o si algún día volveré a saber de él? Y ahora, con este libro en mis manos, tengo una respuesta, aunque incompleta.

—Es él... —susurro, más para mí que para Eli—. Es Bastián.

Eli, sin saber exactamente qué decir, me da una palmada suave en el hombro antes de dejarme a solas.

Me quedo ahí, sentado, con el libro entre las manos, pasando los dedos por la portada. Lo abro y, en la primera página, encuentro una dedicatoria:

"Para Lucas, quien me enseñó que el amor verdadero nunca está a más de un milímetro de distancia."

Dejo escapar un sollozo silencioso mientras cierro los ojos, permitiendo que las emociones me inunden. Tal vez, después de todo, no sea demasiado tarde. Tal vez haya una manera de encontrarlo, de recuperar lo que habíamos perdido. Y después de tanto tiempo, siento algo que creí haber olvidado: esperanza.

Posdata

El miedo a ser nosotros mismos es un peso invisible que muchos cargamos en silencio. Vivimos en un mundo donde se nos enseña a encajar, a ser lo que otros esperan, y a menudo, lo que realmente somos queda enterrado bajo capas de dudas, inseguridades y miedo al rechazo. Pero cuando nos negamos a ser auténticos, el costo puede ser devastador.

El suicidio es una sombra que acecha en los rincones más oscuros de nuestra mente, alimentada por esa sensación de no pertenecer, de no ser suficiente. No es un acto de debilidad, sino el resultado de un dolor tan abrumador que parece no tener salida. Sin embargo, incluso en la desesperación, siempre hay una chispa de esperanza, aunque sea difícil de ver. A veces, basta con que alguien nos mire y diga: Te veo. Te acepto tal como eres.

La dismorfia corporal es otro de esos demonios silenciosos. Es mirar al espejo y no reconocerse; es una batalla diaria contra una imagen que no se alinea con la realidad. Cada reflejo, cada fotografía, cada comentario es una herida que se reabre. Pero, aunque parezca imposible, esa guerra interna puede ganarse, poco a poco, con amor, paciencia y recordándonos que somos más que lo que vemos.

Estas luchas no son simples ni fáciles de superar. Pero no estamos solos en ellas. Y quizás, en los momentos más oscuros, lo único que necesitamos es aferrarnos a la idea de que la autenticidad y el amor propio, aunque dolorosos, son el camino hacia la verdadera libertad.

Porque, al final, ser nosotros mismos es lo más valiente que podemos hacer.

Agradecimientos

Este libro es un reflejo de los miedos y situaciones que en algún momento de mi vida viví y fui testigo.

Quiero agradecer a cada uno de mis lectores, por amar mis historias y hacerlas suyas. Nada de esto sería posible sin su apoyo.

A todas esas personas que día a día luchan contra sus miedos, no están solas siempre hay alguien que va estar ahí para apoyarlos, cuidarlos y amarlos.

Gracias a JC Sanabria, por la oportunidad de ser parte de Oraculi y por apoyar mi obra para su publicación.

Marcela Mouré por captar la esencia del libro y crear una portada maravillosa.

Mey Guzmán por hacer de la maquetación de este libro una experiencia tan especial para mí y mis lectores.

Gracias Dios.

Made in the USA
Columbia, SC
30 June 2025

59889873R00233